Noah Fitz
Sei. Endlich. Still.

AF178658

Das Buch

»Er starrte in ihre Augen. Der gebrochene Blick sagte ihm, dass das Mädchen tot war, aber er wollte das nicht akzeptieren.«

Der Strick um den Hals der jungen Mutter, der starre Blick – was zuerst eindeutig nach einer Verzweiflungstat aussieht, stellt sich als kaltblütiger Mord heraus. Kommissar Leonhard Stegmayer und seine junge Kollegin Ella Greenwood von der Berliner Mordkommission ermitteln.

Ella, neu im Job und bemüht, mit dem zynischen Macho Stegmayer auszukommen, erinnert der Fall an ein grauenhaftes Erlebnis in ihrer Kindheit. Stegmayer dagegen vermutet sofort einen Serienkiller. Jemanden, der schon lange sein Unwesen treibt – und der ihnen jetzt bei ihren Ermittlungen immer einen Schritt voraus ist …

Der Autor

Noah Fitz hatte schon immer den Wunsch, Bücher zu schreiben und ein bekannter Autor zu werden. Mit dem Selfpublishing bei Amazon öffnete sich für ihn eine Tür, um seinem Ziel näher zu kommen. Ein Buch zu schreiben ist wie einen Film zu drehen, nur findet das Kino in den Köpfen der Leser statt und nicht auf der Leinwand; genau das ist am Schreiben so faszinierend für Noah Fitz.

NOAH FITZ

SEI.
ENDLICH.
STILL.

Ein Stegmayer-und-Greenwood-Thriller

Die Originalausgabe erschien 2018 unter dem Titel »Sei. Endlich. Still.« im
Selbstverlag.

Veröffentlicht bei
Edition M, Amazon Media EU S.à r.l.
38, avenue John F. Kennedy, L-1855 Luxembourg
Februar 2020
Copyright © der deutschsprachigen Ausgabe 2018
By Noah Fitz
All rights reserved.

Umschlaggestaltung: semper smile, München, www.sempersmile.de
Umschlagmotiv: © John Crowe / Alamy Stock Photo; © Albert Shakirov /
Alamy Stock Photo; © Krasovski Dmitri / Shutterstock
Entwicklungslektorat: Marketa Görgen
Lektorat: Media-Agentur Gaby Hoffmann, www.profi-lektorat.com
Gedruckt durch:
Amazon Distribution GmbH, Amazonstraße 1, 04347 Leipzig /
Canon Deutschland Business Services GmbH, Ferdinand-Jühlke-Str. 7,
99095 Erfurt /
CPI books GmbH, Birkstraße 10, 25917 Leck

ISBN 978-2-49670-315-3

www.edition-m-verlag.de

PROLOG

Graue Wolkenschwaden hingen wie zerfetzte Leichentücher über dem Wald. Die von Blättern bedeckte Erde war weich und roch nach morschem Holz.

Eine Gestalt kniete neben dem nackten Körper einer jungen Frau. Der Mann kauerte neben der Toten und weinte stumme Tränen.

Er sah ihr in die Augen. Dabei verspürte er Bedauern, weil er statt in zwei himmelblaue Murmeln in zwei schwarze Löcher starrte. Blut war darin zu einer breiigen Masse geronnen. Das musste so sein, das gehörte zum Ritual. Damals waren es die Krähen gewesen, die der Frau die Augen herausgepickt hatten. Aber er konnte sich ja nicht auf diese schlauen Lebewesen verlassen. Alles musste so sein wie beim ersten Mal, genauso und nicht anders.

Vor ihrem Tod war diese Frau recht hübsch gewesen. Mit ihren langen, schwarzen Haaren glich sie einer Fee. Den Klang ihrer Stimme konnte er immer noch hören.

Doch allmählich verblasste das vor Kurzem Erlebte zu einem unsichtbaren Nichts. Bis auf den Schrei – ihren letzten Schrei.

Wie ein Flashback tauchte die Erinnerung plötzlich erneut vor seinem geistigen Auge auf. Er hielt sich die Ohren zu. Sie schrie in seinem Kopf. »Bitte, hör auf«, flüsterte er beinahe ängstlich und schaute sie an, um sich zu vergewissern, dass alles, was in seinem Kopf vorging, nur Einbildung war. Er schloss die Augen und sah ihren weit aufgerissenen Mund. Hörte, wie sie nach Luft schnappte. Dann sackte sie in sich zusammen und hauchte ihren letzten Atemzug aus. Zum letzten Mal durchfuhr ein kaum merkliches Zucken ihre Glieder. Ihre Beine schabten über die Erde, die linke Faust schloss sich noch fester zusammen. Die Lippen öffneten sich. Ein leises Zischen drang durch ihren halb geöffneten Mund und verscheuchte für einen Augenblick die Stille.

Ist es wirklich wahr, dass wir eine Seele besitzen?, überlegte er und kauerte sich neben das Mädchen, weil der Anblick ihn nach wie vor faszinierte. Wie ein Embryo lag die Tote nun auf dem kalten Boden.

Die Baumkronen spendeten Trost und warfen Schatten auf die beiden. Er strich ihr das Haar aus dem Gesicht und lächelte versonnen.

Wo sind jetzt all deine Sorgen hin? Hast du sie mit dir genommen? So, wie du deine Seele mitgenommen hast? Oder lässt man alles, was einem hier das Leben zur Hölle gemacht hat, einfach liegen? Wirft man alles von sich, samt dem Körper – wie eine viel zu schwere Rüstung? Ist der eigene Körper lediglich eine Bürde, ein viel zu enges Korsett?

»Das leblose Fleisch, das mit jeder verstrichenen Minute kälter und steifer wird, überlässt man oft den Würmern. Was bleibt uns also von den Toten übrig – nur die Erinnerung an ihr Dasein.« Das hatte einst sein Vater zu ihm gesagt, als sie zusammen eine Suppe kochen wollten und sein Vater ihn dazu zwang, die Innereien aus dem Huhn zu holen, die in eine Plastiktüte eingeschweißt waren.

Das war aber vor sehr langer Zeit gewesen, darum schob er diesen Gedanken beiseite.

Er blickte sich um. Es war alles noch still um ihn, bis auf das Rascheln der Blätter und das Rauschen in seinem Kopf vernahm er keine weiteren Geräusche. Langsam drehte er sein Opfer auf den Rücken, um das erstarrte Antlitz besser betrachten zu können. Dabei berührte er nur ihre nackte Schulter. Ihre Glieder waren weiterhin elastisch, die Haut hatte an manchen Stellen eine bläuliche Färbung angenommen.

»Ist dir kalt, meine Schöne?«, fragte er sie, ohne dabei die Lippen zu bewegen. Seine Finger wanderten langsam über die schlaffe Brust und blieben zuckend über der Rundung in der dunklen Brustwarze hängen, ohne dabei die weiche Haut zu berühren. Er biss sich auf die Unterlippe und schmeckte sein eigenes Blut. Er musste der Versuchung widerstehen.

Noch ist der Körper weich, meldete sich eine Stimme in seinem Kopf, die nach Fleischeslust gierte, und er dachte daran, was er alles mit ihr anstellen könnte. Aber er blieb standhaft. Seine Finger flatterten jetzt über ihre Wange, die nass von heißen Tränen war, seinen Tränen. Er weinte stumm. Mit den Fingerspitzen fuhr er ihr über die rissigen Lippen.

Vögel sangen ihre Lieder. Das Rascheln der Baumkronen wurde lauter. Ein lauer Wind kam auf und wirbelte einige Blätter auf. Eines, ein Ahornblatt, segelte einem verletzten Schmetterling gleich von oben herab und blieb auf ihrem Bauch liegen. Er nahm es mit spitzen Fingern an sich und drapierte es neben ihre Füße. Er wollte sie noch einen Atemzug lang betrachten. Ihre beinahe weiße Haut schimmerte in den Sonnenstrahlen, bis auf den gebrochenen Arm war sie makellos.

Der laue Wind strich durch sein Haar und über den feuchten Nacken. Ein unangenehmer Schauer durchfuhr seinen Körper. Er vernahm das trockene Knacken von Ästen und erstarrte. Das Hemd klebte wie ein nasser Lappen an seinem Rücken.

Sein Atem stockte. Für den Bruchteil einer Sekunde blieb sein Herz stehen. Da war es wieder. Panik stieg in ihm auf und lähmte ihn.

»Die kommen, um mich zu holen«, flüsterte er. Seine Stimme klang so, als hätte er sich mit seinem Schicksal abgefunden, es schwang fast so etwas wie Freude mit.

»Nein, ich will das nicht«, raunte er und spähte in die Ferne, als sähe er jemanden auf sich zukommen. Sein Gesichtsausdruck verhärtete sich.

Wie ein Tier duckte er sich und machte sich ganz klein. Das Kinn an die Brust gedrückt, kroch er auf allen vieren rückwärts.

Er verharrte und holte einmal tief Luft, nachdem er sich weit genug ins Gestrüpp gewagt hatte. Trockene Zweige schrammten über seine Wangen und hinterließen brennende Striemen.

Seine Augen wanderten über die Landschaft. Sein Kopf fuhr ununterbrochen in alle Richtungen. War er womöglich bei seinem Überfall beobachtet worden? Er war doch sehr vorsichtig gewesen. Schließlich war das hier nicht sein erstes Mal.

Er hatte nur seinen nächsten Auftrag erfüllt, nicht mehr, nicht weniger. Er war seit zwei Tagen wach, die Müdigkeit forderte langsam ihren Tribut. Doch das Adrenalin, das durch seinen Körper schoss, verlieh ihm unerschöpfliche Energie.

Erneut verharrte er und lauschte.

Ein langer Pfiff durchschnitt die Luft und riss ihn grob aus seiner Starre. Er versuchte zu schlucken, doch seine Zunge blieb ihm am Gaumen kleben. Jemand steuerte direkt auf ihn zu. Das Rascheln von welkem Laub, das Knacken von trockenen Zweigen, das laute Pochen seines Herzens und das Rauschen seines Blutes, welches ihm durch den Kopf schoss, wurden zu einer ohrenbetäubenden Kakofonie, die ihn schier in den Wahnsinn trieb.

»Jessi, komm her. Jessi, hiiier!«, herrschte eine Stimme den neugierigen Hund an, dessen Schnauze für einen kurzen

Augenblick zwischen dem Gestrüpp auftauchte und wieder verschwand. »Jessi!«, hörte er die Stimme erneut.

Langsam senkte sich sein Puls. Alles um ihn herum fror ein, wurde unecht.

Stille. Absolute Stille.

Der Hund kläffte. Vögel flatterten durch die Luft. Alles geschah wie in Zeitlupe.

Das graue Tier gab erneut einen Laut von sich und lief schließlich zurück zu seinem Herrchen. Endlich normalisierte sich alles und er nahm die Welt wieder ohne Verzögerung wahr.

Er atmete erleichtert aus. Seine sämtlichen Glieder schmerzten vor Anspannung. Er hielt sich die Hände vor das Gesicht, seine Finger zitterten wie an einem kalten Wintertag.

Nach einer gefühlten Ewigkeit traute er sich, sein Versteck wieder zu verlassen. Zuerst auf allen vieren, dann in gebückter Haltung schlich er sich zurück zu der toten Frau. Sie war unentdeckt geblieben. Schnell legte er ihr die Schlinge um den Hals, warf das lose Ende über einen knorrigen Ast und zog daran.

Der lange Baumarm ächzte unter dem Gewicht des leblosen Körpers. Aber das tote Mädchen wog nach all dem Martyrium, das sie über sich hatte ergehen lassen müssen, keine vierzig Kilo mehr, schätzte er. Um sich ein wenig abzulenken, sang er leise ein Kinderlied, fand diese Idee dann aber doch blöd und hielt den Mund.

Endlich hing sie über dem Boden. Er hielt inne und betrachtete sein Werk.

Sie war wirklich dünn, ihre Rippen traten hervor und schimmerten weiß durch die Haut. Der flache Bauch war straff gespannt.

Ein weiteres Mal zerrte er an dem groben Strick.

Schweiß trat auf seine Stirn. Er zog den schlaffen Körper so weit in die Höhe, bis nur noch die blau angelaufenen Zehen mit ihren abgebrochenen Nägeln den Boden berührten.

Zufrieden mit dem Ergebnis band er das Seil unten an einer der Wurzeln fest und rieb sich die feuchten Hände an der Hose trocken. Anschließend griff er nach einer mit einer speziellen Mischung gefüllten Sprühflasche und pumpte etwas Luft hinein. Ein ätzender Sprühnebel umhüllte den toten Körper. Die zerstäubende Flüssigkeit brannte auf seiner Hornhaut, sodass er die Augen zu schmalen Schlitzen verengte.

Ich darf bloß keine Spuren hinterlassen, ermahnte er sich in Gedanken selbst und umkreiste den Leichnam mehrmals.

Die Tote war nun komplett vom Nebel umwölkt. Die Luft roch leicht süßlich und war beißend scharf.

»Okay …« Er zog das Wort in die Länge. Nachdem aus der Flaschendüse nur noch ein leises Zischen kam, senkte er den Arm.

Nun musste er sich beeilen. Denn jetzt schon hörte er das Summen von Insekten, die von den Pheromonen, die er gerade eben versprüht hatte, angelockt wurden.

Er seufzte in sich hinein und packte alle seine Utensilien in eine unscheinbare Tasche.

Nachdem er einen prüfenden Blick um sich geworfen hatte, verließ er den Platz über einen schmalen Pfad. Morgen müsste es regnen. Der Regen würde alle seine Spuren wegspülen und in der Erde versickern lassen. Alles, was hier übrig bliebe, wäre ein schlimm zugerichteter Körper an einem Ast – nicht mehr, nicht weniger.

KAPITEL 1

WOCHEN SPÄTER

»Noch ein Fall? Das ist ein schlechter Scherz, oder? Schon mal auf den Kalender geschaut? Heute ist Freitag«, betonte Leonhard Stegmayer, ohne seine Empörung zu verbergen. »Wie lange kennen wir uns schon, Reinhold? Achtzehn Jahre?«, fragte er seinen Vorgesetzten. Er warf dem Leiter des Morddezernats einen zornigen Blick zu.

»Zwanzig«, verbesserte ihn Polizeihauptkommissar Reinhold Stettel, ein kleiner Mann mit Glatze und der Statur eines in die Jahre gekommenen Ringers.

Leonhard stand in Stettels winzigem Büro und massierte sich die Schläfen. Danach ließ er seine breiten Schultern kreisen und knackste mit dem Hals, indem er seinen Kopf zuerst nach links, dann nach rechts neigte. »Hast du meinen Tisch gesehen? Da liegen unzählige Akten, die sortiert und geordnet werden müssen. Ich habe zehn unbearbeitete Fälle, dafür brauche ich dringend Unterstützung. Wer soll all den Papierkram bewältigen?« Leonhard fuhr sich durch das grau melierte Haar, das früher einmal blond gewesen war und das er heute streng nach hinten gekämmt hatte. Er trug ein teures Hemd von schlichtem Grau, das an den Schultern und an der muskulösen Brust ein wenig spannte, und eine schwarze Hose mit Bügelfalten, dazu passende Schuhe – handgefertigt, schwarz und frisch poliert. An seinem Handgelenk funkelte eine goldene Rolex. Er war Mitte vierzig, wirkte allerdings gut fünf Jahre jünger. Leonhard war einmal verheiratet gewesen, hatte jedoch keine Kinder, dafür aber ständig Affären.

Der durchtrainierte Kommissar mit den markanten Gesichtszügen achtete auf seine Ernährung und auf seinen Körper. Er war pedantisch, akkurat und sehr von seinem Erscheinungsbild überzeugt. Sein Aussehen war ihm ungeheuer wichtig – was man von seinem Vorgesetzten nicht behaupten konnte, sinnierte er und taxierte den kleinen Mann mit finsterer Miene.

Reinhold Stettel stand am Fenster und biss ungerührt in ein Brötchen, das zur Hälfte in Alufolie eingewickelt war. Eine dünne Gurkenscheibe und ein weißer Klecks Remoulade quollen zwischen den beiden Hälften heraus.

Bei diesem Anblick zog sich Leonhards Magen krampfhaft zusammen. Er kräuselte angewidert den Mund und schüttelte leicht den Kopf. »Wieso isst du nicht einfach die Hinterlassenschaften deines Hundes? Die sammelst du schließlich ein und wirfst sie dann weg, schade um das gute Zeug. Ist bestimmt immer noch gesünder als das da.« Leonhard wandte den Blick ab, hin zu einem weißen Blatt Papier, das vor ihm auf dem kleinen Tisch lag. Er nahm es an sich, um das Kleingedruckte zu überfliegen und sich dem unappetitlichen Anblick zu entziehen.

Reinhold ließ sich nicht provozieren und biss ein weiteres Mal ab.

Leonhard hob den Kopf und beobachtete, wie der weiße Klecks auf dem selbst gestrickten Pullunder landete, der von dem stattlichen Bauch gestrafft wurde. Dieses hässliche Teil war eine Art Uniform, weil Stettel es vor drei Jahren von seiner

Schwiegermama zu Weihnachten bekommen hatte, wusste Leonhard. Seitdem trug er den Pullunder oft zur Arbeit.

Der genervte Kommissar senkte erneut den Blick und überflog die Zeilen ein weiteres Mal. Er stieß ein leises Fluchen aus – bei dem Schmatzen, das Reinhold Stettel verursachte, konnte er sich einfach nicht auf das Wesentliche konzentrieren und musste den Text immer wieder aufs Neue durchlesen, ohne daraus schlauer zu werden.

Gemächlich wischte sein Vorgesetzter den Klecks einfach mit der Hand weg. Aus einem Klumpen wurde eine verschmierte Schliere. Reinhold grunzte, zupfte ein Stofftaschentuch aus seiner Hose und rieb mit gesenktem Kopf, der leicht rot wurde, mehrmals über die Stelle. Danach aß er einfach weiter.

»Was passt dir eigentlich dieses Mal nicht?«, fragte er mit vollem Mund, nachdem er sich den letzten Bissen hineingestopft hatte. »Das hier ist nur eine formelle Sache«, nuschelte Stettel und knüllte die Alufolie zu einem kantigen Knäuel zusammen. »Du musst den Ort einfach bloß anschauen, den Tathergang protokollieren, den Selbstmord als solchen erkennen. Am Montag kannst du dann alles für den weiteren Schriftverkehr vorbereiten und dokumentieren.«

Leonhard musste sich zusammenreißen, um nicht laut aufzulachen, so schlecht trug sein Vorgesetzter die Lüge vor. Er hob das Blatt in die Luft und wedelte damit. »Eine tote Frau ist nichts als eine formelle Sache? Wir sind hier beim Morddezernat, und das hier riecht nicht wirklich nach einem Selbstmord. Du willst mir wieder einen Mord unterjubeln.«

Reinhold Stettel warf die Alufolie in Richtung Mülleimer, traf jedoch nicht. Kopfschüttelnd sah er Leonhard an und holte tief Luft.

»Selbstmord von einem Mord unterscheiden kann auch jemand anders. Das wird doch nicht so schwierig sein.« Leonhards Stimme wurde leiser.

»Sage ich ja«, entgegnete der Polizeihauptkommissar schulterzuckend und griff nach einer Thermosflasche. »Du musst dich lediglich vergewissern, ob dem so ist, mehr nicht.«

»Ach, fick dich doch, Reinhold, dazu habe ich nun wirklich keine Lust.« Leonhard knallte das Blatt auf die Tischplatte.

»Diese rohe Ausdrucksweise, wie rückständig von Ihnen, Kommissar Stegmayer«, zog Reinhold seinen langjährigen Kollegen und guten Freund mit einem frechen Grinsen auf und genehmigte sich einen Schluck Milch direkt aus der Flasche. »Aber manch eine Frau könnte auf diese raue, unbeherrschte Art stehen. Das macht heutzutage einen richtigen Mann aus. Habe ich recht?« Stettel unterdrückte einen Rülpser und schraubte die Flasche wieder zu. Nach einem Augenblick des Schweigens zog der dicke Polizist an der obersten Schublade und förderte eine dünne Mappe zutage, die er Leonhard über den Tisch schob. Mit einem angedeuteten Lächeln warf er seinem Gegenüber einen listigen Blick zu.

Leonhard schnaubte verärgert und schnappte danach. »Nur eine Begehung, mehr nicht!« Das war keine Frage, sondern eine Feststellung.

Reinhold Stettel nickte zustimmend.

Hastig überflog Leonhard die Daten. Die Tote hatte in der Nähe vom Ostseeplatz gelebt, konnte der Kommissar den Unterlagen entnehmen, viel mehr stand da nicht. »Prenzlauer Berg«, murmelte er und kaute nachdenklich an der Unterlippe. *Ein Stadtviertel in Berlin, das mit mäßigem Erfolg gentrifiziert wird*, fiel ihm dazu ein. Er kratzte sich am Kinn, blätterte weiter und überflog flüchtig die restlichen Informationen, dann klappte er die Mappe zu. »Okay, ich mach es.«

Auf Reinholds feister Miene breitete sich ein zufriedenes Lächeln aus.

»Aber nur gegen eine kleine Aufwandsentschädigung.« Leonhard blinzelte seinem Boss zu. »Schließlich könnte sich dieser Selbstmord zu einem Mord entwickeln«, fügte er trocken hinzu und warf die Mappe zurück auf den Tisch.

Reinholds Lächeln erstarrte zu einem dümmlichen Grinsen. Der Polizeihauptkommissar schaute seinen Kollegen konsterniert an. In diesem Moment klopfte es an der Tür.

»Ja, bitte«, rief Stettel und war froh, gestört worden zu sein.

Die Tür ging zögernd auf. Das attraktive Gesicht einer jungen Frau, die kaum älter als dreißig sein konnte, lugte durch den Spalt ins Büro.

Leonhard hob die Augenbrauen und drehte sich zu ihr um.

Die Frau trat vollends ein und blickte unschlüssig von einem Mann zum anderen. Mit ihrer linken Hand umklammerte sie eine dünne Aktentasche aus hellem Lederimitat.

Sie trug einen dunklen Rock und einen noch dunkleren Blazer, darunter ein mintgrünes Oberteil. *Alles von der Stange*, konstatierte Leonhard und inspizierte flüchtig ihre Schuhe. *Zwar aus echtem Leder, aber billig verarbeitet*, stellte er fest und hob wieder den Blick.

»Das ist aber eine sehr interessante Koinzidenz«, sagte Stettel erfreut. »Gerade haben mein Kollege und ich darüber diskutiert, wie wir ein Problem am besten lösen könnten, und da kommen Sie herein.« Er sah die Frau mit einem strahlenden Lächeln an.

»Ich habe heute einen Vorstellungstermin«, erwiderte die Frau schüchtern, weil sie sich nicht sicher war, ob sie das richtige Büro erwischt hatte.

»Hier ist die Lösung all unserer Probleme«, freute sich Stettel und breitete einladend die Arme aus. »Kommen Sie nur herein. Gerade eben haben wir beide darüber diskutiert, ob mein werter

Kollege, Kommissar Stegmayer, nicht etwas Unterstützung bekommen könnte, und genau in diesem Moment hat uns der liebe Gott Sie persönlich geschickt«, schwadronierte er mit leutseliger Stimme.

Leonhard räusperte sich vernehmlich und trat von einem Bein auf das andere. Ihm war die Situation unangenehm.

Auch die junge Polizistin bekam rote Wangen. Sie konnte ihre anfängliche Nervosität nicht verhehlen.

»Kommen Sie bitte näher. Sie müssen Frau Greenwood sein.«

Sie nickte und lächelte zaghaft.

»Das ist nicht Ihr Ernst«, fuhr Leonhard auf und wählte bewusst die förmliche Anrede. »Sie wollen mir jetzt nicht einen Auszubildenden ans Bein binden?«

»Wenn schon, dann eine Auszubildende«, korrigierte ihn Stettel. »Aber Frau Greenwood ist eine frischgebackene Kommissarin«, wies er Leonhard sanft in seine Schranken.

»Das ist doch alles eine besch... sch... eidene Situation«, entfuhr es Stegmayer. »Den Fall soll jemand anderes übernehmen«, brummte er, ohne sich zu zügeln.

Die Frau stand weiter unsicher neben der Tür und beäugte die beiden.

»Tut mir leid, aber mein Kollege hat das Tourettesyndrom«, knurrte Stettel. »Und die Ausbrüche werden in Anwesenheit einer hübschen Frau immer schlimmer, da können Sie nun wirklich nichts dafür.«

Die Polizistin nickte verständnisvoll und trat einen Schritt näher. »Meine Oma hatte das auch«, sagte sie und lächelte zögerlich.

»Na schön, wenn Sie es wünschen, dann übernehme ich diesen Fall. Aber Sie«, Stegmayer schnappte nach der dünnen Akte und deutete damit in Richtung der neuen Kollegin, »Sie werden das ganze Papierzeug übernehmen, Frau Greenwood.«

»Ella wäre mir lieber«, kam es ihr über die Lippen – was sie sofort bereute, das konnte Leonhard an ihrem Gesichtsausdruck erkennen.

»Na schön. ›Ella wäre mir lieber‹ ist mir jedoch ein bisschen zu lang, Frau Greenwood. Sie werden alles dokumentieren und protokollieren.«

Ella nickte. Sie war zierlich und nicht wirklich groß. Selbst mit Absätzen maß sie keine eins fünfundsechzig und sah in Leonhards Nähe wie ein kleines Schulmädchen aus. Ihr dunkelbraunes Haar glänzte, als würde sie direkt vom Friseur kommen.

Leonhards Reaktion war für Reinhold Stettel keine Überraschung. Der korpulente Mann lächelte bedauernd und hob leicht die Schultern an. Die junge Dame war neunundzwanzig, wie er aus ihren Bewerbungsunterlagen wusste, war ledig und hatte keine Kinder. Trotz ihres jungen Alters strahlten ihre Augen eine unbeschreibliche Unerschrockenheit aus.

»Ich bin hier fertig, Sie dürfen mir in unser Büro folgen«, sagte Leonhard in scharfem Ton.

»Ihre Art, sich auf ein Gespräch einzulassen, ist bemerkenswert. Darf ich vielleicht erfahren, wie Sie heißen?«, konterte Ella und brachte Leonhard damit völlig aus dem Konzept.

Auf seiner Stirn bildeten sich unzählige Fältchen. Aus dem Augenwinkel konnte er auf Reinholds Visage ein selbstzufriedenes Grinsen erkennen.

»Kommissar Stegmayer.« Seine Stimme bekam einen heiseren Unterton.

»Haben Sie auch einen Vornamen?«

»Wir belassen es fürs Erste bei ...«

»Also soll ich mich an Sie mit ›Herr Kommissar Stegmayer‹ wenden?« Ella strich sich eine Strähne hinters Ohr. Ihre Frage klang auf keinen Fall sarkastisch.

»Ja. Das Leben der Erwachsenen folgt anderen Regeln als das der Teenager.« Stegmayer ging zur Tür und riss sie auf.

»Brauchen Sie eine Extraeinladung? Haben Sie überhaupt schon einen Führerschein?«, fragte er über seine Schulter. Er wollte einfach nicht lockerlassen. Er mochte sie nicht und wollte es ihr sowie Stettel mit aller Deutlichkeit zeigen. Sie hatte etwas an sich, das ihn an eine Musterschülerin erinnerte. Er hatte dabei ein Bauchgefühl, dass diese »Ella wäre mir lieber« ihm mit ihrer korrekten Art noch mehr Überstunden bescheren würde.

Sein letzter Partner hatte aus freien Stücken gekündigt. Den Grund seiner Entscheidung, den Job beim Morddezernat an den Nagel zu hängen, hatte er partout nicht nennen wollen. »Das geht dich einen Scheißdreck an«, hatte ihm Valentin ganz vertraulich ins Gesicht geschleudert, vor der gesamten Mannschaft beim Weihnachtsfest. Taumelnd, weil er sich vorher mit viel Glühwein Mut angetrunken hatte, hatte Valentin seine Kollegen für immer verlassen. Jetzt war er eine Art Berater für Stressbewältigung.

»Ach ja, das hätte ich beinahe vergessen ...«, ertönte die Stimme des Vorgesetzten hinter Leonhards Rücken.

Der Kommissar, der gute eins fünfundachtzig maß, blieb einfach im Türrahmen stehen, ohne Anstalten zu machen, sich umzudrehen.

»Ich möchte noch hinzufügen, dass der Fall von äußerster Priorität ist und diskret gehandhabt werden soll. Wir wollen damit kein unnötiges Aufsehen erregen. Die gegenwärtige politische Lage erlaubt uns keine Fehler. Kommissar Stegmayer weiß sicherlich, worauf ich hinauswill!«

»Ja, die Polizei ist zum Arsch der ganzen Nation degradiert worden«, erwiderte Leonhard Stegmayer bärbeißig. »Auch wenn wir das alles unseren Politikern zu verdanken haben, müssen wir diese Scheiße selbst auslöffeln – ohne Spesen, oder wie nennt man das, ach ja, ich vergaß – ohne Diäten.« Damit stürmte er in den Flur.

***

Ella stand unschlüssig da.

»Machen Sie sich nichts draus«, munterte sie Polizeihauptkommissar Stettel auf und nahm einen tiefen Schluck aus seiner Thermosflasche.

Ella kam sich nach wie vor fehl am Platze vor.

Stettel bemühte sich um einen versöhnlichen Ton und schraubte die Flasche zu. »Er ist immer so cholerisch vor einem neuen Fall, aber das legt sich wieder. Verspätete Pubertät oder so. Dieses Imponiergehabe ist das Ergebnis seiner Kindheit und darauf zurückzuführen, dass es einem nicht wirklich guttut, wenn man alles auf dem Präsentierteller serviert bekommt.« Er massierte sich das Nasenbein und versuchte es mit einem Lächeln. »Aber Spaß beiseite. Kommissar Stegmayer wartet eigentlich stets mit schlüssigen Argumentationen auf, die keinen Platz für Zweifel lassen. Er wird Ihnen in Sachen Polizeiarbeit viel beibringen können. Seine Vorgehensweise ist effizient und im Gerichtssaal von großer Bedeutung. Sie müssen sich nur in Geduld üben. Er ist ein Sonderling, der seinesgleichen sucht. Ein Einzelkind eben.«

»Ich bin auch ein Einzelkind«, flüsterte Ella. Ihren Stiefbruder wollte sie nicht erwähnen, weil sie das Gespräch nicht vertiefen wollte.

»Dann werden Sie sicherlich gut miteinander auskommen«, murmelte der Kripochef und deutete mit seinem Doppelkinn Richtung Tür. »Er wird ganz bestimmt nicht auf Sie warten … Und noch etwas.«

»Ja?«

»Standen Sie schon mal einem Mörder gegenüber?«

»Nein«, log Ella und hoffte, dass ihre Lüge nicht auffliegen würde. Ihre Hand zupfte kurz am Saum ihres Jacketts. Automatisch berührte sie mit den Fingern ihrer rechten Hand den linken Ringfinger und tat so, als würde sie an einem Ring drehen.

»Was macht in Ihren Augen einen Mörder aus? Oder anders ausgedrückt, wann stehen die Chancen gut, einer solchen Kreatur zu begegnen?«

Draußen ertönten laute Stimmen. Ella ignorierte sie. War das eine Fangfrage? Gefangen in einem Wechselbad der Gefühle schöpfte sie neuen Mut. Sie konzentrierte sich, überlegte einen Moment lang, wie sie die Frage am geschicktesten beantworten könnte, und sagte mit stoischer Miene das Erste, was ihr in den Sinn kam.

»Das Risiko, einem Mörder zu begegnen und ihm zum Opfer zu fallen, ist nur dann erhöht, wenn mehrere Faktoren aufeinandertreffen. Im Umkehrschluss bedeutet das auch, dass der Mörder erst in dem Moment zu einem Mörder werden kann, wenn diese Faktoren erfüllt sind und nicht von äußeren Einwirkungen gestört werden.«

»Im Wesentlichen mögen Sie mit Ihrer Aussage recht haben. Aber …«

Die Stimmen im Korridor wurden lauter. Ella hörte eine Tür schwer ins Schloss knallen. Schritte erklangen und kamen näher. Jemand schrie auf.

Reinhold Stettel wandte seinen Blick von Ella ab und richtete seine kleinen Augen zum Flur.

Warnende Rufe hallten von den Wänden wider. Ella gab sich Mühe, die Fassung zu wahren, und rührte sich nicht von der Stelle.

Eine männliche Stimme brüllte: »Du Wichser hast meine Frau gefickt, während ich auf Kur war!«

Kapitel 2

»Hey«, flüsterte er. »Hey, bist du noch da?« Er drückte seine Lippen gegen die Tür, dicht an den Spalt. Er schmeckte das Metall auf seiner Zunge. *Fast schon wie Blut*, dachte er und leckte sich über die spröden Lippen.

»Weißt du was?«, fragte er etwas lauter und zuckte vor seiner eigenen Stimme zusammen.

Er lauschte und presste sein Ohr an das warme Blech.

»Ich mag dich«, fuhr er mit brüchiger Stimme fort und achtete darauf, ganz leise zu sprechen.

Er wartete wieder auf eine Antwort oder eine Regung, vielleicht auf ein leises Rascheln, aber es blieb alles still.

Sein Atem ging schwer. Die Enge im Keller erdrückte ihn beinahe. Auch das fahle Licht, das Schatten auf die grauen Wände warf und sie zum Leben erweckte, jagte ihm Angst ein.

»Er ist nicht hier«, raunte er die Worte und wartete erneut. Diese Pausen, in denen er seinen eigenen Herzschlag hören konnte, waren die schlimmsten. Schweißtropfen bildeten sich auf seiner Stirn. Seine Finger legten sich auf das weiß lackierte Metall. Der Lack war an vielen Stellen aufgeplatzt und schälte sich ab – *wie Hautfetzen*, dachte er und zog an einer der Ecken. Die oberste Schicht ließ sich abziehen. Darunter war das Blech rot. Die dünne Lackschicht zerbröselte zwischen seinen Fingern zu Staub, als er die Fingerkuppen aneinander rieb.

»Sally?«, begann er aufs Neue und hörte seine Stimme kaum. Darauf achtend, kein verräterisches Geräusch zu verursachen, rutschte er auf den Knien noch näher heran. »Sally?« Er schluckte und zog eine Grimasse. Er sah verängstigt aus – wie ein Kind, das nicht weiterwusste. »Sally, er ist fort«, wisperte er und fuhr sich mit zittrigen Fingern über den Mund. Im nächsten Moment glitt seine Hand zur Türklinke.

Ist bestimmt abgesperrt, überlegte er. *Wie immer,* fügte in Gedanken hinzu und betastete den schwarzen Griff, ohne recht zu wissen, was er da tat. Seine Finger schlossen sich zu einer Faust. Er schluckte schwer und flüsterte unverständliche Worte. Es klang nach einem Reim, nach einem Gedicht aus einem Kinderbuch. Er war unentschlossen und hatte Angst vor den Konsequenzen, dennoch war seine Neugier stärker als die Furcht.

Millimeter für Millimeter zog er an dem Griff und hörte das leise, metallische Schaben des Mechanismus und das ohrenbetäubende Pochen in seinem Kopf.

Klick.

Stille.

Selbst sein Herz schlug nicht mehr.

Klack.

»Die Tür war doch nicht abgesperrt«, flüsterte er vor sich hin. *Wie ungewöhnlich,* wunderte er sich und presste die Lippen fest aufeinander.

Er rüttelte an der Türklinke. Nur einen Millimeter weit, dann noch etwas mehr. Tatsächlich, sie war zum ersten Mal nicht abgeschlossen. Endlich würde er nachschauen können, was sich dahinter verbarg. Wie ein eingeschüchtertes Kind sah er sich um. Sein Blick wanderte zur Treppe, danach langsam zurück zu der Tür, hinter der sich ein Geheimnis verbarg.

Der Spalt zwischen der Tür und dem Rahmen wurde größer. Ein unangenehmer Geruch stieg in seine Nase. Er zog sie kraus, rieb sich mit dem Finger am Kinn und sammelte neuen Mut. Endlich fasste er sich ein Herz und schloss kurz die Augen.

»Ich werde es tun«, murmelte er. »Sally«, sprach er den Namen wie einen Fluch aus und strengte sich an, in der finsteren Schwärze, die den ganzen Spalt ausfüllte, etwas auszumachen.

Mit einem Mal wurde ihm bange zumute. Er fand seine Idee, hierher nach unten zu kommen, überhaupt nicht mehr gut. Die Aufregung machte der Panik Platz.

Plötzlich ertönte ein leises Rascheln.

»Sally?« Seine Miene versteinerte. Der Blick wurde glasig. Aber er schlug sich mehrmals sanft mit der Faust gegen die Schläfe und vertrieb die Stimme aus seinem Kopf. Seine Brust hob und senkte sich wieder. Sein Atem ging abgehackt. »Sally?«, flüsterte er in die Stille hinein.

Die Stimmen gaben endlich Ruhe. Sein Mund wurde trocken. Er wiegte seinen Oberkörper hin und her. Nach einer Weile hatte er sich wieder unter Kontrolle. Die ganze Zeit hielt er sich an der Tür fest, seine Handgelenke verkrampften sich. Der Arm begann zu zittern.

Ganz vorsichtig spreizte er die Finger auseinander und ließ von der Türklinke ab, so, als würde sie mit jedem Atemzug wärmer werden. Er brauchte einen Moment, um sich seines Aufenthaltsortes bewusst zu werden. Er befand sich immer noch im Keller: Dort, wo die Hexen lebten.

Er hob den Kopf zur Decke. Klick.

Ein greller Lichtstrahl durchschnitt die Schwärze. Er zuckte zusammen und schloss erneut für einen Moment die Augen. Die Taschenlampe in seinen Händen zitterte. Die hatte er beinahe vergessen. Nun schwenkte er den Lichtkegel in den verborgenen Raum. Ein weißer Speichelfaden hing aus seinem

Mundwinkel und zog sich in die Länge. Die Spinnweben in seinem Kopf wurden dichter.

»Ich drehe durch, ich drehe durch, ich drehe durch«, wiederholte er mehrmals und zwang sich zur Räson. »Sei kein kleines Baby!«, herrschte er sich an und konzentrierte sich auf den weißen Lichtkegel.

»Es war eine Spinne oder eine Maus, oder, Sally?«, sagte er schmatzend, als hätte er sich an jemanden gewandt, der dicht neben ihm saß und seiner Geste folgte, denn er zeigte mit der linken Hand auf etwas, das von der Taschenlampe erleuchtet wurde. Der Kreis glitt unstet über das morsche Mauerwerk. »Hast du den Schatten gesehen? Das war ein Geist«, schmatzte er weiter und kicherte.

»Dennis darf nichts davon erfahren.« Er richtete den Kegel gegen die Decke und ließ ihn langsam nach unten gleiten. Das hatte er früher oft getan, wenn er in seinem Zimmer im Bett lag und nicht einschlafen konnte – damals, als er noch ein Kind war.

Sein Mund formte Worte, ohne dabei einen Laut herauszubringen. Der Lichtstrahl traf erneut eine Wand und wanderte zuckend zur Decke. Anschließend kroch der helle Kreis zur linken Ecke. Er hob den linken Arm in die Höhe, dem weißen Lichtstrahl folgend starrten seine Augen auf ein Spinnennetz. Wie benommen streckte er den linken Zeigefinger aus.

»Eine Spinne«, wiederholte er. Seine Aussprache war feucht und kaum verständlich, aber das war ihm egal. Er lächelte. Sein dümmliches Grinsen offenbarte eine Reihe gelber Zähne.

»Sally, hast du Angst vor Spinnen?«, wollte er wissen, den Blick immer noch auf ein zuckendes Spinnennetz gerichtet, in dem ein kleines, schwarzes Etwas vergeblich auf Beute lauerte. Dahinter sah er ein Gesicht, ganz grau. Der Mund stand weit offen. Die Lippen waren blau, die Augen von einem milchigen Film überzogen.

»Paff, paff«, imitierte er das Geräusch eines Gewehrs und zielte mit dem Strahl seines Lichtstabes in eine andere Ecke. »Sally, ich habe sie alle erledigt, du kannst rauskommen.« Er wischte sich den Sabber mit dem Hemdsärmel weg und drehte sich erneut zur Tür, die aus dem Keller führte und weiterhin sperrangelweit offen stand. Kein Funke Neugierde regte sich in seinen Augen. Sein Blick war stumpf. Etwas hinter seiner Stirn beschäftigte ihn und trübte seinen Verstand.

»Komm jetzt, sonst ist er wieder da, und du verreckst in diesem Loch.« Er presste die Lippen aufeinander wie ein bockiges Kind. »Dennis mag nicht, wenn ich ihm nicht gehorche. Er wird dann fuchsteufelswild und lässt mich mehrere Tage nicht mehr raus.«

Er schwieg und lauschte.

»Komm jetzt«, drängelte er weiter und wagte einen Blick durch den breiten Spalt, erst danach richtete er den Strahl seiner Taschenlampe nach unten und ließ ihn über den Boden wandern. Er hielt inne.

»O mein Gott!«, krächzte er wie ein Rabe und schlug sich mit der Hand auf den Mund.

Das, was er erblickte, verschlug ihm den Atem. So etwas wie Bedauern breitete sich in ihm aus. »Sally?« Der weiße Lichtkreis tanzte auf ihrem Gesicht. Er starrte in zwei Augen. Der gebrochene Blick suggerierte ihm, dass das Mädchen tot war, aber er wollte das nicht akzeptieren.

Also war es keine Einbildung. Das tote Gesicht war Sally, seine Sally! Wutentbrannt schlug er die Tür zu, doch der Türschnapper rastete nicht ein. Stattdessen flog die Tür noch weiter auf. Erneut meldete sich eine Stimme in seinem Kopf. »DU MUSST AUF DEN STUHL!«, herrschte sie ihn an.

»NEIN!«, wimmerte er und brach in Tränen aus. Er würgte und schluckte die Kotze wieder hinunter, die in ihm hochstieg und seine Kehle verätzte.

Wie aus weit vergessener Vergangenheit hörte er den Klang ihrer Stimme. Sallys Mund war immer noch weit aufgerissen. »Nein … nein … nein«, stammelte er und hielt sich die Ohren zu. Die Taschenlampe fiel zu Boden und rollte von ihm weg. Sallys zahnloser Mund passte nicht zu ihrem zierlichen Gesicht, das nun aschfahl und unnatürlich steif wirkte. Wie eine Maske aus einem Horrorfilm. Erst jetzt bemerkte er, dass Sally nackt war. Mit dem Rücken an die Wand gelehnt, die Beine gespreizt, saß sie auf der nackten Erde. Eine schwarze Pfütze hatte sich unter ihr gebildet und kroch über ihre Hände empor bis hin zu den Ellenbogen. Aus einem Arm ragte etwas Weißes, die Haut hatte an dieser Stelle zackige Ränder. Die weiße Haut war an vielen Stellen rot und hatte ausgefranste Wunden.

Er schloss die Augen und wackelte mit dem Oberkörper vor und zurück wie ein betender Gläubiger. Obwohl er die Gedanken aus seinem Kopf zu verdrängen versuchte, quetschten sich die hässlichen Bilder vor sein geistiges Auge und ließen sich nicht vertreiben.

»Ich muss zurück auf den Stuhl, ich muss zurück auf den Stuhl«, plapperte er in einem Singsang vor sich hin und wurde lauter. »ICH MUSS AUF DEN STUHL, ICH MUSS ZURÜCK AUF DEN STUHL!«, brüllte er, sprang auf und stürmte über die steile Treppe nach oben ins Helle, dorthin, wo keine Geister lebten.

Endlich ließen die Bilder von ihm ab. In der Küche angekommen, schaltete er das Licht an, obwohl es draußen noch hell war, und setzte sich auf den hölzernen Stuhl. Ein hastiger Blick auf die Uhr, die leise tickte. Sie hing direkt über der Tür. Fast hätte er den Zeitpunkt verpasst, aber nur fast.

Seine Brust hob und senkte sich, er atmete schwer, dennoch schloss er die Augen. Dann versank er im Nirgendwo.

KAPITEL 3

Ella folgte dem korpulenten Polizeihauptkommissar in den Korridor. Auf dem Boden lag ein Mann, auf ihm saß rittlings ihr neuer Kollege und legte dem Uniformierten Handschellen an. Einige Polizisten standen daneben und verfolgten die Szenerie mit unterschiedlichen Mienen. Ella brauchte einen Moment, um das Gesehene zu verdauen.

»Ich habe sie nicht gefickt, sie war diejenige, die die Initiative ergriffen und mich ins Bett gezerrt hat. Ich habe mich dabei vehement gegen ihre Avancen gewehrt«, knurrte Leonhard, der aus Nase und Mund blutete. Ungeachtet dessen zerrte er seinen Kontrahenten an den Armen hoch auf die Beine und rammte ihm die linke Faust in den Solarplexus.

Der gehörnte Polizist keuchte und taumelte rückwärts.

Leonhard nickte und sah zu Ella. »Mein Hemd ist ruiniert«, fluchte er und betrachtete die großen roten Flecken. »Sie, Greenwood, fahren allein zum Tatort.« Er bückte sich nach unten und hob die Mappe auf, die er Ella zuwarf.

Sie fing sie nur mit viel Glück auf.

»Ich werde mich umziehen müssen und komme nach, so schnell ich kann.« Ohne ein weiteres Wort lief er zu den Treppen und verschwand.

Ella schluckte den harten Brocken hinunter und linste zu Reinhold Stettel.

Dieser hob und senkte die Schultern. »Das wird mächtig Ärger nach sich ziehen«, prophezeite er. Nachdenklich rieb er sich über das Kinn. »Sie, Sie und Sie«, er deutete auf die zwei Beamten und Ella, »Sie verschwinden von hier und werden später behaupten, dass Sie von alledem nichts mitbekommen haben.« Noch bevor Ella etwas erwidern konnte, fuhr Stettel ihr mit einem weiteren Satz über den Mund: »Sie müssen eine Leiche untersuchen, schon vergessen? Nun gehen Sie endlich«, schob er unwirsch nach und wedelte abweisend mit der fleischigen Hand. »Ihr drei kommt mit, und du, Jörg, beruhigst dich jetzt ganz schnell mal wieder. Hast du mich verstanden?«

Ella stand immer noch da.

»Na los, verschwinden Sie! Ach, bevor ich es vergesse …« Der Polizeihauptkommissar ging zurück in sein Büro und kam mit einem Dienstausweis heraus. »Der gehört ab heute Ihnen, den müssen Sie ständig bei sich tragen. Sie haben bei Ihrem Vorstellungsgespräch einen sehr guten Eindruck hinterlassen. Nach einer kurzen Besprechung haben wir uns für Sie entschieden. Und jetzt machen Sie, dass Sie hier verschwinden.«

Kopfschüttelnd und auf zittrigen Beinen hastete sie zu den Aufzügen.

**

Ella hatte das mehrstöckige Haus sofort gefunden, nur die Suche nach einem Parkplatz hatte etwas gedauert. Nachdem sie nicht fündig geworden war, stellte sie ihren Porsche einfach am Gehweg unweit des Hauses ab.

»Und Sie sind wer?«, begrüßte sie ein Mann, der vor der Eingangstür Wache schob und jeden kontrollierte.

»Ella Greenwood, Morddezernat.«

Der Mann prustete los. Er hatte einen Schnauzbart, der ihn wie ein Walross aussehen ließ, seine wässrigen Augen wurden zu schmalen Schlitzen. »Da oben hängt eine Leiche. Die Sache da ist etwas für Erwachsene und nicht für kleine Schulmädchen. Sind Sie vielleicht eine Reporterin?« Er schniefte und verschränkte provokativ die Arme vor der Brust.

Ella kramte in ihrer schlichten Aktentasche, ohne fündig zu werden. Hektisch verschwand ihre Hand in der Innentasche ihres Jacketts. Mit einem erleichterten Seufzer fischte sie ihren Dienstausweis heraus und hielt diesen dem Mann direkt vor die fleischige Nase.

Sein Lächeln erstarb. Der Polizist räusperte sich. »Dritter Stock. Und halten Sie das Ding parat. Sonst werden Sie nicht durchgelassen. Sie sind neu, oder?«

Ella nickte knapp und steckte den Ausweis zurück in die Innentasche. Mit einem kecken Lächeln beäugte sie den Mann, weil er seinen Blick zu ihrem Wagen wandern ließ.

»Und wie kommen Sie zu so viel Geld, dass Sie so einen Schlitten fahren können?«

»Mein letzter Ehemann war reich, alt und hatte ein schwaches Herz. Er starb noch im Bett …« Sie ließ den zweideutigen Satz in der Schwebe hängen und zwinkerte dem verdutzt dreinblickenden Mann frech zu.

Dieser hüstelte verlegen in die Faust. »Das erklärt aber immer noch nicht, wie eine junge Frau wie Sie es ins Morddezernat geschafft hat. Mussten Sie nicht vorher Streife fahren und Knöllchen verteilen?«

»Mein vorletzter Ex war übrigens der Berliner Polizeipräsident.«

»Sie nehmen mich auf den Arm.«

»Wer weiß!« Ella grinste und schlüpfte durch die Tür, als eine ältere Dame mit ihrem Rollator und einem Langhaardackel mühselig die Tür vor sich herschob.

»Mein Schlüssel«, rügte sie mit erstaunlich klarer Stimme und zeigte auf das Schloss, in dem ein Bund aus mehreren Schlüsseln hängen geblieben war.

»Oh, ich bitte um Entschuldigung«, sagte Ella schnell und gab der Dame das zurück, wonach sie mit herrischem Gesichtsausdruck verlangt hatte.

»Ich bekomme den Schlüssel nicht mehr so schnell aus der Tür«, murmelte die Dame. »Und Babsy hat sich mit ihrer Leine um mein Bein gewickelt. Die ist ja noch ungeschickter, als ich es bin. Babsy, zieh nicht so. Sonst musst du wieder zum Tierarzt.« Der Hund winselte.

»Der nette Polizist wird Ihnen sicherlich bei dem kleinen Malheur helfen.« Ella warf ihm ein spöttisches Grinsen zu.

»Aber natürlich, gnädige Frau«, knurrte der Polizist.

»Das ist aber lieb«, freute sich die betagte Frau und richtete kurz ihre weißen Locken. Der Hut saß schief auf ihrem kleinen Kopf, doch dieser passte gut zu ihrem restlichen Ensemble, stellte Ella fest und dachte bei sich: *Ob ich in dem Alter auch noch so fit bin?* Schon kehrte sie den dreien den Rücken zu und nahm die Treppe. Ihre Absätze klackerten auf den Stufen und kündigten ihr Kommen an.

***

Auf dem obersten Treppenabsatz stieg ihr ein unangenehmer Geruch in die Nase, herb und süßlich. Vor der Tür zur linken Wohnung stand, sichtlich übermüdet und auch gelangweilt, ein uniformierter älterer Polizist und starrte auf einen imaginären Punkt vor sich. Erst nachdem Ella ihm ihren Polizeiausweis gezeigt hatte, würdigte er sie eines Blickes und nickte knapp zur Tür.

Die Tür war nicht verschlossen. Ella fiel sofort auf, dass sie brachial aufgebrochen worden war, denn in der Zarge klaffte ein großes Loch, und der Schlossriegel ragte nach wie vor aus der Tür.

»Die Kollegen vom KDD haben sie aufbrechen müssen, wenn ich richtig informiert wurde«, setzte sie der ältere Polizist in Kenntnis. Sein Blick hing nicht mehr in der Leere, sondern auf ihrem Po.

Ella schüttelte nur den Kopf und fand sich nach einem kurzen Augenblick des Zögerns in einem geräumigen Flur wieder, der in schlichtem Weiß gehalten war, selbst der Boden war weiß gefliest.

»Sind Sie mit der Toten irgendwie verwandt? Wer hat Sie eigentlich reingelassen?« Ein bulliger Mittfünfziger stand ihr direkt gegenüber und musterte sie streng. Sein hageres Gesicht war von grauen Bartstoppeln übersät. Er sah übernächtigt und nicht wirklich gut gelaunt aus. Auch nachdem Ella sich ausgewiesen hatte, besserte sich seine Laune nicht merklich.

So etwas wie Hohn funkelte in den stahlgrauen Augen des Mannes. Ein knappes, abschätziges Lächeln huschte über den schmallippigen Mund.

»Stellen sie jetzt schon unschuldige Mädchen ein? Wo ist Stegmayer?«

»Er ist verhindert, ich bin seine …« Sie haderte mit sich selbst, weil sie sich nicht sicher war, ob »Partner« tatsächlich eine gängige Beschreibung für einen Kollegen war. »Wir arbeiten zusammen«, erklärte sie schließlich und hielt dem bohrenden Blick doch noch stand.

»Herzliches Beileid.«

»Danke«, entgegnete sie trocken, ohne näher darauf einzugehen. »Darf ich weiterfragen, ob Sie sich ausweisen können?«, fragte Ella in demselben barschen Ton.

So etwas wie Respekt funkelte in seinen Augen. Er hob die Augenbrauen und griff zur Gesäßtasche. »Das Küken zeigt Zähne, gefällt mir. Kommissar Mittnacht mein Name, doch alle nennen mich Harry. Aber jetzt mal im Ernst, ist es denn um das Berliner Morddezernat so schlecht bestellt, dass sie jetzt schon Schülerinnen einstellen?«

»Ich weiß nicht, bei wem ich schlechter aufgehoben wäre, bei Ihnen oder Herrn Stegmayer. Wenn ich beim ersten Mal über Ihren Witz nicht gelacht habe, werde ich auch dann nicht lachen, wenn Sie ihn noch weitere drei Male wiederholen«, konterte Ella und deutete zur Tür. »Darf ich fragen: Die Tür musste aufgebrochen werden?«

»Ja, der KDD, also der Kriminaldauerdienst, hat die Tür aufbrechen müssen.«

Ella ließ sich nicht aus der Ruhe bringen. Natürlich wusste sie, was die Abkürzung bedeutete. »Die Tür war jedoch nicht abgeschlossen«, konstatierte sie ruhig und beäugte noch einmal das klaffende Loch im Türstock.

»Ist das denn von irgendeiner Bedeutung? Bei einem Suizid ist es einerlei, ob die Tür nur zugeschlagen oder abgeschlossen war.«

»Warum sollte eine Frau Selbstmord begehen, wenn sich ein kleines Kind mit in der Wohnung befindet? Das macht keine Mutter, egal, wie verzweifelt sie auch sein mag. Sie hätte erst dafür gesorgt, dass ihr Kind bei jemandem gut aufgehoben war.«

»Hm, Sie sind wohl einer dieser Supercops? Woher wussten Sie von dem Kleinkind, können Sie etwa hellsehen?«

»Nein, ich beobachte nur gern.« Sie deutete mit einer knappen Kopfbewegung zum Sideboard, auf dem das Telefon und eine Milchflasche standen.

»Auch dieser Punkt geht an Sie. Nur so wurden die Nachbarn auf das hier aufmerksam. Das Schreien eines Kindes brachte die Nachbarin dazu, die Polizei zu verständigen. Das Kind befindet sich momentan in der Obhut der Ärzte. Das

Mädchen war leicht dehydriert und wirkte verstört, aber es ist zu klein, um das ganze Ausmaß des Schreckens zu begreifen.«

»Das würde ich nicht so unterschreiben wollen«, erwiderte Ella.

»Sie sind aus demselben Holz geschnitzt wie Leonhard, Sie lassen sich auch nicht verbiegen, was?«

»Ich muss der jungen Dame recht geben«, intervenierte ein kleiner Mann in einem weißen Schutzanzug und stellte sich zu den beiden. Er atmete schwer und zupfte sich die Schutzmaske von Mund und Nase. »Kinder begreifen oft mehr, als uns lieb ist. Meine Enkelin ist auch so eine. Aber das nur nebenbei erwähnt. Was ich eigentlich sagen wollte, ist Folgendes ...« Er beäugte zuerst Ella, dann Kommissar Mittnacht. »Wie der Rechtsmediziner bereits festgestellt hat, haben wir es hier aller Wahrscheinlichkeit nach nicht mit einem Suizid, sondern mit einem Mord zu tun. Der Mörder wollte es nur als solchen aussehen lassen. Aber es liegt ein Halswirbelbruch vor. C3 und C4 sind verschoben, ungefähr hier ...« Der Mann zeigte auf seinen Nacken und wollte mit seinem Bericht fortfahren, wurde jedoch von Kommissar Mittnacht unterbrochen.

»Kann es bei einer Strangulation nicht dazu kommen, dass die Wirbel brechen?«

»Schon, aber erst ab einer bestimmten Fallhöhe. Hier war der Abstand viel zu gering. Außerdem würde eine Mutter so etwas nicht im Beisein ihres Kindes tun. Nie im Leben.« Der Mann spähte zu Ella, als suchte er nach Bestätigung.

Ella nickte zustimmend. »Darf ich mir den Tatort ansehen?«

»Das hier muss nicht zwangsläufig der Tatort sein«, verbesserte sie der Mann im Tyvek-Schutzanzug und deutete mit der behandschuhten Hand auf den Boden. »Achten Sie bitte auf den Trampelpfad«, verwies er auf den Bereich, der von den Polizisten betreten werden durfte. Auf dem Boden verliefen parallel zwei gelbe Streifen, die den Weg markierten.

»Sie können mich Richie nennen, das machen alle hier. Zu Hause bin ich Richard, aber behalten Sie das bitte für sich. Ich mag diese formellen Bezeichnungen nicht. Gekränkte Eitelkeiten und verletzte Gefühle, all das gehört nicht zu unserem Job, darum lasse ich diesen ganzen Firlefanz daheim. Man muss das Private vom Beruflichen sehr sorgsam trennen, sonst geht man schnell ein. Aber das ist nur ein Rat von mir, Sie sind erwachsen genug, um den richtigen Weg für sich zu wählen.«

Ella war der Mann auf Anhieb sympathisch.

»Und wie heißen Sie?«

»Ella«, sagte sie schlicht und folgte dem älteren Beamten ins Wohnzimmer.

***

»Es wurden schon die ersten Maßnahmen eingeleitet, um den ungefähren Todeszeitpunkt zu bestimmen, aber das ist bei dieser Zimmertemperatur sehr schwer. Da gehören zu viele Faktoren zusammen. Manchmal sind die Abgründe der menschlichen Seele schrecklicher als jede Fiktion. Und glauben Sie mir, ich habe schon vieles gesehen. Sich am Leid der anderen zu laben, scheint manchen zur Lebensaufgabe geworden zu sein. In diesem Fall sieht jedoch alles nach einem Streit aus, der eskaliert und schließlich in einem Mord geendet ist. Die müssen Sie sich noch überstreifen.« Richie reichte ihr zwei blaue Handschuhe und blieb stehen.

Ella sah nicht zum ersten Mal, wie eine Frau durch Strangulation getötet worden war.

»Hier passen bedeutsame Punkte nicht, die auf Erhängen hindeuten würden«, ertönte eine tiefe Stimme. Sie gehörte einem Mann, der gerade dabei war, der Toten mit einer kleinen Taschenlampe in den Mund zu leuchten. Mit dem Daumen hob er die beiden Lider nacheinander an und schaute in die trüben Augen der Toten. »Keine Petechien. Aber Würgemale am Hals.«

Ella vergegenwärtigte sich noch einmal die Situation und ließ den Blick über die Einrichtung schweifen. Mit nachdenklicher Miene sah sie sich in dem rechteckigen Raum um. Hier dominierte ebenfalls die Farbe Weiß. Die Möbel waren nicht teuer, aber auch nicht billig. Der einzige Farbtupfer war das Grün der Baumkronen, das durch das große Fenster leuchtete.

Die Tote lag neben einem Heizkörper. Sie hing an einem Strick, der an einem dünnen Rohr festgeknotet war, das in der Decke verschwand.

Adrenalin breitete sich in ihrem Körper wie ein Flächenbrand aus und schärfte ihre Sinne. Ella musste sich konzentrieren. Das hier war ihr erster Fall. Sollte sie ihn verpatzen, konnte sie sich die Karriere abschminken. Darum hoffte sie inständig, nicht in ein Fettnäpfchen zu treten. Der Umgang bei der Polizei war rau, weil jeder hier überarbeitet war.

»Wer leitet diese Ermittlung?«, wollte der Mann mit der tiefen Stimme wissen und stand auf. »Sie?« Zwei schwarze Augen waren auf Ella gerichtet. Der scharfe Unterton in seiner Stimme machte ihn keinen Deut sympathischer. Auch er trug einen Overall.

Ella nickte knapp.

»In welcher Art von Schwierigkeiten mag die Frau wohl gesteckt haben?«, murmelte Richie neben ihr und brachte damit den Mann mit dem finsteren Blick durcheinander.

Einen Moment lang visierte der große Mann sie noch einmal prüfend an, dann entspannte sich seine Körperhaltung. »Und wo ist unser Choleriker?« Hier und da ertönte gedämpftes Gemurmel, das entfernt nach leisem, abgehacktem Gelächter klang und zu dieser angespannten Situation überhaupt nicht passte, fand Ella. Aber sie war ja noch nicht so lange dabei, um so abgebrüht zu sein wie der Rest der Truppe.

»Willkommen im Klub«, vernahm Ella eine Frauenstimme. »Irgendwann gewöhnst auch du dich an den Tod. Unser Tom ist gar nicht so ernst, wie er immer tut«, sagte die Frau und deutete auf den Mann mit den rabenschwarzen Augen, der immer noch neben der Toten stand.

»Danke, Renate«, erwiderte dieser und schüttelte leicht den Kopf. »Aber sie hat recht. Ich bin von der Rechtsmedizin und dafür zuständig, die Art des Todes und dessen Ursache festzustellen. Die anschließende Obduktion wird auf dem Seziertisch vorgenommen. Ich wäre hier so weit fertig.« Er packte seine Sachen zusammen und machte sich zum Aufbruch bereit.

»Jochen, Arnold, ihr könnt das Seil durchtrennen, aber weit oberhalb des Knotens«, instruierte Richie daraufhin zwei Männer, die seine Anweisungen ohne Widerrede befolgten. »Leonhard wird sich den Knoten später anschauen wollen«, schob er wie eine Warnung nach. »Dafür lege ich meine Hand ins Feuer.«

»Das ist ein einfacher Palstek«, überlegte Ella und hielt den Blick auf den Knoten gerichtet. Mit diesem Satz brachte die junge Polizistin alle Anwesenden zum Verstummen. Tom, der Rechtsmediziner, blieb in der Tür stehen.

»Ein was?«, entfuhr es ihm, während er sich zu Ella umdrehte. Einen der Handschuhe hatte er bereits ausgezogen, der andere hing noch an seiner linken Hand.

»Ein einfacher und zugleich wichtiger Seemannsknoten mit einem nicht zuziehbaren Auge, auch Schlinge genannt. Aber er wurde nicht professionell …«

»Segeln Sie etwa?«, fiel ihr der Rechtsmediziner ins Wort.

»Nein, ich interessiere mich einfach dafür«, sagte sie laut und fügte in Gedanken hinzu: *Allein dieser Eigenheit habe ich es zu verdanken, dass ich noch am Leben bin.*

»Wenn wir von Halswirbelbruch als Todesursache ausgehen, wurde ihr der Strick post mortem um den Hals gelegt. Das erklärt auch, warum wir hier auf dem Boden unregelmäßige Schleifspuren entdeckt haben«, erfüllte Richies Stimme die Stille.

Ella sah die dazugehörigen Markierungen mit den entsprechenden Nummern.

»Was fällt Ihnen noch auf?«, wollte der große Mann wissen und zog auch den zweiten Handschuh ab, um nach zwei neuen zu verlangen. »Kommen Sie ruhig näher und lassen Sie sich Zeit«, ermutigte Tom sie.

Ella trat näher. Sie legte ihr ganzes Augenmerk auf den blau angelaufenen Hals, der an der Stelle um den Knoten aufgedunsen war.

»Der Knoten wurde falsch gebunden«, erklärte sie mit ruhiger Stimme.

»Und weiter?« Tom stand neben ihr.

Die beiden Männer hielten ihr den Leichnam so hin, dass Ella freie Sicht auf den Knoten hatte. Die Schlaufe schnitt der toten Frau seitlich ins Fleisch. Der Strick verlief dicht am Ohr. Die Leiche trug nur ein Nachtkleid.

»Okay, das reicht fürs Erste«, entschied Tom mit seiner rauen Stimme, als hätte er Rasierklingen gefrühstückt, und ging. Dieses Mal verließ er aber endgültig das Wohnzimmer. Die beiden Männer hievten die Leiche in die Höhe, einer kappte das erschlaffte Seil mit einem Messer.

***

Ella versank in der Welt der Vergangenheit. Sie sah sich als Kind, wie sie an einem Seil aufgehängt wurde. »Wie ein Straßenköter«, hörte sie die tiefe Stimme des Mannes, der ihr das angetan hatte. Ihre zierliche Gestalt hob sich kaum von der dunklen Wand aus grünem Laub ab. Die Erde war warm an diesem Tag, die Luft kühlte nur langsam ab und roch nach Regen. Nebel stieg vom Boden auf und umhüllte sie.

Eine Stimme wie von einem Geist rief nach ihr. Schrie ihren Namen. Das verzweifelte Rufen kam von ihrer Mutter, die unweit der Waldlichtung vergewaltigt und aufgeschlitzt worden war. Das ungeborene Kind lag in ihren Armen. Immer noch mit der Nabelschnur verbunden, kämpften die beiden um ihr Leben. Aussichtslos.

***

Der dicke Reißverschluss verursachte ein lautes, ratschendes Geräusch und riss Ella grob aus den Erinnerungen. Die Leiche verschwand in einem schwarzen Sack und wurde auf einer Rolltrage aufgebahrt.

Die Wohnung leerte sich.

»Kommen Sie zurecht?« Renate sah Ella abwartend an. »Ich kann Ihnen noch etwas Gesellschaft leisten, bis Leonhard hier auftaucht.«

»Nein, danke. Ich schaue mich solange um.«

»Ich wünsche Ihnen einen schönen Tag. Lassen Sie sich nicht von den Jungs unterkriegen!«

Über Ellas Mund huschte so etwas wie ein trauriges Lächeln.

»Tom, kommst du mit oder willst du der jungen Dame den Hof machen?«, zog Renate ihren Arbeitskollegen mit einem verschmitzten Lächeln auf.

Der große Mann wirkte ohne den Overall ganz anders. Er trug einen grauen Hoodie, weite Hosen und blaue Sneaker. Das dunkelblonde Haar sah gewollt zerzaust aus und stand in krassem Kontrast zu seinen schwarzen, ständig lauernden Augen. Ella schätzte ihn auf Ende dreißig, und wäre sie ihm auf der Straße begegnet, hätte sie ihn für einen Skater gehalten.

Renate boxte ihn gegen die Schulter und riss ihn so aus der Starre. Sein Blick löste sich von Ella.

»Hey, ich war nur nett«, brummte er, schulterte eine dicke Ledertasche und verließ ohne ein weiteres Wort die Wohnung.

»Bevor Sie gehen, müssen Sie dafür sorgen, dass die Wohnung versiegelt wird. Das machen die Jungs, die draußen im Treppenhaus auf Sie warten werden. Aber Sie sollten es dennoch überprüfen.«

»Danke«, sagte Ella nur.

»Keine Ursache.«

Einer unerklärlichen Eingebung folgend peilte Ella zuerst das Badezimmer an. Das Gesicht der Frau war an einem Auge stark geschminkt gewesen, am anderen fehlte die Schminke. Sie hatte sich also bettfertig gemacht und war gerade dabei gewesen, das Make-up abzutragen. Womöglich hatte sie auch die Milch für das Kind aufgewärmt und sie zum Abkühlen auf das Sideboard gestellt. Mit diesen Gedanken zog sie sich Handschuhe über und öffnete die Tür.

KAPITEL 4

Leonhard stieg aus dem Taxi und stürmte zum Haus. Ihn fuchste der Gedanke, dass er sich von Reinhold hatte so leicht verarschen lassen.

Ein Selbstmord, dass ich nicht lache, dachte er. Ein Selbstmord, aus dem ein Mord geworden war, welchen er nun an der Backe hatte.

Auch der Zwist mit Jörg stimmte ihn nicht gerade fröhlich, nun wussten alle von seinem Ausrutscher. Aus Mutmaßungen wurde jetzt nackte Realität. Ja, er hatte die Frau eines seiner Kollegen gebumst, na und, schließlich war das ihre Idee gewesen, er hatte nur nicht Nein gesagt.

Mit zornrotem Gesicht schob Leonhard Stegmayer einen jungen Mann aus dem Weg.

»Hey«, empörte sich dieser.

Leonhard hob sein T-Shirt an, sodass der Jugendliche einen Blick auf seine Dienstwaffe werfen konnte.

»Wenn du mich noch einmal anbrüllst, schieße ich dir ins Knie«, brummte Leonhard missgelaunt. »Mach die Tür auf«, befahl er dem zu Tode erschrockenen Teenager, der eine Bierdose in der Hand hielt und dessen linkes Auge nervös zu zucken begann. »Mach schon«, drängelte Leonhard.

»Ich bin ein verdammter Bulle, kein Einbrecher, hier ist mein Dienstausweis.« Er wies sich aus.

»Als ob ich weiß, wie ein echter Ausweis aussehen muss«, stammelte der Halbstarke und strich sich über das schwarze T-Shirt, das ihm mehrere Nummern zu groß war.

»Oversized ist scheiße, so kriegst du kein Mädel ab, Kumpel, und Bier saufen ist auch nicht gerade cool. Bist du eigentlich schon sechzehn?« Leonhard knurrte, nahm dem Jungen die Dose ab und sah sich kurz um. Warum wurde der Eingang nicht bewacht? Er warf einen hastigen Blick auf seine Uhr.

Der junge Mann glotzte ihn konsterniert an und kniff verängstigt die Augen zusammen. »Ich wohne hier gar nicht«, gab er kleinlaut zu.

»Dann verpiss dich einfach. Das Bier bleibt aber hier.«

Das ließ sich der blonde Kerl mit den langen Dreadlocks nicht zweimal sagen. Er schnappte nach seinem Longboard, das an die Wand gelehnt gestanden hatte, und gab Hackengas.

Leonhard drückte auf sämtliche Knöpfe und wartete auf das Summen des Türöffners. Die Bierdose ließ er vor der Tür stehen. Ein latentes Unbehagen und die unnatürliche Stille brachten sein Blut in Wallung.

Endlich hörte er ein Rauschen und eine gebrechliche Stimme. »Ja?«

»Post«, rief Leonhard in die Sprechanlage und hielt auf die Tür zu. Ein mechanisches Knattern ertönte. Er drückte die Tür auf und stieß beinahe mit einem Polizisten zusammen.

»Warum ist der Eingang unbewacht?«, fuhr er den Uniformierten an.

»Ich bin doch hier«, widersprach ihm der Polizist knapp und schaute ihn unbeeindruckt an. Auf ein reumütiges Geständnis könne er lange warten, verriet sein Gesichtsausdruck.

Leonhard beließ es dabei und marschierte zum Aufzug. Er stieg in den engen Lift und wunderte sich, dass die Wände mit kruden Graffitis besprüht waren. Es roch nach Lösungsmittel und Lack. Jemand hatte vergeblich versucht, die Farbe abzuwaschen.

Leonhard klopfte mit der Faust gegen den Knopf mit der Zahl drei und schloss kurz die Augen, dabei massierte er sich die Schläfen. Die Tür glitt scheppernd zu. Ein metallisches Kratzen erfüllte den Raum und jagte Leonhard eine unangenehme Gänsehaut über den Rücken.

Nach einer gefühlten Ewigkeit begann sich der Aufzug endlich nach oben zu bewegen.

***

Im dritten Stock angelangt begegnete er zwei Jugendlichen in Hoodies und Jogginghosen, die laut lachend an ihm vorbei die Treppe nach unten jagten.

»Sind Sie Kommissar Stegmayer?«

Leonhard hob verwundert die Augenbrauen. Ein gelangweilter Kerl, Mitte bis Ende dreißig und mit lichtem Haar, lehnte an der Fensterbank und wartete auf eine Antwort. Er trug einen grauen Kittel. Vor seinen Füßen stand ein Metallkoffer. Seine Augen waren rot umrandet. Trotz seines relativ jungen Alters wirkte der Mann verlebt. Dunkle Ringe und angeschwollene Tränensäcke waren der Tribut eines Trinkers, den er für seine Saufgelage zahlen musste.

Seine Leber ist bestimmt größer als die Lunge, überlegte Leonhard und trat näher.

Der Mann starrte ihn aus grauen, wässrigen Augen an.

Der Kommissar fuhr sich mit der Zunge über die Innenseite seiner Wange und steckte beide Daumen in die Hosentaschen.

»Ich bin der Hausmeister und soll hier so lange warten, bis ein gewisser Herr Stegmayer auftaucht. Groß, graue Haare, schlecht gelaunt und gut gekleidet«, zählte der unbekannte

Mann mürrisch auf und hielt drei Finger in die Luft. Sein Blick huschte unstet hin und her. »Die Beschreibung trifft im Groben auf Sie zu. Können Sie sich eventuell ausweisen?« Jetzt klebten die stahlgrauen Augen an Leonhards Nasenspitze. Sein Gegenüber vermied jeglichen direkten Blickkontakt.

Er verheimlicht mir etwas, sinnierte Kommissar Stegmayer mit unbeweglicher Miene und schwieg einen Moment lang weiter.

Der Hausmeister hüstelte. »Ich kann nicht jedem dahergelaufenen Proleten aufs Wort glauben, dass er ein Bulle ist.«

Leonhard zückte seinen Ausweis und hielt ihn dem Mann vor die Augen. Dieser nickte gelangweilt, ohne einen Schritt näher zu kommen.

»Und Sie?«, gab sich Leonhard trotzig und versperrte dem Mann den Weg.

Der Hausmeister richtete sich auf und klopfte mit dem rechten Zeigefinger gegen den Aufnäher auf seiner Brust, auf den in weißen Buchstaben der Name »Sternwart« gestickt war. Unter dem Fingernagel sah Leonhard einen schwarzen Strich. Auch sonst machte der Kerl keinen sonderlich gepflegten Eindruck auf ihn. Die Fahne nach billigem Schnaps war trotz des latenten Minzgeruchs noch deutlich wahrnehmbar.

Leonhard rümpfte die Nase. »Wo ist die Wohnung von Frau Jung?«, fragte er dann und machte einen Schritt zur Seite.

»Einmal um die Ecke.« Der Hausmeister grapschte nach dem Koffer und streckte den linken Arm aus. Er kaute nun heftiger auf seinem Kaugummi und deutete immer noch mit dem linken Arm in eine bestimmte Richtung.

»Als ich hiervon hörte, konnte ich es kaum fassen.« Hausmeister Sternwart legte eine kurze Pause ein, bevor er weitersprach, als müsste er ständig darüber nachdenken, was er von sich gab. »Wie oft schon habe ich Frau Jung ermahnt, den Schlüssel nicht in der Tür stecken zu lassen.«

»Kannten Sie die Frau gut?«

»Ich kenne alle hier gut«, lautete die schlichte Antwort. »Ist sie tatsächlich tot?«

»Kann man wohl sagen«, brummte der Kommissar und zog sich zwei blaue Einweghandschuhe über.

Wie vor den Kopf geschlagen rieb der Hausmeister sich nervös das Kinn.

Sie liefen nur wenige Schritte um den Aufzug herum, schon sah Leonhard einen seiner Kollegen vor einer geöffneten Tür stehen. Bei Leonhards Anblick nahm der Polizist eine straffe Haltung an und steckte hastig sein Smartphone weg.

»Hat mein plötzliches Auftauchen Ihre heutigen Pläne konterkariert? Haben Sie nach dem Wort ›Feierabend‹ gegoogelt?« Leonhard trat näher an den jungen Polizisten heran.

Dieser schluckte nur. Schamröte kroch aus seinem Kragen und befleckte die glatt rasierten Wangen.

»Sie haben einen Schlüssel erwähnt?« Leonhard Stegmayer lugte über die Schulter.

Hausmeister Sternwart stellte den Koffer ab. Darin schepperte etwas metallisch.

»Ja, das war so eine blöde Angewohnheit von ihr.«

»Was ist daran falsch?«

»Nichts, wenn der Schlüssel –«

»Sie meinen, der Schlüssel steckte von außen«, unterbrach ihn Leonhard ungeduldig.

»Sag ich doch. Einmal hatte sie sich ausgesperrt, sodass der Typ vom Schlüsseldienst das Schloss aufbohren musste. War teuer, das Ganze. Darum ging die gute Frau lieber das Risiko ein, ausgeraubt zu werden, als sich erneut auszusperren. Jetzt hat sie den Salat.«

»Hatte«, verbesserte ihn Leonhard und inspizierte den Türrahmen.

»Wurde von unseren Jungs aufgebrochen«, beeilte sich der junge Polizist zu sagen, der seinen Fehltritt irgendwie wiedergutmachen wollte.

»Sie bohren zwei Löcher, hier und hier«, wandte sich Leonhard ungerührt an den Hausmeister und zeigte mit dem Zeigefinger seiner rechten Hand ungefähr auf die Stellen, die er meinte. »Da bringen Sie bitte ein Vorhängeschloss an, den Schlüssel geben Sie dann mir.«

Ohne eine Antwort abzuwarten, betrat er die Wohnung. Er bemerkte die Anwesenheit eines Menschen. Die flüchtige Ahnung eines Parfüms, die in der Wohnung hing, verriet ihm, dass es seine neue Kollegin war, die sich hier aufhielt. »Greenwood?«, rief er nicht besonders laut und machte noch drei weitere Schritte durch den kleinen Flur.

***

Ella zuckte zusammen und ließ beinahe das Stäbchen fallen, welches sie in dem unaufgeräumten Spiegelschrank gefunden hatte. Es handelte sich um einen Schwangerschaftstest, der positiv ausgefallen war.

Sie schritt rasch in den Flur und begegnete ihrem störrischen, aufmüpfigen und arroganten Kollegen.

»Leonhard?«

»Für Sie immer noch Herr Stegmayer. Ich wüsste nicht, dass wir uns nahestehen. Bisher gibt es noch keinen Grund, uns zu duzen. Wir arbeiten zusammen und sind kein Paar. Also, wir sind Kollegen, das Wort ›Partner‹ vergessen Sie lieber ganz schnell. Was haben Sie hier gemacht? Sind Sie schwanger und haben das Bad während meiner Abwesenheit dazu benutzt, um sich zu vergewissern, dass das Ausbleiben Ihrer Tage …«

»Sind Sie komplett bescheuert?«, entfuhr es ihr, nachdem ihr bewusst wurde, wohin seine Äußerung zielte. Ihr tat ihr

Wutausbruch auch gar nicht leid. Innerlich kochte sie vor Ärger. Dieser Typ war ja noch schlimmer, als sie es befürchtet hatte. Am liebsten hätte sie ihm das Stäbchen ins Auge gerammt.

»Warum behandeln Sie alle wie Dreck?«, wollte sie wissen und presste die Zähne fest aufeinander, um ihm keine weitere Beleidigung an den Kopf zu werfen.

»Weil ich ein Dreckskerl bin, und ihr Frauen steht auf solch ungehobelte Kerle mehr als auf die, die euch den Arsch nachtragen. Würde ich mich anders verhalten, bin ich mir sicher, würden die anderen mich wie Dreck behandeln. Jetzt zurück zu unserem Job, das andere heben wir uns für später auf. Was haben Sie da gefunden? Und noch etwas: Sie lernen lieber ganz schnell, sich zu beherrschen und sich von solch blöden Sprüchen wie eben nicht sofort aus der Ruhe bringen zu lassen. Damit Sie nötigenfalls in angespannten Situationen nicht gleich explodieren. In einer prekären Lage werden Sie sich des Öfteren an diesen Rat erinnern, glauben Sie mir. Ich spreche aus Erfahrung.«

»Waren Sie schon immer so?«

Er bedachte sie mit einem abschätzigen Blick. »Also, war Gisela Jung schwanger?«

Ella war auf eine solch abrupte Wendung nicht vorbereitet.

»Ja. Ich habe auch den Kassenbon gefunden. Den Test hat sie vorgestern in der Apotheke gekauft, die sich nur eine Straße weiter befindet.«

»Und?«

»Ich war noch mal im Wohnzimmer.«

Er zuckte gleichgültig mit den Schultern. »Ist diese Information von Belang oder kommt noch etwas hinzu?«

»Kommen Sie einfach mit!« Ella tätschelte seine verletzte Nase.

Leonhard sog zischend die Luft ein, sagte jedoch nichts.

Ella grinste in sich hinein und ging durch den Korridor. Mitten im Wohnzimmer blieb sie stehen und starrte auf die Wohnwand.

Leonhard gesellte sich zu ihr. Er holte Luft und sagte: »Nehmen wir mal an, ich wäre gut gelaunt und hätte alle Zeit der Welt.« Er klang dabei mehr als gereizt. »Was in aller Welt soll ich hier, warum gaffen wir den Fernseher an?«

»Fällt Ihnen diese Disharmonie nicht auf?« Ella klang nicht minder angespannt.

»Nach einer gründlich durchgeführten Spurensicherung sieht es oft noch disharmonischer aus als jetzt. Auf diesen Feng-Shui-Kram habe ich keinen Nerv«, gab er sich schnippisch.

»Ich meine damit nicht die Unordnung, sondern die gebrochene Symmetrie.«

»Jetzt spucken Sie es schon aus, wir Männer betrachten die Welt von einer anderen Warte – nämlich der gegenteiligen. Die Frau muss gut aussehen und vielleicht kochen können, auch Sex ist für uns wichtig, den Rest bildet ihr Frauen euch nur ein. Daher sehen wir die Welt aus völlig unterschiedlichen Perspektiven. Unsere Betrachtungsweise ist automatisch kontrovers.«

Ella begann an sich zu zweifeln. Hatte sie sich nur etwas eingebildet? Das Flüstern der Skepsis in ihrem Kopf wurde lauter, doch Kommissar Stegmayer schwieg. Er legte den Kopf leicht schräg zur Seite.

»Da fehlt ein Bild«, murmelte er nachdenklich, »aber nicht der Symmetrie wegen, sondern wegen des rechteckigen Flecks an der Wand.« Er trat näher. Der lange Flor-Teppich dämpfte seine Schritte. Er blieb vor der Wohnwand stehen und betrachtete eine Stelle eingehend, dann warf er einen prüfenden Blick zum Fenster. »Jemand hat eines der Bilder mitgenommen. Oder die Frau hat es vor Kurzem aussortiert. Die Erklärung kann genauso simpel wie –« Eine lustige Melodie unterbrach seinen Redefluss. Umständlich griff er mit der rechten Hand nach seinem Telefon. »Ja? … Natürlich hast du meine ungeteilte Aufmerksamkeit, Tom«, versicherte er dem Anrufer, jedes Wort betonend, und fuhr mit dem Finger über die glatte Oberfläche an der Wand – dort, wo auch Ella den Platz eines Bildes vermutet hätte. Dann rieb er die Finger aneinander. »Wenn du mit der Information aufwarten willst, dass die Tote schwanger war, können wir das Gespräch beenden.« Er lachte kurz auf. »Was hast du noch?« Leonhard bedachte Ella mit einem nichtssagenden Blick und lauschte. »Halswirbelbruch – wie anfänglich vermutet? Hast du etwas, das ich nicht schon weiß? … Wann beginnst du mit der Obduktion? … Morgen? … Ja … Bis morgen.« Er legte auf.

»Sie mögen recht haben mit der Annahme, dass das Bild mitgenommen wurde. Die Tür wurde aufgebrochen –«

»Von der Polizei«, unterbrach ihn Ella.

Doch Leonhard fuhr in demselben Ton fort. »Dies wirft eine andere Frage auf: Wie kam der Täter in die Wohnung?«

»Er hat geklingelt und hat sich als Postbote ausgegeben.«

»Mitten in der Nacht?«

»Wie kommen Sie darauf?« Ella glaubte zwar an ihre Theorie, dass sich der Überfall in der Nacht zugetragen hatte, dennoch wollte sie aber seine Annahme hören.

»Die Frau hat sich gerade abgeschminkt. Ich habe Pads auf der Waschmaschine im Bad gesehen.«

»Das hat Ihnen Tom verraten«, murmelte sie.

»Und die Notizen in Ihrem Block, den Sie liegen gelassen haben.« Der Kommissar freute sich und deutete auf das Sideboard im Flur. Darauf befanden sich Ellas Schreibunterlagen. Sie fluchte in sich hinein. Leonhard fuhr fort: »Ich habe mit dem Hausmeister geredet, und er meinte, dass Frau Jung die Angewohnheit hatte, den Schlüssel außen in der Tür stecken zu lassen. Nachts hat sie ihn aber sicher abgezogen, was ein Blick auf den Schlüsselkasten bestätigt hat. Der Schlüssel war da und nach Auskunft der Hausverwaltung besaß Frau Jung nur einen Schlüssel. Ergo hat sie den Täter reingelassen. Aber dann hat hier ein Kampf stattgefunden. Sehen Sie diese Fingerabdrücke am Türrahmen? Sie hat sich daran festgehalten.« Er machte eine Pause und sah Ella fragend an. »Wären Sie bereit, diese kleine Auseinandersetzung, die für Frau Jung tödlich ausging, nachzustellen? So können wir eventuell herausfinden, wie groß der Mann ist und in welcher körperlichen Verfassung er sich befindet. Die Tote hat ungefähr dieselbe Statur wie Sie, nur mit größerer Oberweite und breiteren Hüften, was aber nicht sonderlich ins Gewicht fällt.« Erneut huschte ein Schmunzeln über seinen Mund.

Er freute sich auf den bevorstehenden Akt. Er wollte seiner Kollegin eine Lektion in Sachen Selbstverteidigung erteilen. »Stellen Sie sich mit dem Rücken zu mir. Ja, genauso.« Er nahm Ella an den Schultern und positionierte sie dermaßen, dass sie exakt im Türrahmen stand, den Körper leicht zur Seite gedreht, den Blick zum Schlafzimmer, in dem Giselas kleine Tochter geschlafen hatte. Er legte ihr den rechten Arm um den Hals und spürte ihre Anspannung. »Bereit?« Während er das fragte, erhöhte er den Druck und spannte seinen Bizeps an.

Ella legte ihre Hände um seinen muskulösen Unterarm.

»Nein, Sie müssen sich schon am Türrahmen festhalten. Ich meinerseits werde versuchen, Sie ins Wohnzimmer zu zerren. Auf drei geht's los. Drei«, kommandierte er schnell und bekam mit dem spitzen Schuhabsatz einen harten Schlag genau zwischen die Beine, dann bohrte sich schon ein Ellenbogen in seine Magengrube. Leonhards Augen wurden groß, er schnaubte und stöhnte vor Schmerz. »Er war deutlich kleiner als ich«, wisperte er und versuchte stoisch, das Gesicht zu wahren. Erst beim zweiten Versuch gelang es ihm, sich aufzurichten. Er schluckte laut. »Karate?«, keuchte er mit schmerzverzerrtem Gesicht und tränenden Augen.

»Jiu-Jitsu«, entgegnete Ella trocken.

Leonhard nickte wissend und hielt sich an der Wand fest.

»Sie wissen schon, dass das hier für die Katz war, Sie haben sich nicht an meine Instruktionen gehalten«, krächzte er und holte tief Luft.

»Möglich. Aber warum glauben Sie, dass der Angreifer kleiner war als Sie?«

Leonhards Gesicht war immer noch schmerzerfüllt. »Ich hatte hier keine Bewegungsfreiheit. Sehen Sie diese Vase hier?« Er zeigte mit dem Kinn auf eine schmale, durchsichtige Vase. »Ich hätte sie beinahe mit dem Knie umgestoßen, weil ich zu groß bin und tief in die Knie gehen musste, um Sie festhalten zu können. Ich hätte Sie sonst nicht am Hals packen können.« Er stöhnte leise und kniff vor Schmerz die Augen zusammen. »Und die Haare von Frau Jung waren immer noch halbwegs zu einem kurzen Pferdeschwanz gebunden. Also hat er sie nicht an den Haaren gezerrt. Die Leute von der Kriminaltechnik haben auch nur vereinzelte Haare auf dem Boden gefunden. Daraus lässt sich folgern, dass der heftige Kampf lediglich von kurzer Dauer war.«

»Woher sind Ihnen so viele signifikante Details bekannt, trotz der Abwesenheit der Leiche? Und warum konnte er sie so schnell überwältigen?«

»Frage Nummer eins«, er hob den Daumen, »Richie hat genügend Fotos in die digitale Akte hochgeladen. Sie werden später den Zugangscode von mir bekommen. Nun zu Frage Numero zwei«, jetzt folgte der Zeigefinger, »Gisela Jung hatte einen wunden Punkt.« Leonhard legte eine Pause ein, um seiner Aussage mehr Nachdruck zu verleihen.

»Das Kind«, flüsterte Ella.

Leonhard nickte stumm. »Alles deutet auf einen Familienstreit hin. Vielleicht ging es dabei um das Sorgerecht oder nicht bezahlten Unterhalt.«

»Oder um das ungeborene Kind. Vielleicht ist die Frau fremdgegangen und hat so den Streit ausgelöst, weil der Ehemann dahintergekommen ist.«

»Und das aus Ihrem Mund.« Leonhard richtete sich endlich auf. »Sie unterstellen also, dass die Frau —«

»Ich unterstelle nichts, ich sammle nur mögliche Indizien.«

»Ein sehr guter Ansatz. Ich schaue mich hier noch in Ruhe um. Danach lassen Sie uns was essen gehen.« Er sah auf seine Rolex. »Für ein Mittagsbüfett ist es leider schon zu spät«, brummte er in sich hinein und hob den Blick. »Ich brauche unbedingt etwas Kühles für meine Schwellung. Ab morgen kümmern Sie sich um Herrn Jung und besorgen sich andere Klamotten, vor allem bequemere Schuhe.«

Ella blieb ihm eine Antwort schuldig. Sie ging ins Schlafzimmer und ließ ihren Kollegen allein.

***

Leonhard biss sich nachdenklich auf die Lippe und schaute sich um. Auf der weißen Kunstledercouch lag eine Decke. Davor befand sich der langflorige Teppich, der verrutscht war.

Über dem Zweisitzer, denn das Sofa war wirklich klein, hing ein formschönes Regal. Er streifte die nach Farbe sortierten Buchrücken mit einem flüchtigen Blick. Sie wirkten, als würden sie rein der Zierde dienen. Die Luft war warm und stickig, der Heizkörper immer noch eingeschaltet. Er rieb sich nachdenklich das Kinn und überlegte, was ihn hier so störte.

Im Kopf ging er erneut alle Eckdaten durch. Gisela Jung, vierundzwanzig Jahre alt, blond, in Trennung lebend. Der Noch-Ehemann arbeitete als Zimmermann, war nicht zu erreichen.

Er war nicht aktenkundig und bisher nicht negativ aufgefallen. Kein Eintrag, nicht einmal einen Strafzettel. Gemeinsames Kind, ein Mädchen, ein Jahr alt.

Leonhard schlenderte zum Fenster und sah sich erneut eingehend die Stelle an, an der die tote Frau gefunden worden war. Die Vorhänge waren nicht zugezogen, Rollläden gab es nicht. Er spähte durch das von Staub bedeckte Glas, konnte jedoch kein Haus erkennen, aus dem man etwas beobachtet haben könnte.

Er holte sein Handy heraus und scrollte die Bilder durch. Eine grüne Schmeißfliege flog ununterbrochen gegen das Glas und störte Leonhard beim Denken.

Die Leichenstarre war noch nicht vollständig ausgebildet. Das bedeutete, dass Gisela Jung seit höchstens achtzehn Stunden tot war. Eher weniger, weil das Kind sonst schon früher zu schreien begonnen hätte. Also war der Frau höchstwahrscheinlich in der vergangenen Nacht das Leben genommen worden.

Schweißperlen bedeckten seine Stirn. Halt – da war er, der Gedanke, den er endlich zu fassen bekam: Hier drin war es eindeutig zu warm. Draußen herrschten fünfundzwanzig Grad und die Heizung ging immer noch. Entweder war der Hauptregler, der die Heizung automatisch abschaltete, sobald sich draußen die Luft über zwanzig Grad erwärmte, kaputt, oder er war absichtlich manipuliert worden. Aber ohne Zugang zum Heizraum war dies nicht möglich.

Leonhard fegte durch den Flur zur Tür. »Wo ist der Kerl?«, fuhr er den Polizisten an, der erneut in sein Handy starrte und es vor Schreck über Leonhards plötzliches Auftauchen beinahe fallen ließ.

»Sie … Sie meinen den Hausmeister?«

»Nein, den Präsidenten. Natürlich den Hausmeister, wen denn sonst?«

»Er hat irgendwas vom Schloss gesagt. Dass er es nicht dabeihat und gleich wiederkommt.«

»Darum hat er auch den Werkzeugkasten mitgenommen?«

»Man könne zurzeit niemandem trauen, nicht mal der Polizei, hat er gemeint.«

Leonhard raste die Treppe nach unten. »Falls er vor mir da ist, halten Sie ihn so lange fest, bis ich wieder da bin!«, schrie er über die Schulter und nahm zwei Stufen auf einmal.

***

Unten angekommen sah sich Leonhard hastig um und fühlte sich für einen Augenblick um Jahre in die Vergangenheit katapultiert. Als Kind hatte er sich in genauso einem Wirrwarr an Gängen in einem Keller verirrt und war sich dabei ziemlich verloren vorgekommen. Nur mit viel Glück und lautem Geschrei hatte er es aus dem Labyrinth herausgeschafft, nachdem er von einem der Bewohner entdeckt worden war. Auch damals hatte er in einem langen Flur gestanden, das war jedoch in einem Hotel gewesen, wo er sich im Stockwerk geirrt hatte.

Jetzt starrte er den langen Korridor entlang, der von metallenen Türen flankiert war.

»Wie oft habe ich dir das eingetrichtert? Wenn du etwas rausholst, musst du es auch sofort wieder zurücklegen«, erklang eine aufgebrachte Stimme von irgendwoher.

Leonhard kniff angestrengt die Augen zusammen.

»Ich hätte niemals zustimmen sollen, dich bei mir aufzunehmen.« Die Stimme, die von den grauen Wänden abprallte, gehörte definitiv dem Hausmeister, da war sich Leonhard mehr als sicher. »Wo ist der verdammte Akkuschrauber?«, fuhr Hausmeister Sternwart seinen Stift – mutmaßte Leonhard – in barschem Ton an. »Diese Inklusion macht mich fertig. Hat man dich deswegen ... hey, bleib stehen ...!«

Leonhard ging der Stimme nach und stieß beinahe mit einem Mann zusammen, der durch eine Tür in den Gang hinausstürmte und davonlief. Den Kopf hielt er nach unten gesenkt. Seine Schritte durchbrachen die Stille.

Der Hausmeister verfolgte seinen Schützling bis in den Gang. »Wenn du jetzt abhaust, brauchst du nie wieder ... hörst du?« Zornröte färbte sein Gesicht dunkel. Verzweiflung und Wut verzerrten sein Antlitz zu einer bösen Maske. Er presste die Lippen zusammen. Eine dicke Ader schwoll an seinem Hals fingerdick an. »Dann brauchst du nie wieder zurückzukommen«, drohte er dem verschwindenden Schatten lasch und glotzte den Kommissar entgeistert an. »Was wollen Sie denn schon wieder von mir? Hat der begriffsstutzige Kerl Ihnen etwa nicht ausgerichtet, dass ich gleich wieder da bin?«

Leonhard warf einen kurzen Blick auf seine Uhr. »Autorität scheint nicht unbedingt Ihre Stärke zu sein. Wenn Ihnen schon die Stifte einfach so weglaufen ...« Leonhard ließ den Satz in der Schwebe und verzog die Mundwinkel zu einem abwertenden Lächeln.

»Er heißt Luis, dieser Taugenichts, und sein Verstand ist wie das Wetter – mal scheint die Sonne, mal herrscht da oben totale Finsternis.«

»Und jetzt herrscht hier im Keller ein Donnerwetter«, witzelte der Kommissar weiter, blieb dabei jedoch ernst. »Wo ist eigentlich der Heizungsraum?«, wechselte Leonhard schnell das Thema und brachte den Hausmeister damit aus dem Konzept.

»Was 'n das schon wieder für 'ne Frage? Soll ich nun das Schloss anbringen oder die Heizung reparieren?«

»Nur den Thermostat. Oder warum knallt die Heizung selbst bei fünfundzwanzig Grad Außentemperatur, als würden draußen nordische Klimaverhältnisse herrschen? Haben Sie eine Wasserpumpenzange?«

»Ich bin hier der Hausmeister, oder ist Ihnen diese Information entgangen? Trage ich den Kittel einfach so zum Spaß?«

»Sie sind ein Säufer, und dennoch sehe ich nicht das Etikett einer Schnapsflasche auf Ihrer Stirn«, konterte Leonhard nonchalant und grinste schief.

»Wozu brauchen Sie denn eine Wasserpumpenzange?« Der Hausmeister klang schnippisch. Seine rechte Hand verschwand in der Tasche seines Kittels. Er fummelte darin herum und warf sich einen weiteren Kaugummi in den Mund. »Der Thermostat ist nicht kaputt. Gisela …« Er schluckte und verhaspelte sich. »… Frau Jung war eine Frostbeule, und der Typ von gegenüber hat was dafür springen lassen, wenn ich die Temperatur aufdrehe.«

»Also, Sie kannten Gisela Jung so gut, dass Sie sie duzten?« Leonhard hob die Augenbrauen und griff nach einem kleinen Schreibblock, der in seiner Gesäßtasche steckte, um sich diese Information zu notieren.

Der Hausmeister zupfte am Revers seines Kittels und schien zunehmend unruhiger zu werden. »Nicht so, wie Sie denken«, murmelte er mit dem Unterton eines Menschen, der etwas zu verbergen hat und sich gleichzeitig in die Ecke gedrängt fühlt. Schweißperlen benetzten seine von Aknenarben übersäte Stirn. Für den Bruchteil eines Augenblicks wirkte er traurig, als würde ihm gerade bewusst, dass die Frau, über die sie sprachen, tot war. »Ich hatte nichts mit Gisela.« Seine Stimme flackerte. »Aber ich gebe zu – ich empfand so etwas …«, er hüstelte, »… ich hegte Gefühle für sie. Aber sie war verheiratet und hatte eine Tochter. Das ist ein Tabu für mich«, sagte er entschieden und verschwand hinter der Tür. Leonhard folgte ihm.

***

Der Raum, der als Werkstatt und Sammelsurium für diverse Gegenstände fungierte und alles Mögliche beherbergte, wirkte klein und unordentlich.

»Ich bin kein Mörder.« Sternwart bemaß den Kommissar mit kaltem Blick. Sein Gesichtsausdruck verdeutlichte dem Polizisten, dass er sich lieber vorsehen sollte. Der aufgebrachte Hausmeister griff nach einem Hammer und wog ihn abschätzig in der Hand, um ihn dann scheppernd in eine Ecke zu pfeffern. »Der, der ihr das angetan hat, muss genauso elendig verrecken«, zischte er und schlug sich die Hände vors Gesicht.

»Warum gehen Sie von einem Mord aus? Was macht Sie da so sicher? Haben Sie etwa die Leiche zu Gesicht bekommen? Haben Sie den Tatort ohne unser Wissen betreten? Oder haben Sie da einen konkreten Verdacht? Wem würden Sie so etwas zutrauen?« Leonhard klang gefasst und ruhig. »Wenn Sie mir die Wahrheit sagen, werde ich nachsichtig sein«, fuhr der Kommissar fort und klang weiterhin verständnisvoll.

»Nachsichtig sein«, echote Sternwart. »Sie sind doch von der Mordkommission, darum bin ich auch von einem Mord ausgegangen, ist doch logisch, oder?« Er nahm die Hände wieder weg, um Stegmayer einen kalten Blick aus seinen rot unterlaufenen Augen zuzuwerfen. »Das war dieser Typ, dieser Nachbar, der tagein, tagaus bei ihr ein und aus ging. Ich glaube, die hatten sogar etwas miteinander. Seinetwegen ist der Ehemann auch abgehauen. Er war total verstört, kam auf mich zu und meinte, Gisela sei etwas zugestoßen. Seitdem habe ich ihn nicht mehr gesehen.«

»Wen, den Ehemann? Wann war das?«

»Nein, den Nachbarn. Es war gestern Abend. Ich hatte Feierabend und eine leere Flasche Schnaps. Kann mich nur schemenhaft daran erinnern. Ich schlafe hier manchmal auch, selbst wenn das gegen die Hausordnung verstößt.« Er deutete auf eine zusammengerollte Luftmatratze, die in der Ecke hinter einem verbeulten Spind stand.

»Ich höre Ihnen zu.« Leonhards Stimme klang wie die eines Psychologen, der einen dazu einlädt, sich alles von der Seele zu reden. Er wusste, dass man einen Bären am besten mit Honig fängt.

»Er hat nach einem Ersatzschlüssel gefragt.« Sternwart schluckte, als hätte er Staub eingeatmet. »Ich habe einen Generalschlüssel für Notfälle.« Der Hausmeister knetete die Hände, atmete tief ein und zitternd wieder aus. »Aber ich weiß wirklich nicht, wo die verdammten Schlüssel sind und ob ich sie dem Typen ausgehändigt habe oder nicht. Wenn ich Pech habe, verliere ich dieses Mal wirklich diese verkackte Stelle, außer der ich nichts mehr habe.« Er legte die Hände zusammen, Fingerspitzen an Fingerspitzen, und hielt sie sich vor die Lippen wie zu einem Gebet. »Ich habe sie nicht umgebracht«, winselte er beinahe und trat näher, dann stieß er Leonhard grob gegen die Brust und stürmte aus dem Raum.

Leonhard war nicht auf diese plötzliche Wendung gefasst gewesen. Ehe er sichs versah, lag er schon auf dem Rücken. Bei dem Sturz prallte er gegen die scharfe Kante eines der Schränke und zog sich eine Platzwunde am Hinterkopf zu. Etwas klimperte laut zu Boden. Nägel und Schrauben verteilten sich um ihn herum. Noch mehr Zeug prasselte von oben auf ihn ein wie scharfkantige Schrapnellsplitter. Leonhard schützte sein Gesicht mit den Unterarmen.

Als er sich keuchend auf die Ellenbogen stützte, sah er, wie die schwere Tür ins Schloss fiel. »Verdammter Hurensohn«, krächzte er und drückte sich weiter vom Boden weg. Mit schmerzverzerrter Miene rappelte er sich auf und stellte fest, dass sich einer der Nägel in seinen linken Handrücken gebohrt hatte. Er zerrte den Nagel mit den Zähnen aus der Hand, spuckte ihn auf den Boden und wankte auf die Tür zu. Mit einem kräftigen Ruck drückte er den Türgriff nach unten, doch die Tür gab nicht nach.

Er hat mich tatsächlich eingesperrt, ärgerte sich Leonhard und schlug mit der Faust gegen das Blech.

Sein Handrücken blutete, auch von seinem Unterarm tropfte Blut, doch all das war zweitrangig. Wie stünde er nun vor seiner neuen Kollegin da, falls ihm keine Lösung einfiel? Er, der Ermittler des Morddezernats, hatte sich von einem halb betrunkenen Hausmeister vorführen lassen – mehr noch, er sah auch noch so aus, als hätte ihn dieser Typ vermöbelt.

Mit zusammengepressten Lippen fischte er sein Handy aus der Hosentasche und wählte die Nummer seines Chefs.

»Stettel«, meldete sich der Polizeihauptkommissar.

»Kannst du bitte jemanden runter in den Keller schicken? Ja ... Ja, ich bin immer noch in dem Haus. Hab mich ausgesperrt ... Eigentlich eingeschlossen. Die Tür geht nicht auf. Die sollen einen Winkelschleifer mit einer Trennscheibe nehmen.« Plötzlich ertönte ein metallisches Schaben. »Warte kurz, vielleicht hat sich das Problem schon von allein gelöst.«

»Was soll das, Leonhard? Versuchst du schon wieder, irgendwelche Spielchen zu spielen?«, empörte sich Reinhold Stettel mit vollem Mund.

»Jetzt spiel dich nicht wie ein Gockel auf. Ich wollte dich nicht bei deinem dritten Mittagessen stören«, murrte Leonhard und starrte auf die Tür, die langsam aufging.

In dem immer breiter werdenden Spalt erkannte Leonhard eine zierliche Gestalt auf Stöckelschuhen. Schnell steckte er das Telefon weg und wischte sich grob das Blut von der Stirn.

»Was machen Sie hier?« Ella schaute sich verwirrt um. »Ist das eine Art Prüfung? Oder haben Sie sich unter Vorspiegelung falscher Spuren hier einschließen lassen, um festzustellen, ob ich einen Kollegen schnell genug finden kann, falls er in der Klemme sein sollte?«

»So in etwa. Die Schlüssel steckten ja nicht umsonst in der Tür.«

Ellas Augen wurden zu zwei schmalen Schlitzen. »Warum bluten Sie dann wie ein Schwein?«

»Sollte alles möglichst realitätsnah aussehen. Ihr Frauen behauptet, dass ihr auf Männer mit Ecken und Kanten steht, die uns so maskulin erscheinen lassen, aber in Wahrheit törnt euch das nicht wirklich an. Nur in Filmen vielleicht. Oder ist Ihr Typ eher der, der Ihnen in den Mantel hilft und Ihnen die Türe aufhält?« Die Wunde an seinem Unterarm brannte nun doch deutlich stärker. Die Beule an seinem Kopf bescherte ihm ein Gefühl der Schwerelosigkeit, bei der sich einem der Magen umdrehte.

»Ich stehe mehr auf Männer, die mir statt meines Mantels die Hand reichen, und statt mir die Tür aufzumachen, sich lieber selbst öffnen, um mit mir über alles zu reden. Sie jedoch haben nur Ecken und Kanten, bei denen man sich blaue Flecken holen kann, falls man sich dazu entschließen sollte, sich Ihnen zu nähern. Sie sind ein egozentrischer Macho.«

»Sind Sie eine Psychiaterin oder so?«, brummte er und tastete seinen Hinterkopf ab, um danach die Finger zu begutachten. Es war kein Blut auf den Fingerkuppen zu sehen.

»Ich habe mal ein Semester Psychologie studiert, es dann aber sein lassen.«

»Weil?«

»Weil ich etwas anderes ausprobieren wollte.«

»Ich habe Streber immer gehasst.«

»Und ich mag dumme Menschen nicht.« Wohlüberlegt waren die Worte nicht, aber Ella war nun mal so. Wenn man sie reizte, dann sagte sie, was ihr auf der Zunge lag.

Leonhard ballte die Hand zur Faust. »Wie haben Sie mich hier gefunden?«

»Ich habe den Hausmeister wegrennen sehen. Er sah dabei nicht halbwegs so ramponiert aus, wie Sie es sind. Hier, wischen Sie sich damit das Blut ab.« Ella zog ein schneeweißes Taschentuch aus dem Ärmel und reichte es dem Kommissar. Ihre Augen huschten durch den Raum. Dann blieb ihr Blick erneut an ihrem Kollegen haften. Er band sich das Taschentuch um den Unterarm. Der Stoff färbte sich sofort rot.

»Es gibt Menschen, die zwischen den Zeilen lesen können, Sie scheinen eine von denen zu sein, die sich dazu noch Randnotizen macht?«, murmelte Leonhard. Eigentlich sollte der Satz schnippisch klingen, doch irgendwie wurde er zu einem Kompliment. So hatte sie es zumindest aufgenommen. Leonhard machte einen weiteren Knoten, dabei hielt er das zweite Ende mit den Zähnen fest.

»Danke«, nuschelte sie.

»Eigentlich wollte ich Sie damit ärgern«, grummelte er mit dem Stück Stoff zwischen den Zähnen und zog den Knoten noch fester zu.

»Sie erinnern mich an ein Kind, das von den Eltern vernachlässigt wurde. Darum versuchen Sie, die fehlende Nähe durch Ihre abweisende Art zu kompensieren.«

»Auf Ihre altklugen Kommentare pfeife ich. Ich habe in der Zeit, in der Sie da oben auf mich gewartet haben, zwei Dinge herausgefunden.«

Ella visierte den Kommissar abwartend an.

Er streckte ostentativ den Daumen hoch. »Der Hausmeister war in die Tote verknallt.« Darauf folgte der Zeigefinger. »Und es gibt einen Nachbarn, der etwas mit Gisela Jung hatte. Er wohnt auf demselben Stockwerk. Wenn ich mich recht entsinne, sind es jeweils vier Wohnungen pro Etage.«

»Ich wiederum habe ein dunkles Haar im Siphon gefunden«, konterte Ella. Sie trug immer noch die Einweghandschuhe. Als sie Leonhards Gesicht erblickte, stieg so etwas wie ein leichter Hauch von Schadenfreude in ihr auf. »Sie wissen, was ein Siphon ist?«

»Ein u-förmiges Stück Rohr, das dem Geruchsverschluss dient, aber dass –«

»... ich als Frau das auch weiß, damit hätten Sie nie im Leben gerechnet«, fiel sie ihm ins Wort.

»Beinahe wortgetreu«, lächelte Leonhard.

»Das ist Sexismus.«

»Das ist mir scheißegal. Sie verblüffen mich mehr und mehr. Und wie haben Sie die Verschraubung gelöst?« Er lächelte verschmitzt und abwartend.

»Der junge Mann vor der Tür war sehr behilflich.«

»Hat er vorher googeln müssen?«

»Mich wundert es, dass man Sie all die Jahre nicht totgeschlagen hat für Ihr Mundwerk.«

Leonhard zuckte nur die Achseln.

Beide schwiegen.

Leonhard rieb sich über das kantige Kinn und ließ den Blick durch den Raum schweifen, weil die entstandene Pause auch für ihn unangenehm war. Ella mit ihren dunkelbraunen Haaren und ihrem etwas dunkleren Teint – all das erschien ihm in diesem Augenblick mehr als sympathisch, aber er durfte sich nicht erneut seinen männlichen Trieben hingeben.

Mit ihren dunkelblauen Augen scannte sie die Werkstatt ab.

Auch Leonhard inspizierte die Regale und die Schränke. Während er einen Schritt zur Seite tat, stieß er mit dem Arm gegen eine verbeulte Tür und stöhnte auf. Zuerst massierte er sich den Arm, dann bediente er sich unflätiger Worte, die sonst nicht zu seinem Wortschatz gehörten, wenn eine Frau anwesend war. Anschließend schlug er die Tür mit voller Wucht wieder zu, doch sie schwang langsam wieder auf. Da entdeckte er, dass sich oben etwas bewegte. Augenblicklich blieben seine Augen an einer Schnur hängen, die auf dem grünen Schrank lag. Das lose Ende baumelte nicht mehr und hing nun schlaff herunter.

»Mit so einem Seil wurde Gisela aufgehängt«, flüsterte er.

»Ist das nur ein dummer Zufall oder spielt hier jemand ein perfides Spiel?«

»Sie meinen, ob dieser Hinweis fingiert ist? Das kann man nie ausschließen. Haben Sie noch ein Paar von diesen Gummidingern?« Er deutete mit dem Kinn auf Ellas Hände.

»Nicht in Ihrer Größe«, entgegnete sie knapp und trat näher an den Schrank.

»Das Seil wurde durchgesägt. Mit einem handelsüblichen Messer bekommt man die Ummantelung nicht durchgeschnitten, das erkenne ich an den ausgefransten Fasern«, warf Leonhard lapidar in den Raum und sah sich um. Unter seinen Schuhen knirschten Glassplitter und anderes diverses Kleinzeug, während er sich der einzigen Werkzeugbank näherte, über der an der kahlen Betonwand mehrere Gegenstände hingen. »Vielleicht mit dieser Metallsäge?«

»Das würde bedeuten, dass die Tat nicht im Affekt geschah, sondern von langer Hand geplant und kaltblütig durchgeführt wurde.«

»Das habe ich nicht gesagt, Greenwood. Aber der Mörder kam zu Frau Jung mit der Absicht, sie zum Schweigen zu bringen, weil sie etwas gegen ihn in der Hand hatte oder sie ihn verlassen wollte. Darum hat er sie gewürgt. Wissen Sie, wie lange so ein Kampf dauert, bis ein Mensch stirbt, während man ihm die Luftzufuhr unterbricht?«

»Manchmal sogar länger als eine Viertelstunde. Ein sehr qualvoller Tod. Oft nässen sich die Opfer beim Todeskampf ein oder machen sich in die Hose.«

Leonhard nickte zustimmend, ohne den Blick von dem Werkzeug zu nehmen.

»Der Streit geriet außer Kontrolle. Dem Angreifer glitt die Situation aus den Händen, genauso wie der Hals, den er fest zudrückte. Frau Jung konnte sich aus seinem Griff befreien, weil er seinem Opfer körperlich nicht sonderlich überlegen war. Können Sie mir so weit folgen, Greenwood?«

»Tom, unserem Rechtsmediziner, sind Kratzspuren am Hals und im Nacken aufgefallen. Stellen Sie sich folgende Situation vor …«, sagte sie schnell, weil sie sich an dieses Detail erinnerte.

Leonhard wandte sich von der Wand ab, drehte sich auf dem Absatz um und blickte in Ellas blaue Augen, die vor fiebriger Anspannung zu glänzen schienen. »Er dringt … nein …«, verbesserte er sich schnell und spann den Gedanken weiter. Mit nach innen gekehrtem Blick rieb er sich mit Daumen und Zeigefinger den Nasenrücken. »Die Tür war nicht aufgebrochen …«

»Entweder schlich er sich in die Wohnung, weil er einen Schlüssel besaß …«, fuhr Ella fort.

»… oder Frau Jung machte ihm die Tür auf. Fast hätten wir ein Detail vergessen. Gisela Jung ließ des Öfteren den Schlüssel in der Tür stecken, und zwar von außen. Damit vergrößert sich der Kreis der Verdächtigen um mehrere Kilometer. Auch wenn keiner der Schlüssel fehlte, wäre es doch möglich, dass sie sich einen nachmachen ließ, ohne jemanden darüber in Kenntnis zu setzen.«

»Aber hier handelt es sich um eine Schließanlage. Jeder der Schlüssel hat eine Nummer. Soll ein Schlüssel nachgemacht werden, muss auf jeden Fall die Hausverwaltung informiert werden. Oder der Vermieter«, widersprach sie erneut mit einer matten Empörung in der Stimme.

»Man kann das jedoch umgehen, wenn man den Hausmeister darum bittet.«

»Das stimmt.«

»Okay, konzentrieren wir uns jetzt auf den Kampf zwischen Frau Jung und dem Mörder. Er packt sie also am Hals, von vorn, und sieht ihr in die Augen. Dabei registriert er den gebrochenen Blick und merkt, wie sein Opfer sich immer schwächer zur Wehr setzt, weil es erkennt, dass es kein Entkommen gibt. Aber was kann einer Frau unbeschreibbare Kräfte verleihen – einer Frau, die Mutter ist?«

»Ein schreiendes Kind«, raunte Ella. Sie spürte, wie ihr ein kalter Schauer den Rücken hinaufkroch. In Gedanken stand sie oben in der Wohnung. Betrachtete die Szenerie mit den Augen der sterbenden Frau. Alles um sie herum begann sich zu drehen – wie damals, als sie selbst in der Schlinge gehangen hatte. Das Atmen wurde zu einem Kampf. Alles schwoll an. Das Umfeld war mit schwarzen und hellen Punkten befleckt. Sie hörte Leonhards Stimme wie aus weiter Ferne.

Sie stellte sich vor, was Gisela Jung zu dem Zeitpunkt hatte durchmachen müssen. *Keiner ist imstande, die plötzliche Wende zu begreifen, zu akzeptieren, dass man gleich sterben muss.* Manche bezeichneten alles, was mit ihnen geschah, als Schicksal, doch für Ella war das nur eine Abfolge von Ereignissen, die einem lediglich dann vorbestimmt war, wenn man sich nicht dagegen wehrte. *Auch wenn man keine Fehler begeht, kann vieles im Leben falsch laufen*, dachte sie. Ihr Blick war immer noch konzentriert.

Die Luft in der kleinen Werkstatt roch zunehmend nach Altöl. Ella hörte ihre eigene Stimme wieder klar und deutlich. Sie hatte jedoch einen bebenden Unterton, weil zu viele Gedanken durch ihren Kopf schwirrten. Sie bekam nur einige Fragmente der Bilder zu fassen, die vor ihrem inneren Auge vorbeirasten.

Leonhard stand ihr direkt gegenüber und lauschte. Er wirkte körperlich beeindruckend, die frisch zugefügten Wunden ließen ihn regelrecht bedrohlich erscheinen. Aber seine Augen spiegelten seine Intelligenz wider.

Ella sah in sie hinein und sprach ihre Gedanken laut aus. »Er packt mich am Hals. Seine Finger drücken gegen meinen Nacken, die Daumen verkrampfen sich um meine Kehle. Er hat mich gegen die Wand gepresst. Das Glas eines Bildes hinter meinem Rücken bekommt Risse. Es knirscht. Der Rahmen bricht. Er drückt weiter zu.« Ella leckte sich über die Lippen. Ihr Atem ging flach. Etwas huschte hinter ihren Augen vorbei und ließ alles um sie herum dunkler werden. Die Umrisse der Gegenstände bekamen weiche Konturen. Leonhards Silhouette verschmolz mit der Umgebung. Sie schloss die Augen, um sich besser konzentrieren zu können. »Ich kann mich nicht mehr wehren, der Griff lockert sich nicht. Das Bild an der Wand fällt zu Boden. Ein dumpfes Geräusch und das helle Klirren von Glas wecken meine Tochter. Mein Kind schreit. Das Leben erwacht aufs Neue in mir. Ich reiße mich los und will zu ihr. Zwei Arme zerren mich zurück. Dann wird wieder alles dunkel um mich herum.« Ella hörte ein hässliches Geräusch, hörte das Knacken ihrer Halswirbelsäule. Das Brechen von Knochen ließ sie zusammenzucken. Langsam hob sie die Lider und wartete auf Leonhards Reaktion.

Er klatschte zweimal in die Hände und grinste. »Nicht schlecht, bis auf ein kleines Detail. Das Bild. Es war nicht da.«

»Ein Hund mit gefletschten Zähnen sieht freundlicher aus als ein Mensch mit einem falschen Lächeln. Ihr falsches Grinsen steht Ihnen nicht wirklich«, sagte sie matt. »Der Mörder hat die Scherben zusammengekehrt. Ich habe eine Einkerbung im Boden entdeckt, und die Wand wurde an einer kleinen Stelle – dort, wo der Nagel drinsteckte – neu verputzt. Das Bild war da. Bewusst herbeigeführte Umstände lassen sich von den zufälligen leicht unterscheiden, aber nur, wenn man aufmerksam danach sucht. Ich weiß auch, dass vielschichtige Verkettungen von Geschehnissen die Ermittlungen erschweren, sie aber gleichzeitig interessanter machen.«

Das Grinsen auf Leonhards Mund erlosch langsam.

»Der Mörder ist vielleicht handwerklich nicht sehr begabt.« Ella machte eine kleine Pause. »Aber er kennt sich in einigen Dingen aus.« Sie ging zum Schrank und nahm das Seil zwischen Daumen und Zeigefinger. »Ich werde mich schlaumachen, wo ich genauso ein Seil kaufen kann.«

»Aber zuerst bewegen wir uns nach oben. Ich möchte mich mit dem Verehrer unterhalten.«

Leonhard verließ den Raum als Erster, ohne Ella die Tür aufzuhalten. Er griff nach seinem Telefon. Mit knappen Worten orderte er einen kleinen Trupp der Kriminaltechnik und erteilte kurze Anweisungen. »Ich muss dich doch nicht instruieren, Philipp ... Sag mal, magst du deinen Job noch behalten? ... Und noch etwas: Frag Tom, ob die Fingerkuppen der Frau, die heute bei ihm eingeliefert wurde, mit irgendwelchen chemischen Mitteln behandelt wurden. Mir schienen ihre Fingernägel zu grob geschnitten zu sein. Nein, so brechen die Fingernägel nicht ab. Sie hatte sich diese künstlichen Dinger aufkleben lassen. Ja, ich glaube, dass unser Mann ihr die Nägel geschnitten und die Finger anschließend gereinigt hat. Das konnte ich zumindest an den Bildern erkennen ... Ich war anderweitig verhindert und konnte mir die Leiche nicht persönlich anschauen ... Die Männer von der Spurensicherung sollen unten im Keller nach einer Feile suchen ... Nein ... keine Nagelfeile, eine normale Feile, wie die eines Handwerkers ... Philipp, du machst mich kirre ... Auch ich habe schon eine Doppelschicht hinter mir ... Er könnte ihr damit die Nägel abgefeilt haben ... Der Kerl ist vielleicht nicht sonderlich intelligent, aber einfallsreich, was ich von dir momentan nicht behaupten kann ...«

Ella hörte ihrem Kollegen nicht wirklich zu. Ein Gedanke beschäftigte sie am meisten: Welche Kreatur tötet eine Frau und lässt das Kind schreiend zurück in der Wohnung, neben seiner toten Mutter?

KAPITEL 5

Ich muss sie hier wegbringen. Er raufte sich die Haare und stierte die Tote mit geweiteten Augen an. Seine Pupillen waren zwei schwarze Murmeln, die zu pulsieren schienen.

Er knetete die Finger und knackte mit den Knöcheln.

Murmelnd lief er nach oben ins Haus und blieb im Flur stehen, weil er eine Bewegung wahrnahm.

Er eilte zur Kommode und schnappte sich den kleinen Spiegel. Verstohlen betrachtete er sein Gegenüber – sein Spiegelbild, sein zweites Ich. »Was schaust du mich so an? Du hättest sie nicht sehen dürfen. Jetzt guck hin, was du angerichtet hast. Sie ist tot!«, schrie er. Spucke flog aus seinem Mund. Er hielt den kleinen Schminkspiegel zwischen seinen Fingern und betrachtete das Gesicht, welches seinem sehr ähnelte. Er holte tief Luft und wollte den Spiegel gegen die Wand schleudern, besann sich aber anders. Der durfte nicht kaputtgehen, der hatte seiner Mutter gehört. Das war ein Heiligtum. Der Gestank nach Verwesung kratzte in seinem Hals und juckte in seiner Nase.

Das Haus stand abseits der kleinen Siedlung. Die Ruhe und Abgeschiedenheit waren perfekt für das, was er tat, aber irgendwie war bei seinem letzten Akt alles aus dem Ruder gelaufen. Er war nicht mehr der Jäger, sondern wurde zum Gejagten.

Und Sally war einfach zu früh gestorben. Er hätte ihr nicht den Arm brechen dürfen. Aber sie, sie hätte ihn nicht schlagen dürfen, nicht so, nicht wie seine Mutter es immer tat, wenn Papa seinen Zorn an ihr ausgelassen hatte. Vorsichtig stellte er den Spiegel zurück an seinen Platz und trat mit dem Fuß gegen das Holz. Das Möbelstück ächzte leise.

Er presste die Fäuste gegen die Schläfen und gab einen gutturalen Laut von sich. Sein Augenlid zuckte. Dieses konvulsive Zucken nervte ihn.

Er quetschte die Finger fester zusammen, bis die Fingernägel sich tief in die Haut bohrten, und ging zum Fenster. Die Enge der Räume machte ihn schier wahnsinnig, wenn er aufgeregt war. Draußen loderte das Abendrot wie eine Feuersbrunst über den Baumkronen. Der Wald schien zu brennen.

Wie ein Hologramm spiegelte sich sein Antlitz in der Glasscheibe. Er hatte den Eindruck, sich selbst von der Seite beobachten zu können.

Ein Schwall zeitlich unsortierter Erinnerungen rauschte hinter seiner Stirn vorbei. Sein Spiegelbild starrte ihn an. Er musste sich zwingen, den Blick von den durchdringenden Augen abzuwenden.

Er sah wieder sich selbst. Er war zehn. Zuerst nahm er die Erinnerungen wie durch ein Laryngoskop wahr. Dieses Instrument hatte er einmal bei einem Arzt gesehen, weil der Mann sich seinen Kehlkopf anschauen wollte, nachdem er kurz zuvor ein Stück einer Rasierklinge geschluckt hatte. Das war eine Mutprobe gewesen. Er nannte sich selbst Sallys Freund, die anderen nannten ihn »Dennis« oder einfach nur »Ratte« wie sein Stiefvater. Die Stiefmutter hatte »Denny« zu ihm gesagt. Sie lag jetzt im Garten vergraben, weil keiner sie vermisst hatte. Sie war als Pflegerin für seinen Vater aus Polen eingereist. Sein Vater war seit vielen Jahren krank und konnte nicht mehr laufen. Aber er hatte Geld, viel Geld, darum durfte er noch leben.

»Ich habe einen riesigen Fehler begangen«, murmelte er. Furcht und Begreifen vermischten sich in seinen Augen zu einem eisigen Blick. Doch die Bilder aus seiner Vergangenheit verdrängten dieses Gefühl aus seinem Kopf und nahmen all seine Sinne ein. Er war wieder ein kleiner Junge.

***

»Du miese Ratte«, hörte er die lallende Stimme seines Stiefvaters. »Du hast schon wieder ins Bett gepisst«, brüllte er weiter. Der Wortschwall, der aus dem nach faulen Eiern und schalem Bier stinkenden Mund kam, verwirrte den Jungen nachhaltig und brachte ihn zum Schweigen. Er war nach wie vor von dem unruhigen Schlaf benommen und begriff zuerst gar nicht, was mit ihm geschah. Er sah unentwegt nach unten auf den feuchten, gelben Fleck zwischen seinen Beinen, die er in einem Winkel gespreizt hatte, als säße er auf einer Wiese. Er stützte seinen hageren Oberkörper mit ausgestreckten Armen und traute sich nicht, den Blick zu heben. Eine Welle aus Abscheu, Ekel und Scham erfasste ihn und schnürte ihm die Kehle zu.

Sein Stiefvater brüllte weiter und wurde mit jeder Sekunde zorniger, seine Stimme überschlug sich beinahe. Dennis verstand die Worte nicht wirklich, aber die Wut, die sich darin verbarg, umso mehr. Wie ein Berg stand der Mann über ihm und packte ihn am Ohr, um hineinzuschreien, was für eine bepisste Ratte er doch sei. »Du bist eine miese Ratte, die in ihrer eigenen Pisse hockt!«

In Dennis' Kopf begann es zu pfeifen. Das Ohr brannte wie Hölle. Er wollte schreien, konnte aber nicht. Eine von harten Schwielen übersäte Pranke lag auf seinem Mund und seiner Nase. Im letzten Aufbäumen seines Lebenswillens nahm er all seinen Mut und seine Kraft zusammen und biss seinen Stiefvater in den Finger, so fest er nur konnte. Der brüllte wie ein angeschossener Bär, riss sich los und schlug seinem Stiefsohn ins Gesicht. Dennis wurde von einem Schwindel erfasst und fiel mit dem Kopf voraus aus dem Bett.

Die Erinnerung war so real, dass Dennis laut aufschrie. Von diesem einen kurzen, erstickten Schrei wurde er zurück in die Realität gerissen. Er war schweißgebadet. Das Hemd klebte wie ein nasser Lappen an seinem Körper.

Er taumelte rückwärts, dann lief er in die Küche und übergab sich in die Spüle. Der Waschlappen darin roch genauso wie der Atem seines Stiefvaters. Dennis drehte den Wasserhahn auf, der protestierend quietschte und gurgelte, dann erst zu tropfen begann. Ein von Rost getrübter Wasserstrahl ergoss sich über die halb verdaute Brühe und verschwand langsam im Abfluss. Dennis wischte sich mit dem Handrücken über die Lippen und setzte sich auf einen wackeligen Stuhl. Den Kopf tief in den Nacken gelegt, starrte er gegen die Decke. *Was würde geschehen, wenn es diesen Stuhl nicht mehr geben würde*, fragte er sich mit pochenden Schläfen.

Fleckige, vom Alter gezeichnete Tapeten wurden vom grauen Licht des Abends erhellt. Schatten huschten über die ansonsten kahle Wand. Der Anblick hatte etwas Schauderhaftes. Mit den Menschen, die ihr Zuhause verlassen, verschwindet auch das Leben darin, danach stirbt auch das Haus. *Wir sind die Seelen unseres Heims*, vernahm er die Worte seiner Mutter, auch hörte er sein kindliches, unbeschwertes Lachen.

Für einen Moment erblickte er ein Kind mit Sommersprossen und strohblondem Haar. Es stand auf einem Stuhl direkt über der Spüle und schleckte einen Löffel ab, der nach Zimt und Schokolade schmeckte. Die Luft roch nach warmen Plätzchen. Auch diese Erinnerung überzog ihn mit einer Gänsehaut, weil sie zu viele Emotionen in ihm aufwirbelte, aber er wollte die Bilder in seinem Kopf nicht verscheuchen.

Da wurde der heimelige Frieden von einer kalten Windböe erfasst. Wind peitschte und schlug die Tür gegen das Haus. Dumpfe Schritte von schweren Stiefeln stampften die leise Weihnachtsmusik, die aus dem Radio plätscherte, in den Boden. Alles, was von dem schönen Abend blieb, waren schmutzige Schuhabdrücke, die sein Stiefvater über den Boden verteilt hatte. Er war wie so oft betrunken. »Hey! Ist jemand zu Hause?!«, schrie der wankende Mann und kam dann in die Küche. An den Türpfosten gelehnt grinste er Dennis und seine Mutter an. Dann erstarrte seine Visage und wurde zur Fratze eines Monsters. »Warum sieht er schon wieder aus wie ein Schwein? Hat er etwa Scheiße mit dem Löffel gefressen!?«, wollte er im Brustton auffahrenden Zorns von seiner Frau wissen, den Blick hielt er jedoch auf seinen Sohn gerichtet.

»Das ist nur Schokolade«, fiepte seine Mutter und hielt inne. Zwischen ihren mit Mehl bestäubten Fingern hielt sie ein frisches Plätzchen, welches sie vor Angst zu Staub zerbröselte.

»Ab in den Keller mit euch!«

»Nein!«, kreischte die Mutter flehend und der Verzweiflung nahe, dann fiel sie auf die Knie.

Dennis schluckte.

Die Bilder verschwanden, doch der Geschmack nach Zimt und Schokolade blieb auf seiner Zunge. Er stand auf und lief nach draußen. Im Augenblick der aufgesetzten Zuversicht, dass er sein Leben halbwegs im Griff hatte, musste er erneut an die Tote im Keller denken.

Morgen, morgen würde er sich der Leiche entledigen, schwor er. Danach würde er sein Leben in eine andere Richtung lenken.

Er strich sich über das Haar, linste auf die Uhr und lief zurück zur Straße. Der letzte Bus fuhr in einer halben Stunde ab, wusste er. Also hatte er noch genügend Zeit für eine Zigarette. Gemächlich schlenderte er über den schmalen Weg.

Kies knirschte unter seinen Schuhen. Warme Luft strich ihm über die Wangen. Er musste geweint haben, denn die Haut fühlte sich an einigen Stellen nass und kühl an.

Kurz blickte er sich um, um sich zu vergewissern, dass er die Tür tatsächlich abgeschlossen hatte. Ein harter Klumpen blieb in seinem Hals stecken. Die Tür stand sperrangelweit offen. In der Küche brannte Licht.

Er musste zurück auf den Stuhl, denn jemand wartete dort in der Stille auf ihn.

KAPITEL 6

Ella beeilte sich. Sie trug heute eine schlichte mausgraue Hose, eine weiße Bluse und eine dunkle Jacke, dazu bequeme Schuhe mit kleinen Absätzen, die nun bei jedem ihrer Schritte verräterisch klackerten. Die Mappe unter ihrem rechten Arm wurde mit jedem Atemzug schwerer. In der linken Hand balancierte sie ihre Aktentasche, die nicht weniger wog. Sie blieb vor ihrem neuen Arbeitsplatz stehen und versuchte, mit dem Ellenbogen die Türklinke nach unten zu drücken.

»Eine abgeschlossene Tür mit dem Ellenbogen zu öffnen, grenzt an Selbstüberschätzung der menschlichen Fähigkeiten, es sei denn, Sie verfügten über übernatürliche Kräfte«, ertönte eine ihr sehr wohl bekannte Stimme – Leonhard.

Ella blieb einen Moment mit dem Gesicht zur Tür gewandt stehen, damit die Schamröte, die ihr in die Wangen schoss, wieder verblassen konnte.

»Machen Sie Platz, damit ich die Tür aufschließen kann. Ich möchte nicht, dass die Kollegen etwas davon mitbekommen und noch mehr zum Tratschen haben. Als Frau dürfen Sie denen keine Angriffsfläche bieten«, sagte er mit der Selbstsicherheit eines von sich überzeugten Mannes, der stets alles im Griff hat und sich von niemandem lenken lässt.

Ella stellte ihre Aktentasche ab und angelte nach ihrem Schlüssel, der nicht sofort durch den Schlitz wollte. Unter dem Druck der Überheblichkeit ihres Kollegen klemmte der Schlüssel und ließ sich erst beim zweiten Versuch umdrehen.

»Seit wann interessiert es Sie, was andere Menschen über mich denken?«, knurrte Ella und stieß die Tür auf.

»Seitdem wir zusammenarbeiten«, entgegnete er und betrat als Erster das Büro. »Konnten Sie heute Nacht gut schlafen?«

»Diese Information liegt weit außerhalb Ihres Zuständigkeitsbereichs, daher muss ich die Frage auch nicht beantworten.« Sie wuchtete alle Dokumente auf ihren Tisch. »Ich bin ja schließlich da und sehe weit erholter aus als Sie, obwohl ich eine Frau bin und meistens eine Stunde länger im Bad brauche, um mich schön zu machen.«

»Das stimmt allerdings.«

Ella sortierte die einzelnen Mappen neu und achtete darauf, dass diese parallel zueinander und zu der Kante des Tisches lagen.

»Waren Sie jemals verheiratet, Greenwood?« In der Frage lag kein Funke Sarkasmus. Ella blickte auf.

Ella räusperte sich. Die Erinnerungen an ihren Mann und die gemeinsame Zeit waren eine Art Beweis dafür, dass es im Leben auch schöne Momente gibt, die aber leider wie alles andere vergänglich sind. Diese Erinnerung war alles, was ihr von Elmar geblieben war. »Warum fragen Sie mich das? Hat das etwas mit unserem Fall zu tun?«

»In gewisser Weise schon. Wir haben eine Frau, die sich von ihrem Mann trennen wollte und bereits eine Beziehung mit einem anderen führte. All diese Komponenten haben dazu geführt, dass sie tot ist. Falls Sie auch verheiratet waren und diese Trennungsphase durchlebt haben, können Sie sich vielleicht eher in die Opferrolle der Frau hineinversetzen«, erklärte Leonhard mit ruhiger Stimme, nippte an seinem Kaffee und setzte sich auf die Tischkante eines Tisches, der komplett leer war. Sein Tisch dagegen war von diversen Akten überhäuft.

»Mein Mann ist bei einem Autounfall ums Leben gekommen. Beantwortet das vielleicht Ihre Frage?«

»Tut mir leid, ich wollte die schlecht verheilten Wunden Ihrer Seele nicht erneut aufreißen.« Auch dieser Satz klang ehrlich. »Wir haben bisher noch niemanden gefunden, der die Leiche identifizieren kann. Von dem Noch-Ehemann fehlt uns jede Spur, aber unterdessen würde ich gern mit Ihnen zusammen den Nachbarn befragen. Er hat eine Vorladung zugeschickt bekommen, weil er sich ja gestern vehement geweigert hat, eine Aussage zu machen. Was wäre die Welt ohne die älteren Nachbarn, die ihren Alltag damit zu verbringen scheinen, alles um sie herum im Auge zu behalten?«

»Tja, die alte Dame hat mir vieles über ihren Nachbarn verraten, auch das, was sie nicht sehen, sondern nur hören konnte.« Ellas Mundwinkel zuckten leicht. Tatsächlich war eine alte Dame sehr auskunftswillig gewesen, ihnen zu berichten, dass ein gewisser Herr Krakowitz ein heimlicher Verehrer von Gisela Jung gewesen sei. Sie hatte sogar die Zeiten seiner nächtlichen Besuche aufgeschrieben und durchnummeriert. Früher sei sie in der Buchhaltung tätig gewesen, hatte sie bereitwillig zugegeben, und konnte auch noch mit weiteren Informationen aufwarten, die jedoch nicht wirklich konstruktiv waren. Dennoch hatte sich Ella bei der Dame bedankt. Mit Leonhard wollte die Rentnerin nicht reden, weil er nicht wie ein Polizist aussähe.

»Vielleicht ist es Intuition oder auch nur der Instinkt eines verantwortungsvollen Beamten.« Leonhard zog Ellas Aufmerksamkeit wieder auf sich. Er hielt eine dünne Mappe zwischen den Fingern, die er kurz zuvor aus seinem Schrank herausgezogen hatte. »Ich würde Sie gern noch in einen weiteren Fall involvieren, der bisher ungeklärt geblieben ist. Wie wir festgestellt haben, starb die Frau nicht infolge der Strangulation.

Dieser Akt diente auch nicht der Vertuschung. Das Aufhängen ist ein Ritual.«

»Ein Ritual?«, echote Ella und merkte, wie ihr der Mund trocken wurde.

Ein mühsam unterdrücktes Grinsen huschte über Leonhards Lippen. Er hob die Mappe in die Luft. »Also, trauen Sie sich zu, sich einem Serienmörder in den Weg zu stellen? Und seien Sie gewarnt, Sie passen vielleicht in sein Beuteschema.«

»Ich habe noch nie gekniffen, wenn es brenzlig wurde«, lautete die Antwort. Ella bemühte sich darum, ihre Stimme unter Kontrolle zu bekommen, damit diese nicht verräterisch zitterte. Nicht, weil sie sich fürchtete, sie hatte einfach Angst zu versagen. Ihre Gedanken schweiften kurz in die Vergangenheit ab, doch Ella schob sie entschieden beiseite.

»Das hier ist nur das Register. Die Akten, die hier aufgelistet sind, befinden sich in diesem Schrank.« Leonhard Stegmayer warf die dünne Mappe mit einem leisen Klatschen auf den Tisch, machte zwei Schritte nach rechts und öffnete beide Türen. Der stabil wirkende Schrank aus hellem Holz beherbergte eine stattliche Anzahl dicker Ordner, die durchnummeriert waren. Jede Reihe hatte eine andere Farbe.

»Es gibt mehrere unverkennbare Parallelen, die mich dazu veranlassen zu glauben, dass wir es hier nicht mit einem Nachahmungstäter zu tun haben, sondern mit dem Würger, nach dem wir schon seit fünfzehn Jahren fahnden. Seine Handschrift hat sich mit den Jahren zwar geändert, aber das Muster ist dasselbe geblieben.«

Ellas Blick verweilte für zwei Herzschläge auf den Ordnern. »Wie viele?«, lautete ihre schlichte Frage.

»Fünfzehn«, gab Leonhard Stegmayer lakonisch zur Antwort.

»Jedes Jahr eine?«

Leonhard schüttelte den Kopf. »Nein. Es existiert keine Konstante, die wir irgendeinem Ereignis zuordnen könnten. Seine Taten sind willkürlich, was den Zeitpunkt betrifft, es gibt kein bestimmtes Datum. Auch die Orte sind um Berlin herum verstreut, nur die Gegebenheiten sind dieselben. Es ist immer ein Wald mit Wanderpfaden und Fahrradwegen. Und das Beuteschema: Bis auf die letzte Frau sind seine Opfer dunkelhaarig und nicht mehr ganz jung. Er erwürgt sie und hängt sie danach auf.« Leonhard legte eine kurze Pause ein. »Und es ist jedes Mal eine Eiche, an der er seine Opfer zur Schau aufhängt. Dieser Ordner beinhaltet alle wesentlichen Hinweise auf den Täter.« Leonhard zerrte den dicksten Ordner aus dem Schrank und wuchtete ihn auf den leeren Tisch. »Werfen Sie ruhig einen Blick hinein, ich gehe solange nach oben zu unserem Chef.«

Ella beobachtete, wie Leonhard einfach zur Tür hinausmarschierte und sie leise ins Schloss fallen ließ.

KAPITEL 7

Mit einer unbändigen Erleichterung wachte Luis im Bett neben seiner Ehefrau auf. Er rieb sich vom unruhigen und viel zu kurzen Schlaf die Augen und richtete sich auf. Immer noch benommen sah er auf den Wecker. Sein Kopf drohte zu platzen. Es war kurz vor neun. Er musste wieder zur Arbeit. Gestern war sein freier Tag gewesen, an den er sich nicht wirklich erinnern konnte, weil er sich hatte volllaufen lassen, nachdem ihn dieses Arschloch von Sternwart zum zigsten Mal zusammengestaucht hatte.

Hoffentlich kratzt der Kerl bald ab, dachte Luis und massierte sich die Schläfen. Er war unendlich froh darüber, dass alles, was er geträumt hatte, nur ein Hirngespinst seiner Fantasie war.

»Larissa, Steven hat wieder ins Bett gemacht«, flüsterte er mit vom Schlaf rauer Stimme und deutete auf den Fleck, in dem sein Sohn unruhig schlief. Auch Luis' Unterhose war nass. Die Decke war kalt und fühlte sich klamm an. Der penetrante Geruch nach Urin reizte seine Nase. Ekel verzog seine Züge. Obwohl er seinen Sohn unendlich liebte, so ärgerte er sich jedes Mal darüber, dass sich der achtjährige Junge fast jede Nacht zu ihnen ins Bett schlich und einnässte, so, als täte er dies mit voller Absicht.

Luis schälte sich aus dem Bett und lief auf nackten Füßen ins Badezimmer.

»Du musst dich beeilen, wenn du nicht zu spät kommen willst«, drängte Larissa mit gedämpfter Stimme, was er jedoch geflissentlich ignorierte.

Er warf seine nasse Unterhose in die Badewanne, in der ein Turm schmutziger Wäsche immer höher wurde, und stieg in die Dusche. Sein Ärger trat langsam in den Hintergrund und verschwand samt dem eiskalten Wasser, das über seinen Körper floss, im Abfluss. Der bunt gemusterte Duschvorhang warf Wellen und blieb ständig an Luis' Rücken kleben. Er atmete tief ein und wieder aus. *Ich brauche diesen Job, um aus dieser Bruchbude fliehen zu können.* Eine Idee nahm in seinem Kopf Gestalt an, die zugleich aberwitzig wie auch der einzige Ausweg aus seinem Dilemma war. Wenn er nur mehr verdienen könnte und nicht dauernd den Handlanger spielen müsste, so hätte er gewiss eine höhere Chance auf eine bessere Bleibe. Dieser Gedanke erfüllte ihn mit frischer Energie. So gut hatte er sich schon seit Langem nicht mehr gefühlt. Er drehte den Wasserhahn zu und schob den Vorhang beiseite. Wasser plätscherte in dem kleinen Raum.

Larissa saß mit bis zu den Knöcheln heruntergelassenem Höschen auf dem Klo und pinkelte.

»Kannst du das bitte lassen?«, murmelte Luis. »Ich will nicht, dass Steven dir dabei zusieht. Und trag gefälligst ein Oberteil. Ich will auch nicht, dass er deine nackten Brüste anstarrt. Vielleicht ist das der Grund, warum er ständig in unser Bett kriecht.« Doch im selben Augenblick verspürte er eine Regung zwischen seinen Lenden. Er stieß die Tür zu und schloss ab. Seine Gedanken überschlugen sich angesichts des bevorstehenden Aktes und der Lust, die sich in Larissas Augen widerspiegelte.

»Doch nicht schon wieder«, gurrte sie und drückte auf die Spülung. Sie stand nun splitterfasernackt vor ihm. Ihre schlaffen Brüste störten ihn nicht im Geringsten. Auch die Narbe unter dem Nabel war nur ein stummer Zeuge des Wunders, das sie vollbracht hatte. Sie hatte ihm vor mehr als acht Jahren einen Sohn geboren.

KAPITEL 8

»Kommen Sie schon«, drängte Leonhard Ella zur Eile und winkte ungeduldig vor dem Eingang des Mehrfamilienhauses, damit sie durch die offene Tür hineingehen konnte. Zwei Polizisten standen Wache, der Tatort war noch nicht freigegeben. Seit zwei Tagen mussten die Beamten Klinken putzen – ohne Ergebnisse. Es existierten viele Aussagen, jedoch keine richtigen Hinweise. Jeder wollte etwas gesehen haben, ohne dabei richtig hingeschaut zu haben, und das war zermürbend.

Heute stand die Befragung von Gisela Jungs Nachbarn auf dem Programm, der auf eine Vorladung der Polizei nicht reagiert hatte.

»Ich dachte, Sie hätten ihn zu einer Befragung vorgeladen. Werden Sie ihm jetzt die Leviten lesen und ihn festnehmen?« Ella strich sich eine ungebärdige Strähne hinters Ohr. Ein einzelner Sonnenstrahl verfing sich in dem kleinen Brillanten ihres Ohrsteckers und blendete Leonhard für einen Augenblick.

Er zwinkerte mehrmals mit einem Auge. Ella verstand seine Regung als dumme Anmache, glaubte er aus ihrem Gesichtsausdruck herauszulesen. »Tragen Sie niemals Schmuck bei der Arbeit«, brummte er und deutete auf ihr Ohrläppchen. »Das war das letzte Mal, dass ich Sie darauf hinweisen muss. Jetzt kommen Sie schon rein. Und nun zurück zu Ihrer Frage:

81

Um einen Menschen zu einem Sinneswandel zu bewegen, bedarf es oft extremer Veränderungen oder auch überzeugender Argumente.« Er ging ihr voraus zu den Treppen.

»In Form von Gewaltandrohung, wie es sonst Ihre Art ist?«

»Unter anderem, ohne sie in die Tat umzusetzen. Da haben Sie gut aufgepasst, Greenwood. Heute spielen wir aber die Guten. ›Guter Cop, böser Cop‹ funktioniert nur in Filmen oder in den Ländern, in denen man bei einem Verhör ein Telefonbuch verwenden kann, um seinen Worten mehr Gewicht zu verleihen.« Leonhard lachte über seinen Flachwitz.

»Rein hypothetisch …«, hörte er Ellas Stimme und das leise Klackern ihrer Absätze auf den grauen Fliesen.

»Ich höre.« Leonhard blieb abrupt stehen und drehte sich schnell um, dabei lief Ella beinahe in ihn hinein. »Ich hasse es, wenn einer einen Satz anfängt und dann wartet, bis ich etwas sage. Wenn Sie etwas wissen wollen, dann sprechen Sie den Satz gefälligst zu Ende. Haben Sie mich verstanden, Greenwood? Ein einfaches Nicken würde genügen.«

»Ja. Mal angenommen … jetzt laufen Sie schon weiter … Mal angenommen, dieser Markowitz …«

»Krakowitz«, verbesserte er sie.

»Dieser Krakowitz – wenn er etwas mit dem Mord an Frau Jung zu tun hat, bedeutet das nicht, dass er auch all die anderen Frauen umgebracht hat. Für diese Taten ist er doch viel zu jung. Er ist jetzt achtundzwanzig, vor fünfzehn Jahren war er noch ein Kind.«

»Er war dreizehn. Wissen Sie, was ein Teenager alles machen kann? Noch nie was von Kindersoldaten gehört? Aber Sie haben recht, es wäre sehr unwahrscheinlich. Also, Sie haben heute den Vortritt, lassen Sie Ihren weiblichen Charme spielen, Greenwood. Männer stehen auf Frauen mit Ihrer Figur. Schade, dass Sie nicht hellblond sind, sonst könnte man Sie nicht nur für jung und hübsch halten, sondern auch noch für naiv. Ich weiß, das sind alles Vorurteile, aber uns Männern gehen diese Vorurteile sonst wo vorbei. Wir benutzen nicht immer unseren Kopf, wenn eine Frau, die so gut duftet wie Sie, in unserer Nähe ist. Und Sie können mich für ein Arschloch halten, aber ich habe Sie jetzt auf die perfekte Arbeitstemperatur gebracht. Hier.« Er reichte ihr mehrere kleine Asservatenbeutel, die Ella in ihrer Aktentasche verschwinden ließ.

»Es ist nicht rechtens, etwas aus der Wohnung zu entwenden ohne die Erlaubnis des …«

»Gefahr im Verzug.«

»Aber brauchen wir dafür nicht eine richterliche Verfügung?«

»Ich zwinge Sie doch nicht, eine chinesische Vase mitzunehmen. Ein Haar oder eine Faser wird keiner vermissen. Schließlich werden wir keine Durchsuchung und nicht einmal eine Befragung durchführen. Es handelt sich hier lediglich um ein Gespräch. Sollte eine Verhaftung daraus resultieren, werden wir natürlich so eine Verfügung beantragen müssen.«

Unvermittelt klopfte seine Hand gegen die Tür. »Herr Krakowitz, öffnen Sie bitte die Tür, ansonsten werden wir Sie leider Gottes mitnehmen müssen. Sie übernehmen jetzt«, raunte er Ella ins Ohr und trat einen Schritt zurück, als wollte er ihr den Rücken stärken. »Und denken Sie daran, wir wollen nicht den Eindruck erwecken, dass dieser Kerl unser Hauptverdächtiger ist. Machen Sie ihn zu unserem Verbündeten.«

»Herr Krakowitz, wir möchten Ihnen nur ein paar Fragen stellen bezüglich Herrn Sternwart, dem Hausmeister in Ihrem Haus.« Ella entschied sich, einen Umweg zu nehmen.

»Ich wusste, dass Sie ein schlaues Köpfchen sind«, lobte Leonhard sie kaum hörbar.

Die Tür öffnete sich langsam. In dem schmalen Spalt, der von einer Kette versperrt war, tauchte eine Gestalt auf.

Ein Mann starrte Ella an. Auf seinem aschfahlen Gesicht machte sich ein Ausdruck der Beunruhigung breit. Der Mann war hager, die Wangen eingefallen und von hellen Bartstoppeln übersät. Die flaschenbraunen Augen standen leicht hervor. Sein Gesicht war voll von Sommersprossen, das rötliche Haar zerzaust. »Ich habe sie nicht umgebracht, wir hatten auch nie was miteinander zu tun, ich meine, wir hatten keine Beziehung oder so«, krächzte der Mann und unterdrückte ein Schluchzen.

»Das hat hier auch niemand behauptet. Nur ist es nicht wirklich von Vorteil, wenn Sie auf eine Vorladung nicht reagieren und sich seit zwei Tagen in Ihrer Wohnung verschanzen.«

»Zwei Tage?« Der Satz klang wie eine Frage. Bestürzung zeichnete sich auf seinem Gesicht ab.

»Haben Sie etwas genommen? Schlaftabletten, Drogen?«, tastete sich Ella voran.

»Nur Aspirin und Gin«, gab der Mann kleinlaut zu und senkte kurz den Kopf. Dann fiel die Tür ins Schloss.

Etwas schepperte. Ella atmete erleichtert aus, als der hagere Mann erneut vor ihr erschien. Er trug ein graues T-Shirt und eine graue Jogginghose, die an den Knien ausgebeult war.

»Kommen Sie rein«, nuschelte er. Die Luft roch muffig, war von angebranntem Essen und schalem Alkoholgestank durchtränkt und schien in dem dunklen, schmalen Korridor zu flimmern.

»Sie können im Wohnzimmer auf mich warten. Ich hole mir nur ein Bier.«

»Ich nehme auch eins«, meldete sich Stegmayer zu Wort, »und meine Kollegin würde gern ein Wasser haben, wenn es Ihnen nichts ausmacht.«

Markus Krakowitz blieb stehen und beäugte die beiden skeptisch.

»Ich helfe Ihnen dabei, Sie sind ja schließlich kein Krake mit sieben Armen.«

»Acht, ein Krake hat acht Tentakel, und ich möchte nie wieder mit diesem Tier verglichen werden.«

»Hat man Sie damit früher in der Schule aufgezogen?«

Ella sah, wie Krakowitz zusammenzuckte.

»Mich nannten die Kinder immer Steckdose. Stegmayer, Steckdose. Kinder können manchmal grausam sein. Ob Sie es glauben oder nicht, aber auch ich war ein Außenseiter, genauso wie Sie«, sprach Leonhard mit einer Leichtigkeit in der Stimme weiter, als wären die beiden Männer beste Freunde. Er legte dem eingeschüchterten Mann sogar kurz die Hand auf die Schulter, um ihn in Sicherheit zu wiegen.

Tatsächlich schien ihm Leonhard das Gefühl zu vermitteln, dass von ihm keine Gefahr ausging, denn die Gliedmaßen des Mannes entspannten sich. Er sah in dem gut gekleideten Polizisten, der nach teurem Parfüm roch und eher nach einem erfolgreichen Start-up-Unternehmer als nach einem Polizisten aussah, wohl einen Verbündeten, der nur ein Bier mit ihm trinken wollte.

»Wir holen zuerst das Bier. Frau Greenwood, Sie wollten doch auf die Toilette. Wir werden derweil in der Küche auf Sie warten.«

Obwohl der Mann einen abgewrackten Eindruck machte, war die Wohnung sauber. Die Möbel waren nicht teuer, aber alles war aufeinander abgestimmt.

»Wohnen Sie allein hier?«, fragte Ella.

»Ja, warum?«

»Hmm …« Ella deutete ein unterdrücktes Lächeln an. »Das habe ich an der Art, wie die Wohnung eingerichtet ist, festgestellt. Ich beneide euch Männer dafür, weil ihr nicht unnötig Zeit mit Nichtigkeiten verplempert. Alles hier erfüllt seinen Zweck, das ist doch das, was am Ende zählt, nicht wahr?«

Der Mann nickte stolz.

Leonhard klopfte Markus Krakowitz auf die knochige Schulter. »Und wer macht Ihnen die Wäsche? Ich bringe meine in die Reinigung.«

»Ich selbst oder meine Mutter. Sie kommt jedes Wochenende und schaut nach dem Rechten. Ich fahre dann mit ihr einkaufen.« Markus Krakowitz hustete verlegen.

Ihr Kollege strich dem Mann sachte mit seinen gepflegten Fingern über die Schulter und warf Ella einen listigen Blick zu.

Ella folgte Leonhards Augen. Ein Haar löste sich vom T-Shirt und fiel langsam zu Boden.

»Das Bad ist drüben.« Krakowitz zeigte auf eine Tür, auf der zwei verchromte Buchstaben angebracht waren, das C hatte eine Schräglage.

Die beiden Männer verschwanden in der Küche.

Ella holte eine der kleinen Tüten aus der Aktentasche und schnappte mit einer Pinzette nach dem Haar. Sie hielt das Haar fest und begutachtete es kurz. Da war tatsächlich eine Wurzel dran, ohne die wäre das Beweismaterial nutzlos. Schnell packte sie diese in die Tüte, ließ sie in ihrer Tasche verschwinden und lief ins Bad. Sie sollte die Schmutzwäsche und das Schränkchen durchsuchen, glaubte sie aus Leonhards Blick herausgelesen zu haben. Jetzt erschien auch die Erwähnung der Schmutzwäsche plausibel. Ihr Herz pochte vor Aufregung. Im Hintergrund hörte sie männliche Stimmen, die sich freundlich miteinander unterhielten. Das typische Geräusch des Ploppens einer Bierflasche ertönte, gefolgt von einem zweiten, das etwas lauter war.

Ella stülpte sich schnell Gummihandschuhe über und betrat das kleine, gelb gefliese Zimmer. Die Badewanne und die Kloschüssel waren grün, die Klobrille war aus durchsichtigem Plastik, bunte Fische schwammen darin. Sie war natürlich nach oben geklappt.

Ella rümpfte die Nase und atmete flacher. Hier roch die Luft unangenehm nach Moder, Schweiß und anderen Ausscheidungen. Sie schloss sich ein und begann alles akribisch durchzusehen. Dabei achtete sie sehr genau darauf, kein verräterisches Geräusch zu erzeugen, um ja nicht aufzufliegen.

An der Tür hing ein Bademantel, auf dem Waschbecken stand nur eine Zahnbürste. Doch im Wäschekorb wurde sie tatsächlich fündig. Ein Damenslip hatte sich darin verirrt. Der würde aber niemals in den blöden Beutel passen, wie sie vor sich hin fluchend feststellte.

Sie musste improvisieren. Ein rascher Blick in den kleinen Mülleimer ließ sie aufatmen. Der war leer und mit einer Mülltüte versehen. Schnell verstaute sie darin den Slip und steckte ihn in die Aktentasche. Ihr war bewusst, dass der Schlüpfer kein sachdienlicher Beweis war und vor keinem Gericht als solcher akzeptiert werden würde, aber Stegmayer brauchte ein Druckmittel.

Nachdem Ella die klammen Wäschestücke zurück in den Wäschekorb gestopft hatte, wandte sie sich dem Spiegelschrank zu. *Ich darf nur nicht das Runterspülen vergessen und ich muss mich beeilen, ich war ja nur pinkeln*, mahnte sie sich zur Eile. *Und die Klobrille muss ich auch noch nach unten klappen.*

»Ja«, schrie sie beinahe laut auf, nachdem sie den Spiegelschrank geöffnet hatte. Ein Zahnputzbecher mit Giselas Foto drauf stand direkt vor ihrer Nase. Den konnte sie natürlich nicht mitnehmen, darum machte sie mit ihrem Handy ein Foto davon. Das war ein deutlicher Hinweis, dass die beiden etwas miteinander gehabt haben mussten.

Ein Klopfen an der Tür ließ sie erstarren. Ein kaltes Kribbeln kroch ihr das Rückgrat hinauf. Im Augenwinkel registrierte sie, wie sich die Türklinke nach unten bewegte, die Tür ging ein Stück weit auf. »Das Schloss schließt nicht richtig«, hörte sie die Stimme von Markus Krakowitz. Kurz darauf folgte ein leises, metallisches Zuschnappen. »Man muss sie schon fester zuziehen.« Die Worte klangen nun gedämpfter, jedoch arglos. »Tut mir leid, falls ich Sie erschreckt habe«, entschuldigte sich der Mann.

Ella atmete flach und unregelmäßig. Ihr Hals war wie ausgedörrt.

»Die Klospülung funktioniert nicht richtig. Versuche seit gestern, den Hausmeister zu erreichen, aber er geht nicht ans Telefon.«

»Danke«, brachte Ella kaum heraus, weil ihre Brust so eng wurde, als hätte man ihr ein viel zu enges Korsett umgelegt.

Schnell, du musst hier schleunigst raus, sagte sie zu sich selbst, ließ die Klobrille herunter, betätigte mehrmals die Taste für die Spülung. Tatsächlich plätscherte das Wasser erst nach dem dritten Versuch. Ein kurzer, prüfender Blick. Alles war wieder an seinem Platz. Ella machte einen Atemzug und wappnete sich für das bevorstehende Gespräch. Langsam ging sie zurück zu den Männern.

»Wie oft putzen Sie sich die Zähne?« Ella holte ihr Handy aus der Tasche und zeigte Krakowitz das Foto.

Er wurde stocksteif.

Ellas Hand verschwand wieder. Raschelnd zerrte sie die Mülltüte heraus und hielt diese dem Mann vor die Augen.

»Ist nicht wirklich Ihre Größe.« Sie ließ beides wieder verschwinden. »Wollen Sie uns dazu etwas sagen?« Sie hob die Brauen.

Im Augenwinkel registrierte sie, wie Leonhard ihr anerkennend zunickte.

Sie schwitzte, gab sich aber stoisch und verriet ihre Nervosität mit keiner Regung.

Die Erwähnung des Zahnputzbechers und des eingetüteten Schlüpfers lockerte seine Zunge.

Markus zerrte an dem Kragen seines T-Shirts. »Der Hausmeister war wohl auch von Gisela angetan. Sie jedoch hat beantragt, ihn wegen seiner Unzuverlässigkeit durch jemand anderen zu ersetzen. Die Avancen von dem Kerl sind ihr auf die Nerven gegangen, auch wenn er nie aufdringlich geworden ist. Immer, wenn Not am Mann war, ist der Typ betrunken gewesen und damit als Hausmeister mehr als unzuverlässig«, stammelte er mit einem scheuen Lächeln auf den Lippen.

»Hat Gisela wirklich oft gefroren?«, wollte Leonhard wissen.

Markus grinste hämisch. »Dieser Sternwart war höchstwahrscheinlich ein Spanner, ein Voyeur. Wir haben zwar keine Kamera gefunden, aber Gisela und ich waren uns sicher, dass er die Heizkörper im Wohnzimmer und im Schlafzimmer so manipuliert hat, dass sie gezwungen war, fast nackt in der Wohnung herumzulaufen«, berichtete er jetzt mit zorniger Stimme.

Nach einer eindringlichen Folge von Fragen gab Krakowitz schließlich zu, dass die beiden ein Verhältnis miteinander gehabt hatten.

»Gisela hat sich mehrfach beim Vermieter über Sternwart beschwert. Auf ihr Drängen hat sich die Hausverwaltung darum bemüht, einen Ersatz für den Mann zu finden. Ich habe mich um seine Stelle beworben, aber die Bezahlung war mir zu schlecht. Für mehr als einen Handlanger hat das Geld wohl nicht gereicht. Wenigstens ist dieser junge Mann zuverlässig, der ihm zur Hand geht«, berichtete Krakowitz noch, bevor sich seine Miene plötzlich vor Schmerz verzerrte. Er begann mit geweiteten Augen zu zucken, vor seinem Mund bildete sich Schaum. Er wurde von einem epileptischen Anfall übermannt und musste ins Krankenhaus gebracht werden.

KAPITEL 9

Der Mann schien auf etwas zu blicken, das nur er sehen konnte, obwohl seine Augen auf eine graue Wand aus Beton gerichtet waren.

Die vor Überraschung weit aufgerissenen toten Augen flehten stumm um Hilfe. Sein stumpfer Blick war gebrochen, kein Leben spiegelte sich in den milchig-trüben Augen.

Dennis stand daneben und atmete schwer. Der Todeskampf hatte erstaunlich lang gedauert und er hatte ihn genossen, alles in sich aufgesogen. Ambivalente Gefühle schwappten wie eine warme und gleichzeitig kalte Welle über ihn. Erregung und Angst vermischten sich zu einem tosenden Wasserfall und begruben ihn unter sich. Er vermochte wirklich nicht zu sagen, was ihn am Sterben so faszinierte, aber ohne den Tod konnte er nicht leben.

»Du hast es nicht anders verdient«, flüsterte er und zuckte zusammen. Ein ekstatisches Beben erfasste seine Glieder. *Manchmal, um Schlimmeres zu verhindern, müssen die Menschen vor anderen Menschen geschützt werden,* hörte er die Worte seines Vaters und verließ die Kellerräume.

Wie können andere über dich ein moralisches Urteil fällen, wenn auch sie selbst ihre Hände nicht in Unschuld waschen? Wir sind allesamt Sünder, denn das hier ist die Hölle. Wir alle sind zum

Sterben verdammt. Du und ich. Hier darf man tun und lassen, was man will. Wenn du tötest, dann lass es wie einen Unfall aussehen. Sei schlauer als die anderen, werde zum Jäger und nicht zu seiner Beute, denke an meine Worte, klang die Warnung wie eine Drohung in seinem Kopf.

Jetzt war alles wieder in Ordnung. Er zog die Gummihandschuhe ab und ging nach draußen. Er musste sich beeilen, sein Zeitplan musste eingehalten werden.

Der tote Körper schwebte in der Luft. Die Sicherheitsschuhe berührten kaum den Boden. Der Gehängte trug einen grauen Kittel mit dem Namensschild »Sternwart«.

KAPITEL 10

Luis befand sich in der kleinen Werkstatt. Zwei Polizisten standen vor ihm, ein groß gewachsener Mann mit breiter, durchtrainierter Brust und Oberarmen, die so dick waren wie seine Oberschenkel. Obwohl sein Haar grau war, sah er ziemlich fit und überhaupt nicht alt aus. Er wurde von einer sehr attraktiven Frau begleitet, die in ihm kein Gefühl des Unwohlseins erweckte.

Der Polizist wiederholte seine Frage. »Und Sie wissen tatsächlich nicht, ob Ihr Vorgesetzter, Herr Sternwart, sich für heute den Tag freigenommen oder sich krankgemeldet hat?«

Luis schwieg beharrlich, weil er ja schon darauf geantwortet hatte. War das eine Fangfrage? Ein Stachel des Misstrauens bohrte sich in seine Brust. »Verdächtigen Sie mich etwa, dass ich was mit der ganzen Sache zu tun haben könnte?« Er sprach ruhig, dennoch zitterte er am ganzen Leib.

»Sollten wir das denn?«, mischte sich nun die kleine Polizistin ein, die sich ihm als Kommissarin Ella Greenwood vorgestellt hatte.

Luis schluckte den Kloß der Angst hinunter und zog am Kragen seines T-Shirts, weil er ihn zu erwürgen drohte. »Nein«, sagte er und hob den Blick. In seinen Augen schwammen Tränen. Er strich sich hastig mit dem Handrücken über die

Lippen und gab sich Mühe, sich wieder zu fangen. »Ich brauche diesen Job hier. Diese Chance bedeutet alles für mich.«

»Hatten Sie Meinungsverschiedenheiten mit Herrn Sternwart? Er war ja letztes Mal nicht sehr gut auf Sie zu sprechen. Er hat Sie sogar fortgejagt«, sagte der Polizist – seinen Namen hatte er vergessen – und stellte sich breitbeinig vor Sternwarts Spind, in dem er seine privaten Habseligkeiten aufbewahrte.

»Jürgen … ich meine Herr Sternwart«, Luis räusperte sich und setzte neu an, »war manchmal aufbrausend, aber normalerweise kamen wir gut miteinander aus.«

Der Polizist stand mit dem Rücken zu ihm und spielte mit dem kleinen Vorhängeschloss. »Wissen Sie, wann Herr Sternwart Geburtstag hat?«, ertönte die Baritonstimme des Mannes.

»Irgendwann im September. Nein. Warten Sie, er hat seinen Geburtstag im Kalender eingekreist.«

Der Polizist sah ihn prüfend an. Die Frau blätterte in ihren Unterlagen.

Luis rang mit den Fingern. »Darf ich?« Der Kommissar drehte sich um, die Polizistin hob den Blick. Luis deutete auf einen Kalender mit nackten Frauen, der auf der linken Seite des Spindes hing.

»Nur zu«, ermutigte ihn der Kommissar mit einer unbeschreiblichen Ruhe und machte eine entsprechende Geste mit der rechten Hand.

Die Polizistin zog leicht irritiert die Stirn kraus und musterte Luis mit geschürzten Lippen. »Sie hatten bisher keine richtige Anstellung, nicht einmal eine Ausbildung haben Sie angestrebt.«

»Das ist jetzt schwierig zu erklären, aber ich habe mir vorgenommen, mein Leben umzukrempeln. Wir haben ein Kind, um das wir uns kümmern wollen. Diese Chance, damit meine ich diesen Job hier, bedeutet mir alles.« Luis stand unschlüssig da und hielt sich am Kalender fest, als wäre das glänzende Blatt der berühmte Strohhalm, an dem sein Leben hing. Als niemand etwas sagte, hob er mehrere Blätter an. Bei September sah er die mit rotem Stift eingekreiste Zahl. »Dreizehnter September.«

»Eins, drei, neun«, murmelte der Kommissar. Nach kurzem Hantieren am Schloss öffnete er die Tür, die leise quietschend aufging. »Was haben wir denn da?«, brummte der Polizist und konzentrierte sein Augenmerk auf den Inhalt des Spindes. Er hüstelte und hielt dann zwischen Daumen und Zeigefinger ein Damenhöschen. »Welche Größe ist das? Was meinen Sie, Greenwood? Sie sind hier die Einzige, die sich damit auskennt.«

Die Polizistin verdrehte die Augen.

»Stammt das vielleicht von Gisela Jung? Oder trug Ihr Vorgesetzter so ein Spitzenteil unter seinem Kittel? Haben Sie etwas davon gewusst? Hat er ihr nachgestellt? Oder vielleicht Sie?«

Luis schluckte. Binnen Sekunden veränderte sich sein Leben. War er jetzt ein Verdächtiger? Wie kamen die Bullen auf ihn?

»Wir werden hier alles durchsuchen müssen und Sie können sich die nächsten Tage freinehmen, weil diese Räume erst mal nicht betreten werden dürfen.«

Das war's dann wohl mit meinen Plänen, dachte er. Eine unsägliche Leere breitete sich in ihm aus. »Aber ich brauche das Geld«, krächzte Luis.

»Tut mir leid, das hier könnte ein Tatort sein«, warf der Polizist ein.

»Lagen Sie mit Herrn Sternwart im Clinch? Gab es Meinungsverschiedenheiten zwischen Ihnen beiden?«

Luis schüttelte verneinend den Kopf und sah den Mann stumm an.

»Warum ist er heute nicht zur Arbeit erschienen?«

»Er hat Urlaub.« Schnell blätterte Luis den Kalender um und klopfte mit den Fingern auf eine markierte Zahl.

Der Kommissar trat näher. »Hmm …«

***

Ella warf Stegmayer einen zornigen Blick zu, der von ihrem Kollegen einfach abprallte. Er hielt immer noch das Höschen zwischen den Fingern. Stegmayer spannte die Unterhose so, als wollte er die Größe schätzen, und schwenkte das Kleidungsstück ins Licht, das von einer Leuchtstoffröhre gespendet wurde.

»Die Größe steht auf dem kleinen Etikett. Wenn Sie auch Unterhosen tragen, dann müssen Sie wissen, was ich damit meine«, entgegnete Ella. »Aber es ist fast die gleiche, die ich oben in der Wohnung entdeckt habe. Das erkenne ich an dem Label.«

Leonhard Stegmayer musterte die zwei roten Buchstaben auf dem weißen Hintergrund, die schon verwaschen waren. »Dieses Kleidungsstück wurde getragen und gewaschen, anders als das andere«, konstatierte der Kommissar mit der Andeutung eines schiefen Grinsens und hob das Höschen an die Nase.

Ella zog die Stirn kraus.

Der junge Mann sah zuerst sie, dann Leonhard an. Kein Wunder, was sollte er sich aus solch einer zweideutigen Aussage auch zusammenreimen.

»Zeigen Sie uns doch jetzt bitte den Trockenraum.« Kommissar Stegmayer griff zum Telefon. Er erteilte Befehle in kurzen und knappen Worten. Zuerst drängte er jemanden zur Eile, dann schickte er einen Streifenwagen zu Sternwarts Adresse. »Die Männer sollen sich Einlass zur Wohnung verschaffen«, befahl er trocken.

Die Wohnung wurde seit Tagen observiert, doch von dem Mann fehlte jede Spur, wusste Ella.

95

»Ein richterlicher Durchsuchungsbeschluss wird hier nicht benötigt, es ist Gefahr im Verzug«, bellte er in den Hörer, bevor er auflegte.

Danach musterte er Luis mit einem fragenden Blick. »Los, los, wir haben keine Zeit zu verlieren«, tönte er und wies mit der Hand auf die Tür. »Zeigen Sie mir den Weg.«

»Der ist abgeschlossen. Dieser Raum wird renoviert wegen eines Wasserschadens«, stotterte Luis.

»Sie haben bestimmt einen Schlüssel?«

Luis nickte unschlüssig und inspizierte den Schlüsselbund in seinen Händen. »Das müsste dieser hier sein.«

»Warten Sie kurz draußen auf uns, am besten vor der Treppe, und wehe, Sie versuchen zu fliehen. Draußen stehen zwei Beamte, die werden bei der Festnahme nicht zimperlich sein. Ich komme gleich nach. Sie warten brav, bis ich da bin, und rühren sich nicht vom Fleck«, ermahnte Kommissar Stegmayer den jungen Mann und drehte sich zu Ella um.

Der eingeschüchterte Mann senkte den Kopf und schlich zu den Treppen. Dort blieb er dann stehen, ohne sich zu bewegen.

»Sie bleiben hier und suchen nach Dingen, die nicht unbedingt in eine Werkstatt gehören. Ich möchte, dass Sie unvoreingenommen an die Sache herangehen. Ich möchte keine Vermutungen und keine Mutmaßungen, auch keine Ideen, die sich noch entwickeln müssen. Ich will nur Fakten. Haben Sie mich verstanden? Was ist los? Warum schauen Sie mich so an? Was liegt Ihnen auf dem Herzen? Nun spucken Sie es schon aus, Greenwood. Was passt Ihnen diesmal nicht?«

»Wir hatten an der Uni einen jungen attraktiven Studenten. Er trug immer einen perfekten Anzug, roch gut und fuhr einen schicken Wagen. Aber keines der Mädchen wollte mit ihm tanzen. Nicht, weil er nicht tanzen konnte. Nein, er war einfach ein von sich überzeugtes Ekel und wollte uns bei jeder sich darbietenden Gelegenheit an die Wäsche. Sein Ruf eilte ihm voraus.«

»Armer Kerl!«, kommentierte Stegmayer. »Jetzt sehen Sie zu, dass Sie etwas Brauchbares finden. Sie haben schließlich bewiesen, dass Sie einen Riecher dafür haben.« Er zwinkerte ihr zu und strich Ella einen unsichtbaren Fussel von der Schulter. »Und starren Sie mich nicht so an. Ich kann diese durchdringenden Blicke nicht ausstehen. Diese Scheiße funktioniert nur bei intelligenten Menschen. Darum schlage ich Ihnen vor, dass Sie es lieber sein lassen. Haben Sie mich verstanden?«

Ella blieb ihm eine Antwort schuldig.

Leonhard hob einen Mundwinkel und stolzierte wortlos durch die Tür.

Ella schaute ihm nach. Warum war dieser Mann nur so ein Ekel? Sie blinzelte den restlichen Nebel ihres Zorns weg und sah sich um. Sie hörte die Männer im Korridor, wie sie laut miteinander sprachen.

Ella durchsuchte den Spind, ohne fündig zu werden. Dann hob sie die Augen und betrachtete das Seil. Langsam ließ sie ihren Blick zur Werkbank schweifen. Sie näherte sich der Säge und nahm einen Seitenschneider in die Hand. Ihr Vater war früher, als Ella noch ein Kind gewesen war, ein begeisterter Hobbyhandwerker gewesen, darum kannte sie sich mit dieser Materie gut aus. Der Seitenschneider hatte vom vielen Abzwacken von Drähten eine Einkerbung. Sie ging zurück zum Seil und musterte das ausgefranste Ende. Hier waren einige Fäden länger als die anderen. Dieses Muster passte zu ihrer Vermutung: Das Seil war mit diesem Werkzeug durchtrennt worden.

***

Luis lief durch den dunklen Raum. Seine Hand tastete nach einem Lichtschalter, fand jedoch keinen. Der Polizist blieb irgendwo hinter ihm stehen. Er hörte ein leises Klacken.

»Warum geht hier das Licht nicht an?«, empörte sich der Kommissar.

»Der Raum wird saniert, das habe ich Ihnen doch vorhin schon gesagt. Die Kellerräume waren marode –« Luis' Stimme versagte, während er den Blick auf den Schatten vor sich gerichtet hielt, der in der Luft schwebte.

Durch ein kleines Fenster schien ein gleißend heller Sonnenstrahl und erleuchtete das tote Gesicht, obwohl der restliche Körper in der Dunkelheit zu einem Schemen verschwamm. Die weit aufgerissenen Augen trotzten dem Licht. Der Tote blinzelte nicht, er starrte in das grelle Gelb der Sonne. Leonhard drückte Luis gegen die Wand. »Sie bleiben hier stehen!«, flüsterte er.

Luis nickte kaum merklich.

Leonhard klopfte ihm sachte auf die Schulter und bewegte sich dann zu dem Mann, der an einem Seil aufgehängt an der Decke hing, den Mund zu einem ewigen Schrei aufgerissen. Als er nah genug vor Sternwart war, hielt er ihm den Lichtstrahl seiner Taschenlampe in die toten Augen. Sie hatten eine leichte Trübung angenommen.

Eine laute Melodie ertönte. Vor Schreck ließ Leonhard beinahe die Taschenlampe fallen. »*Fuck*«, fluchte er in sich hinein.

»Ich muss da rangehen, das ist meine Frau, sie macht sich bestimmt Sorgen«, hörte der Kommissar Luis' beinahe weinerliche Stimme.

»Dann gehen Sie gefälligst raus in den Gang, aber Sie verlassen das Haus nicht, bis wir hier alles Nötige erledigt haben«, knurrte Leonhard und tastete die Leiche mit dem Lichtkegel seiner Taschenlampe ab. Die ausgeprägten Totenflecken an den Händen wiesen darauf hin, dass der Hausmeister schon seit einigen Stunden tot war. Der Kommissar nahm die kalte linke Hand in die seine, drückte sie zusammen und wartete kurz.

Nach dem Loslassen beäugte er die Stelle mit konzentriertem Blick. Der Fleck wurde für einen Moment wieder heller.

Seine Gedanken wurden von der stotternden Stimme des jungen Mannes gestört, der im Gang mit seiner Frau sprach und ihr die Situation schilderte.

Leonhard lief um den Toten herum und entdeckte eine Ungereimtheit. Der Lichtkreis scannte den nackten Hals des Mannes, der von dem dünnen Seil eingeschnürt war. Oberhalb des linken Ohres bemerkte er eine leichte Schwellung. Kam das von einem Sturz oder von einem Schlag?

Der Raum roch nach Moder, Flusen tanzten im Lichtkegel. Leonhard stellte sich vor, wie er kleine Teilchen der Leiche einatmete, und kräuselte die Nase. Mit einem fahlen Geschmack auf der Zunge verließ er den Raum und rief Tom an. Kurz darauf forderte er ein Team von der Spurensicherung an. »Und Sie ...« Er taxierte Luis mit durchdringendem Blick. »Sie werden darüber Stillschweigen bewahren, auch Ihre Frau, sonst müssen wir Sie beide einsperren.«

Luis nickte stumm. Tränen füllten seine Augen.

»Wo ist hier der Stromkasten?«

»Wie bitte?« Luis blinzelte. Ein betrübter Ausdruck erschien auf seinem Gesicht. »Ist Herr Sternwart«, er schluckte, »ich meine, hat er sich etwa das Leben genommen? Er hat das immer wieder angedeutet, aber dass – dass er es wirklich über sich bringt.« Seine Stimme klang rau, er kämpfte um Fassung.

»Wo ist der Stromkasten?« Leonhard verbarg seine Ungeduld nicht, jedes Wort klang wie ein Hammerschlag.

»Kommen Sie mit.«

Sie hasteten im Stechschritt bis zum Ende des Ganges und bogen nach links ab. »Das ist er. Aber ich habe keine Ausbildung. Ich darf nichts anfassen, wovon Menschenleben abhängen können«, rechtfertigte sich Luis und hielt gebührenden Abstand zu dem Schrank.

»Ist schon okay.« *Augenscheinlich hat auch hier seit geraumer Zeit keine Modernisierung mehr stattgefunden,* stellte Leonhard fest und öffnete eine der Türen. Der Sicherungskasten war nicht abgeschlossen. Er betrachtete alle Schütze und Sicherungen eingehend und betätigte einen der Hebel, über den mit einem Bleistift das Wort »Wäsche« hingekritzelt worden war. Es klackte trocken.

***

Ella eilte zu den Kellerräumen. Leonhard hatte etwas gefunden, das er ihr unbedingt zeigen wollte.

»Wir haben eine weitere Leiche?«, prophezeite sie und ließ den Satz wie eine Frage klingen.

Leonhard Stegmayer bedachte sie mit einem abschätzigen Blick. »Kommen Sie mit.«

Der Raum wirkte im hellen Licht der Deckenbeleuchtung kahl. Bis auf den toten Mann, der an einem der Haken hing, der für die Wäscheleinen vorgesehen war, war hier alles aufgrund der Sanierungsarbeiten weggeschafft worden, mutmaßte Ella und blieb im Türrahmen stehen. Ihr Kollege stand dicht hinter ihr. Der Tote mit seinen blauen Lippen, der angeschwollenen, dunklen Zunge, die aus seinem Mund hing, und den trüben Augen wirkte unecht.

»Wir sollten den Raum nicht weiter verunreinigen, Greenwood. Wer weiß, vielleicht ist es gar kein Selbstmord, und der Mörder hat absichtlich alles so geschickt in Szene gesetzt, um uns in die Irre zu führen.«

»Was für einen Kick verschafft es einem Menschen, einem anderen das Leben zu nehmen?«

»Macht«, entgegnete der Kommissar ruhig und machte zwei Schritte zurück.

Ella drehte sich um.

Luis saß in der Hocke. Den Kopf tief in den Nacken gelegt, stierte er zur Decke.

»Macht?«, echote Ella.

»Es gibt Bedürfnisse, besser gesagt Triebe, die wir nur dann stillen können, wenn wir in Interaktionen mit anderen menschlichen Wesen treten. Sex ist eine Möglichkeit dafür, Mord ist lediglich eine Steigerung.«

»Und die Liebe?«

»Liebe ist nur ein Vorwand.«

»Wie bitte?«

»Liebe ist bloß ein Gefühl, Greenwood, eine Täuschung. Liebe ist ein Mittel zum Zweck. Für die Liebe sind manche bereit zu sterben, andere würden dafür sogar töten.«

»Sind Sie schon immer so ein Romantiker gewesen?«

Die beiden schwiegen sich angespannt an.

»Ich bin pragmatisch veranlagt, diesen Firlefanz mit der rosaroten Brille überlasse ich lieber anderen. Wir schweifen zu sehr von unserem Fall ab. Haben Sie weitere relevante Informationen für mich? Sind Sie in der Werkstatt fündig geworden?«

»Ich nehme stark an, dass das Seil mit einem Seitenschneider durchtrennt wurde, und ich habe ein Foto gefunden, welches aus der Wohnung von Gisela Jung entwendet wurde. Ich gehe davon aus, dass der Hausmeister sich unerlaubten Zutritt zu ihrer Wohnung verschafft hat. Ich habe alles an Ort und Stelle liegen lassen«, fügte sie ruhig hinzu.

»Gute Arbeit, Greenwood. Womöglich hat er sie auch gefilmt. Er war ein Spanner. Vielleicht hat er sogar Videos online gestellt, wer weiß?«

»Ihr Männer seid in einer Hinsicht alle gleich. Ihr meint, etwas besitzen zu können, ohne euch vor Augen zu führen, dass Besitzen und Behalten nicht ein und dasselbe ist.«

»Mir fällt da etwas ein, Greenwood. Wussten Sie, dass unerfüllte Wünsche – damit sind sexuelle Impulse gemeint – oft in Gewalt übergehen? Ich habe mal ein Gespräch mit einem Sexualstraftäter geführt. Er hat es so beschrieben, dass dieses Gefühl, das ihn in Besitz nimmt, etwas Zwingendes an sich habe, und dass er diesem Zwang kein Paroli bieten könne. Nichts schrecke ihn ab, kein Gesetz, nicht einmal der Tod.«

»Und was empfinden die Täter unmittelbar nach der Tat?«

»Ich weiß nicht, ob man das pauschalisieren kann, aber dieser Mann lag mehrere Tage zu Hause in seinem Bett einfach nur da wie in einem existenziellen Schockzustand. Alles, wozu er fähig war, war atmen. Er hat sich später das Leben genommen. Bei seinem letzten Gespräch hat er mir etwas offenbart, das mich bis heute beschäftigt: ›Ich finde für mich keinen Ort auf dieser Welt, wo ich mich verstecken kann, oder zumindest die Fantasien in mir.‹ Er hat mir schreckliche Dinge erzählt. Seine Vorstellungen waren grausam und endeten immer mit dem Tod.«

»Heutzutage ist das Internet voll davon. Unser Leben ist mit krankhaften Bildern verseucht. Egal, wohin man schaut, man findet Perversion in all ihren Facetten.«

Leonhard schwieg, holte tief Luft und sagte: »Wir modernen Menschen sind zu einer voyeuristischen Gesellschaft verkommen, sehen uns bemüßigt, die anderen zu überwachen. Gleichzeitig hoffen wir, dass niemand unsere Geheimnisse veröffentlicht.«

Schritte hallten durch das Treppenhaus und prallten von den weiß getünchten Wänden ab, die von metallenen Türen flankiert wurden. Die beiden Kommissare drehten sich in die Richtung, aus der die Geräusche erklangen. Das atmosphärische Rauschen eines Funkgeräts verriet, wer die Neuankömmlinge waren.

»Bitte kommen«, ertönte eine mechanische Stimme, die von schweren Schritten überlagert wurde.

»Unsere Kollegen sind da!« Leonhard ging den Männern entgegen.

KAPITEL 11

»Luis, was ist mit dir los?«

Luis saß am Tisch und verspürte keinen Hunger. Seine Frau hatte Bratkartoffeln mit Speck gemacht. An ein kühles Bier hatte sie auch gedacht. Doch er würde heute keinen Bissen herunterbekommen.

»Papa, darf ich später Mama heiraten?« Sein Sohn sah ihn mit glänzenden Augen an. Steven stocherte mit einer Gabel im Essen herum und schob die knusprig gebratenen Speckstreifen an den Rand seines Tellers.

»Wieso willst du Mama heiraten?« Luis lächelte traurig und nippte an seinem Bier, weil ihm die Kehle trocken wurde.

»Wenn du sie nicht mehr lieb hast, dann kann ich sie doch heiraten. Du hast mit ihr gestritten, gestern und heute auch, das macht ihr oft. Ich habe sie im Bad schreien hören.« Er griff mit den Fingern nach dem Speck und biss hinein.

»O Gott!« Larissa schlug sich die Hand vor den Mund und bekam rote Wangen.

»Ich glaube, du musst ins Bett, doch vorher solltest du noch mal aufs Klo gehen.« Luis atmete schwer aus. »Ich werde wohl eine Runde joggen gehen. Ich habe heute Nachtschicht.«

»Schon wieder?« Larissa legte die Gabel beiseite.

»Ja.«

»Aber du hast doch jetzt diesen neuen Job als Hausmeister.«

»Nur auf Probe, und jetzt, wo der Kerl, du weißt schon …
Aber behalt das bitte für dich.«

»Aber du hast nichts gegessen.«

»Kein Hunger.« Er stand auf und schlurfte ins
Schlafzimmer, um sich umzuziehen. »Ich werde vielleicht lie-
ber einen Spaziergang machen, um den Kopf freizubekommen.
Ich komme spät, besser gesagt, sehr früh nach Hause. Meine
Schicht endet um zwei, also bin ich etwa gegen drei Uhr da.«

Larissa blieb in der Küche, um den Tisch abzuräumen.
Ihr Sohn half ihr dabei. »Papa, wenn du immer weg bist, dann
muss ich Mama heiraten«, rief er durch die ganze Wohnung.
Er meinte es anscheinend ernst. Luis war von der kindlichen
Naivität schon immer begeistert gewesen. Er zog sich schnell
um und marschierte zurück in die Küche, um sich von den beiden zu verabschieden.

»Du kannst gern für mich arbeiten gehen und ich bleibe zu
Hause«, scherzte er und sah die beiden an.

»Dafür musst du in die Schule«, konterte Steven und steckte
ein schmutziges Messer in den Besteckkorb.

»Für deine Noten brauche ich nicht in die Schule zu gehen.«

»Ich habe eine Eins in Sport. Ich will später eh Fußballer
werden. Als Profi werde ich Millionär.«

»Klar«, sagte Luis, drückte seiner Frau einen Kuss auf die
warme Wange und zerzauste seinem Sohn das Haar.

KAPITEL 12

Ella und Leonhard befanden sich in Sternwarts Wohnung. Immer wieder leuchtete der Blitz eines Kriminalfotografen auf.

Die Rechtsmediziner waren mit ihrer ersten Untersuchung fertig.

»Was hast du für uns, Tom?«, wandte sich der Kommissar an seinen Kollegen, der in einem weißen Tyvek-Schutzanzug steckte und sich erst jetzt die Maske von Mund und Nase nahm.

»Die Leiche weist starke petechiale Würgemale im Hals- und Nackenbereich auf, was darauf hindeutet, dass das Opfer gewürgt und losgelassen wurde, gewürgt und losgelassen. Allerdings auch, dass der Mörder lange Finger haben muss. Mit den Stumpen, wie der Hausmeister sie hat, würde er sie nicht so umschließen können, seine Finger sind viel zu kurz dafür. Aber das ist nur eine Annahme.«

»Was fällt Ihnen auf, wenn Sie die Leiche betrachten, Greenwood?« Leonhard sah sie fragend an.

»Sie passt wieder in das Beuteschema, aber sie wurde nicht aufgehängt wie die Frauen im Wald.«

»Korrekt.«

»Ich staune ständig darüber, dass Frauen emotional viel stärker sind als Männer.« Tom bedachte Ella mit einem festen Blick, der so etwas wie Erstaunen ausdrückte. »Normalerweise kotzen sich Neulinge fast immer vor die Füße, wenn sie ihre ersten Leichen sehen«, meinte er. In seinen Worten schwang kein Hohn mit, sondern eine Art Bewunderung.

Oder will er bei mir irgendwelche Sonderpunkte sammeln, fragte sie sich, verriet jedoch ihre Gedanken mit keiner Regung.

»Unser Tom ist viel netter als ich. Ich hingegen bin nach wie vor der Meinung, dass Frauen sich gut verstellen können und gar nicht so lieb sind, wie sie manchmal tun. Können Sie dem zustimmen, Greenwood? Was sagen Frauen über Männer, wenn sie unter sich sind?«

»Männer sind eine Form von Fehlgeburt, euch fehlt die Steuerung eurer Triebe.«

Tom grinste, Stegmayer spannte die Kaumuskeln an und holte tief Luft. »Und was sind in Ihren Augen Serienmörder? Sind ja zu mehr als neunzig Prozent auch Männer.«

Sie standen im Flur, irgendwo wurde ein Fenster oder eine Tür geöffnet. Mit der Luftzufuhr kam auch der Verwesungsgeruch. Ella lugte stumm ins Wohnzimmer. Dorthin, wo die Leiche auf dem gelben Sofa drapiert war. Sie saß mit gekreuzten Beinen da, als würde sie fernsehen. »Serienmörder sind suizidgefährdete Kreaturen. Sie zerstören nicht nur sich selbst, sondern auch die Leben ihrer Opfer und von deren Angehörigen.«

»Welchen Eindruck haben Sie von unserem Mörder? Ist er impulsiv? Handelt er aus dem Affekt heraus oder plant er seine Taten akribisch? Warum inszeniert er seine Taten auf ein und dieselbe Weise, doch scheint sich bei diesem Opfer anders entschieden zu haben?«

»Viele sprechen von einem Emotionskontinuum. Manche Mörder weinen beim Anblick eines Kätzchens, aber sie sind gefühlskalt, wenn es darum geht, einen Menschen umzubringen. Ihnen fehlt die Empathie. Ein Sexualmörder, und mit so einem haben wir es hier meiner Meinung nach zu tun, wird meistens mehr durch seine Fantasien befriedigt als durch seine

Taten. Zwischen den Morden entsteht eine Abkühlphase. Diese Zeit nutzt er für seine Planung. Diese Phasen werden jedoch stetig kürzer, weil die Wunschvorstellungen nicht den Tatsachen entsprechen. Irgendwann muss er wieder töten. Ein Mörder ist ein Sadist und schwelgt in Erinnerungen an seine Taten, bis diese irgendwann verblassen. Der Schmerz und die nackte Panik der Opfer sind das, worauf er aus ist. In dem Augenblick, in dem er den Hals zudrückt, spielt er Gott, nur er allein bestimmt über den Tod. Darum hat er sich bei dieser Frau besonders viel Zeit gelassen. Er hat zugedrückt und losgelassen, gewartet, bis sie wieder zu sich kam, danach hat er wieder zugedrückt und losgelassen, zugedrückt und losgelassen. Auf das spätere Aufhängen im Wald hat er dieses Mal aus einem bestimmten Grund verzichtet.«

»Also zeigt unser Mörder doch Reue? Ist es eine emotionale Wiedergutmachung? Hat er die Frau deswegen zwar entkleidet, aber nicht entwürdigt, indem er sie in der Öffentlichkeit präsentiert hat?«

Stegmayer sah sie abwartend an. »Sie müssen tiefer graben, Greenwood.«

»Er ist ein Perfektionist, er ist ständig in einem Kampf mit sich selbst, er bemüht sich, das Chaos, das sein Leben nach sich zieht, in Ordnung zu bringen, nur um permanent an diesem Versuch kläglich zu scheitern. Wir haben ihn aufgeschreckt, darum fingiert er seine Spuren.«

»Also gehen auch Sie nicht davon aus, dass Sternwart der Mörder ist?«

»Nein. Die Leiche ist halb verwest. Doch der Leichengeruch hat sich noch nicht in allen Räumen festgesetzt.«

»Er kann sie doch woanders aufbewahrt haben.«

»Kein Serienmörder bringt sich auf dieselbe Weise um, wie er seine Opfer tötet.«

»Sie sagten doch selbst, dass Mörder potenzielle Selbstmörder sind.«

»Die sind suizidgefährdet. Aber mir ist kein Fall bekannt, bei dem sich außerhalb von Gefängnismauern eine dieser Kreaturen das Leben genommen hätte.«

»Wie kommen Sie darauf, dass er ein Perfektionist ist?«, intervenierte Tom. Sein Interesse war echt.

»Ich habe die Knoten studiert. Die sind alle gleich, haben dieselbe Form, die Schlaufe hat immer den gleichen Umfang.«

»Exakt sechzig Zentimeter«, ertönte Stegmayers Stimme und brachte Ella für einen Augenblick durcheinander.

»Ich würde sogar behaupten, dass er Linkshänder ist«, meinte sie, nachdem sie sich wieder gesammelt hatte.

»Weil?« Stegmayer hob die Brauen. Die Ungeduld, die in seiner Frage mitschwang, war nicht zu überhören.

»Mein Papa ist Linkshänder. Er segelte früher gern, jetzt macht seine Gesundheit nicht mehr mit. Ich weiß noch, dass seine Knoten anfänglich spiegelverkehrt waren, weil er das Seil immer falsch herum gehalten hat. Wie dieser hier.«

Toms Kollegin Renate gesellte sich zu der kleinen Gruppe. »Wir sind so weit fertig. Sie dürfen den Leichnam in Augenschein nehmen. Doch der Körper darf vorerst nicht bewegt werden.«

»Danke, Renate«, sagte Tom. »Wollen wir?« Er bedachte zuerst Ella, dann Stegmayer mit einem fragenden Blick. »Sei nicht zu streng mit ihr, Leonhard.«

»Meine anfängliche Skepsis verflüchtigt sich zwar langsam, aber eine gewisse Vorsicht ist immer noch vorhanden. Ich habe damals genauso angefangen wie sie«, entgegnete der ruhig und sagte es so, als sei Ella überhaupt nicht anwesend.

**

Leonhard hielt sich ein Taschentuch vor Mund und Nase. »Irgendwelche Merkmale, die sich von den anderen Frauen unterscheiden?«

Die Wohnung ist genauso chaotisch und vollgestopft wie der Kellerraum, stellte Leonhard fest.

Renate blieb zwei Schritte vor dem Sofa stehen. Auch Leonhard ging nicht weiter.

»Ihr rechter Arm ist gebrochen.«

»Das ist neu.«

»Ja«, stimmte sie mit ruhiger Stimme zu. »Trotz des fortgeschrittenen Verwesungsprozesses wurde auch diese Leiche gewaschen.«

»Weil die Opfer sich schmutzig machen«, sagte Leonhard beiläufig wie zu sich selbst.

»Sich einkoten und einnässen ist bei dieser Tötungsart ein natürlicher Vorgang und nimmt dem Opfer seine letzte Würde.« Renates Stimme bebte.

»Trotz all unserer Bemühungen haben wir nichts in der Hand. Durch unser Tappen im Dunkeln fühlt sich dieser Mistkerl sicher und ist bereit, größere Risiken einzugehen.« Leonhard ließ seinen Blick durch den Raum schweifen. Das Wohnzimmer glich einer Werkstatt. Auf einem kleinen Tisch lag ein Lötkolben. Im Aschenbecher entdeckte er einen Klecks des Lötzinns. Der Fernseher war ein altes Modell. Die Verkleidung fehlte komplett, eine Antenne ragte aus dem Hintergrund. Auf dem Fenstersims stand ein Blumentopf, darin steckten eine vertrocknete Pflanze und eine Blume aus vergilbtem Plastik.

»Vielleicht täusche ich mich, aber es wäre doch möglich, dass er sich tatsächlich das Leben genommen hat?«, hörte er Renates Stimme.

Leonhard wiegte den Kopf.

»Wir haben einen partiellen Fingerabdruck auf dem großen Fußnagel am linken großen Zeh gefunden«, verkündete ein junger Polizist etwas aufgeregt und hielt ein kleines Gerät auf die besagte Stelle. Eine ohrenbetäubende Stille legte sich über den Raum. »Wir brauchen uns keine allzu großen Hoffnungen zu machen, aber immerhin«, redete er weiter, als wollte er sich Mut zusprechen und sich für seinen Einsatz loben. Er stand nicht etwa bei der Leiche, sondern neben dem Couchtisch, der mit Fernsehzeitschriften überhäuft war. »Er hat ihr den Zeh mit einem Messer oder einem anderen scharfen Gegenstand abgetrennt«, berichtete der junge Forensiker. »Ich war eigentlich schon beim Zusammenpacken. Da fand ich den Zeh unter dem kleinen Tisch.«

Auch das war neu. Leonhard kaute nachdenklich an der Unterlippe. *Er spielt mit uns. Dieses miese Schwein!* Ein Anflug von Zorn loderte in seinen Augen auf. Er hasste es, vorgeführt zu werden. »Ist die Spurensicherung so weit fertig? Wenn ja, dann möchte ich, dass Sie alle gehen, bis auf Greenwood.«

»Los, Jungs, packt die Leiche ein und lasst uns hier verschwinden, bevor es ungemütlich wird.« Tom kannte Leonhards Stimmungsschwankungen, darum war er bemüht, ihm jetzt aus dem Weg zu gehen.

»Nicht so schnell«, mischte sich Richie ein. Der stämmige Mann hatte keine Angst vor Leonhards Ausbrüchen. »Dieses Detail müssen wir selbst erst gründlich verifizieren. Damit ist der Tatort noch nicht freigegeben. Diese Aufgabe ist immer noch mir als Leiter der Kriminaltechnik vorbehalten. Leonhard, du kannst deine Partnerin solange zum Kaffee einladen.«

Der junge Polizist, der den Zeh eintütete, grinste selbstgefällig, das konnte Leonhard trotz des Atemschutzes erkennen. *Das Lachen wird dir noch vergehen*, dachte er und wandte sich an seine Kollegin. »Kommen Sie, Greenwood, wir drehen eine Runde ums Haus und verschwinden in den Keller.«

»Ich leiste euch Gesellschaft«, erklärte Tom.

Leonhard hatte nichts dagegen, bedachte den Mann jedoch mit einem zweideutigen Blick.

»Bei all den Leichen möchte ich sichergehen, dass ich als Erster vor Ort sein kann.«

Leonhard zuckte die Schultern, seine Kollegin schien sogar erleichtert aufzuatmen.

»Renate, du bleibst bei dem Leichnam«, bestimmte Tom knapp.

Leonhard wartete nicht, bis jemand ihm folgte. Er lief zur Tür.

Ein Polizeibeamter werkelte immer noch an dem Schloss. »Die Tür wurde nicht aufgebrochen«, rapportierte der Mann mit einem Schnurrbart, der ihn wie einen Matrosen aussehen ließ, ohne aufzustehen. Mit seinen geschickten Händen hielt er eine Taschenlampe und einen Dietrich fest umklammert.

»Können Sie uns begleiten und die Kellertür aufbrechen?«

»Vorher müssen wir aber erst die Nachbarn fragen, wo sein Keller war«, mischte sich Ella ein und erntete dafür einen zerstörerischen Blick von Leonhard.

»Die Wohnungen sind durchnummeriert wie die Kellerräume auch, diese Häuser aus der guten alten DDR-Zeit sind nämlich alle gleich«, entgegnete der knapp und sah den vor der Tür kauernden Mann fragend an.

»Am besten, Sie nehmen einfach die Ersatzschlüssel. Die hier hingen neben der Tür und sind beschriftet. Sie liegen in der Box.« Er deutete mit dem Kinn vor seine Füße. »Die wurden schon auf Fingerabdrücke untersucht, also sind sie freigegeben.«

Tatsächlich fielen Leonhard noch die Staubreste auf. Er beugte sich vor, klaubte den Schlüsselbund aus der roten Schale und begab sich ohne ein weiteres Wort zu den Treppen.

KAPITEL 13

Dennis saß in der Küche, er war schweißgebadet. Die Erinnerung an die wie aus dem Traum klingende Stimme seiner toten Mutter verstärkte das Zittern seiner Glieder. Die alles verzehrende Panik in ihm ließ seine Kehle trocken werden. Er kauerte auf dem Stuhl und war nicht fähig, sich zu bewegen. »Dein Papa ist ein Mörder, er wird uns irgendwann umbringen. Dieses Mal mischst du dich nicht ein, hast du mich verstanden? Sonst müssen wir beide sterben«, wiederholte er die Warnung, dabei bewegte er nur die Lippen.

»Dennis, bist du das?«, ertönte eine altersschwache Stimme, die von unzähligen Zigaretten rauchig und feucht schmatzend klang. Dennis spürte die Präsenz seines todkranken Vaters, der sich durch seine Art selbst im Krankenhaus so verhasst gemacht hatte, dass der Arzt sich irgendwann weigerte, ihn weiter zu behandeln. Sein Vater wollte auch nach Hause, hatte sich selbst entlassen. Nach vielen Jahren des Aufenthalts in unzähligen Sanatorien war er wieder da. Der Geruch nach kaltem Rauch, einem herben Moschusduft und leichter Verwesung war allgegenwärtig. Diese Mischung, dieser giftige Cocktail, war zum Körpergeruch seines Vaters geworden und ließ sich nicht mehr abwaschen.

»Dennis«, krächzte der Alte und bekam einen Hustenanfall.

Dennis saß nach wie vor einfach nur da. Er atmete in kurzen, abgehackten Stößen.

»Ich zähle von fünf herunter!«

Diese Drohung flößte Dennis keine Furcht mehr ein, trotzdem kroch ein kalter Schauer seinen Rücken empor.

»Ich habe mir in die Hose gemacht, komm sofort hoch, du verdammter Hurensohn, und wisch mir den Arsch ab«, brüllte sein Vater, als wäre Dennis derjenige, der an dieser Misere schuld war.

Dennis stand auf. Auf wackeligen Beinen torkelte er zur Spüle, ließ das Wasser eine Weile laufen, beugte sich dann vor und trank gierig. Das Wasser schmeckte nach Rost. *Wie Blut*, dachte er und hielt seinen Kopf unter den Strahl.

Mit einem klammen Geschirrtuch rieb er sich das Haar trocken und schlurfte zurück zum Tisch, auf dem ein Blatt Papier und ein Diktiergerät lagen. Später würde er alles in einem seiner Bücher festhalten. Das tat er oft, um das Erlebte zu verarbeiten.

Irgendwo in der Ferne schlug die Glocke und lud die Kirchenbesucher zum Beten ein. Doch Dennis wusste, dass die Kirche auch heute leer sein würde. Niemand glaubte mehr an Gott. Warum auch, wenn man Geld dafür zahlen musste – Geld, das keiner hatte.

Das dumpfe Schlagen der Glocke hörte auf. Eine konzentrierte Stille breitete sich im Haus aus. Er glaubte, sogar das Schaben von Mäusen unter den Bodendielen hören zu können. Er hob den Blick und spähte zum Fenster. Eine Suizidfliege schlug sich fortwährend den Kopf ein. Sie flog ununterbrochen gegen die schmutzige Glasscheibe. Die vergilbten Vorhänge baumelten wie Lumpen an der Gardinenstange, die wegen der Rostflecke schmutzig wirkte.

Dennis blinzelte, weil sein Blick trübe wurde. Mit beiden Händen auf die Tischkante gestützt las er die Nachricht, die ER für ihn hinterlassen hatte. ER, das waren all die, die er nie zu

Gesicht bekommen würde. Sie waren ihm alle fremd, obwohl sie in seinem Körper hausten. Das fand er unheimlich und konnte es nicht wirklich begreifen. Er wollte es nicht verstehen, er wollte normal sein wie alle anderen auch. Doch in der hintersten Ecke seines Bewusstseins wusste er, dass er anders war als der Rest der Welt. Sein Psychiater hatte bei ihm eine Spaltung des eigenen Ichs diagnostiziert. Und das machte ihm zu schaffen.

Dennis kam damit nicht klar. Aber er hatte eine Lösung gefunden, wie er mit den anderen Persönlichkeiten Kontakt aufnehmen konnte. Sie kommunizierten miteinander mithilfe eines Zettels und des Diktiergerätes, das er von seinem Psychiater geschenkt bekommen hatte. Er sollte damit seine Eindrücke festhalten und die Kassetten in den Briefkasten werfen. *Pustekuchen*, dachte Dennis und überflog die Nachricht zum zweiten Mal.

»Ich habe alles erledigt. Selbst den Zeh habe ich mit einem Küchenmesser abgetrennt und neben der Leiche versteckt. So, wie du es mir aufgetragen hast. Das Messer war aus Damaszenerstahl. Dieser Hausmeister hatte ein Faible dafür.« Die Nachricht war mit einer krakeligen Schrift geschrieben, wie die eines Kindes aus der Grundschule, und endete mit einem bösen Smiley.

Dennis setzte sich wieder auf den Stuhl und griff mit beiden Händen nach dem Diktiergerät. Sein Finger schwebte über der »Play«-Taste. Was erwartete ihn dieses Mal? Was hatte eins seiner anderen Ichs für ihn hinterlassen? Er konnte nicht mit Sicherheit sagen, wie viele Ichs in ihm lebten. Aber er hatte das Gefühl, dass es ständig mehr wurden.

Sein Vater brüllte vor Zorn und wurde erneut von einem ekelerregenden Hustenanfall unterbrochen.

Dennis sah sein feistes Gesicht vor sich. Sah, wie aus seinem weit aufgerissenen Mund Schleim tropfte. Zwei Reihen schwarzer Stümpfe und eine bläuliche Zunge tauchten vor Dennis' geistigem Auge auf. Er roch den faulen Atem und sah die wässrigen Augen, das linke war vom grauen Star blind geworden.

»Komm her und mach mich sauber«, rief sein Vater zornig, doch in seiner Wut lag auch Verzweiflung.

»Das soll gefälligst die Frau machen, für die du Geld bezahlst«, rief er über die Schulter.

»Die kommt aber erst in drei Stunden«, brüllte sein Vater zurück.

»So lange wirst du eben aushalten müssen«, entgegnete Dennis kaum hörbar und drückte auf die Taste.

Doch sein Vater schrie weiter, hustete und brüllte noch lauter.

Dennis drückte auf die »Stopp«-Taste und stampfte nach oben.

»Wusste ich's doch«, freute sich sein Vater, als Dennis in der Tür zum Schlafzimmer erschien, in dem sein Vater auf den Tod wartete. »Ich bin vielleicht todkrank, aber ich habe immer noch genügend Geld, um dich zu beugen und in den Arsch zu ficken. Du machst genau das, was ich sage, sonst bekommst du keinen Cent, du nichtsnutziger Bastard!« Er grinste gehässig, doch dann entglitten ihm seine Gesichtszüge, weil Dennis die Tür ins Schloss warf. »Du kommst sofort zurück«, erklang die gedämpfte Stimme, die immer leiser wurde, je weiter Dennis sich von ihr entfernte.

Die Stufen klagten quietschend unter seinem Gewicht, der Handlauf bot keinen Halt mehr, wackelte bei jeder Berührung und drohte zusammenzubrechen. Das Haus würde in Flammen aufgehen, sobald sein Vater seinen letzten Atemzug getan hatte, schwor sich Dennis und begab sich zurück in die Küche. Vielleicht würde auch sein bisheriges Leben in Flammen aufgehen, und er wäre endlich frei. Wie der Phönix würde er aus der

Asche auferstehen, gen das blaue Firmament fliegen und alles hinter sich lassen. Vielleicht, nur vielleicht, könnte er auch mit dem Morden aufhören.

»Dennis!«, kreischte sein todkranker Vater selbstquälerisch, doch auch jetzt ignorierte Dennis ihn. »Ich werde dich enterben«, erklang die lasche Drohung, die eher einem verzweifelten Ruf glich.

Dennis wurde einfach das Gefühl der immerwährenden Demütigung nicht los.

Er konzentrierte sich auf das, was er gleich hören würde, sobald sein Zeigefinger den »Play«-Knopf des Diktiergerätes betätigt hatte. Die feinen Fältchen um seine wachen Augen wurden ungewollt tiefer. Er lauschte angestrengt den leisen Geräuschen und knipste alles um sich herum aus. Ein Ausdruck der Befürchtung zeichnete sich auf seinem Gesicht ab. Das leise Rascheln wurde deutlicher und endete in einem dumpfen Poltern, das von einem Stöhnen begleitet wurde. »Ich bin aus dem Bett gefallen, du dämlicher Idiot! Nun komm endlich hoch und hilf mir, wieder aufzustehen, ich muss mich waschen«, rief sein Vater ihm zu und zerstörte damit alles.

»Fick dich«, knurrte Dennis und stampfte in den Keller.

Endlich verklangen alle Geräusche und wurden von der stickigen Dunkelheit verschluckt. Nur das Flackern einer Kerze spendete Dennis etwas Licht. Er saß auf einer dünnen Matratze und lehnte mit dem Rücken gegen die warme Wand. Ein leises Klacken durchzuckte die Stille. Zuerst hörte er lediglich das leise Summen des kleinen Motors und die Drehbewegungen der Mini-Kassette. Dann das aufgeregte Atmen. Sein Herz wummerte vor Aufregung.

»Ich habe mir die Daumenkuppe abgeschliffen, so wie du es mir aufgetragen hast.« Dennis drückte auf »Pause« und rutschte auf Knien näher ans Licht. Er hielt den Daumen an das zuckende Zünglein und verengte die Augen zu schmalen Schlitzen.

Er starrte auf seinen rechten Daumen. Die Haut nässte und war glatt. Er ließ die Aufnahme weiterlaufen. »Dieser Typ, er war stark, aber ich war stärker. Wir waren stärker. Wir waren schon immer die besten – du und ich.« Die Stimme klang wie von einem Mann, der eine starke Persönlichkeit besaß – ruhig, besonnen und dennoch Respekt einflößend. Erneut unterbrach Dennis die Aufnahme. Seine Nackenhaare stellten sich auf. Er sprang auf die Füße und lief in den kleinen Raum, in dem die Luft nach kaltem Urin, fauligen Kartoffeln und tödlicher Begierde roch. Dort, wo er sich am sichersten fühlte. Die anfängliche Angst schlug in infernale Furcht um. Irgendwie geriet in letzter Zeit vieles außer Kontrolle.

Ihr Sohn ist immer noch gehemmt, drang die tiefe Stimme des Kinderpsychologen aus seinen Erinnerungen hervor. Dennis ballte die Hände zu Fäusten und presste sich diese gegen die pochenden Schläfen. *Was habe ich bloß getan?*, brüllte er in sich hinein. *Ihr Sohn ist blockiert, ich habe keinen Zugang zu seinen Ängsten, er verschließt sich. Er ist heute wie ausgewechselt. Wir müssen versuchen, ihn aus seiner emotionalen Starre herauszuziehen, aber nicht mit Gewalt.*

Was hast du angestellt?, hörte er nun auch seine Mutter fragen. Er roch ihr Parfüm und spürte ihre sanften Berührungen auf seiner Wange. Ihre weichen Finger strichen ihm über den Kopf und verweilten an der Schläfe. Die Erinnerung hinterließ ein Brennen auf seiner Haut.

Wird Ihr Mann handgreiflich? Stammen die Hämatome wirklich nur von dem Sturz, oder sind das alles Ergebnisse einer Züchtigung? Die Stimme des Doktors klang wirklich besorgt.

Dennis ist nur von der Schaukel gefallen. Stimmt's, Liebling?

Auch jetzt nickte er brav mit dem Kopf und sah Mamas Augen vor sich, in denen heiße Tränen schwammen.

Ihr Sohn flüchtet in eine Welt, die ihm vertraut ist. Die Fantasie ist für Kinder manchmal die einzige Möglichkeit, sich vor der realen Welt zu verstecken. Dennis klammert sich an Sachen, die ihn davor schützen, verletzt zu werden. Damit meine ich nicht die körperlichen Wunden, die schneller verheilen als die seelischen. Wir müssen herausfinden, wovor sich Dennis am meisten fürchtet, um ihm diese Angst zu nehmen. Jeder von uns hat einen Schutzmechanismus, verstehen Sie?

Seine Mama hatte damals nur mit dem Kopf gewackelt wie ein Wackeldackel.

Ihr Sohn zeigt ein sehr auffälliges Verhalten. Wir müssen etwas dagegen unternehmen.

Was passiert, wenn er sich nicht ändert? Kommt er etwa in ein Heim, zu all den anderen Kindern, die ohne ihre Eltern aufwachsen müssen?

Um Gottes willen, nein, fiel der alte Mann mit silbernem Haar seiner Mama sanft ins Wort und berührte ihre Hände, um sie zu beruhigen. Dann, als wäre er peinlich berührt, konzentrierte er sich auf seinen kleinen Patienten, wie er Dennis immer genannt hatte, und fuhr ihm mit seinen dicken Fingern durch das schweißnasse Haar.

Obwohl Dennis noch ein Kind gewesen war, hatte er Mamas Absicht verstanden und tat ab diesem Tag alles, was von ihm erwartet wurde.

Der Arzt ließ sich jedoch nicht so leicht zufriedenstellen. Er lud sie zu einem weiteren Gespräch ein, um sich zu vergewissern, dass Dennis nicht geschlagen wurde und dass er sich wieder erholen würde.

Dieses Mal sprach er mit der Mutter, Dennis durfte derweil ein Bild ausmalen.

Ihr Sohn zeigt Gefühle, die nicht situationsentsprechend sind. Er erinnert sich lieber an die Vergangenheit und dichtet schönere Erlebnisse hinzu, die so nicht stattgefunden haben können. Ich glaube, dass Sie zu viel von ihm erwarten. Sie wollen, dass er gute Noten schreibt, ohne zu berücksichtigen, dass er daran zerbrechen könnte. Nicht jeder ist dazu geboren, verstehen Sie. Damit will ich Ihnen nicht zu nahetreten, aber Ihr Sohn könnte ein begabter Maler oder Tischler werden, aber kein Mathematiker oder Philosoph. Dennis verschließt sich immer mehr vor seinem Umfeld. Das kann sehr gefährlich für seine Weiterentwicklung werden.

Erst jetzt begriff Dennis, was der gute Doktor damit gemeint hatte.

Dennis rannte zurück zu der Matratze und ließ die Aufnahme weiterlaufen. Die Stimme, die seiner sehr ähnelte, klang aufgeregt. »Ich habe ihn wie einen alten Köter mit einem Strick erdrosselt. Ihm den Garaus zu machen, kostete mich nicht wirklich viel Kraft. Er war sturzbesoffen. Und die Leiche der Frau habe ich in seiner Wohnung versteckt. Mitten im Wohnzimmer!« Die Stimme lachte schallend. »Du weißt gar nicht, wie gut ich gewesen bin. Du bist wieder ein freier Mann, weil die Bullen ganz bestimmt diesen Sternwart verdächtigen werden.« Dennis war einerseits erleichtert, doch andererseits war ihm klar, dass dieses Gefühl nicht lange währen würde. Die Naivität, der er ein Hochgefühl der Freude über einen Neuanfang verdankte, war nichts als Wunschdenken.

Die Gedanken, dass endlich alles vorbei wäre und er das Leben neu gestalten könnte, all die Träume über ein anderes Leben waren nur Illusionen. Die Informationen, die wie Hagelkörner auf ihn einschlugen, ließen ihn innerlich rotieren. Alles um ihn herum begann, sich wie ein wildes Karussell zu drehen. Seine Beine knickten ein. Er fiel auf die Knie und ließ sich zur Seite fallen. Die dünne Matratze war an einer Ecke immer noch feucht, doch das störte ihn nicht.

Ein Klopfen an der Tür ließ ihn den Atem anhalten.

»Ist jemand zu Hause?«

119

Dennis schluckte. *Der Zettel,* brannte sich der Gedanke in seinen Kopf ein. Die Nachricht lag nach wie vor auf dem Küchentisch. Die durfte niemand zu Gesicht bekommen. Auch nicht die Pflegerin. Er sprang auf die Beine und stürmte aus dem Keller nach oben. »Einen Moment, ich bin gleich da«, rief er hastig.

Obwohl sein Körper weiterhin von der eisigen Kälte umschlossen war, schwitzte er. Sein aschfahles Gesicht war zu einer emotionslosen Maske erstarrt. Erst nach dem zweiten Versuch bekam er so etwas wie ein Lächeln hin.

Die adipöse Frau mit Kurzhaarschnitt stand bereits im Flur und funkelte ihn giftig aus ihren kleinen Schweinsaugen an. »Wie geht es Ihrem Vater heute?«

»Er hat sich wieder vollgeschissen«, sagte Dennis kalt und ging in die Küche. »Den Weg kennen Sie ja«, rief er der Frau zu, faltete das Blatt zu einem kleinen Viereck zusammen und ließ das Wasser in den Wasserkocher laufen.

»Waren Sie bei Ihrem Vater? Haben Sie nach dem Rechten geschaut?« Die Frau stand in der Tür und wartete.

»Gestorben ist er noch nicht. Das Böse verreckt nicht so schnell.« Dennis stellte das Wasser ab und schaltete den Wasserkocher ein. »Ich habe mich nicht dazu überwinden können, ihm ein Kissen aufs Gesicht zu pressen.«

»Damit macht man keine Witze. Wollen Sie mir vielleicht behilflich sein?«

»Das bekommen Sie schon selbst hin. Haben Sie nicht von sich behauptet, dass Sie kreativ sind?«

»Normalerweise gehen mir die Familienmitglieder zur Hand.« Ihre Mundwinkel glänzten, Bläschen bildeten sich zwischen ihren Lippen und zerplatzten geräuschlos.

»Ich aber nicht«, entgegnete er hämisch. »Hab noch anderweitige Sachen zu erledigen, als meinem Vater den Arsch abzuwischen.« Das Blubbern des Wassers erfüllte den Raum. Dennis

120

schnappte den Wasserkocher, lief auf die Frau zu, wartete, bis sie ihm den Weg frei gemacht hatte, und drückte ihr den ziemlich warmen Behälter gegen die Brust. »Unser Boiler ist kaputt, Sie müssen sich leider hiermit begnügen«, knurrte er.

Die verdutzte Frau schnappte nach Luft.

Dennis ignorierte ihren Blick und das, was sie ihm hinterherschrie.

Er stürzte in den warmen Abend hinaus. Die Luft roch frisch und war ein wenig abgekühlt. *Ich werde eine Runde umherirren, um den Kopf klar zu bekommen,* sagte er zu sich selbst, steckte die Hände in die Taschen und marschierte einfach los.

KAPITEL 14

»Die Mitbewohner haben Sternwart als sehr sparsamen Menschen beschrieben, der keine Kontakte zu Frauen pflegte – zumindest brachte er keine mit nach Hause. In der letzten Zeit ist auch niemandem etwas Außergewöhnliches aufgefallen. Aber die DNA in Gisela Jungs Wohnung stimmte überein, die Fingerabdrücke waren in der ganzen Wohnung verteilt, im Bad wie auch im Schlafzimmer. Selbst in der Vorratskammer waren welche zu finden und konnten endlich einer Person zugeordnet werden: Sternwart«, beendete Leonhard Stegmayer sein Plädoyer. Er schritt vor der Pinnwand mit hinter dem Rücken gekreuzten Armen hin und her. Im großen Büro stand nur ein runder Tisch mit Stühlen, ansonsten war das quadratische Zimmer unmöbliert. Auf einer Seite war der Raum von einer Reihe hoher Fenster flankiert, die gegenüberliegende Seite wurde von einer Pinntafel beherrscht, die sich jeden Tag mit neuen Fotos und Informationen füllte.

»Du bist nicht davon überzeugt?«, folgerte sein Chef aus seiner Körpersprache.

Leonhard blieb stehen und taxierte den Polizeihauptkommissar mit einem durchdringenden Blick.

Ella, die mit an dem großen Tisch saß, war darauf bedacht, ihren aufgebrachten Partner nicht anzusehen. *Wie früher in der Schule*, dachte sie. Wenn man den Lehrer nicht anschaute, würde man schon nicht drankommen. Ihre Gedanken waren unstet und verworren.

»Was meinen Sie, Greenwood? Haben wir tatsächlich den Mörder gefunden und können uns endlich einem anderen Fall widmen?«

Ella hielt ihren Blick stur auf einen Fleck auf der weißen Tischplatte gerichtet.

»Greenwood, nun spielen Sie nicht die Taubstumme«, brummte Stegmayer und trat näher. »Wie erklären Sie das Vorhandensein der Fingerabdrücke und das dargebotene Bild der Frauenleiche in der Wohnung des Verdächtigen? Er hat früher gedient, damit könnte die Pause der Morde erklärt werden. Er hatte sich für vier Jahre verpflichtet und war bei mehreren Einsätzen im Ausland dabei. Andererseits könnte die Tote eine weitere fingierte Spur sein, die der Mörder so geschickt gelegt hat!«

»Wissen wir inzwischen, wer die Tote ist?«

»Ja. Ihr Name ist Martina Talheim, dreiunddreißig Jahre alt, ledig. Sie wurde vor drei Monaten von ihrer Mutter vermisst gemeldet.«

Ella wandte den Blick zum Fenster. Draußen kündigte sich die Morgenröte an. Am Sims gurrten zwei Tauben mit aufgeplusterten Federn und nickten einander mit ihren kleinen Köpfen zu. Ellas Finger umfassten eine Mappe. Sie hatte die heutige Nacht im Archiv verbracht.

»Ich bin da auf einen Cold Case gestoßen«, hörte sie sich sagen.

Leonhards Augenbrauen fuhren nach oben. Seine Stirn bekam Falten. Gedämpfte Stimmen brachten die angespannte Atmosphäre zum Knistern.

»Der Fall liegt fünfundzwanzig Jahre zurück und wurde eigentlich nie richtig aufgeklärt. Auch damals fand man eine

123

Frau an einem Baum aufgehängt. Sie wies ebenfalls flohstichar-tige Einblutungen in den Bindehäuten auf, was ein eindeuti-ges Indiz für eine Abschnürung der Atemwege ist, das muss ich Ihnen nicht erklären.« Ellas Finger flatterten auf dem Einband und hoben das Deckblatt kurz an. Sie war erschöpft, aber mit sich selbst zufrieden. »Ich gehe stark davon aus, dass der Mörder sich nach all den Gräueltaten weiterhin in Sicherheit wiegt. Er ist ein Realitätsverweigerer.«

»Also habe ich Sie nicht umsonst ins Archiv verbannt«, stellte Leonhard fest, stützte sich mit den Fäusten an der Tischkante ab und blickte Ella fest an. Ihre Augenlider flatterten. *Aus ihr könnte vielleicht doch eine brauchbare Polizistin werden*, dachte er und zerrte mit Daumen und Zeigefinger die Mappe unter ihren Fingern hervor. Sie leistete kaum Widerstand.

»Machen Sie statt meiner weiter, Greenwood, führen Sie alles auf, was Ihnen wichtig erscheint«, murmelte er.

Leonhard setzte sich an seinen Platz, die Augen auf ein schwarz-weißes Foto gerichtet, während seine Partnerin zur Tafel ging, nach einem Stift griff und mit ihren Ausführungen begann. Er blätterte geräuschvoll die in Folie verpackten Seiten um. Am Rand klebte ein Post-it. Darauf stand mit ordentlicher Handschrift geschrieben:

- Isolieren
- Aussortieren
- Quantifizieren

Die Akribie, mit der Greenwood an die Sache heranging, gefiel ihm. Er starrte auf das Gesicht der toten Frau in der Schlinge. Ihre bizarren Züge hatten etwas an sich, das Leonhards Herz schneller schlagen ließ. »Spiegelverkehrt«, rief er beinahe laut aus und zog somit die ganze Aufmerksamkeit wieder auf sich. »Haben Sie eine Kopie von diesem Foto?«, wollte er von der verdutzt dreinblickenden Ella wissen und klopfte auf das Lichtbild. Er hielt die Mappe über seinen Kopf wie eine Trophäe.

»Das sind alles Kopien. Das Original ist noch unten«, entgegnete sie stirnrunzelnd.

Mit einer schnellen Handbewegung fummelte er das Foto aus der Folie und stand auf, wobei sein Stuhl polternd umfiel. Doch Leonhard hatte keine Zeit, ihn aufzuheben. Er ging an die Pinnwand und betrachtete die anderen Abzüge der erhängten Frauen. Dabei verglich er sie mit dem, welchen er in den Händen hielt, um sich zu vergewissern, dass seine Idee nicht allzu abwegig war. »Unser Mörder zeigt ein destruktives Verhalten. Er ist eines dieser Individuen, das von seinen Trieben gezwungen wird, dem inneren Drang nachzugeben, ohne an die Konsequenzen zu denken. Er ist ein Triebtäter. Doch er weiß seine Spuren geschickt zu verwischen.« Leonhard blieb vor dem letzten Foto stehen. »Gisela Jung hat er nur deswegen an Ort und Stelle gelassen, weil er von dem schreienden Kind gestört und vom Tatort verjagt wurde. Sie entspricht auch nicht seinem Beuteschema. Was sagt uns das alles?«

Er drehte sich zu seinem Team um und starrte jeden fragend an. Keiner wusste eine Antwort. Leonhards Blick ruhte auf Ellas Gesicht. Ihr dunkles Haar glänzte und war akkurat frisiert. Die Röte auf ihren Wangen verlieh ihr etwas Mädchenhaftes. »Ich gebe Ihnen einen weiteren Tipp, Greenwood«, sagte er und machte eine kurze Pause. »Das, was unseren Mörder antreibt, wird von seelischem Stress hervorgerufen. Er hat einem Erlebnis beigewohnt, welches er nicht verarbeiten konnte, oder er wird in seiner Vorstellung dazu gedrängt, dies zu tun. Entweder bekommt er nur so seinen erotischen Kick oder er sehnt sich nach etwas, das er unwiderruflich verloren hat, und inszeniert all das, um sich daran zu erinnern bzw. um dieses Ereignis nicht zu vergessen. Ein Psychologe würde hier wohl von einer

Psychose sprechen.« Leonhard stand vor der Korkpinnwand und hielt das schwarz-weiße Foto links neben diejenigen der toten Frauen, die der Reihe nach aufgehängt waren. Er zeigte darauf. »Das müsste sein erstes Werk gewesen sein. Die Wiege all seiner Fantasien, die er unentwegt ausleben muss, weil er nicht anders kann. Was auffällig ist: Dieser Frau fehlte der rechte große Zeh. Bei den anderen Frauen waren die Füße jedoch unversehrt.«

Er fuchtelte mit dem Foto. Das Papier raschelte laut in der angespannten Stille, die nur vom Summen und wiederkehrenden Klopfen eines Käfers gegen die Glasscheibe unterbrochen wurde. »Laut dem damaligen Autopsiebericht wurde die Gliedmaße beim ersten Opfer von einem Tier abgebissen. Bei Frau Talheim, unserem letzten Opfer schließlich, hat das Schwein den linken Zeh abgeschnitten und ihn hinter dem Couchtisch versteckt. Damit hat er eine Verbindung hergestellt, ein fehlendes Glied hinzugefügt. Er versucht, mit uns zu kommunizieren. Sind Sie auch der Meinung, Greenwood?«

Die Polizistin nickte zaghaft. Dabei drehte sie den Stift zwischen ihren Fingern, um ihre Hände zu beschäftigen und sich zu beruhigen.

»Jetzt zum Knoten. Auch im ersten Fall handelt es sich um einen Seemannsknoten, allerdings unterscheidet er sich in der Ausführung von den anderen.«

»Er ist spiegelverkehrt«, ertönte eine Frauenstimme.

»Ganz genau«, bestätigte Leonhard.

Ein lautes Klopfen an der Tür lenkte alle Blicke auf den Neuankömmling, der kurz darauf den Raum betrat. Es war ein Kollege aus der Forensik.

»Wir haben den Fingerabdruck«, sagte er an Polizeihauptkommissar Stettel gewandt.

»Fahren Sie fort«, ermutigte Stettel den Polizisten.

Der Mann räusperte sich. Er wirkte noch nervöser als Ella, folglich war er solche Auftritte nicht gewohnt. Sein blondes

Haar war an den Schläfen grau, seine schmalen Schultern hingen tief nach unten. Die Finger, in denen er ein Blatt hielt, waren gerötet, die Nägel an den Rändern blutig und abgekaut.

Ella machte dem Mann Platz, begab sich zum Fenster und lehnte sich mit dem Rücken an die Wand. Sie war wirklich gespannt, was die Analyse ergeben hatte. Gleichzeitig dachte sie über Leonhards Worte nach. Er hatte vollkommen recht. Trieb- oder Serienmorde hatten eine sexuelle Komponente, die nach einer geistigen, vielleicht auch seelischen Störung eintrat oder nach einem traumatischen Erlebnis.

»Leider hat der Täter sich die Fingerkuppe mit einem Schleifmittel glatt poliert. Er verhöhnt uns«, erklärte der Forensiker mit enttäuschtem Gesichtsausdruck.

»Also stehen wir wieder mit leeren Händen da«, stieß Leonhard indigniert hervor. »Haben Sie noch etwas für uns?«

Der Mann schüttelte den Kopf und verließ den Raum.

Ella beobachtete, wie sich Leonhard wieder der Tafel zuwandte und jeden ihrer Punkte mit seinen Ideen vervollständigte. Seine Argumente waren präzise, knapp und nachvollziehbar. Er sprach klar und deutlich, verzichtete auf Abschweifungen. Sie war so in ihre Gedanken vertieft, dass sie seinen Blick nicht sofort bemerkte. Er quittierte dies mit einem matten Lächeln und fuhr fort: »Ich gehe stark davon aus, dass der Tod von Ruth Löwenzahn, der ersten Toten, eine Tangente zu unserem Mörder hat.«

Stegmayer hielt kurz inne.

»Entweder hat er dabei zugesehen oder die Ermittlungen mitverfolgt und sich davon so inspirieren lassen, dass er mit dem Morden angefangen hat. Darum diese Zeitspanne.« Der leitende Kommissar warf Ella einen fragenden Blick zu. »Wann wurde die Frau aufgefunden?« Leonhard hielt erneut das Blatt in die Luft. »Vor fünfundzwanzig Jahren? Der zweite Mord geschah zehn Jahre später. Danach gab es wieder eine längere Pause.«

Er wandte sich zur Korktafel.

»Das bedeutet, die Abstände werden immer kürzer, weil die Abkühlphasen immer kürzer werden. Er braucht den Kick nun öfter. Der Fall Ruth Löwenzahn wurde nie aufgeklärt, folglich blieb der Täter ungestraft. Es ist an der Zeit, dies zu ändern, und das liegt an Ihnen, meine Damen und Herren. Nur wir können dem Ganzen ein Ende setzen«, spornte er die Anwesenden an.

»Ich möchte, dass Sie alles über Ruth Löwenzahn herausfinden«, sagte Stegmayer und hob die Hände. »Für heute machen wir Schluss, damit ist jedoch nur die Besprechung gemeint.«

KAPITEL 15

Luis starrte an die Decke. Er war zu einem Gespräch bei der Hausverwaltungsgesellschaft vorgeladen worden – schon wieder.

Sein derzeitiger Arbeitgeber war ein richtiges Arschloch. Er war erst dann zufrieden, wenn jeder, aber auch wirklich jeder, nach seiner Pfeife tanzte. Wehe, man widersetzte sich bestehenden unsinnigen Vorschlägen oder Vorstellungen, brachte Eigeninitiative ins Spiel oder machte Verbesserungsvorschläge.

Der Raum ähnelte einem Wartebereich bei einem Hausarzt, nur in klein. Drei Stühle standen an der Wand, ein Regal, in dem zerfledderte Magazine steckten, und eine große Pflanze, die fast bis zur Decke reichte. Mehr an Repertoire hatte der Raum nicht zu bieten. *Repertoire*, wiederholte er in Gedanken und wusste nicht, ob dieses Wort überhaupt passte, wenn man es im Zusammenhang mit der Beschreibung eines Raumes benutzte. Er hatte dieses Wort in einem der Magazine gelesen. Er warf einen prüfenden Blick auf die Uhr, die über der Tür hing und enervierend im Sekundentakt tickte, obwohl kein Sekundenzeiger vorhanden war. Luis saß mit überkreuzten Beinen da und wippte mit dem Fuß.

Endlich ging die Tür auf. Er schnellte nach links zur Tür und fiel beinahe um. Nicht von der Wucht seiner Bewegung, sondern wegen der Person, die er erblickte. Unversehens tat sich ein Abgrund vor ihm auf, das ausgeblichene Linoleum unter seinen Füßen verwandelte sich in ein schwarzes Loch. *Ich bin nicht wegen einer Festanstellung hier*, schlussfolgerte er, während er den großen Mann mit den grauen Haaren und dem kantigen Gesicht anstarrte.

»Keine Bange, wir wollen Sie nicht festnehmen, sondern Ihnen nur ein paar Fragen bezüglich Herrn Sternwart stellen«, versuchte ihn der Polizist zu beruhigen. »Sie haben schließlich nichts Verbotenes getan.« Er stellte sich seitlich hin und bat Luis mit einer einladenden Geste herein.

Luis zögerte. Er schnaubte und knibbelte nervös am Nagelbett seines kleinen Fingers. Dann steckte er sich den Finger in den Mund und biss den blutigen Hautfetzen einfach ab. »Aber ich werde meine Stelle als Hausmeister nicht verlieren?« Luis stand auf und sah den Polizisten ängstlich an. »Ich brauche den Job, wirklich.«

»Nehmen Sie einfach auf einem der Stühle Platz. Herr Birkenwald war so nett, dieses Treffen für uns zu arrangieren«, sagte der Polizist und drückte die Tür leise hinter sich ins Schloss. Im spartanisch eingerichteten Raum roch die Luft nach kaltem Zigarettenrauch und teurem Parfüm. Die gelb gestrichenen Wände waren mit billigen Bildern geschmückt. Hinter einem Tisch, der noch aus den Siebzigern stammen konnte, saß ein kleiner Mann mit schütterem Haar und einer tiefen Narbe auf der Stirn. Der unsympathische Hausverwalter lächelte schief. Sein Schnurrbart war auf der linken Seite kürzer und verlieh dem Mann einen dümmlichen Ausdruck.

Luis blieb unschlüssig stehen und wartete erst mal ab.

»Bitte«, ertönte erneut die tiefe Stimme des Polizisten.

Luis schreckte leicht zusammen und warf ihm einen fragenden Blick zu. »Ich bin bisher nie auffällig gewesen«, betonte er und spähte zu seinem Arbeitgeber.

Dieser nickte und beeilte sich zu erwidern: »Das kann ich nur bestätigen.«

»Darum gilt unsere Aufmerksamkeit nicht wirklich Ihnen.« Der Polizist nahm neben Luis Platz. Luis war sein Name entfallen, aber danach zu fragen traute er sich nicht.

»Auch Herr Sternwart war nie auffällig«, bemerkte Birkenwald mit unsicherer Stimme.

»Aber trank der Hausmeister nicht gern einen über den Durst?« Der Polizist verschränkte die Finger ineinander und legte die Hände auf den Tisch.

»Haben wir nicht alle unsere Laster?« Birkenwald lachte abgehackt und wurde wieder ernst.

»Wir haben Grund zu der Annahme, dass Herr Sternwart heimlich Videos drehte. Ist Ihnen das bekannt?« Der lauernde Blick des Polizisten wechselte zwischen Luis und Birkenwald. Der Verwalter zuckte die Schultern und schüttelte verneinend den Kopf. Sein billiges Hemd bekam dunkle Flecken unter den Achselhöhlen, das Mintgrün wurde zu schmutzigem Grau. Er nestelte an seinem Kragen und öffnete den oberen Knopf. »Darf ich das Fenster kippen, Herr Kommissar?«

»Aber natürlich, tun Sie sich keinen Zwang an. Und Sie?«, wandte sich Stegmayer an Luis. »Auch Ihre Fingerabdrücke haben wir in der Wohnung gefunden, was überhaupt nicht ungewöhnlich ist. Falls Sie in der letzten Zeit irgendwelche Reparaturen getätigt haben, ist es nur verständlich, Herr …« Er legte sich den Zeigefinger auf den linken Mundwinkel und tat so, als müsste er nach dem Namen suchen.

»Luis Siebert, ich heiße Luis Siebert. Ich war des Öfteren in der Wohnung von Frau Jung. Sie war in der letzten Zeit nicht wirklich gut gelaunt. Ihre Tochter bekam Zähne und es gab wohl Stress mit der Vermieterin oder einer Nachbarin, so genau habe ich dann doch nicht zugehört. Auch klagte sie über die Heizung.«

»Also haben Sie mit ihr gesprochen, kurz bevor sie ermordet wurde?«

»Ermordet …« Luis verschluckte sich fast dabei. Ein dicker Kloß drückte ihm die Luft ab. »Ich dachte, sie hätte Selbstmord begangen?«

»Sie dachten?«

»Das hat mir Herr Sternwart gesagt, nachdem die Polizei im Haus aufgetaucht war. Er wirkte nervös, als hätte er etwas zu verbergen. Er hat in seinem Schrank nach etwas gesucht. Er murmelte die ganze Zeit, dass er das Foto nicht hätte mitnehmen sollen.«

»Das Foto?« Stegmayer runzelte die Stirn, beugte sich nach unten und griff in seine Aktentasche. »Dieses?« Er legte ein Foto auf den Tisch.

»Ich weiß es nicht«, murmelte Luis und starrte auf eine lachende Frau, die ein Kind in den Armen hielt. Er rieb sich nervös die Nase. »Ich glaube, das Foto hing irgendwo in der Wohnung. Frau Jung hat immer in der Vergangenheit geschwelgt und gemeint, sie hätte ihren Mann nie verlassen sollen.«

»Warum waren Sie in ihrer Wohnung?« Kommissar Stegmayer legte ein weiteres Foto auf den Tisch. Darauf war Frau Jung mit ihrem Mann vor einem Riesenrad abgebildet.

»Es ging dauernd um die Heizung. Sie sagte, sie würde sich schon darum kümmern, dass wir beide den Job verlieren.«

»Hat sie auch erwähnt, wohin ihr Mann gegangen ist? Er ist nicht auffindbar.«

Luis schüttelte den Kopf und kniff die Lippen zu einem dünnen Strich zusammen. »Nein, solch intime Themen haben wir nicht angeschnitten.«

»Apropos intim.« Ein weiteres Foto tauchte auf der hell lackierten Tischplatte auf. Dieses war verschwommen, trotzdem war der fast nackte Körper einer Frau deutlich zu erkennen. Das Gesicht war von einem Buch oder einem Bild verdeckt. »Wir vermuten, dass jemand eine kleine Kamera hinter einem der Bilder installiert hat. Wir haben winzige Kratzspuren auf der Wohnwand gefunden. Die Analyse ergab, dass sie von einer solchen Kamera stammen könnten, die wir jedoch weder in Ihrem Spind noch in dem von Herrn Sternwart gefunden haben.«

Luis wurde schwarz vor Augen.

»Allerdings haben wir Herrn Sternwarts Fingerabdruck in Ihrem Spind gefunden. Ist es nur ein Wink des Schicksals oder ist diese scheinbare Zufälligkeit vielleicht Absicht?«, fragte der Polizist wie beiläufig.

Luis schwitzte nun auch und strich sich mit dem Handrücken über die nasse Stirn. »Herr Sternwart hatte für alle Schlösser einen Schlüssel. Und wenn nicht, brach er sie einfach auf, mit diesen Dietrichen oder wie man die Dinger nennt. Er war ein Meister darin, sie zu knacken. Selbst die mit den Zahlencodes. Er hatte einen schlechten Charakter und war neugierig.«

»Können Sie das irgendwie begründen? Was bedeutet Charakter für Sie, was macht einen Menschen aus? Wer war Herr Sternwart?«

»Er war unberechenbar«, antwortete Luis leise mit belegter Stimme. »Manchmal war er jähzornig, und ich hatte den Eindruck, dass es ständig schlimmer wurde.«

»Der Charakter ist das eigentliche Ich, nicht wahr? Das, was uns ausmacht. Negative Charaktereigenschaften prägen unsere Umwelt mehr als die positiven. Hat er Sie mit seinen Gefühlsausbrüchen angesteckt? Haben Sie sich in seiner Anwesenheit unwohl gefühlt? Hat er die Fotos samt der Kamera in Ihrem Spind gefunden und Sie zur Rede gestellt? Hat er Sie vielleicht bedroht, weil er von Ihrem Geheimnis erfahren hatte? Nur rein hypothetisch: Er schnüffelt in Ihren Sachen herum, findet die Fotos und die Kamera und stellt Sie vor die Wahl:

Entweder Sie machen alles, was er von Ihnen verlangt, oder er verpfeift Sie an die Hausverwaltung.«

Luis' Handflächen schwitzten. Die Unvermitteltheit der Hypothese, der eindringliche Ton, der eisige Blick und vor allem die Präsenz dieses Polizisten ließen das Blut in seinen Adern gefrieren.

Luis sammelte sich. »Rein hypothetisch kann man vieles hineininterpretieren.« Er stolperte über die Worte und wurde zunehmend unruhig. Er holte ein Taschentuch aus seiner Hose und tupfte sich den Schweiß ab. »Aber ich bin verheiratet und habe eine hübsche Frau. Ich habe so etwas nicht nötig. Und wo Herr Jung ist, ist mir auch nicht bekannt. Vielleicht hat ja er seine Frau umgebracht oder dieser Kerl, dieser Typ, der ständig bei ihr ein und aus ging.« Taschentuchfetzen flogen zu Boden, weil er anfing, hastig mit den Händen zu wedeln. Er war sich keiner Schuld bewusst und wollte diese Beschuldigungen nicht einfach so hinnehmen. »Ich sage nichts mehr. Sie wollen mich nur einschüchtern. Ich habe mit dem ganzen Scheiß nichts zu tun. Oder vielleicht doch. Fragen Sie Herrn Birkenwald, warum Herr Sternwart als Hausmeister gearbeitet hat, wo er doch früher in der Hausverwaltung war.«

Der kleine Mann wurde noch kleiner, sein Gesicht bleicher als die weiße Wand hinter ihm. Er zupfte an seinem Schnurrbart und lachte kurz auf.

»Ich höre?« Kommissar Stegmayer trommelte leise mit den Fingern.

»He, he«, lächelte Birkenwald nervös. »Die Sache wurde nur aufgebauscht.«

»Die Schlussfolgerung übernehme ich. Erklären Sie mir einfach, was Herr Siebert angedeutet hat«, unterbrach ihn der Kommissar.

Luis beschrieb mit seinem Kopf eine Kreisbewegung, um seine Halsmuskeln zu lockern, die vor Anspannung zu brennen begannen.

»Okay.« Der Hausverwalter hob beschwichtigend die Hände. Mit geradezu resigniertem Blick setzte er zu einer Erklärung an. »Einen ähnlichen Vorfall gab es schon einmal. Vor drei Jahren wurde Herr Sternwart dabei erwischt, wie er angeblich eine Frau beim Duschen gefilmt hatte. Die Frau war …« Er schluckte den Rest des Satzes wie eine bittere Pille hinunter.

»Nicht ganz unschuldig?« Kommissar Stegmayer hielt nun einen Schreibblock zwischen seinen Fingern und machte sich Notizen.

»Mehr oder weniger. Sie hatte das Fenster im Bad nicht zugemacht. Es stand weit offen. Auf jeden Fall wurde Herr Sternwart abgemahnt und verlor seinen Job. Die Sache wurde nicht an die große Glocke gehängt, weil es der Frau dann doch zu peinlich war. Er hat sie auch nicht gefilmt, wie sich später herausgestellt hat, sondern sie nur durch ein Fernglas beobachtet.«

Birkenwald verbarg seine Aufregung hinter einem schiefen Grinsen. Er verschränkte die Finger ineinander und ließ seine Hände auf dem Tisch ruhen.

Leonhard schwieg einen Moment. In der Stille hörte er das entfernte Läuten einer Kirchglocke.

»Die Denkstruktur eines Triebtäters ist für uns normal denkende Menschen zu komplex, darum brauche ich Ihre Hilfe, Herr Siebert. Sie haben viel Zeit mit Herrn Sternwart verbracht.« Er schlug nun eine andere Richtung ein und versuchte, sich auf freundschaftliche Weise Zugang zu ihm zu verschaffen. Luis wusste mehr, als er zuzugeben bereit war. »Eine Entscheidung binnen weniger Tage zu treffen, die einem womöglich das ganze Leben versauen könnte, ist mehr als schwierig. Darum lasse ich Ihnen so viel Zeit, wie Sie benötigen. Aber Sie müssen mich auch verstehen. Mit jeder verstrichenen Sekunde bekommt der Mörder unnötigen Vorsprung.« Leonhard saß einfach nur da und kritzelte unendliche Kreise in seinen Block. »Haben Sie auch so eine Marotte?« Er hob kurz den Kopf und warf Luis einen neutralen Blick zu.

Dieser wirkte zunehmend aufgebrachter. Wie seine verkrampfte Körperhaltung demonstrierte, kostete es ihn offensichtlich Mühe, sich zu beherrschen. »Wie meinen Sie das?«, krächzte er.

»Ich male solche Kreise, wenn ich mich nicht anders zu beherrschen weiß. Mich bringt nämlich nichts auf der Welt so in Rage wie eine Lüge. Im Moment bin ich mir noch nicht sicher, ob Sie mich verarschen oder nicht.« Stegmayer zwang sich zu einem Lächeln. »Wo waren Sie vor fünf Tagen? An dem Abend, als Frau Jung –«

»Zu Hause im Bett«, fiel Luis ihm barsch ins Wort. Sein Blick nahm einen gefährlichen Glanz an. Seine Finger krallten sich in die Stuhllehnen.

»Waren Sie schon immer ein Sonderling? Sie haben oft die Schule gewechselt und hatten keine besonders guten Noten. In keinem der Fächer konnten Sie mit einer super Leistung glänzen – bis auf Bildende Kunst und Technik.« Die Wendung brachte den aufgebrachten Mann komplett durcheinander. Der Glanz in seinen Augen wich einer matten Trübung. Die Spannung aus seinem Körper verschwand.

»Bitte atmen Sie tief durch, Herr Siebert. Wir reden nur miteinander. Ich nehme das Gespräch nicht auf. Alles, was Sie sagen, bleibt unter uns. Nach unseren momentanen Ermittlungserkenntnissen nehmen wir zwar stark an, dass der Mörder noch auf freiem Fuß ist, aber Sie fallen durch das Raster. Sie passen einfach nicht ins Schema.«

Luis wurde schwindelig vor Erleichterung. Sein bleiches Gesicht bekam wieder Farbe.

Der Kommissar lächelte versonnen. »Ich möchte, dass Sie Ihre Augen schließen und an den besagten Abend denken.«

Luis schüttelte unmerklich den Kopf. »Das hier ist kein Verhör, haben Sie gesagt. Ich habe es wirklich satt, ständig von jemandem herumgeschubst zu werden. Diese immerwährende Ausgrenzung macht mich krank. Ich mache meine Arbeit gut. Stimmt's?« Er sah seinen Vorgesetzten an. Dieser bejahte seine Frage mit einem kurzen Nicken. Luis schaute wieder den Polizisten an. Ein Anflug von Bitterkeit huschte über sein Gesicht. »Sie wollen wissen, ob ich immer der Klassendepp war? Ich war ein ewiger Versager. Mein Vater hat sich Mühe gegeben, mich großzuziehen. Mir mangelte es an nichts. Ich hatte alles, und trotzdem fehlte mir das meiste. Ich war ein Kind, das ohne seine Mutter aufwachsen musste!« Er schrie beinahe. Spucke flog aus seinem Mund.

Leonhard hatte ihn nun in eine emotionale Lage gebracht, in der die Menschen mit dem Herzen zu sprechen beginnen, ohne dabei rational zu denken.

Kapitel 16

Ella stand in der Tür und schaute die Frau fragend an. Hinter der Frau versteckte sich ein blonder Junge von etwa neun Jahren mit zerzausten Haaren.

»Geh auf dein Zimmer«, ermahnte ihn die Mutter, ohne sich umzudrehen.

»Mein Name ist Ella Greenwood, ich bin von der Polizei und möchte Ihnen ein paar Fragen stellen, Frau Siebert, aber nicht unbedingt zwischen Tür und Angel. Auch hier haben die Wände Augen und Ohren. Die Gerüchteküche kann einem das Leben ganz schön versalzen, glauben Sie mir.«

Larissa Siebert lachte humorlos auf. »Da haben Sie recht.« Dann rief sie: »Geht es Ihnen gut, Frau Beckstein? Wenn Sie möchten, so können Sie unserem vertraulichen Gespräch gern beiwohnen.« Ihr Blick ging knapp an Ella vorbei. »Sie müssen sich nicht verstecken!«

Ein helles Kettenrasseln und das Klacken einer Tür hallten durch das Treppenhaus wider.

»Frau Beckstein ist der Admin unseres Hauses und immer online.« Frau Siebert lächelte Ella freundlich an. »Alte Leute eben.«

Ella musterte die Frau. Auf ihrem schmalen Hals konnte sie einen blauen Fleck erkennen.

Larissa Siebert bemerkte, dass sie angestarrt wurde, und fuhr sich mit den Fingern über das Haar. Es war dunkelblond und mit grauen Strähnen versehen.

»Ich war heute beim Friseur. Sie hatten eine Aktion. Es war kostenlos, weil eine Azubine mir das Haar machen durfte. Sie hat mir auf der linken Seite zu viel abgeschnitten.«

»Das ist mir gar nicht aufgefallen. Aber der Fleck.« Ella berührte sich an derselben Stelle, um das, was sie sagte, zu verdeutlichen.

Die dunkel unterlaufenen Augen der Frau weiteten sich.

»Wird Ihr Ehemann handgreiflich?«

»Um Gottes willen, nein«, lachte Larissa auf und schlug sich die Hand vor den Mund. »Kommen Sie bitte rein, sonst wird es echt peinlich.« Immer noch lachend machte sie Ella Platz und warf einen prüfenden Blick ins Treppenhaus, bevor sie die Tür schloss. »Lassen Sie uns ins Wohnzimmer gehen, ich war gerade dabei, die Wohnung auf Vordermann zu bringen. Sie sehen selbst, was ich hier angerichtet habe.«

Ella bezweifelte, dass diese Wohnung jemals sauber war. Überall lagen Sachen herum und der modrige Geruch in der Luft sprach nicht gerade für Frau Sieberts Putzfimmel. Aber jeder sah die Welt in anderen Farben.

»Nehmen Sie Platz«, bot Frau Siebert an und klaubte ein T-Shirt sowie ein Unterhemd von dem wuchtigen Sofa, um kurz darauf aus dem Wohnzimmer zu verschwinden. »Möchten Sie vielleicht etwas trinken?«, rief sie aus dem Flur.

»Nein, danke«, beeilte sich Ella zu sagen und machte keine Anstalten, sich dem grünen Sofa mit den dunklen Flecken zu nähern, geschweige denn, sich darauf zu setzen.

»Nehmen Sie ruhig Platz.« Larissa Siebert war wieder da und schob mehrere Zeitungen, die auf dem Boden verstreut lagen, zu einem Stapel und wuchtete den Papierberg auf den Couchtisch. »Ich habe heute in den Wochenblättern geblättert, weil wir bald eine neue Wohnung brauchen werden, und bin alle Angebote durchgegangen, da wir sparen müssen. Ich bin es leid, so zu leben. Hier ist es einfach zu eng. Mein Mann gibt sich Mühe und arbeitet für drei. Alles zum Wohle der Familie.« Ihre Stimme bekam einen sanften Klang. »Wieso setzen Sie sich nicht?«

»Vom vielen Sitzen bekomme ich noch einen breiten Hintern«, scherzte Ella und lächelte.

»Wenn Ihr Mann so liebevoll ist, wie Sie es sagen, woher –«

»Vom Ficken«, antwortete die Frau geradeheraus. Diese Direktheit verschlug Ella die Sprache.

»Seitdem er eine feste Anstellung hat, ist er wie einer dieser arabischen Hengste, wild und unaufhaltsam. Luis war nicht immer so zielstrebig. Aber seitdem unser Sohn zur Schule geht, ist er wie ausgewechselt.«

Ella wurde hellhörig. »Können Sie das konkretisieren?«

»Die Männer begreifen manchmal nicht sofort, was ihnen guttut. Vielleicht hat er in seinem Sohn etwas gesehen, das ihn an seine eigene Kindheit erinnert, und hat sich entschlossen, die Sache mit dem Vatersein besser zu meistern als sein Erzeuger.«

»Frau Siebert –«

»Larissa, sagen Sie ruhig Larissa zu mir. Wenn Luis nach Hause kommt, bleibt uns keine Zeit zum Fernsehen. Wissen Sie, was bei mir der stärkste Muskel ist?«

Ella war sich nicht sicher, ob sie das hören wollte.

»Meine Muschi.« Larissa nahm kein Blatt vor den Mund.

Ella rang nach passenden Worten. Das Niveau der Konversation verschlug ihr regelrecht die Sprache. Sie wurde das Gefühl nicht los, dass Larissa sie unbedingt loswerden wollte. »Sie sagen, Ihr Familienleben nahm eine Wende, nachdem der Sohnemann in die Schule kam?« Ella ging zu der schwarz-weißen Wohnwand, deren Türen von unzähligen fettigen Handabdrücken übersät waren.

140

Larissa stellte sich zu Ella, sodass ihre Schultern sich fast berührten. Die junge Mutter roch nach Keller und zu viel Waschmittel. Ella sah sich stumm einige Fotos an, die auf dem billigen Möbelstück aufgestellt waren. Die Bilderrahmen waren allesamt unterschiedlich, von der Form wie auch der Farbe. Die Frau hatte nicht nur keinen Sinn für Ordnung, sondern auch kein Händchen für Geschmack und Harmonie. Alles hier war chaotisch, nichts war aufeinander abgestimmt.

»Hat Ihr Mann Ihnen etwas von seiner Kindheit erzählt?« Ella erkannte einen kleinen Jungen auf dem Arm einer Frau, deren Gesicht nicht zu sehen war. Der obere Teil des Fotos war augenscheinlich abgeschnitten worden. »Ist das Ihr Mann da?« Ella zeigte auf das verblichene Foto.

»Ja. Hier ist er drei Jahre alt. Mein Luis war immer auf der Suche nach seinem Bruder. Er wusste zwar, dass er einen hat, mehr aber auch nicht. Sie wurden als kleine Kinder getrennt. Aber so genau weiß ich das nicht. Luis spricht nur ungern darüber.«

»Ist das Luis auf den Armen seiner Mutter?«

»Seiner Stiefmutter, ja«, bestätigte Larissa bereitwillig und trat einen Schritt näher an das Foto, das von einem wie Chrom glänzenden Rahmen umrandet war.

Ella war darauf bedacht, die Frau mit keinem Körperteil zu berühren. Sie mochte Larissa nicht, weil sie von einer Aura umgeben war, die sie davon abhielt.

»Wo sind seine Eltern jetzt? Sein leiblicher Vater zum Beispiel. Hat er wieder geheiratet? Ich sehe hier eine abgebrannte Kerze und ein kleines Kreuz. Glaubt Ihr Mann an Gott?«

»Beide sind bei einem Autounfall gestorben. Vor zwei Jahren. Seine Stiefmutter war sehr religiös, sein Vater dagegen konfessionslos. Er hat mal gesagt, dass der Glaube von skrupellosen Geschäftsleuten erfunden wurde, um an noch mehr Geld heranzukommen. Wer an Gott glaubt, sei entweder verzweifelt oder sehr verzweifelt.«

»Und Ihr Mann?«, wiederholte Ella die Frage, entgegen der Stimme in ihr, die sie davon abhalten wollte, weil Larissa sich zu verschließen drohte. Tatsächlich schwieg die Frau eine Weile, ohne sich dabei zu rühren.

»Ich war früher sehr verzweifelt. Das Kreuz gehörte mir. Ich war drogenabhängig und von allen, wirklich von allen alleingelassen. Dann traf ich meinen Mann. Er hat in einem dieser Heime gearbeitet, in denen solche wie ich aufgenommen werden. Das hier ist ein kleiner Altar und ein Mahnmal. Er soll mich stets daran erinnern, wie tief man im Leben ohne Liebe und Rückhalt sinken kann.« Tränen schwammen in ihren Augen. Larissa schlang beide Arme um ihren Körper, als würde sie frieren, obwohl in der Wohnung hochsommerliche Temperaturen herrschten.

»Ist es in Ihrer Wohnung immer so warm wie jetzt?«

»Nein. Unser Sohn ist krank. Er sagt, er friert, darum habe ich die Heizung aufgedreht.« Sie starrte zum Fenster, das von zwei vergilbten Vorhängen aus löchriger Gaze umrandet war. Mächtige Baumkronen wiegten sich sanft im lauwarmen Wind des Spätsommers.

Larissa machte einen dieser Atemzüge, die einen davor bewahren zu ersticken. Ihr Kinn bebte. »Ich möchte, dass Sie gehen«, durchbrach sie mit zittriger Stimme die Stille und sah Ella mit geröteten Augen an. »Wir sind vielleicht nicht perfekt ...« Larissa stockte, dann bewegte sie ihren Unterkiefer, ohne etwas zu äußern.

Ella wartete.

Es dauerte zwei Herzschläge lang, bis Larissa weitersprach. »Perfekt«, sie lachte höhnisch auf, »dieses Wort wird mit unterschiedlicher Einheit gemessen. Wir sind glücklich, und das allein zählt für uns. Was Glück bedeutet, wissen nur die wenigsten mit richtigen Worten zu beschreiben, weil sie nie wirklich ganz unten gewesen sind. Um Glück schätzen zu können, sollte man auch die andere, die dunklere Seite im Leben kennengelernt haben.«

»Die Welt stand schon immer kopf, da gebe ich Ihnen recht. Manche Menschen nehmen es als Lauf der Dinge hin, wenn in ihrem Leben etwas schiefgeht, anstatt das Schicksal in die Hand zu nehmen.«

»Bitte, gehen Sie.« Larissas Stimme drohte zu kippen. Sie streckte den rechten Arm aus und wies zur Tür. Ellas Augen starrten auf die vernarbte Haut. Larissas Unterarm war von schmalen, silbernen Linien überzogen.

»Sie haben sich auch geritzt«, sagte Ella ruhig. Es war keine Frage, sondern eine Feststellung. Bei dem Anblick überlief es sie kalt. Noch bevor Larissa auffahren konnte, fügte die Polizistin hinzu: »Das hat meine Mutter auch gemacht. Dieser Schmerz ließ sich kontrollieren und gab ihr das Gefühl, dass ihr Leben noch nicht ganz verloren war. Sie wusste jedoch nicht, wie schlimm es wirklich um sie bestellt war.«

Zum ersten Mal hörte Larissa ihr aufmerksam zu. »Steven, lass uns bitte allein. Ich helfe dir dann bei den Hausaufgaben«, flüsterte sie ihrem Sohn zu, als er erneut im Türrahmen auftauchte. »Ich habe dir Apfelschnitze gemacht, das Schälchen steht in der Küche. Sei so lieb und schließ in deinem Zimmer die Tür.«

Der blonde Junge kaute nachdenklich auf der Unterlippe. »Ich hab dich lieb, Mama.« Stevens Mund verzog sich zu einem scheuen Lächeln.

»Ich dich noch mehr«, entgegnete seine Mutter. Das war ein Ritualspruch, der besagte, dass alles in Ordnung war, wusste Ella. *Ich liebe dich bis zur Sonne*, hörte sie die Stimme ihrer Mutter und fügte in Gedanken hinzu: *Und ich dich bis zum Weltall.* Als Kind hatte sie gedacht, dass das Weltall die Unendlichkeit darstellte.

»Er ist ein guter Junge«, wandte Ella den simplen Standardspruch an, weil sie wusste, dass er seine Wirkung nicht verfehlen würde.

Larissas harte Gesichtszüge nahmen sanftere Konturen an. »Das stimmt. Er ist wie ein Katalysator. Der Arzt hatte mir empfohlen, das Kind abzutreiben. Sagt Ihnen *Spina bifida* etwas?«

»Gespaltene Wirbelsäule.« Ella schenkte der Frau ein sanftes Lächeln. »Und Sie haben sich trotzdem für das Kind entschieden.«

Zu ihrem Erstaunen schüttelte Larissa reumütig den Kopf und senkte kurz den Blick, als würde sie sich schämen. »Luis hat mich davon abgehalten, Steven abzutreiben.«

»Und das beschäftigt Sie immer noch?« Auch Ellas Stimme klang nun belegt.

»Damals, als ich mich geritzt habe, da dachte ich, ich trüge die ganze Welt auf meinen Schultern. Doch die Bürde der Verantwortung als Mutter wiegt viel mehr. Als er noch ein kleines Baby war, war er oft kränklich. Diese Dimensionen hatte ich davor nie erlebt. Zum ersten Mal habe ich erfahren, was Verantwortung wirklich bedeutet. Abends, wenn Steven im Bett liegt und mir beim Vorlesen zuhört, verspüre ich eine unbeschreibliche Erleichterung in mir, die mit nichts zu vergleichen ist. Und gleichzeitig beschleicht mich ein Gefühl der Niedergeschlagenheit. Was wird aus ihm, wenn er groß ist? Werde ich ihn auf den richtigen Weg …« Ihre Stimme brach ab. Sie wurde bleich im Gesicht. Gedankenverloren fuhr sie sich mit den zittrigen Fingern ihrer linken Hand über die Narben ihres rechten Unterarms.

»Da bin ich mir ganz sicher.« Ella machte einen Schritt nach vorn. Larissa blickte auf und tat etwas, womit Ella niemals gerechnet hätte. Sie nahm ihre Hand in die ihre, die kalt und zittrig war. Ella strich ihr mit der freien Hand über das Haar. Larissa lehnte ihren Kopf an Ellas Schulter und begann zu schluchzen.

»Manchmal bin ich trotz all der Menschen allein«, hörte Ella Larissas Stimme an ihrem Ohr. »Ich habe Angst, alles zu verlieren. Ich habe nicht viel, aber das, was ich habe, bedeutet mir alles. Wenn Steven oder meinem Mann etwas zustoßen sollte, werde ich wieder in dieses Loch fallen und nie wieder rauskommen. Luis ist derjenige, der mich am Leben hält, und Steven bringt mich dazu, dieses Leben zu lieben.« Als würde sie sich erst jetzt der Situation bewusst, drückte sie sich von Ella weg und sah peinlich berührt erneut zum Fenster. »Tut mir leid«, schniefte sie und strich sich die Tränen aus den Augen. »Luis hat mit alledem nichts zu tun. Und der blaue Fleck hat nichts zu bedeuten. Und jetzt müssen Sie wirklich gehen. Wir haben noch Hausaufgaben zu erledigen, danach muss ich zum Einkaufen. Mein Mann kommt erst übermorgen, darum wäre es verlorene Liebesmüh, hier auf ihn zu warten.«

»Übermorgen? Heute ist Freitag.« Ellas Augen wurden enger.

»Ja. Am Wochenende arbeitet mein Mann auch. Wie gesagt, er arbeitet hart. Jede zweite Woche hilft er in der Suppenküche aus. Er ist sozial sehr engagiert.«

Eine schnelle Melodie unterbrach Larissa.

»Mama, Papa ist am Telefon«, ertönte eine kindliche Stimme.

»Steven, Schatz, sag deinem Papa, dass die Polizei hier ist.«

»Papa, Polizei ist hier«, echote Steven und erschien mit ausgestreckter Hand, in der er den Hörer hielt, im Wohnzimmer.

Larissa riss ihm beinahe das Telefon aus der Hand. »Schatz, die Polizei ist hier. Eine Frau Greenwood.«

Ella wollte etwas sagen, doch Larissa hielt die Sprechmuschel mit der Hand zu. »Sie sollten besser gehen. Steven, begleite Frau

Greenwood zur Tür und häng danach die Kette wieder ein. Papa muss heute arbeiten. Wir bestellen uns dann eine Pizza.« Der Junge warf jubelnd die Fäuste in die Luft. Im nächsten Moment packte er Ella mit seinen kräftigen Händen am Handgelenk und führte sie aus dem Wohnzimmer in den Flur und dann zur Tür. Im Hintergrund sprach Larissa aufgeregt mit ihrem Mann.

Ellas Blick streifte über schlicht gemusterte Tapeten, über die billigen Dielenmöbel und blieb an einem Bild hängen. »Steven, wer ist dieser Mann hier?«, flüsterte sie dem Jungen verschwörerisch zu und warf einen lauernden Blick zur Wohnzimmertür. Larissa tauchte nicht auf.

»Das ist mein Papa.« Auch der Junge verfiel in einen flüsternden Ton.

»Und der hier?« Sie zeigte mit dem Finger auf einen Kerl mit einer grünen Baseballmütze. Beide Männer hatten sich gegenseitig die Arme auf die Schultern gelegt. Eine freundschaftliche Geste. Sie sahen einander sehr ähnlich, fast schon erschreckend ähnlich, sinnierte Ella. »Ist er Papas Bruder?«, grübelte sie laut nach.

Steven nickte.

»Kommt er euch manchmal besuchen?«

Steven sah zu ihr auf. Seine warme Hand hielt Ella am kleinen Finger. »Nein. Papa sagt, sie verstehen sich nicht mehr wirklich. Weil sein Bruder ein arroga… arra…« Er schnaubte verärgert, weil er das Wort nicht aussprechen konnte, obwohl es ihm in diesem Moment anscheinend sehr wichtig erschien, wie sein Vater reden zu können.

»Weil er ein arroganter Kerl ist?«

»Nein.« Stevens Hand zog an Ellas Finger. Sie beugte sich tief nach unten. »Er hat das A-Wort benutzt«, raunte Steven ihr das Geheimnis ins Ohr.

»Verstehe«, erwiderte Ella in derselben Stimmlage wie der Junge. Sie ging in die Hocke und legte Steven die Hände auf die Schultern. Sie versuchte es mit einem Lächeln, welches von ihrem kleinen Gegenüber prompt erwidert wurde. »Streiten Mama und Papa oft?«

Der Junge druckste herum. Ella war bewusst, dass sie sich nun auf sehr dünnem Eis bewegte. Sie betrat verbotenes Terrain. Ihr Vorgehen könnte mit einer Abmahnung geahndet werden. Aber es erschien ihr in diesem Augenblick sehr wichtig.

»Ich habe gehört, wie Mama im Badezimmer geschrien hat. Aber Mama sagt, das war nichts.«

»Warum hat deine Mama geschrien?«

Steven hob nur die Schultern.

»Hat Papa sie geschlagen?«

Wieder nur ein Schulterzucken.

»Ist dein Papa auch manchmal gemein zu dir?«

Steven schüttelte den Kopf. Dann kratzte er sich nervös am Nacken und stierte auf seine nackten Füße.

»Machst du ins Bett, Steven?«, fragte Ella einem unerklärlichen Instinkt folgend, weil sie glaubte, einen leichten Uringeruch wahrgenommen zu haben.

»Nein. Aber mein Papa.« Die Worte glichen einem leisen Lufthauch. Leise und flüchtig. Auf Ellas Armen stellten sich die Härchen auf.

»Dein Papa macht ins Bett?«, wiederholte sie den Satz, weil sie sich nicht sicher war, ob sie ihn richtig gehört hatte.

»Ja. Aber er behauptet, dass ich es war.«

»Schläft er in deinem Bett? Ohne Mama?«

Steven zögerte. »Nein. Ich krieche manchmal zu ihnen, oder Papa holt mich aus meinem Zimmer, wenn ich schon eingeschlafen bin.«

»Bist du dir da ganz sicher?«

Ein unsicheres Nicken.

»Weiß deine Mama was davon?«

»Steven, ist die Frau schon weg?« Larissas Stimme versetzte Ella kurz in eine Schockstarre. Auch der Junge verkrampfte sich. Ella drückte sich den Zeigefinger gegen die Lippen. »Schsch ...«, machte sie und stand auf.

Steven öffnete die Tür. »Aber mein Papa ist sehr lieb zu mir. Ich liebe ihn über alles, er ist mein bester Freund«, sagte er schnell und warf die Tür zu, sobald Ella ins Treppenhaus trat. Die Sicherheitskette klimperte hinter Ellas Rücken.

Worauf bin ich da gestoßen, fragte sie sich und versuchte, die neu gewonnenen Informationen in ihrem Kopf zu ordnen.

Während sie die Treppe nach unten nahm, klingelte ihr Telefon.

»Greenwood, haben Sie etwas Brauchbares für mich?«, meldete sich Leonhard.

»Wir müssen Luis' Bruder ausfindig machen!«

»Der Kerl hat einen Bruder?«, wunderte sich Stegmayer.

»Wahrscheinlich einen Zwilling! Wenn ich das alles richtig verstanden habe.«

»Es liegt die Vermutung nahe, dass dieser Luis etwas zu verbergen versucht. Und unsere Männer haben in Sternwarts Keller noch mehr an Beweisen sammeln können, die den Hausmeister belasten. Er war ein perverser Voyeur. Unzählige Pornokassetten und anderes Filmmaterial waren hinter einem Regal versteckt. Ich warte im Green-Unicorn-Pub auf Sie. Wir haben etwas Wichtiges zu besprechen. Und auf mein Büro habe ich keine Lust. In diesem Raum bekomme ich immer Sodbrennen. Sie müssen mir ein Bier ausgeben und ich spendiere uns ein Mittagessen. Essen Sie auch saftiges, halb rohes Fleisch? Sagen Sie Ja, weil ich diesen Typ von Frauen, der sich nur von Gurkenwasser ernährt, nicht ausstehen kann.«

»Ich könnte eine doppelte Portion Spareribs vertragen«, sagte Ella und hörte sich leise auflachen. Dabei begann ihr Magen zu knurren.

»Schon erscheinen Sie mir einen Deut sympathischer, was jedoch noch nicht bedeutet, dass ich Sie mag. Ich habe Hunger, das ist alles. Wir beide müssen schließlich irgendwie miteinander klarkommen.« Stegmayer klang nicht wirklich ernst. »Und beeilen Sie sich gefälligst. Ich bin kein Gentleman und werde ganz bestimmt nicht auf Sie warten.« Abrupt legte er auf.

Ella lief zu ihrem Wagen und fuhr an, ohne auf das hupende Auto hinter sich zu achten.

KAPITEL 17

Begleitet von einem erstickten Schrei riss Dennis die Augen auf und durchschnitt mit dem Messer, das er immer noch fest umschlossen hielt, die Dunkelheit. Ein Schatten aus seinem Traum flimmerte vor seinen Augen, verschwand jedoch, sobald er sich wieder etwas beruhigt hatte. Sein Herz wummerte wie ein Schmiedehammer. Die Sehnen in seinem Nacken, die weiterhin angespannt waren, brannten heiß. Er versuchte zu schlucken, doch sein Hals war wie ausgedörrt.

Er hatte den ganzen Nachmittag in diesem Keller verbracht, weil er erschöpft gewesen war und sich wieder nach Mutters Nähe gesehnt hatte. Das Verlangen wurde ständig stärker. Er war wohl nur kurz eingenickt, allerdings würde es Jahre dauern, seinen Albtraum wiederzugeben.

Es verstrich eine gefühlte Ewigkeit, bis er imstande war zu begreifen, wo er sich befand. Während er seinen Hals abtastete, spürte er, wie seine Finger nass wurden. Panik erfasste ihn. Sein Hemd war auch nass. Seine Bewegungen gerieten ins Stocken. Er ließ das Messer fallen und befühlte auch mit der zweiten Hand seinen Hals. Schließlich kroch ein leises Stöhnen der Erleichterung aus seinem Mund. Kurz darauf hatte er sich wieder im Griff.

Draußen hörte er das monotone Prasseln von warmen Regentropfen gegen die Glasscheibe. Er hob langsam den Blick. Tatsächlich war das kleine Fenster gekippt. *Der Lichtschacht ist übergelaufen*, überlegte er und stemmte sich mit schmerzenden Gliedern hoch auf die Beine. Wie oft hatte er als Kind genau vor diesem Fenster gestanden und versucht, einen Blick nach draußen zu erhaschen. Nun stand er da und beobachtete, wie ein schmales Rinnsal sich die graue Wand entlang nach unten schlängelte.

Mit einem tiefen Seufzer schloss Dennis das Fenster und klopfte den Staub von seiner Hose ab. Ein Rascheln erweckte seine Aufmerksamkeit und ließ ihn aufhorchen. Er hielt den Atem an.

Nichts. Er richtete sich auf. Da war es wieder. Er lauschte erneut in die Dunkelheit hinein. Wieder nichts.

Da war es wieder. Er sah zu Boden. Neben seiner linken Schuhspitze schimmerte etwas Weißes. Es war ein zusammengefalteter Zettel. Dennis beugte sich nach unten, hob ihn auf und faltete das DIN-A5-Blatt auseinander. In krakeliger Schrift stand eine Botschaft darauf geschrieben.

Mit faltiger Stirn und einem unguten Gefühl verließ er den Kellerraum und trat in den Flur, der von einer schwachen Lampe in schmutziges Gelb getaucht war. Dennis blinzelte mehrmals, endlich klärte sich sein Blick. Angestrengt las er die Botschaft, dabei bewegte er seine Lippen wie bei einem Gebet: »Die Bullen wissen nicht, wer die Frauen getötet hat. Aber diese Frau, sie ist dir dicht auf den Fersen.« Die Buchstaben waren rot und verschmiert, als hätte jemand einen Buntstift verwendet, dessen Spitze er sich jedes Mal in den Mund gesteckt hatte, wenn er mit einem neuen Satz begonnen hatte. Dieser Jemand war sein jüngstes ER, anders formuliert, seine vierte Persönlichkeit, sein viertes Ich, das das Verhalten eines zehnjährigen Jungen aufwies und das schwächste Glied in der Kette war, wusste Dennis. Manchmal sprach es mit einer niedlichen Mädchenstimme zu ihm, manchmal mit der verängstigten Stimme eines Jungen, doch niemals heiter. Als kleiner Junge war er mal in den Keller gelaufen und dabei in ein dicht gewebtes Spinnennetz geraten. Unzählige kleine schwarze Tierchen waren auf seinem Mund und seinen Augen herumgekrabbelt und manche unter dem Kragen hindurch auf seinen Rücken gehuscht. Sie waren überall gewesen. Er hatte geschrien und sich dabei das Gesicht zerkratzt. Genauso redete manchmal auch die Stimme zu ihm: ängstlich und zittrig. Häufig bat er die Stimme, still zu sein, doch sie folgte nur selten seiner Bitte.

Er las die Nachricht erneut und drehte das Blatt mehrmals zwischen seinen Fingern. Da war nichts mehr. Das karierte Blatt stammte aus seinem Notizbuch, das er in der Schublade aufbewahrte. Eine fast schon fiebrige Anspannung ergriff von ihm Besitz. Eine heiße Woge durchfuhr seinen Körper.

Mit geschärften Sinnen, die von Panik genährt wurden, lief er die Steintreppen nach oben, wobei er darauf achtete, nicht abzurutschen. Die Treppe war steil, in der Mitte jeder steinernen Stufe eine Kuhle. Der Handlauf wackelte, und wenn man zu sehr daran zog, löste sich der obere Teil aus der Mauer. Darum sprintete Dennis nach oben, ohne sich daran festzuhalten.

»Dennis, schleichst du etwa durchs Haus?« Die heisere Stimme seines Vaters hallte drohend von den Wänden wider und brachte ihn dazu, unvermittelt stehen zu bleiben. Er hörte, wie sich der altersschwache Mann aus dem Bett wuchtete.

»Komm hoch in mein Schlafzimmer und hilf mir. Ich muss wieder Wasser lassen. Die Tabletten, die mir der Arzt verschrieben hat, lassen mich wie einen Elefanten pissen. Aber ich kann wieder gehen«, sagte sein Vater und wurde von einem heftigen

Hustenanfall unterbrochen. »Hast du Zigaretten für mich gekauft, wie ich dir aufgetragen habe?«, brummte er mit rasselnder Stimme, die vom vielen Rauchen kratzig klang.

Dennis wagte immer noch nicht, sich zu rühren.

Als Kind hatte er zuerst die Jahre und zum Schluss die Tage bis zum Erreichen seiner Volljährigkeit gezählt. Dennoch hatte er nie Anschluss an die Gesellschaft gefunden. Trotz des Bemühens der letzten Pflegefamilie, bei der er mehr als drei Jahre seines Lebens verbracht hatte, war er zu seinem Vater zurückgekehrt. Vor allem die Frau hatte es sich zur Aufgabe gemacht, aus Dennis einen besseren Menschen und ein vollwertiges Mitglied der Gesellschaft zu formen, aber auch sie war bei ihrem Versuch gescheitert. Schließlich landete sie bei einem Seelsorger, nachdem ihre Tochter tot aufgefunden worden war – erhängt in einem Wald, in dem sie oft spazieren gegangen waren.

»Dennis!«, brüllte sein Vater und löste ihn damit aus seiner Starre. Ein hässliches Geräusch erfüllte das Haus. Es klang genauso schlimm wie das Würgen, wenn sich jemand in die Kloschüssel übergab. Sein Vater wurde langsam von innen heraus aufgefressen. Der Krebs ließ sich nicht mehr aufhalten. Doch sein Vater gab nicht so schnell auf.

Dumpfe Schritte brachten die Dielen zum Knarzen. Die Decke über Dennis' Kopf keuchte.

»Komm hoch und hilf mir, verdammt noch mal«, fluchte sein Vater, doch Dennis traute sich nicht, nach oben zu gehen.

»Das bekommst du schon selbst irgendwie hin. Du kannst dich hinsetzen«, schrie er die Treppe hinauf und schlich sich Richtung Küche.

»Ich bin ein Mann, gottverdammt, kein Weib!«

»Dann machst du, wie es sich für einen Mann gebührt, eben in die Hose, oder du pisst wie ein räudiger Köter – musst nur das Bein anheben«, murmelte Dennis. Das alles laut auszusprechen, traute er sich jedoch nicht.

Auf dem Weg zur Küche blieb er vor einem Spiegel stehen und betrachtete sich. *Ich bin schwach*, dachte er. Dieses Eingeständnis seiner Angst, die er seinem Vater gegenüber empfand, widerte ihn an. Er biss sich auf die Lippen und ballte die Hand, in der er den Zettel hielt, zur Faust. Das Papier raschelte leise. *Du bist ein Feigling!*, brüllte er sein Antlitz in Gedanken an und schlug mit der Faust gegen den Spiegel. Sein Gesicht bekam zackige Risse. Tränen liefen ihm über die Wangen.

»Du bist genauso eine beschissene Kreatur wie deine Mutter«, schrie sein Vater jähzornig.

Bilder tauchten vor Dennis' Augen auf. Er sah seine Mutter. Sie kauerte in einer Ecke und weinte stumm. Ihre linke Gesichtshälfte war angeschwollen. Neben ihr kauerte ein Junge. Dieser Junge war er.

Dennis war wieder elf Jahre alt. Sein Bild in der rissigen Oberfläche wurde milchig trüb, die Umgebung verschwamm hinter dem heißen Tränenschleier. Erinnerungen stiegen in ihm auf. Zu den Bildern gesellte sich der süße Duft von frisch gebackenen Keksen, die im Backofen langsam honigbraun wurden.

***

»Dennis, du musst in zehn Minuten fertig angezogen sein, deine Milch wird sonst wieder kalt und die Kekse steinhart«, hörte der tanzende Junge seine Mutter. Er hatte sich ins Schlafzimmer seiner Eltern geschlichen und eines von Mamas Kleidern angezogen. Er drehte sich im Kreis, der Saum bauschte sich auf und machte jedes Mal eine Welle, wenn er seine Drehbewegungen beschleunigte. Einmal wäre er fast über seine eigenen Füße gestolpert, weil er sich zu schnell gedreht hatte.

Das grüne Kleid mit den großen weißen Blumen roch nach Mamas Parfüm und ihr selbst. Dennis hörte ihre Stimme wie durch das Rauschen eines Wasserfalls. Er nahm die Welt nur bruchstückhaft wahr. Alle Sorgen waren vergessen. Er schloss die Augen und hob die Hände in die Luft. *Irgendwann werde ich in einem Theater tanzen. Eigentlich möchte ich als Ballerina auftreten.* Das war sein sehnlichster Wunsch. Gleichzeitig wusste er jedoch, dass ein Junge niemals eine Ballerina werden konnte.

»Dennis, wir kommen sonst zu spät zu deiner Aufführung«, mahnte seine Mama lauter und zerstörte die Bilder in seinem Kopf. Er blieb stehen und öffnete die Augen. Alles um ihn herum drehte sich noch eine Weile. Dennis war außer Atem.

»Ich komme schon«, rief er zurück und zwang sich vorsichtig aus dem Kleid, doch ausgerechnet an diesem Tag blieb er in einem der dünnen Träger hängen. Er verhedderte sich darin. Auf einem Bein hüpfend schaffte er es irgendwie bis zum Bett und setzte sich auf die Kante. Seine Socke hatte sich darin verknotet. Mit angestrengter Miene fummelte er an dem festen Knoten. Mama rief jetzt noch lauter, aber er ignorierte sie, weil er es beinahe geschafft hatte, die Socke freizubekommen.

»Endlich«, murmelte Dennis strahlend und grinste breit. Triumphierend hob er seine Socke in die Luft, machte einen Luftsprung und verharrte. Die ganze Freude war weg. Sein Lächeln wurde zu einem verzerrten Grinsen. Er fröstelte, da er bis auf das Kleid, das schlaff von ihm herunterhing, nackt war. Der Stoff rutschte leise raschelnd von seiner nass geschwitzten Haut. Alles Leben wich aus ihm. Sein Blick haftete an dem Mann, der in der Tür stand – sein Vater.

Beide starrten sich eine Weile an, ohne ein Wort zu sagen. Einen grausamen Moment lang wünschte sich Dennis, tot zu sein.

Sein Vater taumelte. Er war wie so oft auf Drogen. »Was ist das hier für eine verfickte Show? Habe ich eine kleine Schwuchtel in meinem Zimmer stehen oder was?«, lallte er und hob den Arm. Ehe sichs Dennis versah, landete die Faust schon in seinem Gesicht. Der kleine Junge flog auf das Bett. Sein Gesicht glühte, der Kopf summte wie eine Glocke. Die Augen füllten sich mit Tränen.

Er wischte sich schnell über Mund und Nase. Aber es war Blut und kein Rotz, das ihm über das Kinn lief. Sein Handrücken war hellrot.

»Ich habe dich gefragt, was das hier für eine verfickte Show ist?! Antworte, Bengel, oder ich ziehe dir noch eine über. Aber dieses Mal werde ich mich nicht zurückhalten!«, brüllte sein Vater. Er war außer sich vor Zorn. Sein Hirn war voll mit irgendwelchen chemischen Substanzen, hatte ihm seine Mama einmal erzählt, als er sie grün und blau geschlagen hatte. Doch wo war sie jetzt?

Dennis suchte nach ihr. Sein linkes Auge war zugeschwollen und pulsierte. Mit dem rechten blinzelte er in die Dunkelheit, die im schmalen Flur herrschte, weil dort seit Wochen schon die Glühbirne durchgebrannt war.

Endlich konnte er Mamas zierliche Gestalt erkennen, die sich kaum vom tristen Hintergrund der nackten Wände abhob. Für Tapeten hätten sie einfach kein Geld, hatte sein Papa gesagt. Aber das war eine Lüge, sein Vater war reich.

»Schau, was du angerichtet hast mit deiner Erziehungsmethode«, wandte sich sein Vater an seine Mama, die einem Geist glich, so weiß wurde sie im Gesicht. Das letzte Wort sprach er wie Hohn aus, auch kräuselte er die Lippen und säuselte: »Mami, ich bin eine verdammte Tunte, kauf mir bitte ein Kleid, weil ich eigentlich ein Mädchen sein möchte …« Dann spie er auf den Boden und packte seine Frau an den

Haaren. Mit einem heftigen Ruck zog er sie dicht an sich und bellte ihr ins Ohr: »Sieh, was du aus ihm gemacht hast. Wir hätten lieber den anderen behalten sollen!«

Seine Mutter weinte. Ihr Gesicht verkrampfte sich, ihr Haar steckte immer noch zwischen den wulstigen Fingern seines Vaters, die an den Nagelbetten blutig waren. Er schüttelte sie heftig und schleuderte seine Mama gegen die Wand. Sie winselte und rutschte zu Boden. Dennis war geschockt. Wen wollte Vater behalten? Er begriff nicht einmal die Hälfte von dem, was sein Vater da sagte.

»Bitte, tu ihm nichts, er ist doch noch ein Kind«, flehte seine Mutter ihren bis zur Weißglut erhitzten Ehemann an.

»Ach ja? Ist er das? Ein unschuldiger Junge, ein Kind? Er hat dir in das Nachthemd gewichst, schon vergessen? Er ist ein kleiner Perversling. Später, wenn er groß ist, wird er nicht anders sein. Er ist krank in der Birne, weil ihm der andere das ganze Hirn weggeprügelt hat, weil in deinem mickrigen Bauch zu wenig Platz war. Dein Ex hat die richtige Entscheidung getroffen.«

Trotz der Schwüle fror Dennis am ganzen Körper. Da war plötzlich noch eine Stimme, die er klar und deutlich vernehmen konnte, sie war lauter als die seines Vaters. *Hör nicht auf ihn,* sagte die Stimme. Sie sprach zu ihm.

***

Dennis riss die Augen auf und blickte sich um. Die Erinnerungen verblassten, weil sein Vater von oben zu schreien anfing. »Ich bin hingefallen. Hilf mir hoch.«

Du kannst in deiner eigenen Scheiße ersaufen, dachte Dennis und ging in die Küche, um sich einen Schluck Wasser zu nehmen.

War diese Sinnestäuschung, die er damals im Schlafzimmer das erste Mal wahrgenommen hatte, etwa das Ergebnis der Prügel, die er täglich hatte erleiden müssen? Für Nichtigkeiten und kleinere Vergehen wie das Verschütten der Milch, oder wenn er eine Gabel fallen ließ oder beim Essen schmatzte. War die Stimme, die er da zum ersten Mal registriert hatte, Vaters Erziehungsmethode geschuldet?

Die Erinnerung an diesen besagten Tag, die viele Jahre im Verborgenen geblieben war, hatte der Psychologe aus seinem Innersten herausgekramt.

***

Unentwegt hagelte es Schläge, egal, was Dennis versuchte. Auch wenn er brav war, gab es Prügel.

»Bitte, tu ihm nichts«, sprach die Mutter auf ihren erzürnten Mann ein, doch er war taub für all das Flehen und zerrte an seinem Hosengürtel.

Manchmal drängte sich die Vergangenheit so dicht an ihn heran, dass er sie von der Realität nicht zu unterscheiden wusste, so wie jetzt. Er roch erneut den schalen Atem seines Vaters. Er spürte das klamme Laken unter seinen nackten Füßen, weil er sich vor Angst bepinkelt hatte.

Du musst dich wehren, Dennis, sprach die Stimme zu ihm, während der lederne Riemen zischend die Luft zerschnitt und ihn auf der nackten Schulter traf. Immer und immer wieder peitschte der Gürtel auf seine Haut ein und traf Dennis am Rücken und sogar im Gesicht. Endlich war sein Vater so erschöpft, dass er sich keuchend und nach Luft ringend auf die Bettkante setzte.

Nach einem zerfahrenen Augenblick der ohrenbetäubenden Stille sah Dennis sich entgeistert um. Sein Blick war von einem roten Schleier getrübt. Er schmeckte Blut, doch was ihn so verwirrte, war nicht die Wut seines Vaters, sondern der Klang dieser Stimme in seinem Kopf, die keiner außer ihm zu vernehmen vermochte.

Dieses einmalige Erlebnis hatte sich an diesem Abend unauslöschlich in sein kindliches Seelenleben eingebrannt und ließ sich mit keiner Therapie rückgängig machen.

»Eines Tages werde ich dich umbringen«, hatte der Junge damals mit blutverschmierten Lippen geflüstert, sich selbst über seine Drohung wundernd, weil nicht er derjenige war, der da aus ihm gesprochen hatte. Es war die Stimme. Sie war tief und versetzte nicht nur ihn in einen Schockzustand. Seine Mutter sah ihren Sohn konsterniert an, sein Vater drehte sich schwerfällig zu ihm um. Um seine rechte Faust war immer noch der Gürtel gewickelt.

»Was hast du da gesagt?«, brummte er im Brustton abschwellenden Zorns. Verwunderung und Ärger zeichneten sich auf seinem Gesicht ab. Tiefe Furchen gruben sich wie Risse in seine Stirn, seine Mundwinkel zuckten. Er schien auf etwas zu kauen, denn sein mächtiges Kinn bewegte sich unaufhörlich.

»Hast du das gehört?«, brüllte der erzürnte Mann und wischte sich den Speichel mit der Hand über die Bartstoppeln, weil er vor Wut schäumte. Nun galt der ganze Jähzorn seiner Frau. Dennis beobachtete die Szenerie nur einen kurzen Augenblick lang. Sobald sein Vater aufgestanden war und die Hand zum ersten Schlag hob, um auf seine Frau einzuschlagen, sprang Dennis auf die Füße, griff nach der bauchigen Vase, die an Mamas Seite auf dem Nachtschränkchen stand, und holte weit aus. Das dicke Kristallglas wog schwer in seinen Händen und drohte zwischen seinen von Blut und Tränen beschmierten Fingern wegzurutschen. Eine Welle der Panik und bodenlosen Verzweiflung verdrängte das Gefühl der Furcht in seiner Brust. Endlich konnte er wieder tief Luft holen. »Ich … werde … dich … TÖTEN!!!«, schrie er wie ein Wahnsinniger.

Er wurde oft von seinem Vater verprügelt. Diese aufreibenden Begebenheiten hatten ihn abgehärtet und gefühllos gemacht. Er hatte sich in diesem Augenblick kein bisschen vor den bevorstehenden Konsequenzen gefürchtet, sollte er seinen Vater doch nicht erschlagen. Er sprang samt der Vase vom Bett und schlug seinem Peiniger das schwere Ding auf den Schädel.

Das laute, von Wahnsinn durchtränkte Kreischen eines Kindes, vermischt mit dem schmerzerfüllten Schrei eines Erwachsenen erfüllten das ganze Haus und hallten in Dennis' Ohren nach. Er fiel nach einem wuchtigen Faustschlag zu Boden. Sein Kiefer hatte wie ein trockener Ast geknackt und wurde taub. Helle Funken tanzten vor seinen Augen und machten ihn blind. »Du verdammter Hurensohn!«, hörte er seinen Vater brüllen. Ein weiterer Schlag trieb ihm die restliche Luft aus der Lunge, die mit einem pfeifenden Zischen durch seinen Mund und die Nase aus ihm wich.

»Du hast unseren Sohn umgebracht«, fiepte seine Mutter mit kindlicher Angst in der Stimme.

»Deinen Sohn«, widersprach sein Vater knurrend.

Mit diesen Worten wich das ganze Leben aus seinem Körper und tauchte alles in undurchdringliche Schwärze. Eine angenehme Schwere ließ seine Glieder schwerelos werden. Dennis glaubte zu schweben …

***

Mit einem gepressten Stöhnen und flatternden Lidern kam Dennis wie durch ein Wunder zur Besinnung. Zwei blutunterlaufene Augen blickten auf ihn herab. Der geschwächte Junge lag in seinem frisch bezogenen Bett, das intensiv nach Weichspüler roch, und versuchte zu sterben.

»Er hat nicht aufgepasst und ist dummerweise ausgerechnet vor dem Treppenabsatz über dieses Auto gestolpert, das ich ihm gekauft habe.« Dennis traute seinen Augen nicht. Sein Vater hielt tatsächlich einen Miniaturrennwagen zwischen seinen Fingern, die an den Kuppen vom vielen Rauchen gelb waren. Diesen Ferrari hatte er sich seit Jahren gewünscht und hatte sich selbst in seinen kühnsten Träumen nicht vorstellen können, dass er ihn jemals von seinem Vater bekommen würde.

»Hat es sich genauso zugetragen, wie Sie es mir gerade eben geschildert haben? Sonst sehe ich mich gezwungen, das Jugendamt zu informieren und gegebenenfalls eine andere Instanz zusätzlich einzuschalten.«

Sein Vater lachte theatralisch auf, die Mutter stand dicht neben ihm. Sie war an diesem Tag so stark geschminkt, dass Dennis sie nicht sofort erkannt hatte. Aber das schob er auf den Schlag seines Vaters, von dem sein Schädel immer noch brummte.

»Nein, meine Frau kann all dies bestätigen. Habe ich recht, Schatz?«, fragte er freundlich und legte das Auto auf Dennis' Brust.

In diesem Augenblick war der schwer verletzte Junge das glücklichste Kind auf Erden – mit einem sehr traurigen Ausdruck in den Augen, weil er wusste, dass dieses Glück nicht von langer Dauer war.

»Wir beide lieben unseren Sohn«, beteuerte der Vater mit so viel Zuneigung und Freundlichkeit, wie er nur aufbringen konnte. Der Arzt, dem die unzähligen Überstunden ins Gesicht geschrieben standen und dessen Atem latent nach Alkohol roch, bedachte die beiden Eltern mit einem nachdenklichen Blick.

»Ich würde Dennis dennoch gern röntgen. Die Schwellung an der linken Wange verheißt nichts Gutes«, sagte der Arzt und legte seine kalten Finger auf die heiße Haut. Der stechende Schmerz trieb Dennis Tränen in die Augen. »Tut das weh?«, wollte der Arzt von seinem kleinen Patienten wissen.

Dennis sah ängstlich zu seinem Vater hoch. Der freundliche Glanz in den Augen wurde von eisiger Kälte übertüncht. Dann bewegte sein Vater den Kopf langsam von links nach rechts.

»Nein«, nuschelte Dennis und fuhr sich mit der Zunge über das aufgerissene Fleisch seiner linken Wange und die Backenzähne.

»Sie werden ihn im Auge behalten, falls er spucken muss. Wenn sich sein Zustand verschlechtern sollte, müssen Sie unverzüglich ins Krankenhaus fahren«, trug der Arzt den Eltern auf und schlug die Decke zur Seite, um Dennis' Lunge abzuhören. Das Auto befand sich gefährlich nah an der Bettkante. Dennis' Finger krampften sich hastig um den Heckspoiler.

»Aber natürlich«, pflichtete der Vater mit überraschend zurückhaltender Geste bei, während er einen Arm um seine Frau legte.

Dennis schluckte mit schmerzverzerrter Miene den glibberigen Schleim, der nach Metall schmeckte, hinunter.

»Sein Herzrhythmus ist in Ordnung, auch die Lunge ist intakt. Kannst du den Mund weit aufmachen, Dennis?«

Erneut wanderte der Blick des verängstigten Jungen zu seinem Vater. Auch jetzt spiegelte sich dieselbe Kälte in den dunklen Augen wider. »Als ich ein Kind war, habe ich mir auch immer so ein Auto gewünscht, jedoch nie eins bekommen. Es sei zu teuer, lautete jedes Jahr die Antwort. Auch wir haben nicht wirklich viel Geld, aber was tut man nicht alles für seine Kinder«, sagte er beinahe entschuldigend.

Dennis öffnete den Mund in der Erwartung, dass ihm der Unterkiefer einfach abfiele, wie damals das abgebrochene Stück einer Vase, die seine Mutter von ihrer Oma vererbt bekommen hatte. Dennis hatte sie versehentlich umgestoßen. Sie fiel zu Boden, ging jedoch nicht komplett zu Bruch. Nur ein großes Stück vom gebogenen Rand hatte sich gelöst und ließ sich nicht mehr kitten. Sie stand später im Keller, bis das Erbstück irgendwann doch noch im Mülleimer gelandet war, wie alles im Leben irgendwann auf der Müllhalde oder auf dem Friedhof landet.

Der Arzt fummelte in seiner Tasche herum und zerrte ein Holzstäbchen sowie eine kleine Taschenlampe heraus. Mit dem Stäbchen drückte er Dennis' Zunge nach unten, bis der Junge von einem Würgereflex übermannt wurde und sich aufbäumte. Auch der sengende Stich in seinem Knochen dicht am linken Ohr ließ ihn aufstöhnen. »Scheint nichts gebrochen zu sein, ist nur eine Prellung«, beendete der Arzt mit einem schweren Atemzug den Hausbesuch, stand auf und verstaute seine Requisiten.

»Schatz, kannst du den Doktor zur Tür begleiten? Und vergiss nicht die Flasche. Ich habe da etwas von einem Arbeitskollegen zum Probieren bekommen, aber ich trinke keinen Schnaps. Dieser soll besonders gut sein. Ist mit Zwetschgen, hat Horst von seinem Schwiegervater zugesteckt bekommen. Eine ganze Kiste.« Beide Männer lachten gekünstelt auf.

Der Arzt verließ das Kinderzimmer und wünschte seinem kleinen Patienten beim Hinaustreten eine schnelle Genesung. Die Mutter folgte ihm.

Der Vater blieb jedoch. Er starrte seinen Sohn schweigend an und kreiste mit den Schultern. »Beim nächsten Mal solltest du genauer zielen, du hast mich lediglich an der Schulter erwischt«, flüsterte er, die Augen zu schmalen Schlitzen zusammengekniffen.

Dann machte er zwei Schritte auf den eingeschüchterten Jungen zu und riss ihm den Wagen aus den Fingern. »Den werde ich noch heute zurückgeben, ich habe nämlich den Zettel aufgehoben. Aber ich habe auch noch eine gute Nachricht für dich.« Er verzog den Mund zu einem schiefen Grinsen. »Dein Kinderarzt hat dich für den Rest der Woche krankgeschrieben, jetzt kommt jedoch der so berühmte Wermutstropfen.« Das

Grinsen wurde breiter. Sein Vater triumphierte. »Die nächsten fünf Tage wirst du im Keller verbringen, du und deine Mutter. Ah, da ist sie ja schon, wenn man vom Teufel spricht ...« Sein Gesicht verdunkelte sich.

»Du hast ihm schon genug Leid zugefügt, lass ihn bitte in Frieden«, sagte seine Mutter von der Tür her.

»Wehe, du unterbrichst mich noch mal«, herrschte der erzürnte Mann seine Frau an und hob seinen Arm zum Schlag in die Luft.

»Ich werde dich verlassen!« Ihre Stimme schraubte sich zu einem panischen Schrei hoch.

»Du bewegst dich mit keinem Muskel.« Er deutete mit dem Zeigefinger auf ihre Brust und verpasste seiner ungehörigen Gattin eine Ohrfeige. Zu seiner Bestürzung lächelte seine Frau traurig. Anstatt wie so oft in Tränen auszubrechen, stand sie einfach nur da und lächelte. Ihre Gedanken waren mit dem schrecklichen Wissen belastet, dass ihre Tage gezählt waren. So oder so würde ihr Leben einen anderen Verlauf nehmen müssen.

»Hör auf, so dumm zu grinsen«, knurrte er. Zum ersten Mal zitterte seine Stimme nicht vor Zorn.

Seine Frau jedoch kreuzte die Arme vor der Brust und lächelte einfach weiter. Ihr Lächeln war wie gefroren, der Blick triefte vor Hohn.

Eine bodenlose Leere füllte Dennis von innen aus. *Meine Mama ist stark*, nistete sich in seinem Kopf ein. *Auch ich werde später so stark sein wie sie*, dachte er. Es war ein Bewusstsein, welches den Selbstbetrug eines Kindes zu unterdrücken versuchte. Damals war er zu jung, um den Gesichtsausdruck seiner Mutter richtig zu deuten. In ihren Augen spiegelte sich nicht nur Hohn, sondern auch das Wissen, dass sie zu weit gegangen war.

»Mama, nicht«, winselte Dennis, stemmte sich auf die Ellenbogen und sah, wie ein weißer Klumpen aus ihren Lippen flog. Die Spucke hing wie eine Spinnwebe an Vaters unrasierter Wange, die von rötlich und grau schimmernden Stoppeln übersät war.

Er machte keine Anstalten, sich den Geifer aus dem Gesicht zu wischen. »Du undankbares Miststück«, zischte er und packte seine Frau am Haar. In seiner Stimme schwang die Gewissheit eines Mannes mit, der zu allem entschlossen war. Er drückte sie fest an sich und begrub ihr Gesicht an seiner Brust. »Du bist entschieden zu weit gegangen, Weib«, raunte er ihr ins Ohr. Er sprach so, als wäre sein Kehlkopf entzündet und er hätte Mühe, richtig zu schlucken.

Die Finger seiner Mutter gruben sich krampfhaft in sein Baumwollhemd. Sie versuchte, ihre Nägel tief in das Fleisch ihres Peinigers einzugraben.

Mit einem heftigen Ruck warf sein Vater die Mama zu Boden.

***

Dennis riss sich aus der Erinnerung. Er stand wieder in der Küche.

»Dennis!«, kreischte sein Vater von oben.

Dennis spürte eine mächtige Welle des Verlangens nach Rache durch seine Adern strömen. Er zog einen der Schränke auf und holte den Fleischwolf heraus. Das alte Ding wog schwer in seiner Hand.

Ich werde alles mir zur Verfügung Stehende in Bewegung setzen, um mich an dir zu rächen, hatte Dennis sich an dem Abend damals fast schon feierlich geschworen. Doch alles war anders verlaufen.

Er starrte auf den Fleischwolf und schluckte schwer. Die schwindelerregende Orientierungslosigkeit riss ihm beinahe den Boden unter den Füßen weg. Noch immer wie benommen lief er nach oben.

»Ich habe jetzt Lust auf Frikadellen«, verfolgte ihn die Stimme seines Vaters aus der Vergangenheit und wurde von derselben Stimme, die um mehrere Jahre gealtert und vom Krebs geschwächt war, übertönt. »Ich verrecke!«, brüllte sein Vater aus Leibeskräften. Das Brüllen ging in ein schwaches Gurgeln über.

»Du wirst mich nicht umbringen, du hast nicht den Mumm dazu«, höhnte sein Vater, als er ihn mit dem Fleischwolf in der Tür stehen sah. »So wie damals. Ich habe deinen Arsch gerettet und dafür viel Geld kassiert. Deine Mutter ist krepiert und ich bekam eine Stange Kohle dafür. Ist das Schicksal nicht ein Arschloch?« Sein Vater lachte. Ungeachtet dessen, dass er mit heruntergelassener Hose in einer Brühe aus Durchfall und anderen Ausscheidungen lag, strahlte er eine unerklärliche Macht aus, die Dennis einschüchterte. Das Vorhaben, seinem Vater auf der Stelle, hier und jetzt, mit dem Fleischwolf den Kopf einzuschlagen, war verflogen und hatte sich in nichts aufgelöst wie eine Gewitterwolke an einem Sommertag. Alles, was blieb, war ein schaler Geschmack auf der Zunge.

Dennis' Muskeln verkrampften sich.

»Jetzt hilf mir endlich auf.« Sein Vater hob den Kopf an. Sein Kinn und die linke Wange glänzten, ein glibberiger Faden hing daran und zog sich in die Länge.

Dennis unterdrückte nur mit Mühe ein Würgen. Kotze stieg seinen Hals empor und verätzte ihm die Speiseröhre.

»Du kannst deine böse Absicht nicht verhehlen, deine Augen verraten deine Absicht.« Sein wissendes Lächeln entblößte eine Reihe von fauligen Zähnen. Seine Arme zitterten und knickten in den Ellenbogen ein. Er klatschte wieder in die Lache und gab ein leises Stöhnen von sich. Das Badezimmer, in dem die gelben Fliesen an manchen Stellen durch weiße ersetzt worden waren, wirkte genauso verwahrlost wie der Rest des Hauses. Der am Saum schwarz gewordene Vorhang war zur Seite geschoben worden, der Duschkopf hing krumm an der Befestigung. Ein einzelner Tropfen bildete sich darauf und flog geräuschlos zu Boden, um mit einem kaum hörbaren Ploppen in der grauen Duschwanne zu zerschellen.

Dennis sah sich in dem stumpf gewordenen Spiegel an und konnte hinter seinen Augen jemanden erkennen. Das Böse erwachte in ihm und war zu allem bereit.

»Man hat damals versucht, mich eines Verbrechens zu bezichtigen, das ich niemals begangen habe«, keuchte sein Vater und robbte mehrere Zentimeter über die glitschigen Fliesen – so weit, bis sein mageres Gesicht nicht mehr in der Pfütze lag. Er wischte seine Finger an dem runden fleckigen Teppich ab, der früher mal beige gewesen war. »Ich werde nicht einfach so sterben.« Von dem einst bulligen Mann war nur noch ein Knochengerüst übrig. Der Krebs hatte ihn ausgezehrt, und trotzdem lebte er noch. »Du warst derjenige, der seine Mutter umgebracht hat.«

»Schweig!«, krächzte Dennis, der Schrei blieb ihm im Halse stecken. Die Erinnerung schmerzte wie ein weher Zahn. Sein Oberkörper wiegte sich vor und zurück. Der Fleischwolf entglitt seinen Fingern und polterte zu Boden. Eine der gelben Fliesen zersprang. Ein Loch klaffte auf und füllte sich mit Vaters Exkrementen.

»Genau mit diesem Ding habe ich Ruth damals den Zeh vom Fuß abgemacht.« Er robbte weiter bis zur Badewanne. Seine Finger umschlossen den glatten Rand, rutschten ab, doch dann zog sich sein Vater hoch, bis er sich mit dem Rücken anlehnen konnte. Er legte den Kopf leicht in den Nacken. »Die Polizei glaubte, es wäre ein Waschbär oder womöglich ein Wolf gewesen.« Ein Grunzen drang aus seiner Kehle. Mit einer fahrigen Bewegung schnappte er nach einem Badetuch, das über dem Rand der Wanne ausgebreitet lag, und rieb sich damit das Gesicht sauber. »Das mit dem Wolf war gar nicht so verkehrt.«

Seine ausdruckslosen Augen stierten auf den Fleischwolf. Er hustete und spuckte Blut. »Kannst du dich noch an den Baum erinnern? An die faserige Borke, die rau und warm war und so wunderbar nach Freiheit roch? Du hast mir die Arbeit abgenommen. Du warst so ein unschuldiges Kind, ich kann's der Polizei nicht verdenken, dass sie nicht auf dich gekommen ist.« Seine dunkel umrandeten Augen wirkten hohl in dem schwachen Licht. »Ist Mama tot?«, äffte er Dennis mit affektiert kindlicher Stimme nach.

»Schweig!«, herrschte Dennis seinen Vater an. Er presste die Fäuste so fest zusammen, dass die Knöchel weiß hervortraten.

»Aber du warst zu blöd, den Knoten richtig zu binden, und deine Mutter litt unmenschliche Qualen, bis sie jämmerlich krepierte. Wie ein gottverdammter Köter muss sie gehangen haben. Und was hast du gemacht? Du hast ihr dabei zugesehen.«

»Du hast ihr den Zeh abgemacht!«, brüllte Dennis trotzig, wie damals an dem Abend, als der Vater, benommen von den Drogen, nach unten in den Keller gekommen war und seine Frau an einem Strick hängend vorgefunden hatte. Zwei Tage zuvor hatte er ihren Zeh in den Fleischwolf gesteckt und so lange an dem Griff gedreht, bis die Sehnen samt den Knochen vom restlichen Fuß abgetrennt waren.

»Du wolltest immer eine Ballerina werden. Nun, ohne den hier wird es ganz schön schwierig werden«, hatte er gebrabbelt. »Morgen, wenn ich euch hier rauslasse, machst du mir Fleischklöße, so, wie ich sie mag«, hatte er geknurrt und wie ein Wahnsinniger gelacht, bevor er sie wieder einsperrte. Kurz darauf kam er zurück und warf Dennis einen Lappen vor die Füße. »Hier, damit kannst du ihr die Blutung stoppen. Ich möchte nicht, dass sie hier alles vollsaut.«

Mit dieser Erinnerung trat Dennis näher an seinen Vater heran.

Dieser hob den Kopf. »Ich habe deine Mutter immer gehasst, noch mehr, als ich dich gehasst habe«, keuchte er und leckte sich hastig die Lippen. »Und der Zeh wollte nicht richtig reinpassen. Weißt du noch, wie sie gejammert hat? Ich bekomme jetzt noch eine Gänsehaut bei dem Gedanken, wie sie mich angefleht hat.« In den glasigen Augen seines Vaters erkannte Dennis, wie ein für ihn bis dahin unbekanntes Gefühl aufflackerte. »Sie hat diesen Tod mehr als verdient.« Erneut huschte eine Regung über sein aschfahles Gesicht und strafte seinen scharfen Unterton Lügen.

»Du hast sie geliebt«, hörte Dennis sich flüstern.

»Wie kommst du darauf, bist ja sonst nicht so gescheit?«, spottete sein Vater mit der Fistelstimme eines Sterbenden.

»Du hast sie geliebt, aber sie hat deine Liebe nicht erwidert. Damit konntest du nicht umgehen.«

»Ich habe sie geliebt, aber sie hat mich betrogen und wurde sogar schwanger. Ich habe sie trotzdem nicht fortgejagt wie eine läufige Hündin. Aber sie, sie hat mich dennoch …« Er verschluckte sich. Seine von Zorn erfüllten Augen liefen über. Er hustete. »Bring mich zurück in mein Bett, aber vorher solltest du mich waschen. Ich verspreche dir, dass ich mir Mühe geben werde, so schnell wie nur möglich zu sterben«, sagte er müde. »Ich werde das Geheimnis mit ins Grab nehmen. Danach bekommst du das Haus, das Geld und deine Ruhe.« Sein Kinn zitterte.

Dennis wusste nicht, was er tun sollte. Nach einer gefühlten Ewigkeit hob er den Fleischwolf und ging auf seinen Vater zu. Er achtete nicht darauf, dass er durch die Pfütze schritt und seine Schuhe schmatzende Geräusche verursachten. Er roch auch nicht den beißenden Gestank. Wie durch einen Nebelschleier sah er lediglich diesen gebrochenen Mann, dem er den Kopf einschlagen wollte. Doch etwas hinderte ihn daran. All die Jahre hatte er sich nicht dazu überwinden können, den Mann zu töten.

»Wenn du mich umbringst, wirst du im Gefängnis landen, und dort werden dich die Häftlinge in den Arsch ficken.«

Du musst auf den Stuhl, Dennis, lass mich das machen. Die Stimmen in seinem Kopf wurden in letzter Zeit immer lauter und versuchten nicht mehr, sich zu verstecken. »Wer seid ihr?«, sprach er seinen Gedanken laut aus.

»Was?« Sein Vater sah ihn perplex an.

Dennis atmete laut durch die Nase. Seine Nasenflügel blähten sich auf.

DU SOLLST AUF DEN VERDAMMTEN STUHL!, schrie die Stimme in seinem Kopf. Sie klang drohend und lähmte ihn. Er fühlte sich genauso wie damals, wenn sein Vater ihn angebrüllt hatte, bevor er ihn auf den Stuhl zwang, um ihn mit einem Gürtel festzuschnüren. Seine Brust wurde eng.

»Schrei mich nicht an«, keuchte er und hatte Mühe, die Worte auszusprechen. Sein Gesicht färbte sich dunkel.

»Was redest du da?« Der todkranke Mann blickte sich verwirrt um. »Mit wem redest du?«

»Mit dir, du verdammtes Arschloch«, schrie Dennis und hob den Arm in die Luft. Der Fleischwolf wäre ihm dabei beinahe aus der Hand gefallen. »Raus aus meinem Kopf!«

»Du bist verrückt, Dennis! Beruhige dich doch!«, bemühte er sich, seinen Sohn zu beschwichtigen. Bei dem Versuch, sich die Hände schützend vors Gesicht zu halten, rutschte er zur Seite und fiel hin.

Der Fleischwolf knallte scheppernd gegen die Wanne. Die Emaille-Schicht platzte. Das laute, metallische Geräusch klang in Dennis' Ohren nach und vermischte sich mit dem dröhnenden Gelächter der Stimme, die ihn in den Wahnsinn trieb.

Du bist ein Loser, lachte die Stimme ihn aus.

»Nein, das bin ich nicht!«, widersprach Dennis der Stimme.

Dann töte ihn doch!

Unten klingelte das Telefon.

Dennis sah auf seinen Vater herab. Er wimmerte und lag – die Beine ausgestreckt, den Kopf mit den Händen bedeckt – einfach nur da. Das Klingeln hörte nicht auf.

Töte ihn!, verhöhnte ihn die Stimme.

»Ich mache es!«, schrie Dennis und holte erneut zu einem Schlag aus.

KAPITEL 18

Ella wollte die gute Nachricht unbedingt ihrem Kollegen mitteilen. Er war nicht im Präsidium, aber ans Telefon ging er auch nicht, und das machte sie stutzig.

Ella schaute auf ihr Handy, es war schon nach achtzehn Uhr. Wo mochte Leonhard bloß stecken? Einerseits drängte es sie dazu, die Sache schnellstmöglich hinter sich zu bringen, andererseits wollte sie nicht übereilt handeln. Sie durfte nichts überstürzen. Ella lief vor ihrem Auto hin und her, dabei wanderten ihre Augen ständig zu ihrem Handgelenk. Die Zeit zog sich wie Kaugummi.

»Hallo, auch noch hier?«

Ella hob den Kopf und sah, wie Renate sich ihr näherte. Ihr rabenschwarzes Haar wehte leicht im Wind.

»Ja, ich warte auf Stegmayer«, entgegnete Ella.

»Für gewöhnlich mische ich mich nicht in die Angelegenheiten anderer ein, aber heute ist mein letzter Tag. Ab morgen habe ich drei Wochen Urlaub«, erzählte Renate mit fröhlicher Stimme und schenkte Ella ein müdes Lächeln. »Ich spüre jetzt schon die Sonne von Ibiza auf meinem Gesicht und habe den süßen Geschmack von Piña colada auf der Zunge.« Sie lächelte. Ihre Augen fielen auf Ellas Handgelenk und wurden ernster. »Ist das ein Erbstück?«, fragte sie wissend und lächelte erneut.

»Ja, sie hat meiner Mutter gehört. Ich habe gestern endlich meine Kisten sortiert und sie gefunden. Aber ich vergesse ständig, sie aufzuziehen«, entgegnete Ella und drehte an dem kleinen Rädchen, weil der Sekundenzeiger zunehmend langsamer wurde.

»Jeder von uns hat so seine Andenken an die Vergangenheit, die einem wichtig sind. Ich habe das hier.« Renate griff unter ihre Bluse und holte ein kleines Medaillon in Form einer Blume heraus, welches an einer dünnen Kette um ihren Hals hing, um es sofort wieder in ihrem Dekolleté verschwinden zu lassen. Ohne ihre Arbeitskluft sah sie ganz zierlich aus und überhaupt nicht wie eine Frau, die täglich tote Körper aufschnitt und wieder zunähte.

Ella presste nur die Lippen aufeinander.

»Wie gut kommen Sie voran?«, wollte Renate wissen, um die Unterhaltung noch ein wenig aufrechtzuerhalten. Beiden Frauen schien die Situation nicht wirklich zu behagen. Die Parkplätze leerten sich langsam, auch jetzt fuhr ein Wagen davon und hinterließ eine kaum sichtbare Staubwolke. In einigen Fenstern des Präsidiums brannte noch Licht. *Dieses Gebäude schläft nie*, dachte Ella und ließ sich mit der Antwort etwas Zeit.

Renate wurde unruhig und sah sich gelangweilt um.

»Wir haben den Ehemann von Frau Jung ausfindig machen können – zum Glück, denn seine Tochter braucht jemanden, bei dem sie sich sicher fühlen kann.«

»Konnten Sie ihn von der Liste der Verdächtigen streichen?« Renates Stimme klang gedämpft. Eine leichte Windböe erfasste ihr Haar. Ihr Gesicht wirkte dadurch noch jünger.

Ella nickte. »Er befand sich zum Zeitpunkt des Mordes auf einer Fortbildung in Österreich. Seine Aussage wurde von mehreren unabhängigen Personen bestätigt.«

»Kann ich Ihnen vielleicht anstelle von Leonhard helfen? Ich habe heute noch nicht zu Abend gegessen. Ich kenne da einen guten Italiener.«

»Ich denke nicht. Ich möchte Ihren letzten Arbeitstag nicht unnötig noch weiter in die Länge ziehen. Ich habe lediglich einige Anhaltspunkte überprüft und bin bei meinen Überlegungen auf etwas gestoßen, das ich gern mit Herrn Stegmayer besprechen möchte.« Im selben Moment sah sie im Augenwinkel seinen schwarzen Wagen aus einer Parklücke heraus Richtung Ausfahrt fahren. »Tut mir leid, ich muss los«, sagte sie schnell und dachte, dass ihr »Partner« sie erneut im Regen stehen ließ und sich klammheimlich aus dem Staub machte.

»Natürlich«, erwiderte Renate und hob zum Abschied kurz die Hand.

***

Leonhard stieg aus dem BMW und ging zum Kofferraum. Der Blumenstrauß war etwas welk geworden, aber dafür konnte er nun wirklich nichts. Das schmiedeeiserne Tor quietschte, als er den schweren Knauf mit der freien Hand umschloss und den Riegel aufschnappen ließ. Er eilte den schmalen Weg entlang. Schon im Rückspiegel auf der Fahrt hierher hatte er bemerkt, dass er von seiner Kollegin verfolgt wurde. Aber das war ihm egal. Er hatte etwas zu erledigen, das sich nicht verschieben ließ.

Der große Park war fast menschenleer. Um diese Zeit trieben sich hier nur die Wagemutigsten herum und diejenigen, die etwas zu verhökern hatten. Der einst so ruhige Park war zu einem Umschlagsort verkommen, an dem mit allem möglichen Zeug gehandelt wurde.

Leonhard marschierte schneller und bog nach rechts ab.

Seine Kollegin folgte ihm in dem Glauben, dass er sie nicht bemerkt hatte.

Erst vor einer Bank blieb er stehen. Mit dem Rücken zu Ella stand er einen Moment einfach nur da. Erst, als ihre Schritte hörbar wurden, drehte er sich um.

»Störe ich Sie bei einem Rendezvous oder darf ich kurz etwas loswerden?«, wollte Ella wissen.

Leonhard drehte sich langsam zu ihr um. Das Papier des kleinen Blumenstraußes raschelte leise. »Heute ist mein freier Abend, auch ich habe ein Recht auf etwas Schlaf und Ruhe«, sagte er schlicht und legte den Blumenstrauß vor einem Baum nieder.

***

Ella schaute zu, wie Leonhard in die Hocke ging und einige Grashalme ausrupfte, ohne sie eines weiteren Blickes zu würdigen. Sie folgte seinem Blick. Dort war ein kleines Schild in die Erde eingelassen, das von einem Stück rauer Borke verdeckt war. »Eigentlich mache ich mich damit strafbar, aber noch weiß keiner von meinem Geheimnis – es sei denn, Sie verraten mich.«

Ella stutzte. »Warum sollten Sie sich strafbar machen, weil Sie dieses Schild angebracht haben?«

»Das hier ist eine Erinnerungsstätte«, murmelte Leonhard und verdeckte das kleine Schild aus rostfreiem Stahl wieder mit der Borke und legte einen Stein drauf, dann schob er noch einige welke Blätter darüber und stand auf.

»Darauf sind zwei Namen eingraviert«, flüsterte Ella und deutete mit dem Kinn auf das versteckte Geheimnis.

»Ja, Anna-Luise – so hieß meine ungeborene Tochter. Sie wurde von meiner Frau abgetrieben, obwohl sie schon im fünften Monat schwanger war. Hier liegen nun ihre Überreste begraben. Ich habe sie aus der Klinik geholt, in der ein Doktor den Frauen dabei half, ihr Leben ohne diese Last weiterführen zu können.«

Ella schwieg und kam sich mehr als nur fehl am Platz vor.

»Das Schlimmste dabei ist, dass ich noch nicht einmal weiß, ob dieses Kind meine leibliche Tochter war. Meine Frau, der ich vertraut und die ich geliebt habe, mit der ich eine Familie gründen wollte, ist fremdgegangen, wie ich später erfahren habe.« Leonhard stand auf und sah Ella in die Augen. Er weinte nicht, keine Emotion war aus seiner Stimme herauszuhören, weder Trauer noch Wut. »Sie hat mich noch am gleichen Tag verlassen, weil ich ihr zu langweilig geworden war, und ist mit einem DJ durchgebrannt.« Leonhard rieb die Hände aneinander, nahm den Blumenstrauß und steckte ihn in einen tiefen Spalt der rauen Baumrinde. »Was haben Sie für mich, was so wichtig ist?«

»Ich weiß, wo der Bruder von Herrn Siebert wohnt«, antwortete Ella schlicht und fühlte sich immer noch schlecht.

»Was noch?«

»War heute der Geburts…« Ella biss sich beinahe auf die Zunge. Schamröte schoss ihr ins Gesicht. »Tut mir leid«, flüsterte sie.

Leonhard nahm Ella am Ellenbogen und zog sie sachte mit. Sie ließ ihn gewähren. »Heute vor fünf Jahren starb meine Tochter. Ich komme jedes Jahr hierher. Und ja, dieser Ort bedeutet mir etwas, hier habe ich meine damalige Frau kennengelernt. Ich habe sie selbst noch nach dieser Tat geliebt, obwohl ich ihr das nie verzeihen konnte.«

Zusammen spazierten sie den schmalen Pfad zurück. Irgendwann ließ er sie einfach los. Ella folgte ihm und schwieg. Zum ersten Mal, seitdem sie mit Leonhard zusammenarbeitete, roch sein Atem nach Alkohol. Er war nicht betrunken, doch der Alkohol hatte anscheinend seine Zunge gelockert.

»Nun spucken Sie es schon aus.«

»Ich habe die Akten erneut studiert und bin zu dem Entschluss gekommen, dass der Gesuchte zwar rational handelt, seine Taten jedoch von tiefgründigen Emotionen gelenkt werden. Durch diese Zurschaustellung seiner Opfer versucht er, uns eine besondere Botschaft zu übermitteln, die ihren Ursprung in seiner Vergangenheit hat.«

»Das sind alles Aspekte, die zwar informativ, aber dennoch völlig nutzlos sind, weil wir sie nicht verstehen und nicht deuten können.«

»Ich denke, dass Herr Siebert etwas zu verbergen versucht«, meinte sie leise und berührte mit der rechten Hand ihre Haare, ohne sich dieser Bewegung bewusst zu sein.

»Das machen Sie ständig, wenn Sie nervös sind.«

»Was?«

»Ihre Haare mit den Fingerspitzen abtasten, als hätten Sie Angst, sie wären plötzlich nicht mehr da. Ist diese Marotte auf ein Ereignis zurückzuführen oder ist es nur ein Tick?«

»Nur ein Tick«, beeilte sich Ella zu sagen, was ja auch teilweise stimmte. Sie würde ihm nicht verraten, dass der Mann ihr den Kopf kahl geschoren hatte, bevor er die Schlinge um ihren Hals zugezogen hatte. Erinnerungsfetzen tauchten vor ihrem geistigen Auge auf, dabei wurde ihr die Kehle eng. *Alle Engel können fliegen*, hatte ihr der Maskierte damals ins Ohr geraunt und sie am losen Seilende hochgezogen.

»Greenwood, ist bei Ihnen alles okay?« Leonhards Stimme vertrieb die schlimmen Erinnerungen aus ihrem Kopf, auch der Geruch nach verbranntem Fleisch verflüchtigte sich langsam, nur die entsetzlichen Schreie ihrer sterbenden Mutter wollten nicht verklingen.

»Wissen Sie was?« Leonhard legte ihr eine Hand auf die Schulter. »Wir fahren zusammen was trinken. Ich würde diesen Tag der Erinnerung gern im Beisein eines Freundes verbringen.«

177

Ella traute ihren Ohren nicht, doch Leonhard machte mit seinem folgenden Satz ihre Hoffnung erneut zunichte. »Da ich jedoch keine Freunde habe, die diese Bezeichnung verdient hätten, tut es eine Kollegin auch.«

Ella lächelte trotzdem. Mit gesenktem Kopf sagte sie: »Und morgen statten wir Herrn Bach einen frühmorgendlichen Besuch ab.«

»Das bedeutet, wir gehen heute gar nicht ins Bett. Schlaf wird sowieso überbewertet«, erwiderte er und rieb sich das Kinn. »Bis dahin haben wir vielleicht sogar eine schriftliche Erlaubnis vom Chef. Vielleicht organisiert der alte Mann für uns einen Durchsuchungsbeschluss. Das macht die Menschen gesprächiger, jeder von uns hat seine Leiche im Keller. Aber haben Sie gerade Bach gesagt? Ich dachte, dieser Luis heißt Siebert mit Nachnamen? Folglich müsste auch sein Bruder so heißen, oder?«

Sie machten kehrt und gingen zurück zu ihren Autos.

»Schon. Nur heißt der eine Bruder Siebert und der andere Bach, weil er vielleicht den Namen seiner Mutter angenommen hat.«

»Oder den seines Stiefvaters«, schob Leonhard dazwischen.

»Da bin ich nicht wirklich schlau draus geworden. Ich habe die Akte von Herrn Siebert studiert und bin auf ein Foto gestoßen. Das hat meine Theorie mit den Zwillingen bestätigt.«

»Manchmal, wenn sich ein Paar trennt, entscheiden sich die Eltern, je eines der Kinder zu behalten. Sie machen bei allem fifty-fifty, selbst bei Kindern. Nur bei den Hunden nicht, da hat jeder seinen eigenen Liebling. Sie brauchen mich nicht so verstört anzugucken, das stimmt wirklich.« Leonhard hob die Hände hoch und lachte nicht einmal. Er wirkte ernst und nachdenklich. »Wir müssen herausfinden, wie seine Mutter mit Nachnamen heißt.«

Eine Weile schritten sie dahin, ohne etwas zu sagen. In den Baumkronen gaben die Amseln ihr Bestes und sangen ihre Lieder.

***

Leonhard starrte auf seine Schuhspitzen, die von einer weißen Staubschicht bedeckt waren. Unter seinen Schuhsohlen knirschte der Splitt.

Plötzlich und ohne jegliche Vorwarnung knickte Ellas linker Fuß um. Er sah im Augenwinkel, wie sie ins Straucheln geriet, und griff nach ihrem Arm. Dabei verfehlte er ihren Oberarm zuerst und berührte sie an der Brust, die sich für einen winzigen Moment sehr weich auf seiner Hand anfühlte. Beide sahen sich flüchtig an.

»Entschuldigung«, stammelte Leonhard und kam sich dabei ziemlich dämlich vor.

»Danke, dass Sie meinen Sturz abgefangen haben«, entgegnete Ella. Sie sprach so, als wäre nichts geschehen.

Leonhard hüstelte und lief weiter.

Ella holte ihn schnell ein.

»Ich habe Sie doch schon mehrmals ermahnt. Richtiges Schuhwerk …« Weiter kam er nicht, weil er über eine Wurzel stolperte, die das Erdreich mehrere Zentimeter nach oben gedrückt hatte.

Ella lachte.

Leonhard kratzte sich am Kopf und wartete, bis sie ihn eingeholt hatte. »Also, was glauben Sie, wer unser Mörder ist? Ein Psychopath ist er auf alle Fälle.«

»Ich denke, dass er recht intelligent ist. Doch warum begibt er sich in Gefahr, indem er mit einer Leiche durch einen Park spaziert, um sie dort aufzuhängen? Und warum immer an unterschiedlichen Orten?«

»Entweder, um nicht von uns erwischt zu werden, weil wir diese Orte beobachten, oder er kann sich an den ursprünglichen Ort nicht mehr genau erinnern«, folgerte Leonhard. »Seine Motive haben einen tiefgründigen Hintergrund und seine Vorgehensweise weist nicht auf einen Psychopathen hin, wie wir ihn aus Filmen kennen, sondern auf ein psychisch instabiles Subjekt, welches in der Lage ist, sich in der Menge zu verstecken und ein normales Leben zu führen, ohne dabei als Sonderling aufzufallen. Er ist vielleicht kein Genie, aber sicher kein Dummkopf.«

»Das macht einen Serienkiller auch so gefährlich«, sprach Ella ihre Gedanken laut aus.

Leonhard fing an, sie zu mögen. Sie war anders als alle anderen. *Aber mögen kann vieles bedeuten*, dachte er bei sich, *und wenn man von der Sache, die man bisher mochte, zu viel hat, wird man dieser Sache überdrüssig.*

»Ich nehme an, wir werden uns auch weiterhin siezen?«, riss Ella ihn aus seinen Gedanken.

»Ja«, sagte er schlicht.

»Die Kollegen lachen schon darüber, aber das scheint Sie nicht zu stören?«

»Nein.«

»Sie sind gern anders als die anderen, weil auch Sie ein wenig versalzen sind, habe ich recht? Das hat früher meine Oma immer gesagt über Leute, die nicht sonderlich … Sie wissen schon.« Sie kreiste mit dem Finger um ihre Schläfe.

»Ja«, entgegnete er knapp und griff nach seinen Autoschlüsseln. »Haben Sie schon mal daran gedacht, dass jeder brutale Mörder ein Psychopath ist, doch nicht jeder Psychopath ein Mörder?« Leonhard drückte auf den Knopf seiner Fernbedienung. Die Lichter an seinem BMW blinkten zweimal auf.

»Was wollen Sie damit andeuten?«

»In jedem von uns schlummert ein Killer, und jeder von uns ist in der Lage, einen anderen zu töten. Nicht *sie* leben unter *uns*, dieser Satz ist falsch. Wir alle sind Mörder, nur unterschiedlich programmiert. Wie Autos.« Er drückte noch einmal auf den Knopf, die Warnblinkanlage leuchtete erneut zweimal auf. »Man muss einfach auf den richtigen Knopf drücken.« Mit diesen Worten stieg er in den Wagen und ließ die Scheibe nach unten gleiten. »Folgen Sie mir, ich lade Sie heute ein, aber wir gehen nicht miteinander aus.«

Ella schüttelte den Kopf.

Leonhard ließ die Scheibe wieder hochfahren. *Ich darf mich heute nicht betrinken, ich darf Ella nicht an die Wäsche*, ermahnte er sich selbst und steckte sich einen Kaugummi in den Mund.

KAPITEL 19

Ein Schwall besorgniserregender Wärme floss wie heiße Lava durch seine Adern. Dennis begriff nicht sofort, dass er auf einem Stuhl saß. Sein Rücken schrie vor Schmerzen. Alle seine Glieder waren steif, die Nackenmuskulatur brannte wie Feuer. Immer noch benommen schaute er sich um und versuchte, sich aufzurichten. Wie verloren und nach einer tiefen Narkose kamen seine Sinneswahrnehmungen nur langsam zurück. Mit dem rechten Zeigefinger kratzte er am Nagelbett seines linken Daumens. Die Haut wurde blutig und nass. Der Schmerz, der darauf folgte, war angenehm, weil er real und ihm vertraut war. Diesen Gefühlszustand konnte er kontrollieren. Sein verklärter Blick wanderte zum Tisch, auf dem das Diktiergerät und mehrere von Hand beschriebene Blätter lagen. Die Handschrift war gleichmäßig, die Buchstaben rund und gut lesbar.

Dennis legte sich die rechte Hand auf die Stirn. Die Haut war kühl, er hatte kein Fieber. Trotzdem fühlte er sich krank. Das Haus war sauber und die Luft kalt wie an einem Fluss am frühen Morgen. Er spürte sogar einen frischen Luftzug. Er fröstelte. Ein fieses Kribbeln kroch seinen Rücken hinauf.

Der angenehme Duft frisch gemachter Lasagne ließ ihm das Wasser im Mund zusammenlaufen. Sein Magen begann zu knurren.

Doch dann wurden seine Sinneswahrnehmungen von unschönen Erinnerungen überlagert. Wie Flashbacks blitzten sie vor seinen Augen auf und blendeten ihn.

Er stand im Wald. Seine Hände brannten. Sein Rücken war von vielen Hieben wund. Sein Vater hatte für die Züchtigung erneut seinen Gürtel benutzt.

Das ist die Strafe dafür, dass du deine Mutter umgebracht hast, sprach sein Vater mit rauer Stimme in Dennis' Kopf.

Dennis knetete die Hände. Seine Finger waren taub und kalt wie nach einer Schneeballschlacht. Er legte die Hände ineinander und hauchte ihnen etwas Wärme ein.

Diese Nacht war anders als alle anderen zuvor, glaubte er, und rieb die Hände schnell aneinander, bis er ein leises Kribbeln an den Spitzen verspürte. Alles in seinem Kopf war durcheinandergeraten. Die Bilder aus seinem Traum waren zu real, als dass er mit Sicherheit sagen konnte, ob all das wirklich nur ein Traum gewesen war.

Er schloss die Augen und massierte sich die Schläfen. Alles hatte sich zu einer undurchdringlichen Aneinanderreihung von Wahrnehmungen verworren. In diesem desolaten Zustand konnte er das Erlebte nicht von den Irrbildern seiner Fantasie unterscheiden.

Eines hatte sich jedoch in sein Gedächtnis eingebrannt, wie eine Kugel steckte dieser Gedanke in seinem Kopf und bereitete ihm höllische Schmerzen.

Dieses Mal hatte er sein Handy angelassen. Er hatte es auf Videoaufnahme eingestellt und gegen den Kaffeebecher gelehnt, sodass er die Umgebung aufnehmen konnte. Auf zittrigen Beinen stand er auf. Er war nackt, das war er immer, wenn er auf diesem Stuhl wieder zu sich kam. Unter seinen Füßen lag ein Kleid, das Kleid seiner Mutter. Das erklärte auch die Ordnung, die im Haus zu herrschen schien, auch wenn sie nur oberflächlich war. Dennis riss die Besteckschublade auf, um sich zu vergewissern, dass alles wie stets auf einem Haufen lag. Nein, es war alles in Fächer sortiert. Selbst die Richtung stimmte. Sämtliche Griffe befanden sich parallel zueinander.

Er öffnete einen der Schränke und nahm ein Glas heraus. Es war milchig trüb und hatte Wasserflecken. Die Spülmaschine war immer noch an. Die Blinklampe für »kein Salz mehr« pulsierte.

Erst nachdem er das Glas zweimal aufgefüllt und es in wenigen Zügen geleert hatte, watschelte er auf nackten Füßen zurück zum Tisch. Er nahm das Handy an sich und stierte auf das Display. Es war schwarz. Auch nachdem er die »Home«-Taste gedrückt hatte, blieb die Fläche mit den feinen Haarrissen dunkel.

»*Fuck*«, murmelte er, schlurfte zur Schublade, in der er die Kabel aufbewahrte, und schloss das Handy an ein Ladegerät an. Der grüne Balken tauchte auf. Der Akku war komplett leer. In der Zeit, in der sich der Akku auflud, wollte Dennis die vollgeschriebenen Seiten durchlesen.

Er nahm das zuoberst liegende Blatt zwischen seine Finger und hatte Mühe, das Geschriebene zu lesen, so stark zitterten seine Hände. Unbehaglich verlagerte er das Gewicht von einem Bein aufs andere und zwang sich zur Besinnung, indem er tiefe, gleichmäßige Atemzüge machte. Er konzentrierte sich. Tatsächlich lösten sich die Krämpfe und die Hände zitterten nicht mehr wie bei einem Junkie auf Entzug.

Gurke, war das erste Wort, das er entziffern konnte.

»Gurke?«, fragte er laut. »Eine gottverdammte Gurke, Karotten, Wurst … Was zum Teufel?«, stammelte er verblüfft und drehte das Blatt um. Die Rückseite war leer. »Das ist eine Einkaufsliste. Bloß eine Einkaufsliste«, wiederholte er und schnappte sich das zweite Blatt. »Töte ihn, töte ihn, töte ihn …«, flüsterte er, während er über die Zeilen flog.

»Ahh!«, schrie Dennis, zerknüllte mit einem drohenden Knurren das Blatt Papier zu einem Knäuel und pfefferte es dann gegen die Wand. Wut loderte in seinen Augen auf. Er schlug sich die Hände vors Gesicht und weinte stumm. *Beneide deine Freunde für das, was sie besitzen, und du wirst erfahren, was es bedeutet, sie zu verachten,* sprach erneut sein Vater in seinem Kopf zu ihm. *Ich beneide dich für die Liebe, die deine Mutter dir gegenüber aufbringt. Sie opfert sich für dein Glück, und darum hasse ich dich aus tiefster Seele, weil ich diese Liebe bei mir vermisse, weil deine Mutter sie restlos an dich verschwendet. Das familiäre Glück blieb mir nicht vergönnt, egal, wie sehr ich mich dafür abgemüht habe. Es ist wie ein Affront, der die Eifersucht in mir entfacht und mich dazu bringt, dir alles Böse auf der Welt zu wünschen. Es nährt das Böse in mir und erweckt den Wunsch, sie und dich zu töten. Diese Liebe, die ich nicht bekomme, hat mich zu dem gemacht, was ich bin.*

Dennis nahm das Diktiergerät und zögerte. Was würde er dieses Mal zu hören bekommen? Hatte er seinen Vater doch noch umgebracht, ohne es bewusst erlebt zu haben? *Auch ohne physische Präsenz deiner Mutter kann sie in dir weiterleben. Auch wenn es nicht dasselbe ist, so kannst du ihr trotzdem all das sagen, was dir auf dem Herzen liegt, dazu brauchst du deine Sorgen nicht einmal laut auszusprechen.* Mit diesem plumpen Satz hatte der Psychologe versucht, ihm Trost zu spenden.

Dennis drückte auf »Play«. Zuerst kam ein Rauschen aus dem kleinen Lautsprecher. Das leise Summen der mechanischen Teile wirkte beruhigend, fast schon vertraut. »Hallo, Dennis«, sprach eine raue Stimme zu ihm. Dennis' Herz machte einen Sprung und setzte für einen Schlag aus. »Bist du bereit zu erfahren, wie es sich damals tatsächlich zugetragen hat?« Dennis nickte unmerklich. Seine Finger verkrampften sich um das kleine rote Ding, in dem sich zwei Kassettenrädchen drehten. Unzählige Fragen rauschten durch seinen Kopf, doch er rief sich resolut zur Konzentration und lauschte weiter. »Spürst du immer noch den kalten Kuss auf deiner Wange? Den letzten, endgültigen Kuss des Abschieds?«

Dennis berührte mit den Fingern sein Gesicht. »Sei still.« Er bewegte nur die Lippen. »Sei. Endlich. Still«, murmelte er. Seine kalten Fingerkuppen flatterten die glühende Wange hoch und verharrten schließlich über einer bestimmten Stelle. Dicht an der Schläfe, da fing die Haut zu brennen an, wie damals, als seine Mutter ihn an sich gedrückt und ihm ins Ohr geflüstert hatte, dass das die Erlösung sei und die einzige Möglichkeit, dieser Hölle zu entkommen – für sie beide.

Dennis hörte der rauen Stimme weiter zu, obwohl er es nicht wollte. Mit den Worten kamen auch die längst vergessen geglaubten Erinnerungen zurück. Ein grelles Licht blendete ihn. Das gleißende Weiß nahm sein ganzes Umfeld ein, obwohl er von der trüben Dunkelheit umnachtet war, und flimmerte wie die Leinwand in einem Kinosaal, bevor der Film anfängt.

***

Der Duft nach nasser, morscher Erde kroch in seine Nase. Die Luft roch nach altem Papier, Schimmel und der unsäglichen Angst eines kleinen Jungen, der von seinem eigenen Vater im Keller eingesperrt worden war. Seine Mutter lag auf dem Boden. Sie atmete abgehackt in kurzen, heftigen Stößen. Er kroch auf Knien zu ihr und wischte ihr das schwarze Haar aus dem Gesicht, das wie Seetang auf ihrer Stirn klebte.

»Mein kleiner Engel«, flüsterte seine Mutter. Ihr Atem roch nach faulen Eiern. Dennis rieb sich die Augen. Feiner Staub flog in der Luft und kratzte in seinem Hals. Er hatte Durst, seine Lippen waren rissig geworden. Die Angst, die sein Herz höherschlagen ließ, war beinahe mit Händen greifbar, aber sie war zu feige, um sich fassen zu lassen. Das hatte seine Mama stets zu ihm gesagt, wenn er sich davor gefürchtet hatte, allein einzuschlafen: »Die Angst ist ein Feigling und lässt sich deswegen nie fangen, daher sollst du dich von ihr auch nicht fangen lassen.«

»Ich habe Angst, Mama«, winselte er und legte sich neben seine Mutter auf die feuchte Erde. Eine der Wände glänzte nass. Ein schmales Rinnsal schlängelte sich durch das kleine Fenster hindurch und plätscherte leise über die raue Oberfläche.

»Ich kann den Regen draußen hören«, sagte seine Mama und fuhr ihm sachte über das nass geschwitzte Haar. »Dein Vater meint, es ist nicht immer so, wie es scheint.«

»Er hat dich geschlagen und dir den Zeh kaputt gemacht«, stotterte Dennis und sah auf den Fuß, der nur mit einem schmutzigen Lappen verbunden war. Schwarzes Blut färbte den bunten Stoff dunkel. »Wo ist dein Gott, Mutti? Wo ist er? Warum beschützt er uns nicht?«

»Wir sollen uns nicht anmaßen, die Entscheidungen des Herrn infrage zu stellen.«

»Das ist doch dumm!« In Dennis' Hals wuchs der Zorn und drückte ihm die Kehle zu.

»Alles Unerklärliche erscheint für uns nicht richtig und nachvollziehbar, was nicht bedeutet, dass es falsch sein muss. Du musst mir heute bei etwas helfen, das uns beide befreien wird.«

Mit dem kindlichen Optimismus, diesem euphorischen Gefühl, das in Erwachsenen längst erloschen ist, und dem Glauben, dass bald alles besser sein würde, drückte er sich hoch, um seiner Mutter tief in die Augen schauen zu können, und lächelte sie abwartend an.

»Wirst du bald wieder gesund werden?«, fragte er sie hoffnungsvoll und blinzelte die Tränen weg, die sich anbahnten.

»Ja, ich werde bald keine Schmerzen mehr haben«, bestätigte sie mit gesenkter Stimme, um ihren Sohn zu beruhigen, was ihr auch einigermaßen gelang. Dennis schöpfte neue Hoffnung und ließ den Tränen freie Bahn. Er wollte sie nicht zurückhalten, weil er sonst ersticken würde.

»Was muss ich tun, Mama?«

»Ganz tapfer sein. Irgendwann wirst du mich vielleicht verstehen und mir verzeihen können. Du warst doch bei diesem Seemannskurs für junge Piraten«, fuhr seine Mutter in demselben Ton fort, als läse sie ihm aus einem Buch vor.

Sein Gesicht war von Angst gezeichnet. Er fürchtete sich, der Aufgabe nicht gewachsen zu sein. »Ich war nur ein einziges Mal da, danach ... also ... weißt du noch?« Er stotterte und suchte nach Worten. »Wir hätten fünf Mark für Material mitbringen müssen ...«

»Ich weiß, die habe ich dir doch gegeben, und fünfzig Pfennig für ein Eis«, flüsterte seine Mutter und berührte ihn an der Hand. Seine war eiskalt, ihre hingegen warm und weich.

»Ich habe das Geld für mich behalten.«

Die Hand seiner Mutter zuckte von ihm zurück, doch dann legten sich ihre Finger wieder auf sein Gesicht und fuhren ihm zärtlich mit dem Daumen über die Wange.

»Ich wollte einen Blumenstrauß für dich kaufen, zu deinem Geburtstag, doch dann habe ich mir ein T-Shirt gekauft und später behauptet, ich hätte es in der Schule bei einem Wettbewerb gewonnen.«

»Das blaue mit einem brennenden Basketball.«

»Der in der Luft explodiert«, hatte Dennis hinzugefügt.

»Kannst du trotzdem eine Schlaufe binden?«

»Ich denke schon, aber ich habe sie immer falsch herum geknotet«, gestand Dennis erleichtert.

»Das ist nicht wirklich wichtig. Da oben auf dem Schrank liegt ein Seil, siehst du es?«

Dennis strengte sich an und verengte die Augen zu schmalen Schlitzen. Tatsächlich lag auf dem weiß lackierten Schrank, der aus alten Brettern und Sperrholzplatten zusammengeschraubt war, ein Seil.

»Kommst du dran?«

»Ich versuch's.« Fast schon euphorisch und von dem Gedanken beflügelt, dass Mama mit seiner Hilfe einen Ausbruch plante, sprang er auf die Füße und schlich sich zum Schrank. Er achtete sehr darauf, dabei keine Geräusche zu erzeugen. Die weiße Farbe roch immer noch stark nach frischem Lack. Dennis streckte den rechten Arm aus und biss sich auf die Lippen. Das lose Ende baumelte noch gute zwei Zentimeter über seinen Fingern. »Ich komm nicht ran.« Er klang dabei, als flehte er seine Mutter um Vergebung an, weil er sie aufs Neue enttäuscht hatte. Draußen vor der Tür erklangen dumpfe Schritte. Panik drohte den Jungen zu übermannen. Sein Herz wummerte wie ein Schmiedehammer, Blut stieg ihm in den Kopf und ließ alles um ihn herum schwarz werden.

»Dennis, komm schnell wieder zu mir.«

Dennis zögerte kurz und lief zu seiner Mutter. Er kauerte nun dicht neben ihrem warmen Oberkörper. Den Rücken an die Wand gepresst, mit angezogenen Beinen in der dunkelsten Ecke, starrte er auf die Tür. Bis auf den Schrank war der Keller seit dem Hochwasser leer, Dennis hatte seinem Vater beim Entrümpeln geholfen. Ein metallisches Schaben erfüllte die Dunkelheit und trieb eine kalte Welle unter Dennis' Haut.

Die schwarze Silhouette eines Mannes tauchte in dem hellen Viereck auf, nachdem die Tür geöffnet war. Sein Vater schnaubte. »Morgen fahre ich dich ins Krankenhaus, bis dahin musst du dir eine plausible Erklärung ausgedacht haben, wie du den Zeh verloren hast«, brummte er und warf einen Topf auf den Boden. Etwas schwappte über den Rand. »Hier ist noch etwas von der Plörre, die du Suppe nennst. Und du, Bengel, kommst mit mir.«

»Nein«, japste Dennis wie ein mit einem schweren Stiefel getretener Köter.

»Wie du willst, dann bleibst du eben hier«, war alles, was sein Vater von sich gab, bevor er die Tür scheppernd ins Schloss fallen ließ.

»Du kannst den Topf nehmen«, flüsterte Mama. Dennis wusste sofort, was sie damit meinte. Er kippte die Brühe einfach auf den Boden und drehte den Topf um. Er platzierte ihn so, dass er mit Leichtigkeit das lose Ende des Seiles erreichen konnte. Er zog daran. Das Seil schlängelte sich und fiel in unregelmäßigen Schlaufen auf die feuchte Erde.

Dennis rüttelte auch an den Türen des Schrankes, aber sie blieben verschlossen und ließen sich auch nicht öffnen, als er mit beiden Händen am Türknauf zerrte.

»Lass gut sein, Dennis, mein Schatz. Mach einfach einen Knoten und binde das andere Ende an den Fenstergriff.« Dennis sah seine Mutter mit traurigen Augen an. Eine unschöne Vorahnung hatte von ihm Besitz ergriffen und ließ ihn trotz der Schwüle frösteln. »Die Schlaufe muss aber groß sein, damit zumindest mein Kopf hindurchpasst.«

»Mama, was hast du vor?«, wollte er wissen und fing an, das Seil um seinen linken Unterarm aufzurollen, wie er es gelernt hatte. Er wickelte es zwischen seinem Ellenbogen und der Hand auf, wobei er das Seil mit Daumen und Zeigefinger festhalten musste, weil es ungewöhnlich starr war und sich dauernd abwickelte, wenn er nicht aufpasste.

»Ich werde mich durch das Fenster davonstehlen und die Polizei rufen.« Ihre Stimme klang dabei traurig.

»Meinst du, du schaffst das? Du blutest immer noch.«

Dennis war mit dem Aufwickeln fertig und sah auf den Fuß seiner Mutter. Da, wo einmal ihr großer Zeh gewesen war, sickerte ständig mehr von der roten Flüssigkeit durch den Stoff und füllte die kleine Mulde im Boden mit frischem Blut.

»Daran besteht nicht der geringste Zweifel. Ich werde mich einfach hochziehen. Ich werde auch das Fenster so weit aufbekommen, dass ich mich hindurchzwängen kann. Ich habe ja nicht viel Fleisch auf den Rippen.«

»Ich kann das auch tun«, sagte Dennis schnell und ließ das Seil los, das sich wie eine verletzte Schlange auf dem Boden zu winden begann und nach einem kurzen Augenblick erschlaffte.

»Nein, du wirst deinen Vater ablenken müssen, er darf davon nichts mitbekommen. Abgemacht?«

Dennis rieb die Zähne aneinander. Er befürchtete, dass seine Mutter nicht ganz die Wahrheit sprach. »In der Schule sagen die Kinder, dass Papa uns hasst. Und dass du ein Kuckuckskind hast. Stimmt das, Mama?«

»Du darfst auf so ein blödes Geschwätz nichts geben. Das, was die anderen über dich in die Welt setzen, kann dir egal sein. Dein richtiger Papa und ich haben uns nicht mehr lieb. Dein Stiefpapa war früher auch ganz anders. Wir werden bald ganz ohne die beiden leben. Hör nicht auf die Kinder. Das sind einfach nur böse Zungen. Dein Papa hasst uns nicht, er weiß nur nicht, wie er seine Liebe äußern soll. Er will, dass aus dir später ein guter Junge wird. Aber du bist ohne ihn besser dran. Du bist ein sehr liebes Kind. Aus dir wird ein guter Junge werden, ganz ohne die Einwirkung eines Vaters.«

»Aber ich bin jetzt schon ein guter Junge«, widersprach Dennis mit kindlichem Trotz und stülpte seine Unterlippe nach außen.

»Ich weiß«, beschwichtigte ihn seine Mutter und richtete sich mit schmerzverzerrter Miene auf. Sie zerrte ihren geschwächten Körper bis ans Fenster und drückte ihren Rücken gegen den grauen Hintergrund. Das Mauerwerk war nach wie vor feucht, doch der Regen hatte aufgehört, sodass das kleine Rinnsal versickert war.

»Komm, lass uns die Sache schnell hinter uns bringen.«

191

Dennis schüttelte den Kopf und verschränkte die Arme vor der Brust.

Seine Mama quittierte dies mit einem flüchtigen Lächeln. »Wenn du weiterhin so bockig bist, werden wir hier noch bis morgen sitzen. Ich habe Hunger ...«

»Wenn Papa uns liebt, warum willst du dann die Polizei rufen?«, fragte er. Zum ersten Mal redete er mit seiner Mutter in diesem barschen Ton.

»Damit sie ihm alle seine Flaschen wegnehmen können. Er ist ja nicht von Grund auf böse.«

Dennis fühlte sich klein und verloren, auch widerstrebte es ihm, den Aufforderungen Folge zu leisten, weil das, was Mama sagte, nicht wirklich einen Sinn ergab. Aber er gab nach, weil er es gewohnt war, auf sie zu hören.

»Aber wenn die Polizei ihm die Flaschen wegnimmt, soll sie auch den Gürtel mitnehmen. Ich möchte nicht mehr damit geschlagen werden. Und auch das Kabel sollen sie ihm wegnehmen. Wir werden umziehen, wir beide werden zusammenleben, Papa bleibt hier allein, wir beide, nur du und ich. Versprochen?«

»Versprochen«, bestätigte seine Mutter. Ihre Stimme klang zunehmend leiser, als wäre sie sehr krank und hätte hohes Fieber – wie damals, als Papa sie im Winter drei Nächte lang in der Scheune hatte schlafen lassen. Das Haus hatte er von seinem Vater geerbt. Opa war Bauer gewesen. Gleich nachdem Opa gestorben war, kam die Oma in ein Altersheim und die Kühe zum Schlachter. Das hatte ihm seine Mama erzählt, noch in derselben Nacht, in der er die Oma zuletzt lebend gesehen hatte.

»Beeil dich, mein Junge«, holte ihn seine Mutter in die Gegenwart zurück und berührte ihn mit den Fingern an der Wange. Dennis entging nicht, wie seine Mutter am ganzen Körper erschauerte.

Dennis griff nach dem Seil und machte zuerst einen Knoten, anschließend zog er das Seil hindurch, bis er eine Schlaufe hatte, und band einen weiteren Knoten. Auf wackeligen Beinen ging er zum Fenster und merkte, dass er zu klein war. Er kehrte um und schnappte nach dem Topf. Auf Zehenspitzen stand er auf dem glatten, metallischen Boden und band das Seil am Griff fest.

»Etwas höher, die Schlaufe muss etwas höher sein«, hörte er die Stimme seiner Mutter.

Er tat, wie ihm geheißen.

»Jetzt hilf mir auf die Beine und gib mir den Strick in die Hand.«

Seine Mama war schwer. Obwohl sie so dünn war, musste Dennis all seine Kraft aufbringen, um nicht loszulassen. Ihre kalten Finger drückten schmerzhaft seine Hände aneinander, doch statt aufzuschreien, biss er die Zähne zusammen. Kalter Schweiß lief ihm den Rücken hinab.

»Geschafft«, war alles, was seine Mutter hervorbrachte, während sie sich an der Schlaufe festhielt und wankte. »Jetzt gehst du an die Tür und klopfst so laut, dass dein Papa dich hören kann. Dann gehst du mit ihm hoch. Du musst ihn um Verzeihung bitten und gleichzeitig darauf achten, dass er mich nicht sehen kann. Hast du alles verstanden?« Ihre Lippen berührten ihn an der Wange. Hastig strich sie ihm zärtlich über das Haar. »Nun geh, mein Sohn«, waren ihre letzten Worte.

Dennis tat alles so, wie es ihm seine Mama aufgetragen hatte.

Am nächsten Tag verprügelte ihn sein Vater zuerst mit dem Gürtel, danach mit dem Kabel. Danach packte er Dennis völlig erschöpft und außer Atem an den Beinen und schleifte ihn in den Keller. Bei jeder Stufe schlug sein Kopf hart gegen den Stein der steilen Treppe, die nach unten führte. Sein Vater zog ihn dorthin, wo seine Mutter sitzend ins Leere starrte. Ihr Mund war zu einem stummen Schrei aufgerissen. Die Zunge hing schlaff heraus wie ein Stück Fleisch, blau und aufgedunsen.

Dennis hatte sich bei ihrem Anblick in die Hose gemacht und sich mehrmals übergeben. In seinem Kopf summte alles. »Sieh, was du angerichtet hast!«, schrie ihn sein Vater an und schleifte ihn näher an seine tote Mutter heran. Doch Dennis verstand nur Fetzen und merkte nicht, wie ihm sein Vater ein Büschel Haare herausriss.

Später, nachdem die Sonne wieder verschwunden war, musste Dennis seinem Vater dabei helfen, den toten Körper, der steif wie eine Schaufensterpuppe geworden war, in den Kofferraum zu legen. Sie fuhren in den Wald und hängten sie dort an einem Baum auf. An dem Strick, der immer noch lose um ihren Hals hing.

»Du hast deine Mutter umgebracht, Bengel. Aber die Polizei sollte glauben, dass das mein Werk war. Denn das war der perfide Plan deiner Mutter. Sie wollte sich für dein Glück opfern und mich für meine Vergehen büßen lassen. Aber nicht mit mir, Junge. Die Polizei wird nun von einem Selbstmord ausgehen«, knurrte sein Vater und wickelte den blutdurchtränkten Stofffetzen von ihrem nackten Fuß ab. »Ich habe an alles gedacht«, grummelte sein Vater und lief zurück zum Wagen. »Erkennst du diesen Schädel?«, wollte er von Dennis wissen, nachdem er zurückgekommen war. Sein Gesicht wurde zu einer Fratze, die von zwei gelben Lichtkegeln erleuchtet wurde. Der alte Fiat stand mit laufendem Motor da und tauchte den Schauplatz in ein zuckendes Gelb.

»Ich habe dem Köter, der hier dauernd herumgestreunt ist, das Fell abgezogen und seinen Schädel an die Wand gehängt, als Erinnerung an die schöne Zeit.«

Dennis bepinkelte sich erneut. »Papa, lass uns bitte gehen«, stammelte er mit weinerlicher Stimme.

Sein Vater feixte boshaft und stapfte auf seine tote Mutter zu. Er kniete nieder und hielt den verletzten Fuß ins Maul des Tierschädels, der mit mehreren Drähten fixiert war und sich bewegen ließ. »Es scheint ihm zu schmecken«, höhnte sein Vater und ließ die scharfen Zähne aufeinanderschlagen. »Dein Streuner kann sich nicht satt fressen.« Abgehacktes Gelächter hallte durch die Dunkelheit und scheuchte Tiere auf. Hier und da vernahm Dennis das Schlagen von Flügeln. Er sah auch, wie sein Vater die Zähne des toten Hundes in die Wade seiner Mutter trieb.

Doch aus den vier kleinen Löchern in der weißen Haut rann kein Blut mehr.

»Das müsste genügen«, murmelte sein Vater. Hastig packte er zusammen und ließ seine Mutter am Baum hängen.

»Komm, ich werde dir etwas erzählen, das du dir gut merken musst. Die Polizei wird dir viele Fragen stellen, auf die du so antworten wirst, wie ich dir das beibringe. Deine Mutter war psychisch labil, kannst du dir das merken?«

Dennis rührte sich nicht vom Fleck und hörte seinem Vater nicht zu. Er war erzürnt und hasste seine Mutter dafür, dass sie ihn angelogen und ihn mit seinem Vater allein gelassen hatte.

Du bist nicht allein, Dennis, tauchte eine tiefe Stimme in seinem Kopf auf. *Ich bin bei dir.*

***

Schweißgebadet legte Dennis das Diktiergerät neben die Blätter und lief schnellen Schrittes zur Spüle. In seinem Hals stieg die Kotze hoch. Nach einem erstickten Gurgeln schoss ein glibberiger brauner Schwall aus seinem Mund heraus und verätzte ihm die Speiseröhre.

Er ließ das Wasser laufen und kotzte so lange, bis nichts als gelbe Galle an seinen Lippen hing. Danach hielt er seinen Kopf unter den kühlen Strahl und weinte stumm.

Die Reste seines Mageninhaltes sammelte er mit einem löchrigen Waschlappen ein und schleuderte alles in den Mülleimer. Aus einem für ihn unerklärlichen Grund wollte er den Schein wahren, dass er die Situation immer noch im Griff hatte. Er wollte seinen Rückzugsort nicht verwahrlosen lassen. *Bevor ich schlafen gehe, werde ich noch schnell staubsaugen*, sagte er zu sich selbst und lief hoch in sein Schlafzimmer, um sich anzuziehen. Beim Vorbeilaufen warf er einen kurzen Blick ins Badezimmer. Auch hier herrschte eine akzeptable Ordnung. Nur der Spiegel hatte noch milchige Schlieren, aber das störte ihn nicht wirklich.

Ein Schnarchen brachte die Luft zum Vibrieren. Sein Vater schlief in einem sauberen Bett. Im Keller vernahm er das tiefe Brummen der Waschmaschine, die in den Schleudergang geschaltet hatte.

Das Video!, schrie er beinahe, stürzte nach unten und griff nach dem Telefon. *Es dauert immer eine Ewigkeit, bis das blöde Ding hochgefahren ist*, schimpfte Dennis in sich hinein und tippte schnell die PIN ein. Nach einer weiteren Ewigkeit konnte er endlich die Wiedergabe starten. Zuerst sah er, wie er sich entfernte, dann kam nichts mehr. Das Bild zeigte das leere Zimmer mit Blick in den Flur. Nach ungefähr zehn Minuten tauchte er wieder auf, doch nun trug er ein Kleid und war geschminkt. Auch sprach er mit der affektierten Stimme einer Frau. Dennis runzelte die Stirn und verzog den Mund, als hätte er etwas Abscheuliches erblickt.

»Wie sieht es denn hier aus?«, hörte er die hohe Stimme seines anderen Ichs, die von dem kleinen Lautsprecher verzerrt wurde und einen mechanischen Beiklang bekam. Sein als Frau verkleidetes Ich bewegte sich wie diese Schauspieler aus den billigen amerikanischen Serien. Auch ihre aufgebrachte Stimme klang gekünstelt.

»Was ist das?«, flüsterte Dennis erschrocken und hob das Handy an die Augen. Nun kam die vermeintliche Frau näher. Gedankenverloren betastete er seinen Kopf, als wollte er sich vergewissern, dass sein Haar nicht so gelockt war wie das der Frau. *Das ist das Gegenteil von Metamorphose*, scherzte er im Stillen und verzog angewidert den Mund. *Ich habe mir Locken gedreht?*, war sein erster Gedanke. *Du trägst ja auch ein Kleid*, verhöhnte er sich selbst und starrte auf das Kleid, das jetzt auf dem Boden lag. *Ich bin es tatsächlich*, überlegte er weiter. Eine unangenehme Gänsehaut, die über seine Arme bis in den Nacken hinaufkroch, ließ ihn erschauern. *Ich bin verrückt, mein Vater hatte recht. Ich bin das Böse. Ich habe meine Mama umgebracht.*

Erneut sehnte er sich nach ihrer Nähe. Er wollte wieder bei ihr sein. Wie damals im Keller wollte er sich an ihren warmen Körper schmiegen. Dabei musste er unentwegt an die Polizistin denken, die er kürzlich in einer Zeitung gesehen hatte. Sie und zwei weitere Typen waren heimlich fotografiert worden. Der eine war grauhaarig, der andere hatte schwarzes Haar. Aber die Kerle waren nicht von Belang, nur diese Frau, die wollte er unbedingt haben. Sie war sein nächstes Ziel, sie würde er ausfindig machen, studieren, verfolgen und dann im Keller einsperren, damit er nicht komplett durchdrehte. Sein Handy klingelte und ließ sein steifes Glied wieder erschlaffen. Er wischte das Video weg und ging dran.

KAPITEL 20

»Wäre Ihnen dieser Tisch genehm?«, fragte der junge Kellner. Sein kanariengelbes Haar passte zu dem grellgelben Tunnelschmuck, der in seinen Ohren die dünne Haut der Ohrläppchen beinahe sprengte. Auf den flachen Plättchen stand von links nach rechts in schwarzen Buchstaben geschrieben: *Hier rein, da raus.* Die Pfeile verdeutlichten die Richtung.

»Nein, wäre mir nicht, da sitzen schon zwei Leute«, knurrte Leonhard.

»Wenn Sie mit Ihrer Lady ungestört ...«

»Sie ist nicht meine Lady, und nehmen Sie die Hand da weg«, blaffte Leonhard in gedämpftem und dennoch sehr einschüchterndem Ton.

Der junge Kellner zog seine manikürte Hand von Leonhards Oberarm weg und schürzte die Lippen zu einer Schnute. »Wie Sie wünschen, aber wir haben sonst keine Plätze ...«

»Hey, ihr zwei!«, dröhnte eine Männerstimme durch das Getöse unzähliger Kehlen, die lauthals miteinander diskutierten, ob die Gelbe Karte eine richtige Entscheidung des Schiedsrichters gewesen war oder nicht. Es war Tom. Er wedelte wild mit den Armen und schlug sogar aus Versehen einem der angeheiterten Männer ins Gesicht. Doch der Mann war so betrunken, dass er dies gar nicht wahrnahm. Er plumpste einfach zurück auf seinen Stuhl und schrie: »Wo bleibt mein Bier, verdammte Hacke?«

Der Kellner wandte sich zu Ella um. »Sie scheinen den Herrn zu kennen?«

Ella nickte.

»Dann da lang«, sagte er und zeigte mit knapper Geste zu Tom, der lachend dastand und sie zu sich herwinkte. »Wir haben noch zwei Plätze frei«, schrie er weiter und stieß einen älteren Herrn vom Hocker. Dieser wollte auffahren, doch dann entschied er sich anders und torkelte Richtung Toilette.

Der Kellner lächelte erleichtert auf. »Ich bin gleich bei Ihnen«, murmelte er und machte, dass er hinter der Theke verschwand.

»Musste es unbedingt eine Sportsbar sein?«, rief Ella ihrem Kollegen zu, der vor ihr eine Schneise durch die Menschen schnitt. Wie ein Eisbrecher rammte er alles nieder, was sich ihm in den Weg stellte. Wäre Tom nicht gewesen, hätte sie das Lokal sofort verlassen, wusste Leonhard. Aber er hatte vorhin mit ihm telefoniert, und Tom hatte ihn darum gebeten, dieses Treffen zu arrangieren. So etwas wie Eifersucht flammte in seiner Brust auf, doch er ignorierte dieses Kribbeln und griff sofort nach Toms Bierglas, sobald sie den kleinen Tisch erreicht hatten. Er hob es an die Lippen und trank gierig.

»Das ist schön, dass wir uns endlich mal außerhalb des Dezernats treffen«, freute sich Tom und küsste Ella auf beide Wangen.

»Hi, wir haben schon auf euch gewartet.« Auch Renate umarmte Ella herzlich und küsste sie wie Tom zuvor auf beide Wangen.

»Gewartet?«, echote Ella und sah vorwurfsvoll zu Leonhard. Dieser trank noch und starrte auf den Schaum, der immer weniger wurde.

»Habe ich etwas Falsches gesagt?« Das freundliche Lächeln auf Renates Mund erstarrte, die Mundwinkel zuckten und rutschten nach unten.

»Ich wollte unbedingt das Spiel zu Ende schauen.« Leonhard stellte das leere Glas auf den Tisch. »Ich habe mich mit Tom hier verabredet, und weil meine Partnerin nichts trinkt, dachte ich, ich könnte mir ein Taxi sparen.« Das war nicht unbedingt die Wahrheit, aber er konnte ja schlecht seinen guten Kollegen jetzt in die Pfanne hauen, nur weil Renate ihren Mund nicht halten konnte.

Im Augenwinkel registrierte er, wie der Rechtsmediziner erleichtert ausatmete. »Das Bier geht auf mich«, sagte er und winkte einen der Kellner zu sich.

»Mir auch eins«, rief Ella Tom zu. Ihre Miene verriet, dass sie angefressen war. »Ich nehme gleich einen halben Liter«, fügte sie hinzu.

Tom schenkte ihr ein Lächeln und bestellte für jeden das Gewünschte.

»Greenwood, Sie sehen unglücklich aus. Wollen Sie gehen?« Ella blinzelte nur.

»Okay, Greenwood, dann fahren wir eben heute schon zu dem Kerl, dem Sie morgen einen Besuch abstatten wollten«, brummte Leonhard und traute seinen Ohren nicht.

Tom sah ihn vorwurfsvoll an. »Seid ihr euch da ganz sicher?«

Nein, Leonhard war sich nicht sicher, warum er das gesagt hatte, auch dieses Ziehen nah am Herzen war ihm fremd. Hatte er sich tatsächlich in Ella verguckt? *Blödsinn, pubertierender Kinderkram*, antwortete er sich selbst, *hab mir bestimmt nur was gezerrt.*

»Ich fahre mit euch, muss morgen früh los«, schrie Renate in die Stille hinein und erntete dafür ungläubige Blicke. »Ich bin übrigens Renate. Da wir hier nicht auf der Arbeit sind, können wir uns vielleicht duzen?« Sie lächelte und streckte Ella die Hand hin.

Ella nahm das Angebot dankend an.

»Tatsächlich, es gibt einen Elfmeter«, ertönte die Stimme des Kommentators, die sofort von Pfeif- und Brülltönen der Gäste überlagert wurde.

»Also los, lasst uns fahren!« Leonhard stand auf und bahnte sich einen Weg Richtung Tür, ohne sich umzuschauen.

»Dann geht doch!«, schrie Tom ihm nach.

Leonhard drehte sich nicht um. Während er durch die Tür trat, brach die Menge in Jubelgeschrei aus.

»TOR! TOR! TOR!«, grölte der Kommentator.

Leonhard achtete nicht darauf, auch hielt er den beiden Frauen nicht die Tür auf. Er marschierte einfach zu seinem Wagen.

***

»Bei wem soll ich mitfahren?« Renate guckte Ella und Leonhard abwechselnd an.

Ella überließ diese Entscheidung ihrem Partner, der ungewöhnlich ruhig war.

»BMW oder Porsche?«, murmelte Leonhard und sah Renate abwartend an. Sein Blick war nicht mehr so lauernd wie sonst.

»Hmm«, machte Renate.

»Wenn du willst, kannst du meinen Wagen fahren, ich setze mich im BMW ans Steuer. Mein Kollege hat heute etwas zu viel getrunken. Ich kann die anderen Verkehrsteilnehmer nicht der unnötigen Gefahr aussetzen, von einem angetrunkenen Kommissar in einen Unfall verwickelt zu werden, um danach von ihm angeschrien und verhaftet zu werden.«

»Weiteren Unsinn dieser Art werde ich nicht dulden, sonst werde ich dafür Sorge tragen, dass man Sie versetzt«, grummelte Leonhard, händigte jedoch bereitwillig seine Schlüssel aus.

»Ich fahre euch beiden hinterher.« Renate fing den Schlüssel in der Luft auf, den Ella ihr zugeworfen hatte, und lief mit kleinen, tippelnden Schritten zum Sportwagen. Sie trug Schuhe mit hohen Absätzen und einen teuren Hosenanzug, der ihre beinahe perfekte Figur an den richtigen Stellen hervorragend betonte, wie Ella mit einem Deut von Neid feststellte.

Ein kurzes Hupen riss sie aus den Gedanken. Ella betätigte die Lichthupe und spielte mit dem Gaspedal. Der fünfhundert PS starke Motor grölte auf. Ella legte den ersten Gang ein und fuhr aus der Parklücke. Leonhard schien bereits eingeschlafen zu sein. Ella war es recht. Da sie den Weg kannte, brauchte sie kein Navi, auch hatte sie keine Lust auf Musik. Alles, was sie benötigte, war Ruhe. Sie warf einen kurzen Blick in den Rückspiegel. Renate folgte ihr dichtauf.

»Also, dann mal los«, flüsterte Ella und lenkte den Wagen auf die Straße.

Kapitel 21

Die fragmentarische Abfolge von Bildern aus seiner Kindheit riss plötzlich ab. Die Türklingel klang ungewöhnlich laut in der erdrückenden Stille. Im Schlafzimmer rief sein Vater mit schlaftrunkener Stimme seinen Namen. »Dennis, Dennis, ich habe Durst!«

Wer mag das bloß sein, wunderte er sich. Ein Blick auf die Küchenuhr verriet ihm, dass es kurz nach achtzehn Uhr war. »Die Pflegerin wollte erst morgen wieder vorbeischauen«, sprach er mit sich selbst und begab sich auf nackten Füßen zur Tür.

Er hatte sich inzwischen wieder angezogen und alles, was ihn verraten könnte, aufgeräumt.

Dennis vernahm Stimmen von mehreren Personen. Waren das etwa welche, die ihre Heftchen verteilten und über Gott und die Welt sprechen wollten? Dafür waren die Frauen aber zu freizügig angezogen. Er spähte weiter durch den Spion. Es waren ein Mann und zwei Frauen. Eine davon kannte er mehr als gut. Ein heißer Stich durchfuhr seine Brust. Sein Penis wurde hart, weil er daran denken musste, was er alles mit der Frau anstellen wollte.

Ja, sie ist es. Mit ihr werde ich noch viel Spaß haben, dachte er und öffnete die Tür. Sein erigiertes Glied verbarg sich hinter einem weiten T-Shirt, das ihm fast bis an die Knie reichte.

Oversized ist jetzt schwer in Mode, lächelte Dennis. Bei diesem zweideutigen Gedanken musste er grinsen. Seine Männlichkeit entsprach nämlich auch nicht dem üblichen Standard und brachte so manche Frau um den Verstand, wenn er in sie eindrang.

Er öffnete die Tür. »Guten Abend, womit kann ich Ihnen dienen?«, gab er sich höflich, ohne die Herrschaften hereinzulassen. Er wollte die Situation zuerst abschätzen.

»Kriminalpolizei Berlin, Kommissar Stegmayer«, meldete sich der Mann als Erster zu Wort und hielt Dennis seinen Ausweis vors Gesicht.

»Als ob ich einen gefälschten von einem richtigen unterscheiden könnte«, gab Dennis sich entspannt und fuhr sich mit der Zunge unter die Oberlippe.

»Entweder Sie glauben uns, dass wir richtige Polizisten sind, oder wir kommen morgen mit einem Durchsuchungsbeschluss und einer Vorladung ins Präsidium zurück. Natürlich lassen wir Sie dann von richtigen Polizisten in Uniform und einem Polizeiwagen abholen, damit auch jeder hier in der Ortschaft weiß, dass wir hier waren, um Sie mitzunehmen.« Der grauhaarige Bulle grinste dämlich.

Dennis verzog das Gesicht und wirkte nicht mehr so aufmüpfig. Der Grauhaarbulle sah konsterniert auf ihn herab, als die vom Krebs geschwächte Stimme seines Vaters erneut seinen Namen rief. »Dennis, du verdammter Hurensohn, ich verrecke gleich, wenn du mir nichts zum Trinken bringst.«

»Ist das etwa Ihr Vater?«, fragte die Polizistin mit bestürzter Stimme.

»Ja. Und wer sind Sie, bitte schön?«

»Mein Name ist Ella Greenwood, ich bin Kommissarin der Mordkommission Berlin.«

»Aha, und ich dachte schon, Sie wären seine Mätresse«, gab er sich giftig und beäugte die andere.

Ella ließ sich nicht aus der Ruhe bringen. »Sie haben einen Zwillingsbruder, stimmt doch, oder?«

Diese Ella roch nach Sünde. Sie trug einen Rock und eine Bluse, bei der der oberste Knopf offen war. Aber die andere, die die ganze Zeit sanftmütig lächelte, fand er auch sehr attraktiv.

»Sie haben doch einen Zwillingsbruder?«, wiederholte die Kommissarin ihre Frage mit etwas mehr Nachdruck. Ihr Lächeln verblasste allmählich, auch die feinen Fältchen um ihre Augen waren verschwunden.

»Ja, ist es etwa ein Verbrechen, einen Bruder zu haben?«

In ihm wuchs die Einsicht, dass es sein Zwillingsbruder war, der sein beschissenes Leben nur dem einen Augenblick zu verdanken hatte, in dem die Münze mit der falschen Seite auf den Boden gefallen war, bevor sie voneinander getrennt wurden. Diese Erkenntnis wurde zu einem Geschwür, das ihn innerlich zerfraß.

»Nein, natürlich nicht. Können wir darüber nicht vor der Tür diskutieren, sondern da, wo uns nicht unbedingt jeder hören und sehen kann?« Der Kommissar deutete mit seinem kantigen Kinn über Dennis' Schulter ins Innere des Hauses.

»Ich war auf dem Sprung und wollte eigentlich einkaufen gehen«, log Dennis und war dabei, die Tür hinter sich zu schließen. »Ich wohne hier nicht mehr«, fügte er hinzu und spürte den Widerstand, denn der Bulle streckte seinen Arm aus und drückte die Tür wieder auf. *Er ist in seiner Eitelkeit gekränkt,* dachte Dennis und fühlte sich gut dabei.

»Ich kann Ihnen gern vor Augen führen, was Sie in naher Zukunft erwarten wird, falls Sie gedenken, sich weiter in Lügengeschichten zu verstricken. Es liegt an Ihnen, wie Sie Ihr Leben gestalten möchten. Schwedische Gardinen haben immer dasselbe Muster. Stehen Sie auf Streifen?« Er ließ seine weißen Zähne aufblitzen. *Er spielt hier den Macker, und das gelingt ihm ziemlich gut,* musste Dennis sich seine Niederlage eingestehen.

Er war diesem Mann nicht gewachsen, zudem war das Arschloch auch noch ein Bulle und stark wie ein Bär.

»Okay, das mit dem Einkauf kann warten. Aber ich lüge nicht. In der Küche liegt sogar die Einkaufsliste, die ich beinahe vergessen hätte, weil Sie ohne jegliche Anmeldung hier reingeplatzt sind.«

»Das tut uns aber leid«, zog ihn der Bulle weiter auf und trat ein.

»Ich werde mich zu einem Gespräch bereit erklären, aber nur unter einer Bedingung«, sagte Dennis um Fassung ringend.

»Und die wäre?« Der Polizist fixierte ihn mit unergründlicher Miene, im nächsten Moment ließ er seinen Blick durch den großen Flur schweifen.

»Ich rede nur mit den Frauen, nicht mit Ihnen. Ich bitte Sie, mein Haus zu verlassen, ansonsten sehe ich mich gezwungen, die richtige Polizei zu rufen.«

»Das wage ich zu bezweifeln«, fuhr ihm der Mann ins Wort, überzeugt, dass er hier immer noch den Großen spielen konnte.

»Das hier ist nicht Ihr Revier, also brauchen Sie es auch nicht zu markieren.« Dennis klang entschieden. »Ich weiß, die große Suche nach dem Unbekannten und der Drang, eure Sache zu Ende zu bringen, beherrscht euren Alltag, der Druck ist enorm und die Verantwortung ist nicht in Worte zu fassen … bla, bla, bla«, schwafelte Dennis und verdeutlichte mit seiner Hand, was er von alledem hielt. »Ich spiele aber nicht dabei mit. Ich werde nur das erzählen, was ich weiß, ohne etwas hineinzuinterpretieren. Die Fragen sollen auch gewählt sein, alles über mein Leben werde ich nicht preisgeben.«

»Okay«, knickte der Kommissar ein, hob die Hände und verlangte von der Kommissarin seine Schlüssel.

»Sie haben sich noch gar nicht vorgestellt«, sprach Dennis die zweite Frau an. Den eingeschnappten Bullen ignorierte er ganz. Der Kampf war ausgefochten, er ging als Sieger daraus hervor.

»Mein Name ist Leinenhut.«

Dennis hob die Augenbrauen. »Frau Leinenhut, soso. Sind Sie auch eine Kommissarin von der Mordkommission?«

»Mein Spezialgebiet sind Menschen, die in unserer Gesellschaft nicht mehr aktiv am Leben teilnehmen und nicht sonderlich vital sind.«

»Sehr interessant. Kommen Sie doch rein. Ich weiß zwar nicht, womit ich Ihnen dienlich sein kann«, jetzt lag sein Augenmerk wieder auf Ella, »aber ich werde mich bemühen.« Dennis fand die Polizistin anziehend und sympathisch, aber auch ihre Kollegin war eine Augenweide. Er war zwiegespalten.

KAPITEL 22

Ella winkte ihrem Kollegen knapp zum Abschied und spielte weiterhin die schüchterne Polizistin mit wenig Rückgrat. Sie wollte dem Kerl so viel Freiraum geben wie nur möglich. Männer fühlten sich stets wohl dabei, wenn sie sich in Sicherheit wiegten und alles um sich herum zu beherrschen glaubten.

»Schön haben Sie es hier. Schmeißen Sie den Haushalt allein oder haben Sie eine Lebenspartnerin?«

»Nein, das ist alles meiner Hände Werk. Ich bin in vielen Dingen geschickt.«

»Nur nicht im Kochen«, mischte sich Renate ins Gespräch ein und warf einen prüfenden Blick in einen Topf. »Mit den Nudeln kann man die Tapeten einkleistern«, scherzte sie.

Zu Ellas Überraschung lachte der Kerl auf. Sie blickte sich verstohlen um. Hier sah alles nach einem konservativen Lebensstil aus. In der Küche roch es nach Spaghettisoße und Putzmittel. Tomatensoße und Essigreiniger waren keine besonders gute Kombination.

»Wie oft sehen Sie Ihren Zwillingsbruder?«, fragte Ella plötzlich. Seinem Gesichtsausdruck nach zu urteilen, hatte sie ihn damit vollkommen überrumpelt. Er schien nach einer passenden Antwort zu suchen.

»Wir reden nicht mehr miteinander«, antwortete er schließlich.

»Warum?«

»Weil wir, obwohl wir uns als eineiige Zwillinge äußerlich sehr ähneln, im Innern doch total unterschiedlich sind.«

Sie standen immer noch in der Küche um den kleinen Esstisch herum, der sich in der Mitte des Raumes befand. Jeder hatte einen Stuhl vor sich. Das gelbe Licht der rustikalen Lampe tat in den Augen weh.

Ella blickte verstohlen auf ihre Uhr, dann vernahm sie ein gedämpftes Rufen und blickte erschrocken auf.

»Das ist mein Vater, ich pflege ihn. Er ist auch der Grund, warum ich mich mit meinem Bruder gestritten habe. Wir wurden als Kleinkinder voneinander getrennt. Meine Mutter war damals fremdgegangen und brachte uns in ihrem Leib heimlich mit in die Ehe. Meinen ›richtigen‹ Vater habe ich nie kennengelernt.« Dennis entschied sich dazu, die Wahrheit ein wenig zu verbiegen. »Nach unserer Geburt hat Mama meinen Bruder unserem Erzeuger geschenkt. Verstehen Sie? Unsere Eltern haben uns gerecht untereinander aufgeteilt wie Spielzeuge. Mein Papa hat mich akzeptiert, und die Tatsache, dass meine Mutter ihn mit einem anderen Kerl betrogen hat, spielte für ihn keine Rolle mehr, weil das ja nur eine einmalige Sache gewesen war. Das, was in der Zeit passierte, als sie eine Beziehungspause eingelegt hatten, war sogar ein Segen für ihn, weil mein Papa zeugungsunfähig ist. Das nenne ich Ironie des Schicksals. Meine Mutter hurt herum und alle sind danach glücklich.« Seine Stimme begann leicht zu beben. Ella hatte ihn in Richtung emotionale Phase navigiert und feierte den ersten Durchbruch.

»Dennis!«, meldete sich die Stimme von oben.

»Sie entschuldigen mich bitte. Ich bin gleich wieder da. Mein Papa braucht mich jetzt«, sagte der Mann und huschte mit leicht gesenktem Haupt aus der Küche. Ella hörte hinter sich das dumpfe Auftreten von nackten Füßen auf den hölzernen Stufen. Er lief tatsächlich barfuß, stellte sie fest. Der Mann war das genaue Gegenteil von seinem Zwillingsbruder, doch irgendwie schien sein Verhalten eine Fassade zu sein, hinter der er sein wahres Wesen zu verbergen versuchte, glaubte sie.

»Irgendwie sieht der Typ nach einem Psychopathen aus«, bestätigte Renate unbewusst ihre Vermutung. »Warum erstellt ein Kerl eine Einkaufsliste und scheibt alles akribisch auf, was er noch zu erledigen hat?«, sprach sie im Flüsterton und zeigte mit den Augen auf zwei Blätter, die auf dem Tisch lagen. Eins war zerknittert gewesen und wieder glatt gestrichen worden, stellte Ella fest. »Ich jedenfalls kenne keinen Kerl, der so eine schöne Handschrift hat und Handcreme mit Lavendelduft benutzt. Scheinbar verbraucht er sehr viel davon.«

Handcreme mit Lavendelduft drei Stück, stand hinter der Nummer drei geschrieben.

Ella drehte sich um. Ihre Augen trafen auf ein Kleid, das hinter der Tür an einem Kleiderbügel hing. Sie hatte es nur bemerkt, weil ein Teil des Ärmels herausragte. Sie ging auf die Tür zu und spähte kurz durch den Flur zur Treppe.

»Ich stehe Schmiere«, erklärte Renate sich bereit, ihr den Rücken frei zu halten, und positionierte sich im Türrahmen.

Ella nahm einen Kugelschreiber, den sie in ihrem kleinen Schreibblock aufbewahrte, und ließ die Tür einige Zentimeter zuschwingen, sodass sie das Kleidungsstück betrachten konnte. Mit ihrem Handy schoss sie mehrere Fotos.

»Er kommt wieder zurück«, warnte Renate sie in gedämpftem Flüsterton und sagte dann etwas lauter: »Scheint ein ordentlicher Junggeselle zu sein. Solche Männer sind vom Aussterben bedroht.«

Ella fiel in das fröhliche Lachen mit ein und schob die Tür zurück in die Ausgangsposition. Die Scharniere gaben protestierend ein leises Quietschen von sich, darum wurde Ellas Lachen etwas lauter.

»Worüber lachen Sie?«, wollte Dennis von den beiden Frauen wissen. »Habe ich was verpasst?« Sein Blick war abschätzend.

»Wir beide können es einfach nicht fassen, dass Sie das hier selbst bewerkstelligen. Oder bekommen Sie doch eine …«

»Warum interessiert Sie das?«, gab er argwöhnisch zurück. »Dreimal die Woche kommt eine Schwester und schaut nach dem Rechten. Muss man als Ermittler nicht distanziert und unparteiisch bleiben?«

Renate machte große Augen und spitzte die Lippen. »Wir wollen nur das Beste.«

»Arbeiten Sie auch?«, fragte Ella.

»Ja.«

»Wo und wie oft?«

»Das geht Sie nichts an«, blockierte er. »Nun möchte ich, dass Sie gehen. Ohne einen Anwalt und einen gültigen Durchsuchungsbeschluss werde ich Ihnen keine Frage mehr beantworten. Ich kenne meine Rechte. Und wenn mein Bruder schon wieder Ärger mit dem Gesetz hat, so soll auch er und nicht ich die Scheiße ausbaden«, verkündete er mit fester Stimme, sichtlich darum bemüht, die Fassung zu bewahren.

Ella und Renate leisteten seiner Forderung Folge, ohne zu widersprechen.

»Darf ich noch kurz Ihre Toilette benutzen?« Ella machte ein Gesicht, als wäre ihr das zwar wirklich peinlich, ließe sich jedoch nicht mehr weiter aufschieben.

»Ja. Hier unten hinter der Treppe ist die Tür. Aber waschen Sie sich gründlich die Hände und benutzen Sie nicht das weiße, sondern das braune Handtuch«, zischte er trotzig und presste fest die Lippen aufeinander.

Die linke Wand, die sich gegenüber der Treppe befand, war mit Fotos zugepflastert. Die gelbe Tapete hatte unzählige Risse und dunkle Flecken. Der Boden quietschte unter ihren Füßen. Eine der Dielen gab gefährlich nach, sodass Ella stockte. Ihre Augen blieben an einem schwarz-weißen Foto kleben. Sie konnte jedoch schlecht stehen bleiben, aber aufgeschoben war nicht aufgehoben, überlegte sie, ging zur Tür mit dem WC-Aufkleber und schloss sie langsam hinter sich. Die Toilette entsprach nicht dem Rest der Wohnung, den sie bisher gesehen hatte. Die Kloschüssel hatte einen dunklen Rand und das Wasser darin war trübe, als hätte jemand einen Eimer schmutzigen Wassers ausgeleert, ohne danach runtergespült zu haben. Die Luft roch muffig nach feuchten alten Lappen. Ella ließ sich noch etwas Zeit, dann senkte sie als Alibi den Klodeckel und drückte auf die Spülung. Anschließend öffnete sie den Wasserhahn. Ein braunroter Strahl ergoss sich in das grüne Waschbecken. Die braunen Kacheln wirkten erdrückend. *Schnell raus hier*, sagte sie zu sich selbst und trat in den Flur. Renate und Herr Bach unterhielten sich vor der Eingangstür. Sie waren in ein Gespräch vertieft, welches dem Mann ein Lächeln entlockt hatte.

Ella nutzte den Augenblick und überflog die eingerahmten Fotografien. Manche waren schwarz-weiß und stachen auf den gelben Tapeten besonders hervor.

Als sie das Foto, das ihr auf dem Weg zum Klo bereits aufgefallen war, näher betrachtete, erschrak sie. Es zeigte eine Frau mit zwei Kindern auf dem Schoß. Sie versuchte, ihre Bestürzung mit einer neutralen Miene zu überspielen, weil sie im Augenwinkel eine Bewegung wahrgenommen hatte.

»Wollten Sie nicht gehen?« Der Mann baute sich vor ihr auf und stemmte beide Fäuste in die Seiten. Er war nicht wirklich groß, doch die Aura, die ihn umgab, ließ Ella tief Luft holen. Er war sogar recht sympathisch, hatte trotz des schütteren Haares etwas Anziehendes an sich. So stellte Ella sich immer einen fürsorglichen Pfleger vor, der sich um alte Menschen kümmerte.

»Ist das Ihre Mama?« Sie zeigte mit dem Finger auf das Foto.

Sofort wurden seine Züge weicher. »Ja. Früher haben wir, also mein Bruder und ich, miteinander gespielt. Meine Mama wollte, dass wir uns trotz der Trennung so oft sehen konnten, wie es nur ging. Später hat unser Vater geheiratet und seine Frau hat diese Treffen unterbunden. Als ich elf wurde, ist meine Mama auf schreckliche Weise ums Leben gekommen.« Seine Stimme wurde rau und brüchig. Seine Trauer war aufrichtig.

»Bewahren Sie deswegen das Kleid auf, welches Ihre Mutter auf diesem Foto trägt?«

Der Mann sah sie stumm an. »Sie sollten lieber gehen«, knurrte er. Seine Augen, in denen Tränen schwammen, füllten sich mit Zorn.

»Wie ist Ihre Mutter gestorben?«

»Sie sollen gehen. Oder ich werde ungemütlich!«

Ella lenkte ein. »Darf ich Ihnen eine letzte Frage stellen?«

Er schwieg.

»Woher wussten Sie, dass wir Sie wegen Ihres Bruders behelligen würden?«

»Weil er schon früher mächtig viel Ärger hatte.«

»Wo wurde Ihre Mutter …«

»Sie müssen gehen!« Er packte Ella grob am Ellenbogen und führte sie zur Tür, erst da ließ er von ihr ab.

»Wie hieß Ihre Mutter mit Nachnamen?«

»Raus!«, brüllte der Mann und donnerte die Tür hinter ihnen ins Schloss.

»Was ist in ihn gefahren?« Renate wirkte verwirrt. »Warum ist er auf einmal so aggressiv geworden?«

»Ich habe auf den Fotos eine Frau erkannt. Sie könnte das erste Opfer gewesen sein. Ruth Löwenzahn.«

»Aber er heißt doch Bach mit Nachnamen.«

»Ja, weil sein Vater so heißt. Ruth Löwenzahn war seine Mutter und die erste Frau, die auf diese Weise gestorben ist.«

»Sein Vater liegt im Sterben, hat er mir verraten, und er war elf, als seine Mutter gestorben ist. Für ihn gestorben oder tatsächlich gestorben und beerdigt?«

»Genau das bereitet mir Kopfschmerzen. Ich bringe dich schnell nach Hause, dann will ich heute noch ein bisschen in den Akten herumblättern. Es wird eine lange Nacht werden. Zum Glück habe ich zu Hause eine frische Packung Kaffee stehen«, sagte Ella und ging zu ihrem Wagen. In einem der Fenster bewegte sich der Vorhang. In der Silhouette erkannte sie Dennis Bach. Er beobachtete sie im Verborgenen, weil er etwas zu verheimlichen hatte.

KAPITEL 23

»Na, lange Nacht gestern?« Leonhard saß hinter seinem Tisch, die Beine lang gestreckt und über die Tischecke gelegt.

»Auch Ihnen einen wunderschönen guten Morgen«, murmelte Ella und nippte an ihrem miserablen Kaffee.

»Sie schauen wohl nie in den Rückspiegel?« Leonhard seufzte und verschränkte die Hände hinter dem Kopf.

Ella zog die Stirn kraus und ging ans Waschbecken, um sich im Spiegel betrachten zu können. Sie sah zwar müde aus, aber ihr Make-up war recht passabel. Ihr erbarmungslos konditionierter Verstand wollte einfach nicht begreifen, was ihr Kollege mit seiner dummen Bemerkung bezwecken wollte. Sie hörte ihn hinter ihrem Rücken kurz auflachen.

»Ihr Frauen reduziert alles auf euer äußeres Erscheinen.« Er nahm die Füße vom Tisch und atmete schwermütig aus.

Ella gab es schließlich auf und drehte sich zu ihrem Kollegen um. »Nun spucken Sie es schon aus«, gab sie auf, trank den Kaffee in einem Zug leer und verzog den Mund, weil der Kaffeesatz noch bitterer schmeckte.

»Sie wurden gestern von Herrn Bach verfolgt.«

Ellas Gesicht erstarrte.

»Bis zu Ihnen nach Hause. Er verweilte dort dreiundvierzig Minuten, erst dann fuhr er wieder in seine Gefilde zurück.«

Ella fühlte sich für einen kurzen Augenblick so, als hätte sie jemand geohrfeigt.

»Ich glaube, Sie haben etwas entdeckt, das ihn dazu bewogen hat —«

»Aber er hat uns fortgejagt«, fuhr Ella Leonhard über den Mund und legte ihre Aktentasche auf den Tisch. Den leeren Kaffeebecher hielt sie weiterhin zwischen den Fingern.

»Sex und Liebe haben unzählige Facetten, die von grellen Regenbogenfarben bis ins finsterste Schwarz reichen.«

»Was soll das schon wieder bedeuten?«, entfuhr es Ella. Sie warf den Becher in den Mülleimer, der hell darin klimperte.

»Ich glaube, er steht auf Sie.«

»Wie bitte?«

»Wussten Sie, dass Herr Bach mehrere Jahre in der Psychiatrie verbracht hat? Denn auch ich war nicht untätig. Er war mitten in der Pubertät. Den Ärzten ist besonders ein signifikantes Detail aufgefallen.«

Ella wartete schweigend, bis Leonhard fortfuhr. Er liebte diese Pausen, sie begann sie mehr und mehr zu hassen.

»Er sprach unentwegt denselben Satz, wenn er nachts aufwachte. ›Ich will nicht auf den Stuhl.‹ Die Ärzte konnten es nicht erklären. Trotz all ihrer Bemühungen gelang es ihnen nicht, ihn dazu zu bringen, seine Verleugnungshaltung aufzugeben. Er schwieg beharrlich und weigerte sich, sich ihnen zu öffnen, wenn das Thema angesprochen wurde.« Leonhard stand beinahe wie ein Lehrer vor dem Whiteboard und griff nach einem blauen Filzstift. »Wir haben zwei identisch aussehende Männer.« Nach einer kurzen Pause malte er einen Kreis und schrieb das Wort »ZWILLINGE« auf. Alles in Großbuchstaben. »Was fällt Ihnen dazu ein?«

»Obwohl sie identisch aussehen, sind die beiden von Grund auf verschieden.«

»Sie meinen, dass die beiden Männer gegensätzliche Charaktereigenschaften haben? Können Sie das konkretisieren?«

Ein frischer Luftzug huschte durch das gekippte Fenster und streifte Ellas Nacken, während sie sich nachdenklich durch das Haar fuhr.

»Ich meine damit das allgemeine Umfeld. Verheiratet – unverheiratet, hat Kinder – hat keine Kinder«, zählte Ella in gelangweiltem Ton alles auf, was ihr so einfiel.

Leonhard malte einen kleinen Punkt und schrieb auf: »Familienstand.« Er wandte sich an seine Kollegin. »Was ist Ihnen bei dem Gespräch noch aufgefallen? War Herr Bach jähzornig oder nachgiebig und kooperationsbereit?«

»Haben Sie mir nicht zugehört? Er hat uns aus dem Haus gejagt.«

»Darin scheinen sich die beiden Brüder dann doch zu ähneln. Aber Luis hat sich geändert und wurde zu einem liebevollen Ehemann und Vater. Was schließen wir daraus?«

»Wir haben es hier mit zwei Psychopathen zu tun, die sich ihrem Umfeld anzupassen wissen?«

Leonhards Lächeln war anziehend und sardonisch zugleich. »Nicht unbedingt. Der eine hat einfach das bekommen, was beiden Zeit ihres Lebens gefehlt hat.«

»Eine Familie?«

Leonhard nickte zufrieden und schrieb auch dieses Wort in Großbuchstaben auf.

Ein leises Klopfen an der Tür ließ die beiden zur Tür schauen.

»Ja?«, erwiderte Leonhard und legte den Stift in die Schale zu den anderen. »Die Tür ist offen«, sagte er etwas lauter.

Die Tür ging auf. Tom lugte durch den Spalt, dann trat er vollends ein. Auch er sah übernächtigt aus.

»Du siehst aber nicht wirklich frisch aus. Hast du gestern noch –«

»Bitte, lass den Quatsch«, entgegnete Tom und nickte Ella knapp zur Begrüßung zu. »Guten Morgen«, schob er dann mit leiser Stimme nach und wandte sich wieder Leonhard zu. »Ich war im Archiv und habe mir den damaligen Bericht noch einmal angeschaut. Da die Polizei von einem Suizid ausgegangen ist, nahm man an, dass der große Zeh von Frau Löwenzahn von einem Tier abgenagt wurde. Die Bissspuren, die an der Leiche festgestellt und protokolliert wurden, stammten von einem Tier aus der Gruppe der Kaniden – einem Hund oder, eher unwahrscheinlich, einem Wolf. Ich habe die Bilder inspiziert und mit anderen Befunden verglichen und war auch bei einem Tierarzt.« Tom machte einen tiefen Atemzug, als hätte er Mühe, Luft zu holen. »Dieser hat meine Vermutung schließlich bestätigt.«

»Und die wäre?«, drängelte Leonhard.

»So beißt kein Hund zu. Diese Spuren waren fingiert.« Tom ging an die Pinnwand und brachte mehrere Fotos an, die er mit bunten Nadeln fixierte. Einige davon waren Nahaufnahmen, die erst bei genauerem Hinsehen ein Bild ergaben, auf dem Leonhard menschliche Knochen erkennen konnte.

»Diese Knochenbrüche entstanden durch mechanisches Einwirken und stammen nicht von einem kauenden Hund«, fuhr Tom fort und befestigte noch zwei weitere Bilder an der Korktafel, die fast die komplette Wand beherrschte.

»Bei Frau Talheim wurde der Zeh mit einem Messer amputiert. Der Mann, der Martina Talheim umgebracht hat, ahmt etwas nach, das er irgendwo aufgeschnappt hat. Etwas passt hier nicht zusammen, und doch scheint es, als wären die Puzzleteile aus derselben Schachtel.«

»Da ist was dran. Ein Nachahmungstäter?«, erklang Ellas Stimme.

Tom zuckte die Achseln.

»Der Typ wird immer seinen Gelüsten nachgeben. Er frönt dem Tod und wird seinem Trieb nicht widerstehen, andere zu töten. Doch was veranlasst ihn dazu, die Frauen auf diese Weise zu ermorden? Stand damals etwas in den Zeitungen? Ich meine, über die Frau im Wald?«

»Ziemlich viel sogar«, meldete sich Ella erneut zu Wort. »Frau Löwenzahn war in jeder Zeitung zu finden, selbst in überregionalen Blättern. Auch die Regenbogenpresse schrieb einige Wochen darüber.«

»Also hat er genügend Material gehabt, um seine Taten so in Szene zu setzen, dass sie dem Original ähnelten.«

»Wir müssen die beiden Brüder erneut befragen.« Leonhard betrachtete die Fotos eingehend. »Warum hast du nicht gleich damit rausgerückt, Tom, dass die Bissspuren manipuliert wurden?«

»Die Bestätigung ist gerade erst in meinem Postfach gelandet«, empörte sich der Rechtsmediziner.

Tom zupfte an der Kordel seines Hoodies und wappnete sich mental für einen erneuten verbalen Angriff, das konnte Leonhard an seinen Augen erkennen. Der leitende Kommissar setzte erneut zu einem Schlagabtausch an, doch als er den Mund öffnete, ertönte eine leise Melodie.

»Das ist mein Telefon«, sagte Ella und griff hastig in ihre Jeanshose, die ihr viel zu gut stand, fand Leonhard. Schweigend starrte er auf ihren wohlgeformten Hintern.

»Greenwood«, meldete sie sich hastig. »Hallo, Frau Siebert … Ja, gern … Ja … Das trifft sich gut. Ihr Mann ist auch gleich da? … Das ist sehr schön!« Sie legte auf und drehte sich wieder um. Leonhard hob den Blick, doch es war zu spät – sie hatte bemerkt, wohin er die ganze Zeit über geschaut hatte. Sie räusperte sich und bedachte ihn mit einem Funkeln. »Frau Siebert und ihr Mann wollen uns sprechen.«

KAPITEL 24

Dennis saß auf dem wuchtigen Sofa und grübelte. Sein erigiertes Glied drückte gegen seine Hose und er spürte ein leises Kribbeln in den Lenden. Er wurde von einer Vorfreude gepackt, die ihn beinahe erstickte. Eine mächtige Lawine aus Neurochemikalien begrub all seine ängstlichen Gedanken. Er würde sich diese Polizistin nehmen. Zum ersten Mal waren seine Fantasien erotischer Natur. Er würde sie verstecken, in seinem Keller, wie schon viele Frauen zuvor, aber nicht in diesem Haus. Er hatte nun ein besseres Versteck, und sein Vater würde nichts davon mitbekommen. Er war Profi und hatte schon einen Plan. Diese Vorstellung, wieder jemanden ganz für sich allein zu haben, etwas zu besitzen, beflügelte ihn beinahe. *Ja, ich bin ein Genie*, sagte er zu sich selbst. Sein Vorgehen war simpel, genau das wog die Gefahr auf, bei seinem Vorhaben geschnappt zu werden. Denn er fühlte sich sicher. Alles, was er tat, plante er akribisch voraus.

In Gedanken ging er noch einmal alles durch. In seinem Auto hatte er sämtliche Utensilien, die er für seinen nächsten Besuch benötigte. Hinter seiner Stirn sah er Menschen, die wie Darsteller in einer Farce über die Bühne liefen und ihren Namen riefen, und er, der Böse, saß hinter dem Vorhang und lachte sich ins Fäustchen. »Das ganze Leben ist nur eine Bühnenshow«, flüsterte er heiser und stand auf.

KAPITEL 25

Ella stand an der Tür, Leonhard bezog dicht hinter ihr Stellung. »Wir haben mindestens einen Mord und einen möglichen Selbstmord und nach wie vor keinen Mörder, sprich, wir benötigen auf jeden Fall eine richterliche Vorladung. Doch zuerst müssen wir herausfinden, wen wir überhaupt vorladen wollen«, sprach er in gedämpftem Ton.

»Das ist mir klar, aber wenn dieser Luis doch etwas damit zu tun hat?«

»Wir dürfen keine voreiligen Schlüsse ziehen. Sein Bruder macht auch nicht gerade einen vertrauenswürdigen Eindruck.«

Ein leises Kratzen im Türschloss brachte die beiden Polizisten zum Schweigen.

»Kommen Sie bitte rein«, begrüßte sie Frau Siebert. »Mein Mann duscht gerade, er kam erst spät in der Nacht nach Hause und ist vor Erschöpfung auf dem Sofa eingeschlafen. Und entschuldigen Sie die Unordnung, aber ich komme nicht wirklich rum.«

»Das macht nichts, bei mir zu Hause sieht es noch schlimmer aus, selbst dann, wenn ich aufgeräumt habe«, tat Leonhard sein Bestes.

Ella glaubte, dass er log, so piekfein, wie er stets angezogen war. Mit diesem Gedanken folgte sie der Frau und ihrem

Kollegen, der erneut die Führung übernahm, obwohl sie noch kurz zuvor darüber gesprochen hatten, dass sie das Gespräch leiten sollte.

Steven hockte auf dem Sofa, vertieft in sein Tablet, das Gesicht vom gelben Licht erhellt. Er war mit übergroßen Kopfhörern auch akustisch von der Welt abgeschirmt und nahm um sich herum nichts mehr wahr. Als ihn seine Mutter jedoch sanft an die Schulter tippte, hob er den Kopf. Wie ein aufgescheuchter Vogel, die Augen weit aufgerissen, schnell blinzelnd, starrte er zuerst Leonhard, dann Ella an. Mit einer hastigen Bewegung riss er sich die Kopfhörer vom Kopf und sprang mit ausgestrecktem Arm vom Sofa, die Hand zum Händedruck bereit.

»Zuerst die Dame«, ermahnte ihn seine Mutter in einem sanften, dennoch leicht tadelnden Ton. Der Junge korrigierte im Gehen die Richtung und hielt Ella seine kleine Hand hin. Sie fühlte sich warm und weich an. »Du heißt Steven, nicht wahr? Wir haben uns schon mal gesehen, kannst du dich noch an mich erinnern?« Ella ging leicht in die Knie.

»Ja«, flüsterte der Junge und senkte schüchtern den Blick.

»Wie alt bist du, Steven?«

»Acht.«

»Echt? Ich hätte dich auf zehn geschätzt«, wunderte sich Ella und berührte freundschaftlich seine Schulter.

Ein stolzes Lächeln kroch über Stevens Lippen. Sein blondes Haar war feucht, er roch nach Shampoo und einem Herrenparfüm.

Ella ließ seine Hand los und rieb sich unmerklich die Hand an ihrer Hose trocken. Der Junge schwitzte vor Aufregung.

»Müsstest du nicht in der Schule sein, Steven?«, wollte Leonhard wissen und klatschte den Jungen mit einem High five ab.

»Nö, wir haben heute frei. Lehrerkonferenz.«

»Aha, dann hast du heute also den ganzen Tag lang Zeit zum Ballern?«

Steven hob irritiert die Augenbrauen und suchte bei seiner Mutter nach Unterstützung. Sein Blick war besorgt, als fühlte er sich gerade in die Ecke gedrängt.

Leonhard hüstelte verlegen. Auch die Mutter wusste nicht, was sie sagen sollte.

»Mein Junge spielt so was nicht. Wir sind ein friedliches Volk«, ertönte eine klare männliche Stimme. Ella und ihr Kollege schauten zur Tür. Herr Siebert kam herein und rubbelte sich mit einem grauen Handtuch, das früher einmal weiß gewesen war, die Haare trocken. Er trug nur eine schwarze Jogginghose. Ella sah verwundert auf den durchtrainierten Oberkörper. Er hatte nicht übermäßig viel Muskelmasse, aber er war einer dieser Typen, die viel stärker waren, als sie den Anschein erweckten.

»Treiben Sie viel Sport?«, rutschte es ihr heraus.

Der Mann warf das Handtuch auf den Couchtisch und rieb sich die Wange, als wollte er prüfen, ob sie auch glatt genug war. »Ich bin von Natur aus so«, sagte er schlicht und legte seinem Sohn schützend die Hand auf die Schulter. »Nun geh in dein Zimmer. Du hast noch zehn Minuten für den Film, danach machst du deine Aufgaben.«

»Aber ich habe doch heute keine Schule«, säuselte der Junge.

»Ohne Fleiß kein Preis. Nur wenn du Einser mitbringst, und nur dann, musst du keine Extra-Aufgaben machen. Danach gehen wir zum, hm, du weißt schon.« Luis zwinkerte seinem Sohn kumpelhaft zu.

Ein freudiges Strahlen erhellte das Gesicht des Kindes. »Okay«, stimmte er schnell zu und lief aus dem Wohnzimmer in den Flur. Kurz darauf klackte eine Tür, die leise ins Schloss fiel.

»Ich habe Ihr Kommen nicht gehört, sonst hätte ich mich noch schnell umgezogen, ich dachte nicht, dass Sie so schnell da sein werden.«

Er wirkte heute ganz anders, fiel Ella auf, doch sie behielt ihren neutralen Gesichtsausdruck bei.

Auch Leonhard blieb regungslos vor einem Fenster stehen und warf einen kurzen Blick nach draußen. Mit zwei Fingern schob er den zerknitterten Vorhang beiseite und sah etwas länger hinaus. Der gelbe Stoff raschelte in der entstandenen Stille, weil niemand etwas äußerte. Nur das leise Rauschen vorbeifahrender Autos war zu hören.

»Wie oft sehen Sie Ihren Bruder?« Leonhard bewegte seinen Kopf langsam nach rechts, dann nach links. »Hat er Sie schon mal besucht?« Erst jetzt drehte er sich um und taxierte den Mann mit einem fragenden Blick. Noch bevor Luis zu einer Antwort ansetzen konnte, schob Ellas Partner eine andere Frage nach: »Wir haben unten geparkt. Der Stellplatz hat dieselbe Nummer wie Ihre Wohnung, ich hab extra darauf geachtet. Haben Sie kein Auto?«

»Doch. Wir vermieten den Parkplatz weiter. Aber bitte schicken Sie mir deswegen keinen auf den Hals. Wir haben das nirgends angemeldet, aber wegen dreißig Euro im Monat kann ich doch nicht belangt werden, oder?«

»Nein, wir sind ja auch nicht vom Ordnungsamt.«

»Für dieses Geld kann ich meinem Sohn Bücher kaufen und etwas, das wir uns nur selten gönnen.«

»Und das wäre?«

»Eine Pizza oder Eis. Wir sind nicht arm, aber es reicht trotzdem nicht immer aus. Erwähnen Sie das aber bitte nicht in Anwesenheit meines Kindes. Ich möchte nicht, dass er wegen so etwas in der Schule aufgezogen wird.«

»Ich habe kleine Adidas-Schuhe vor der Tür stehen sehen.«

»Das ist jetzt in. Wir haben lange dafür gespart. Ich will nicht, dass er zu einem Außenseiter wird.«

»Waren Sie früher einer?«

Luis schwieg und presste fest die Zähne aufeinander, sodass seine Kaumuskeln durch die glatt rasierte Wange hervortraten. Auch seine Oberarme spannten sich an.

»Man steht irgendwo abseits und möchte, dass man einfach ignoriert wird«, fuhr Leonhard fort. Er lachte humorlos auf. Mit diesem Satz zog er die Aufmerksamkeit auf sich.

»Aber Sie tragen eine Rolex, eine Designerhose und ein Hemd, das wahrscheinlich mehr kostet, als ich im Monat mit meinen drei Jobs verdiene. Und Sie wollen behaupten —«

»Es gibt Kinder, die reiche Eltern haben, es gibt aber auch Kinder, die arme Eltern haben. Und manchmal kommt es auch vor, dass Kinder irgendwann mit etwas Glück und Verstand mehr verdienen, wenn sie es satthaben, ständig von der Gesellschaft ausgegrenzt zu werden, und etwas aus ihrem Leben machen. Man muss es nur wollen.«

»Aber nicht jeder ist mit einem hellen Verstand gesegnet wie Sie.«

»Danke für die Blumen, aber so helle bin ich nicht. Ich habe mich nur nicht unterkriegen lassen.«

»Ich möchte nicht, dass mein Junge sich prügelt.«

»Das muss er ja auch nicht …«

Der gedämpfte Aufschrei eines Kindes brachte die Eltern dazu, aus dem Wohnzimmer zu stürmen, womit sie Ella einen Schrecken einjagten.

Leonhard blieb jedoch ruhig.

Ella bedachte ihn mit einem prüfenden Blick. »Sie waren niemals arm, das haben Sie mir selbst erzählt«, zischte sie.

»Na und, ich baue nur etwas auf, womit ich arbeiten kann«, zischelte er zurück.

»Aber das ist der falsche Weg, so baut man kein Vertrauen auf.«

»Ich will ihn ja auch nicht heiraten.«

»Er ist bereits verheiratet.«

»Eben. Und jetzt beruhigen Sie sich lieber. Sparen Sie Ihre Kräfte für etwas anderes auf. Anstatt mir die Leviten zu lesen, sollten Sie sich lieber überlegen, wie Sie den Mann auf Ihre Seite ziehen können. Ich knöpfe mir die Frau vor. Sie ist ihm hörig und ist es von Grund auf nicht gewohnt, sich einer männlichen Person zu widersetzen. Eine autoritäre Erziehung alter Schule, da hatte noch der Vater die Hosen an. Wir haben viel Arbeit vor uns, darum bleiben Sie konzentriert. Sie und ich spielen in einem Team.«

Leonhard hatte recht. Die Arbeit zermürbte sie nach und nach und machte sie aggressiv. Ella warf einen hastigen Blick über die Schulter, noch waren sie allein. »Was ist eigentlich mit diesem Nachbarn, diesem Herrn Krakowitz? Gehört er nicht mehr zum Kreis der Verdächtigen?«

»Er ist zwar der Vater des ungeborenen Babys, aber nicht der Mörder.« Leonhard trat ganz nah an Ella heran, sodass sein herbes Parfüm ihr in die Nase stieg. »Ich habe einen Ergotherapeuten engagiert, der mit ihm einige Koordinationsübungen durchführen sollte, Knotenbinden inbegriffen. Wir haben den epileptischen Anfall wie einen Mini-Herzinfarkt aussehen lassen und vorsorglich diese Untersuchungen durchgeführt, um Schlimmeres auszuschließen.« Leonhard malte Gänsefüßchen in die Luft. »Er kann diesen Knoten nicht binden. Er ist vielleicht gut im Bett, aber er ist ein Bewegungslegastheniker. Alle seine Schuhe haben Klettverschlüsse. Er behauptet, kein Gefühl in den Fingerspitzen zu haben, und Schlaufenbinden fällt ihm schwer.«

»Und warum erfahre ich das erst jetzt?«

»Weil Sie mich erst jetzt danach gefragt haben.«

Ella vernahm Schritte.

»Er hatte sich nur den Finger eingeklemmt, nichts Schlimmes.« Mit diesen Worten betrat Larissa Siebert das Wohnzimmer.

»So sind die Kinder eben«, entgegnete Leonhard.

»Wo ist Ihr Mann?«, wollte Ella wissen.

»Er ist bei Steven geblieben. Wenn Luis zu Hause ist, rutsche ich auf den zweiten Platz.«

»War das schon immer so?« Ella folgte einer Intuition, weil sie aus dem, was Larissa sagte, etwas herauszuhören glaubte, das sie stutzig machte.

»Ich weiß nicht so recht, wie ich darauf antworten soll.« Larissa war um einen neutralen Ton bemüht. Hinter der scheinbar echten Lässigkeit verbarg sich eine unsichere Frau, die sich ohne ihren Mann verloren vorkam. Sie schaute sich um und senkte den Blick. Eigentümlicherweise hatte sie genau mit dieser Unsicherheit Ella verraten, dass sie genau an dieser Stelle tiefer graben sollte. *Wir müssen das Fernbleiben ihres Mannes ausnutzen,* versuchte sie, ihrem Partner mit den Augen zu vermitteln.

»Frau Greenwood, setzen Sie doch die Unterhaltung mit Herrn Siebert fort. Ich bleibe mit Frau Siebert hier.« Er warf der Frau einen fragenden Blick zu.

»Meine Jungs sind im Kinderzimmer, gleich links und dann den Flur entlang. Ich zeige Ihnen lieber, wo es ist. Mein Mann mag es nicht, wenn ich –«

»Mit anderen Männern ein Gespräch führe? Mein Beruf macht mich zu einer geschlechtslosen Person. Wie gesagt, wir unterhalten uns nur. Es ist ja keine Befragung, ansonsten würden wir Sie beide ins Präsidium mitnehmen oder zu einer richtigen Befragung vorladen. Das wollen wir aber Ihnen und insbesondere Ihrem Sohn ersparen. Er hat sicher auch so genug in der Schule zu kämpfen, das wäre nur ein gefundenes Fressen für die Tyrannen, die ihn piesacken. Schließlich haben Sie uns zu diesem vertraulichen Gespräch eingeladen.«

Die Frau wirkte ganz anders als beim ersten Treffen mit Ella. Eingeschüchtert und überhaupt nicht selbstbewusst. Sie nickte zustimmend. »Wir gehen am besten in die Küche und ich mache uns einen Kaffee. Wissen Sie, wenn ich jetzt so darüber nachdenke, war das ein dummer Einfall von mir. Aber jetzt sind Sie da und ich möchte Sie ungern wieder wegschicken. Bei einer Tasse heißem Kaffee werde ich vielleicht wieder anders darüber denken.«

»Das würde auch mir wirklich guttun, so eine Tasse Kaffee.« Leonhard lächelte.

**

Ella klopfte leise gegen den Türrahmen und spähte in das kleine Zimmer, das vollgestellt wirkte und wie der Rest der Wohnung einen renovierungsbedürftigen Eindruck machte. Alles war lieblos zusammengewürfelt. Steven kauerte auf einem billigen Teppich, auf dem ein Straßennetz mit Ampeln, Alleen und Häusern nachempfunden war. Darauf standen mehrere kleine Menschenfiguren. Der Vater saß halb liegend neben seinem Sohn und machte Motorengeräusche nach. In der linken Hand hielt er eines der Spielzeugautos, die in einer durchsichtigen Box aufbewahrt wurden, und fuhr durch die Straßen über den Teppich.

Ohne auf Ellas Klopfen zu reagieren, fuhr Luis immer schneller. Das erneute Klopfen ignorierte er geflissentlich. Er ahmte ein Reifenquietschen nach und ließ das Auto sich mehrmals überschlagen.

»Schnell, ruf den Notdienst, der Wagen steht in Flammen«, rief er mit panischer Stimme.

Der Junge sprang auf, rannte zu einem der drei Regale und holte einen kleinen, roten Koffer. Hastig ließ Steven den Deckel aufschnappen und fischte einen kleinen Feuerlöscher heraus.

In der gespielten Hektik erkannte Ella eine gewisse Routine. Das veranlasste sie zu der Frage: »Spielen Sie diese Szene oft nach? Für Ihren Sohn ist es nur ein Spiel, aber für Sie muss dieses Ereignis eine besondere –«

»Nein«, unterbrach Luis sie barsch und fuhr seinem Sohn sanft über die Wange, weil der Junge zusammengezuckt war.

»Mein Opa ist bei einem Autounfall gestorben, weil ein Idiot mit über hundert Stunden pro Kilometer durch die Stadt gerast ist.«

»Kilometer pro Stunde, Steven«, verbesserte ihn sein Vater und schenkte ihm ein trauriges Lächeln. Erst jetzt erkannte Ella, dass eines der kleinen Männchen unter dem Wagen begraben war. Die kleine Figur trug ein rotes Hemd und eine blaue Hose, wobei die anderen Miniaturen viel blasser wirkten.

Steven hob mit seinen kleinen Fingern das Auto an und holte den Avatar seines verstorbenen Opas unter dem Auto hervor. »Das ist mein Opa. Mein Papa hat ihn sogar angemalt, mit Ölfarbe.« Steven verzog den Mund zu einer traurigen Schnute und stülpte die untere Lippe hervor. »Ich muss aufs Klo«, säuselte er und sprang auf die Füße.

»Zuerst musst du deinen Opa in den Sarg legen, wo er seine Ruhe hat«, ordnete Luis mit fester Stimme an. In diesem Augenblick schien er nicht zu Scherzen aufgelegt.

Ein kalter Schauer der Empörung kroch Ellas Rücken hinauf bis in den Nacken.

Tatsächlich hielt Steven kurz darauf eine kleine Schachtel in den Händen und legte die Puppe hinein. »Ruhe in Frieden, Opa, möge der Mann, der dir das Leben genommen hat, in der Hölle schmoren«, sprach er den Satz wie ein Gebet, klappte den

Deckel zu, stellte den kleinen Sarg ins Regal und huschte an Ella vorbei in den Flur.

Ein säuerlicher Geruch stieg Ella mit dem flüchtigen Luftzug in die Nase. Das Zimmer müsste ausgemistet und durchgelüftet werden, doch das war nicht ihre Sorge. »Wollen Sie darüber reden?« Ella stand einfach nur da und musterte den Mann, der weiter auf dem Boden kauerte, den Oberkörper mit der rechten Hand abstützend.

Er holte geräuschvoll Luft und rappelte sich hoch. »Eigentlich nicht. Hat ja auch nichts damit zu tun.«

»Womit?«

»Mit den ganzen Morden, die mich zu verfolgen scheinen«, sagte er mit müder Stimme. Ella wusste nicht, ob die Information, die er preisgab, lediglich eine Feststellung oder ein weiterer versteckter Hinweis war, mit dem sie im Moment nichts anfangen konnte.

Beide versanken in ein befangenes Schweigen. Jeder dachte einen kurzen Augenblick nach. »Warum wollten Sie eine Aussage gegen Ihren eigenen Zwillingsbruder machen?«, ergriff schließlich Ella als Erste das Wort.

»Meine Frau hat da etwas verwechselt. Ich wollte nicht gegen ihn aussagen, sondern Ihnen etwas aus unserer Kindheit erzählen, damit Sie mich besser verstehen können. Vielleicht akzeptieren Sie mich dann so, wie ich bin. Wie allgemein bekannt ist, nimmt die Zukunft ihre Anfänge in der Vergangenheit.«

»Wie lange waren Sie von Ihrem Bruder getrennt?«, fragte Ella.

Luis' Augen wanderten nach rechts oben. Er überlegte. »Das kann ich nicht mit Sicherheit beantworten.«

»Was hat Sie dazu gebracht, den Kontakt zu Ihrem Bruder abzubrechen, nachdem Sie ihn endlich wiedergefunden hatten?«

Die Augen wanderten nun nach links. *Der Befragte greift auf den visuellen Kortex zurück, wenn er sich gezwungen fühlt, etwas*

neu zu ersinnen oder Szenen in das Tatgeschehen hineinzuinter-
pretieren, die so nicht stattgefunden haben, erinnerte sich Ella an
einen Satz aus ihrem Buch, das sie oft vor dem Schlafengehen
mit ins Bett genommen hatte.

»Was hat er angestellt?«

Luis warf den Kopf in den Nacken und schloss die Augen.
»Eigentlich nichts, und doch hatte dieses Ereignis schlimme
Folgen.« Er senkte wieder den Kopf und schaute Ella mit rot
unterlaufenen Augen an. Tränen schimmerten darin und ließen
sie glasig erscheinen.

»Wir beide wurden voneinander getrennt, sahen uns aber
fast jeden zweiten Tag, manchmal auch öfter. Wir gingen in
denselben Kindergarten, dann in dieselbe Schule, aber nie in
dieselbe Gruppe und saßen auch nie an derselben Schulbank
zusammen.« Er legte eine Pause ein, weil seine Stimme jeden
Moment zu versagen drohte. Die aufgewühlten Emotionen
schnürten ihm die Luft ab.

Ella entging nicht, wie sich die Mimik in Luis' Gesicht
veränderte. Es handelte sich dabei nur um eine Minigestik,
dennoch verwandelte diese unscheinbare Veränderung sein ganzes Wesen. Er wirkte auf einmal kühl und abgestumpft. Luis
zögerte, ehe er seinen Blick kontrolliert nach rechts oben hob.

»Dann hatte Dennis eine Idee. Er schlug vor, die Plätze zu
tauschen. Selbst unsere Mutter hatte Mühe, uns voneinander zu
unterscheiden, darum kämmte sie mein Haar stets nach links
und Dennis' nach rechts.« Er verzog seinen Mund zu einem
müden Lächeln, machte zwei Schritte auf Ella zu und ließ seine
linke Hand nach vorn schnellen.

Ella blieb keine Zeit, seiner Bewegung auszuweichen.
Sie spürte den vagen Lufthauch an ihrem rechten Ohr und
schmeckte Blut. Sie hatte sich vor Schreck auf die Zunge
gebissen.

Luis stand so dicht vor ihr, dass sie seinen warmen Atem auf ihrem Gesicht spürte. »Tut mir leid, wenn ich Ihnen damit Angst eingejagt habe, aber ich wollte Ihnen lediglich dieses Foto zeigen.«

Ella bewegte ihren Kopf nach rechts und trat in einer Drehbewegung einen Schritt nach hinten und zur Seite.

Luis nahm das eingerahmte Foto von der Wand. »Sehen Sie«, raunte er und reichte ihr das Bild, dabei berührte er ihre Finger mit den seinen und fuhr sich mit der Zunge kurz über die Lippen. »Sie riechen gut und sehen gut aus«, hauchte er. Es klang beinahe wie eine Liebeserklärung.

Ella hatte Mühe zu schlucken. Der Mann war unberechenbar. Oder spielte er ihr bloß etwas vor, damit sie ihn endlich in Ruhe ließ? Sie senkte die Augen und betrachtete das Abbild. Zwei Jungen standen nebeneinander, die Arme jeweils um die Schultern des anderen gelegt, und grinsten um die Wette in die Kamera.

»Und was geschah danach?«, fragte Ella.

»Wir gingen nach dem Fußballtraining in die Dusche und frisierten unsere Haare um. Am Anfang war es spannend und aufregend.«

»Das bedeutet, dass Sie zuerst bei Ihrer Mutter gelebt haben?«

Seine Augen huschten hin und her. Er blinzelte schnell. »Natürlich«, erklang die Antwort übereilt.

»Dennis lebte zuerst bei Ihrem leiblichen Vater, danach bei seiner Mutter. Wann haben Sie wieder getauscht? Aber müssen Sie nicht mehrmals getauscht haben? Mindestens zweimal?«

»Wie gesagt, ich war endlich bei meinem Vater, den ich sehr vermisst hatte. Aber dann hat er eine Frau gefunden, die ihn dazu gebracht hat, den Kontakt zu seiner Ex-Frau zu unterbinden. Wir zogen in ein anderes Stadtviertel um. Danach sah ich meinen Bruder nie wieder.«

»Und das haben Sie Ihrem Bruder nie verzeihen können, obwohl er an Ihrem Schicksal keine direkte Schuld hatte?«

Luis nickte.

»Und dennoch haben Sie später nach ihm gesucht?«

Wieder ein Nicken. »Blut ist dicker als Wasser. Familie geht vor, das hat meine Mama immer gesagt.«

»Doch die Gefühle haben die alten Erinnerungen so hochgeschaukelt, dass Sie heftig miteinander gestritten und dann den Kontakt erneut unterbrochen haben?«

Ella wartete. Dieser Luis hatte etwas an sich, das gleichermaßen abstoßend wie anziehend wirkte. Sie betrachtete seine Hände. Konnten diese Finger einen Knoten binden? Ella war von jeher neugierig gewesen, so wusste sie zum Beispiel, dass drei Viertel aller multiplen Sexualmörder schon nach ihrer zweiten Tat ein modifiziertes Tatmuster erkennen ließen, wenn auch nur partiell. Der Mann, nach dem sie fahndeten, wurde ebenfalls von der Lust zum Töten motiviert. Vielleicht waren es situative Bedingungen oder soziale Einflüsse, die den Mörder dazu gebracht hatten, diese Frauen zu töten? Sie wusste auch, dass endogene wie auch exogene Faktoren einen Täter an seiner Perseveranz festhalten ließen. Der Täter wurde von innen wie auch von außen gesteuert, darum waren die Abfolgen seiner Taten an die jeweilige Situation angepasst. Die situativen Bedingungen waren entscheidend.

»Hatten Sie oft Streit mit Ihrem Bruder? War er anders als Sie?« Sie wartete auf eine Reaktion ihres Gegenübers.

»Sie glauben, dass entweder mein Bruder oder ich diese Taten begangen haben?« Er lachte herablassend auf.

»Taten?«

»Zuerst die Frau, dann der Hausmeister«, entgegnete er lapidar und hängte das Foto zurück an die Wand. »Falls hinter diesen Morden ein und derselbe Mann steckt, so deuten die Taten auf ein rationales wie auch taktisches Vorgehen hin. Ich jedoch bin ein Chaot und mein Bruder ein Idiot. Somit passen wir beide nun wirklich nicht in dieses Schema.«

»Sie drücken sich erstaunlich gewählt aus«, tat Ella überrascht. Sie war von der Wortgewandtheit des Mannes sichtlich beeindruckt.

»Ich habe früher viel über die menschliche Psyche gelesen, weil ich verstehen wollte, wie zwei erwachsene Menschen ihre Kinder wie ein Auto oder andere alltägliche Gegenstände behandeln können. Ich und mein Bruder wurden gerecht aufgeteilt.«

»Sie nennen sich gern zuerst.«

»Weil mein Bruder es nicht wert ist, als Erster genannt zu werden. Er hat mein Leben ruiniert.«

»Und das beschäftigt Sie immer noch.« Das war eine Feststellung und keine Frage. Ella wartete nicht, sondern provozierte ihn bewusst: »Wollten Sie sich jemals dafür an Ihren Eltern rächen? Oder vielleicht an Ihrem Bruder, weil er Sie auf diese Art hintergangen hat?«

Luis mahlte mit den Zähnen. »Ich wollte meinem Bruder nur sagen, wie sehr ich meine Mutter all die Jahre vermisst habe.« Der Zorn, der seine Stimme zum Schwingen brachte, widerte ihn an, denn es klang so, als würde er gleich losheulen. »Ich wollte ihm all das erzählen – wie es ist, ohne Mutter aufzuwachsen. Das war ungerecht.«

»Und was hat er darauf erwidert?«

Luis ließ sich Zeit. Dann, nachdem er sich sicher war, dass seine Stimme fest genug war, setzte er zu einer Antwort an. »Er sagte, diese Art von Gerechtigkeit existiere nicht, vielleicht in unseren Träumen, aber nicht in der Realität. Das Böse siege über das Gute.«

Die ruhige Art der Frau verlieh der ganzen angespannten Situation einen schlichteren Touch. Luis konnte sich langsam entspannen.

Die Polizistin lächelte, doch ihr durchdringender Blick strafte ihre Gutmütigkeit Lügen.

Sie ist wie ein Jäger auf der Pirsch, dachte Luis und strengte sich an, der Frau nicht zu viel von sich zu verraten. Er wollte nicht, dass sie ihm aus seinen Geschichten einen Strick drehen könnte. Das wäre fatal und ungerecht.

»Bestünde eine Möglichkeit, Sie und Ihren Bruder zu einem gemeinsamen Gespräch zu bewegen, sodass Sie und er sich aussprechen können? Ich könnte Ihnen als Vermittler zur Seite stehen.«

»Dennis will mich nicht mehr sehen, genauso wie auch ich ihn nicht mehr sehen möchte.«

»Warum haben Sie uns dann eingeladen?«

»Damit Sie sich überzeugen können, dass ich kein Spinner bin. Ich habe keine abnormen Fantasien ...«

»Aber Ihr Sexualleben hat einen rituellen Ablauf. Alles geschieht nach einem bestimmten Schema«, mischte sich Leonhard ein. Er tauchte hinter Ella auf und sah dem Mann direkt in die Augen. Seine Kollegin fuhr erschrocken herum und warf ihm einen zornigen Blick zu. Er schaute an ihr vorbei und sagte: »Sie mögen es sehr oft und sehr hart.«

»Na und? Macht mich das zu einem Mörder? Warum hat sie Ihnen das überhaupt erzählt?« Er klang dabei mehr peinlich berührt als wütend.

»Es soll ja kein Vorwurf sein, ich beneide Sie sogar ein wenig.«

Luis furchte die Stirn, weil er nicht wirklich begriff, was Leonhard damit sagen wollte.

»Sie sind verheiratet und haben einen Sohn, trotzdem treiben Sie es, als hätten Sie nur eine flüchtige Affäre.« Leonhard stülpte die Unterlippe nach außen und hob eine Augenbraue.

Luis wusste nicht, ob er von Leonhard gelobt oder ausgelacht wurde, dennoch entspannten sich seine Züge. Genau das hatte Leonhard beabsichtigt. »Wir lieben uns und haben nicht wirklich viel Zeit füreinander«, entgegnete Luis mit stolzgeschwellter Brust.

»Das freut mich für Sie. Ich für meinen Teil bin hier fertig. Und Sie, Frau Greenwood?«

Sie nickte knapp.

»Dann wollen wir Sie nicht weiter stören. Danke, dass Sie uns eingeladen haben«, bedankte sich der Polizist und wartete, bis Ella sich vom Herrn des Hauses verabschiedet hatte. Danach verließen sie schweigend die Wohnung und marschierten zum Wagen, ohne ein Wort zu verlieren.

»Warum haben Sie sich eingemischt?«, wollte sie dann doch wissen, während sie die Beifahrertür öffnete.

»Unser Chef will uns sprechen.«

Ella schüttelte den Kopf und setzte sich in den warmen Sitz, weil die Sonne genau durch die Windschutzscheibe schien und sie die ganze Zeit blendete.

***

Der dickliche Mann tigerte vor und zurück, die Hände hinter dem Rücken verhakt. »Mir ist wohlbekannt, dass die Tatelemente grundlegend von den pathologischen Persönlichkeitsneigungen eines Mörders gelenkt werden, seine Fantasien unterscheiden sich von unseren ganz enorm. Aber auf eigene Faust so ein Ding zu bringen, grenzt an Verantwortungslosigkeit.« Der Chef des Kommissariats war fast außer sich, seine gerötete Haut bekam an den Wangen dunkle Punkte. »Ich warne dich, voreilige Schlüsse zu ziehen, Leonhard.«

»Aber das hatte ich doch gar nicht vor«, fuhr Leonhard auf und musste sich zusammenreißen.

»Warum hast du dann Herrn Krakowitz ohne die Einwilligung des behandelnden Arztes einem Test unterzogen?«

236

»Das war doch bloß ein Test«, verteidigte sich Leonhard kleinlaut.

»Und was ist mit der falschen Diagnose? Mit der hättest du beinahe einen richtigen Herzinfarkt ausgelöst.« Reinhold Stettel hob den Zeigefinger und rang nach Luft. Auf seiner Glatze glänzten winzige Schweißtropfen, die immer größer wurden. Trotz der Hitze trug er immer noch den hässlichen Pullunder. Ella stand an der Tür und wagte nicht, sich zu rühren.

»Ich kann euch wegen dieser dämlichen Aktion suspendieren. Alle beide.« Der kleine Mann schnappte geräuschvoll nach Luft.

Leonhard stand einfach nur da. Er machte keinen geknickten Eindruck, im Gegenteil: Mit stoischer Haltung stellte er sich zwischen seinen Chef und Ella, als wollte er sie vor dem Groll des kleinen Mannes beschützen.

»Sie wusste davon nichts, der Scheiß geht ganz allein auf meine Kappe. Ich habe ihr diese Informationen vorenthalten. Du kannst dir die Floskeln sparen, Reinhold, sie gehört zum Team.«

Hat er mich deswegen nicht eingeweiht, fragte sich Ella und spürte, wie ein angenehmes Kribbeln durch ihre Glieder kroch.

»Der Mörder fügte seinen Opfern keine vitalen, aber auch keine postmortalen Verletzungen zu, die auf eine Vergewaltigung oder Verstümmelung hindeuten würden. Tom meint, alle Hämatome seien auf einen Kampf zurückzuführen, wobei ich jetzt lediglich von Gisela Jung und dem Hausmeister spreche. Die anderen gehängten Frauen wurden missbraucht und entstellt.«

»Die letzte Leiche, die wir in Sternwarts Wohnung gefunden haben, war stark sediert.«

»Sie war auch bisher die einzige, der der Täter den Arm gebrochen hat«, vervollständigte Leonhard den Satz und sah

Reinhold Stettel mit einem vagen Lächeln an. »Du sollst es lassen, Reinhold.«

»Was?«, empörte sich der Polizeihauptkommissar.

»Dein Hinken ist psychosomatisch.«

»Erzähl du mir nichts von Psychologie. Finde lieber diesen hochfunktionalen Psychopathen, der allem Anschein nach seine Vorgehensweise zu ändern beginnt, bevor weitere Frauen von ihm verschleppt und getötet werden.«

Leonhard zog abwägend die Mundwinkel nach oben. »Also wird mein Experiment unter den Teppich gekehrt?«

»Ja, gottverdammt. Tut mir leid, aber wenn der Kerl da ist, gehen die Pferde mit mir durch«, ergänzte der Polizeihauptkommissar mit hochroter Miene an Ella gewandt. »Ihr könnt wieder gehen, morgen findet eine Pressekonferenz statt, da will ich mehr in der Hand haben als nur verwaschene Vermutungen, die auf jeden zehnten Mann passen könnten. Sie haben sich mit Herrn Siebert unterhalten, Frau Greenwood? Haben Sie dabei etwas herausgefunden, was unserem Herrn Kommissar nicht aufgefallen ist?«

Ella schüttelte den Kopf und versuchte gleichzeitig, sich ihre Enttäuschung nicht sonderlich anmerken zu lassen. Plötzlich kam ihr eine Idee, die sie jedoch vorerst für sich behielt. Statt zu antworten, hob sie nur die Schultern und presste bedauernd die Lippen aufeinander. Sie würde Herrn Siebert ein Treffen außerhalb seiner Wohnung vorschlagen. »Ich habe noch einen Termin, der sich nicht verschieben lässt«, murmelte sie. *Jeder Mann hat einen Schwachpunkt, der sich eine Handbreit unter der Gürtellinie befindet.* Mit diesen unsittlichen Gedanken machte sie sich daran, das Büro zu verlassen, ohne sich richtig von den beiden Herren verabschiedet zu haben.

»Und du, Leonhard«, hörte Ella im Rausgehen, »darfst dir keinen Fehltritt mehr erlauben.« Reinhold Stettel ließ die Drohung einige Sekunden lang wirken, bevor er in einem versöhnlicheren Tonfall hinzufügte: »Und jetzt sieh zu, dass auch du Land gewinnst.«

Ella trat in den Flur und beschleunigte ihren Gang, dabei hörte sie das Klackern von Absätzen hinter sich. Die Schritte wurden schneller und lauter.

»Einen schönen Tag noch, Kollegin«, sagte Leonhard im Vorbeigehen und bog nach links ab. »Den heutigen Papierkram übernehme ich natürlich gern für Sie«, brummte er und stieß die Tür zu ihrem gemeinsamen Büro mit der Schulter auf.

Ella konnte sich ein höhnisches Grinsen nicht verkneifen. Sie drehte den Blick weg und sah im Augenwinkel, wie Leonhard alles vom Tisch fegte. Ihre Mundwinkel verzogen sich zu einem knappen Lächeln.

KAPITEL 26

Es war dunkel. Der kleine Vorgarten war nur durch das Licht aus den Fenstern beleuchtet. Dennis duckte sich und rang nach Atem. Als hielte eine eiserne Faust seinen Hals umfangen, röchelte er schwer und schlich sich weiter zu dem Fenster, in dem er eine Silhouette erkannte.

Er spürte, wie seine Nackenhaare sich aufstellten. Sein Penis wurde hart und drückte unangenehm im Schritt.

Als Kind hatte er damals tatenlos zugeschaut, wie seine Mutter vergewaltigt wurde. Sie war tot gewesen und trotzdem hatte sich sein Vater auf sie gelegt. Zuvor hatte er ihn, seinen Sohn, grün und blau geschlagen und im Kellerschrank eingesperrt. Eine der Türen war stark verzogen gewesen, sodass Dennis alles mit ansehen konnte, wofür er sich später gehasst hatte, denn die Bilder ließen sich nicht mehr löschen. Dieses Erlebnis hatte sich in sein Gedächtnis eingebrannt, mit all seinen Gerüchen und Geräuschen und Vaters nacktem Hintern, der vom kalten Mondschein in graues Licht getaucht wurde. Sein weißer, haariger Arsch hüpfte und machte schmatzende Geräusche – als würde jemand mit nackten Füßen in einer schlammigen Pfütze herumspringen.

»Ich nehme mir jetzt das, was du mir all die Jahre verwehrt hast. Du bist meine Frau und ich dein Mann«, hatte er gegrunzt und immer wieder zugestoßen.

Dennis hatte sich danach nicht einfach in sein Schicksal ergeben und gewartet, bis sein Vater auch ihn umbringen würde. Nachdem sein Vater die Tür aufgeschlossen hatte, rammte ihm Dennis einen Schraubendreher ins linke Bein und nutzte den Augenblick der Überraschung. Doch weit kam er nicht. Auf der Straße hatte ihn sein Vater eingeholt und ihm gedroht, ihn genauso wie seine Mutter zu ficken, wenn er nicht stillhielte. Danach liefen sie zurück ins Haus. Am nächsten Tag hängten sie dann seine tote Mutter im Wald auf. *Merk dir diesen Ort genau, Junge*, hatte ihn sein Vater ermahnt, *und vergiss ihn sofort wieder, wenn die Bullen kommen.*

Dennis hatte sich tatsächlich nicht mehr an den Ort erinnern können. Nur den Baum sah er deutlich vor sich. Eine riesige Eiche mit knorrigen Ästen. Wie ein alter verwunschener Greis stand der Baum in dem vom Mond beschienenen Wald – ganz allein, weil er böse war, wie Dennis glaubte.

Seine Mutter hing da wie eine Hexe. Ihre Füße schwangen über dem Boden und scharrten leise. Er konnte sie sogar lachen hören, wie diese Frau aus einem Horrorfilm.

Dennis verdrängte die Bilder in seinem Kopf und konzentrierte sich auf die Umgebung. Mit einem heftigen Klopfen in der Brust ging er an die Eingangstür und suchte nach dem passenden Klingelknopf. Im Haus wohnten acht Parteien, darum brauchte Dennis nur wenige Sekunden, bis er die richtige Taste zweimal gedrückt hatte. Er kannte schließlich ihren Namen.

Er lauschte in die Stille, dabei stellte er sich vor, wie er die Frau nackt auf den Boden warf. Ihr in die ängstlich fragenden Augen hineinsah. Ihre angedeuteten Grübchen in den Wangen küsste. Wie er ihre auffallend blasse, ja fast schon durchsichtige Haut berührte und heftig in sie eindrang. Dabei stockte ihm der

Atem. Er war so in seine Gedanken vertieft, dass er die Stimme aus der Sprechanlage erst beim zweiten Hallo wahrnahm.

»Hier ist Herr …« Er verengte die Augen, weil ihm der Name entfallen war, und starrte auf das oberste Schildchen. »… Müllenweiler. Ich glaube, jemand hat bei Ihrem Wagen das Fenster eingeschlagen.« Dabei bemühte er sich, wie der ältere Herr zu klingen, den er am Vortag beim Gespräch mit einer Nachbarin beobachtet hatte.

»Einen Moment«, beeilte sich die Stimme aus dem Lautsprecher. »Ich komme sofort raus. Danke«, fügte sie noch schnell hinzu und hängte auf.

Dennis versteckte sich hinter einer dicken Fichte und spähte nach unten zu seinen Füßen. Der ausgetrocknete Rasen sah im Mondlicht, das durch die mächtige Baumkrone hindurchsickerte, wie versilbert aus. Er spürte den Herzschlag an seiner rechten Schläfe. Das Wummern war ohrenbetäubend. Als Kind hatte er die Lehren seines Vaters niemals infrage gestellt, und das war gut so. Die Schläge hatten ihn gestählt, die täglichen Beleidigungen hatten sein aufbrausendes Ego geschwächt, die Kanten seines Charakters abgerundet. Sein Vater hatte ihn zu einem unauffälligen Mann geformt, sodass er seinem Werk nachgehen konnte, ohne viel Aufsehen zu erregen. So wie jetzt. Erneut fiel er in ein Zwiegespräch mit sich selbst, doch dann ging ein Licht an und tauchte den Rasen unter seinen Füßen in ein mattes Gelb.

Mit bebenden Fingern knipste er die Taschenlampe an und winkte damit. »Ich bin hier. Kommen Sie mit, ich zeige Ihnen etwas. Wir können später die Polizei rufen.« Noch bevor er sich auf den Weg machte, bemerkte er, dass die Frau auf der Treppe stehen blieb und ihm nicht folgte. Sein Plan ging nicht auf, es war ein Desaster. Dennis wusste, dass er keine Zeit für Überlegungen hatte. Er musste handeln. Wie eine Wildkatze schlich er aus dem Schatten und sprang in den Lichtkegel der

Außenbeleuchtung. Die Frau riss den Mund auf und drehte sich schnell um. Sie flüchtete zurück ins Haus, doch kurz bevor ihre Hände die Tür erreichen konnten, fiel diese dumpf ins Schloss. Das leise Klirren von Schlüsseln verscheuchte die Stille. Sie fummelte am Schloss. Dann fiel ihr der Schlüsselbund aus den Händen. Sie sah sich hastig um und riss den Mund zu einem panischen Schrei auf. Dennis holte weit mit der Hand aus, in der er die schwere Taschenlampe fest umklammert hielt, und schlug einmal heftig zu. Der Schrei ging in ein leises Stöhnen über, schon sackte die zierliche Gestalt in sich zusammen und fiel in seine Arme. Ihre Augen waren für eine Sekunde groß, von Angst geweitet, die Pupillen entrundet und lichtstarr, im nächsten Moment fielen die Lider langsam zu. Sie roch nach Bratkartoffeln und Gesichtscreme. Nicht selten vergegenwärtigte sich Dennis, dass er krank war und triebgesteuert, aber so war er nun mal. Er küsste die Frau auf die Lippen, zärtlich und flüchtig, wie bei einer ersten Begegnung, dann legte er sein Ohr an ihre Nase. Sie atmete schwach. Mit einem sanften Ziehen in der Brust wuchtete er sich den erschlafften Körper auf die Schulter und verschwand in die Nacht.

KAPITEL 27

Leonhard schlief die dritte Nacht in Folge in seinem Büro. Für solche Fälle hatte er frische Klamotten in der Tasche, im Keller gab es einen Waschraum mit Dusche.

»Ich habe etwas übersehen«, sagte er mit entrüstet-vorwurfsvollem Unterton zu seinem Spiegelbild und spuckte den nach Minze schmeckenden Schaum in das kleine Waschbecken im Büro. In einer weitläufigen Stadt wie Berlin fiel ein einzelner Mensch nicht sonderlich auf, aber ein Serienkiller war schon etwas anderes.

Was treibt den Mann dazu, diese Frauen genau auf diese Weise umzubringen? Welche Geister animieren den Mann zu diesen Taten? Mit der Zahnbürste im Mund ging er zur Pinnwand und betrachtete erneut die Momentaufnahmen von Frauen, deren Leben von zwei männlichen Händen erstickt worden war.

»Ich gebe Ihnen einen Tag für Ihre Recherchen«, hatte er gestern zu Ella gesagt, um ihr zu verdeutlichen, dass er sie einerseits als Partnerin auf Augenhöhe akzeptierte, andererseits, weil er diese Mammutaufgabe allein nicht bewältigen konnte.

Ella war überrascht gewesen und hatte sich mit einem ironischen Ton in der Stimme, aber nicht unfreundlich, bereit erklärt, am nächsten Tag mit mehr Informationen zu erscheinen.

Leonhard gefiel ihre Art, wie sie die Dinge anzugehen pflegte. Ihre klare Stimme, die nüchterne Analyse und ihr wacher Verstand in Kombination mit ihrem ansprechenden Äußeren machten sie zu einer attraktiven Frau.

Ich glaube, wir haben es hier mit zwei Männern zu tun, der Modus Operandi der Morde ist zu unterschiedlich, hörte er Ella in seinem Kopf und sah ihr Gesicht vor sich. Er sprach den Satz laut aus. Die Bilder auf der Wand erwachten für einen winzigen Augenblick zum Leben. Leonhard nahm erneut die Gerüche wahr. Stellte sich die Qualen vor, denen die Frauen ausgesetzt gewesen waren, und schlug einmal fest mit der Faust gegen die Wand. »Ich werde dich zur Strecke bringen«, knurrte er. Sein Chef reagierte auf jeden Fehltritt unterschwellig gereizt und zeigte seinen Unmut mit Nachdruck. Jetzt saß ihm nicht nur die Chefetage im Nacken, sondern auch alles, was sich als Presse bezeichnete.

Leonhard schloss die Augen und stellte sich vor, er stünde im Keller. Er war jetzt der Mörder und begutachtete sein Werk.

Das künstliche Licht der Taschenlampe tastete sich über den blassen Körper. Oder war der Raum hell erleuchtet und die Leiche lag in einem Bett? Nein, Tom hatte gesagt, dass sich dem Verwesungsgeruch ein leicht modriger Geruch beigemischt hatte. Tom war nicht nur der beste Rechtsmediziner, er hatte auch eine sensible Nase wie die eines Schäferhundes. Leonhard konzentrierte sich weiter auf das Bild hinter seiner Stirn und sah sich um. Die Frau hing an der Decke, den Mund zu einem letzten Schrei weit aufgerissen.

Das laute Klingeln des Telefons zerfetzte die Trugbilder und brachte ihn zurück in sein Büro. Mit einem leisen Fluchen nahm er den Hörer ab und meldete sich mit unterdrückter Genervtheit: »Stegmayer!«

»Ich bitte um Verzeihung, dass ich Sie so früh störe, aber ich habe in zwei Minuten einen Vortrag —«

»Was haben Sie für mich, Doktor?«, unterbrach er den Anrufenden. Für einen Small Talk fehlte ihm jegliche Lust. »Ich bin ganz Ohr«, spornte er den Mann an, schnellstmöglich auf das Wesentliche zu kommen und sich nur darauf zu konzentrieren.

»Na schön, ich habe mich durch die Krankenakten gewühlt und bin auf etwas gestoßen, das Sie interessieren könnte.«

Leonhards Zwerchfell spannte sich an wie das eines Mannes, der einen Schlag in die Magengrube erwartete. »Und das wäre?«, fragte er und kramte im Durcheinander auf seinem Tisch nach einem leeren Blatt und etwas zum Schreiben.

»Ich hatte tatsächlich mal einen Patienten, auf den Ihre Beschreibung zutrifft. Er hatte eine stark verzerrte Wahrnehmung reeller Geschehnisse, stellte aber keine Bedrohung für die Gesellschaft dar.«

»War sein Name Dennis Bach?« Leonhards Hand, die mit einem Bleistift bewaffnet war, schwebte über einem aufgerissenen Briefumschlag. Er hörte ein leises Papierrascheln am anderen Ende.

»Nein«, antwortete der Doktor, dessen Namen er vergessen hatte. Er klang ein wenig irritiert.

»*Fuck*«, fluchte Leonhard entrüstet.

»Sein Name war Ludwig Bach«, sagte der Mann schließlich und wartete ab.

Leonhards Hand schrieb den Namen auf. »Wann war das?«

»Wie meinen?«

»Wann hatten Sie den Mann zum ersten Mal in Behandlung?«

»Vor etwa fünfundzwanzig Jahren. Er kam mit dem Selbstmord seiner Frau nicht zurecht und hatte seinen Sohn zusammengeschlagen, weil er Milch verschüttet hatte. Um das Sorgerecht nicht zu verlieren, erklärte er sich mit einer Einweisung einverstanden«, erwiderte der Mann sachlich.

»Aber nach einem halben Jahr intensiver Therapie war der Mann nicht mehr sonderlich auffällig«, schloss der Psychiater und schwieg erneut.

Leonhard lachte beinahe verächtlich auf.

»Ach ja … er war einen Monat lang in der geschlossenen Abteilung. So, mehr kann ich Ihnen wirklich nicht verraten.«

»Und sein Sohn?«

»Können Sie Ihre Frage konkretisieren?«

»Wo war das Kind in dieser Zeit?«

Erneutes Rascheln von Papier. »Zwei Wochen lang war das Kind bei einer Pflegefamilie untergebracht, die aber nicht mit ihm zurechtkam. So sah sich das Sozialamt dann gezwungen, den Jungen in einem Kinderheim unterzubringen, in dem sich geschultes Personal um das gestörte Kind kümmern und gezielt auf seine Probleme und Sorgen eingehen konnte.«

»Wäre es möglich, dass das Kind in seiner von wenig Glück gesegneten Zeit einen psychischen Knacks bekommen hat?«

»Bei jedem von uns würde dieser Umstand tiefe Spuren in der Psyche hinterlassen«, stimmte der Psychiater unumwunden zu. »Jeder von uns hat einen Sprung in der Schüssel, aber nur wenige von uns wissen das.«

»Was haben Sie noch?«

»Der Rest ist zu vertraulich für ein Telefongespräch, außerdem greift hier das Gesetz der ärztlichen Schweigepflicht …«

»Nicht, wenn Gefahr im Verzug ist und Menschenleben davon abhängen …«

»Selbst dann habe ich das Recht zu schweigen«, ließ sich der Mann nicht einschüchtern. »Falls Sie jedoch mit einer richterlichen Verfügung aufwarten könnten, die mich von meinen Pflichten entbindet, könnte ich eventuell ein Auge zudrücken. Es liegen ja so viele Jahre dazwischen.«

»In Ordnung«, knurrte Leonhard. »In zwei Stunden bin ich bei Ihnen«, fügte er knapp hinzu und drückte auf den roten Knopf, um gleich danach Richter Hohnstein anzurufen.

Während er darauf wartete, dass der Richter abnahm, fiel sein Blick auf eines der Fotos auf dem Tisch. »Kleider«, murmelte er vor sich hin. Alle Frauen trugen ähnliche Kleider, bis auf die letzte im Wald. Entweder veränderte der Mörder seine Vorgehensweise, oder ihm waren schlicht die Kleidungsstücke ausgegangen. Darum hatte er die Frau entkleidet. Gisela Jung war womöglich das Opfer eines Trittbrettfahrers. *Dann würde auch Ellas Theorie zutreffen, dass wir es hier mit zwei Tätern zu tun haben.* Seine Gedanken rasten. Er entschied sich, Dennis Bach einen weiteren Besuch abzustatten.

»Hohnstein«, meldete sich eine tiefe Stimme.

»Ich brauche dringend den Durchsuchungsbeschluss für Herrn Bachs Haus, den Sie immer noch nicht …«

»Ich benötige stichhaltige Beweise, um so etwas in die Wege zu leiten, eine vage Vermutung reicht nicht für eine wiederholte Durchsuchung.«

»Die erste war vor fünfundzwanzig Jahren!«

»Und die Durchsuchung hat nichts gebracht!«

»Hier geht es um Mord! Und damals wussten wir nicht wirklich, wonach wir gesucht haben. Beim ersten Mal war ich nicht bei den Ermittlungen dabei«, beharrte Leonhard und bemühte sich, den Hörer nicht gegen den Tisch zu knallen. Die blinde Justitia brachte ihn manchmal an den Rand der Verzweiflung.

»Damals ging es auch um Mord«, brummte Hohnstein und schlürfte an einem Getränk.

Wie kann dieser Mann nur so ruhig bleiben, überlegte Leonhard und suchte nach einem Grund, der den fettleibigen Richter überzeugen würde.

»Dieses Mal geht es nicht um den Senior, sondern um seinen Sohn. Wir haben uns damals geirrt, als wir den Vater im Visier hatten.«

»Jetzt hören Sie aber auf mit dem Quatsch«, schnitt der Richter Leonhard scharf das Wort ab. »Ich kann mich noch sehr gut an damals erinnern, und heute spricht wieder das ganze Kommissariat darüber. Der Fall ist aktueller denn je. Sie wollen mir doch nicht tatsächlich weismachen, dass das Kind seine eigene Mutter umgebracht hat, und das mit elf Jahren?«

»Er war einundzwanzig, als es mit den Morden wieder angefangen hat.« Leonhard hörte ein leises Klimpern, als würde der Richter mit einem kleinen Löffel hektisch in einer Tasse rühren. »Der erste Mord wurde nicht von ihm begangen, aber es ist doch möglich, dass ihn diese Tat dazu animiert hat, weiterzumachen. Es gibt genügend Beispiele, bei denen sich Männer einen Serienmörder zum Idol auserkoren haben. Oder er wollte besser sein als dieser. Wie der russische Serienmörder Pitschuschkin, besser bekannt als der Schachbrettmörder. Dem ging es nur darum, mehr Frauen umzubringen als sein Landsmann Andrei Tschikatilo. Es war ein Wettkampf. Vielleicht treibt unseren Mörder dasselbe Motiv zu diesen Taten?«

»Möglich …«

»Und ich möchte, dass Sie einen Psychiater von seiner Schweigepflicht entbinden.«

Das Klimpern hörte abrupt auf. »Man darf Ihnen nicht mal den kleinen Finger in den Mund legen, weil Sie einem dann gleich den ganzen Arm abbeißen.«

»Tut mir leid, aber der Mörder hat Lunte gerochen und fängt an, hinter sich aufzuräumen. Er pflastert seinen Weg mit Leichen und verschleiert so seine Spur. Wir müssen einen Zahn zulegen. Die Justiz mit ihren unergründlichen Eigenheiten darf uns nicht im Weg stehen.«

»Ich sehe zu, was sich machen lässt«, knurrte der Richter durch zusammengebissene Zähne, ohne seinen Unmut zu verbergen, weil dieser kurze Anruf allem Anschein nach seine Pläne durchkreuzt hatte. »Sie haben mir den Tag versaut, eigentlich wollte ich heute noch mit meiner Frau einkaufen gehen, obwohl …« Seine Stimme bekam einen leichten Hauch der Erleichterung. »Schatz, es wird heute nichts mit dem Einkauf, du musst allein fahren«, rief er an seine Frau gewandt.

KAPITEL 28

Schwer schnaufend und verschwitzt rollte sich Dennis von dem leblosen Körper auf den nackten Boden und blickte zur grauen Decke. Noch nie hatte er sich so befreit gefühlt wie jetzt. Keine Gewissensbisse plagten ihn. Als er wieder zu Atem gekommen war, schloss er kurz die Augen und stand auf. Das grelle Weiß der Deckenbeleuchtung ließ den weißen Körper der Frau beinahe durchsichtig erscheinen. Dennis ging in die Hocke und klatschte der Frau einmal heftig ins Gesicht. Sie erwachte mit einem unterdrückten zischenden Laut und schnappte gierig nach Luft wie eine Ertrinkende, die gerade aus dem Wasser gezogen worden war. Der Strick um ihren Hals hatte sich tief in das Fleisch gegraben. Die Hauptschlagader pulsierte wie ein fetter Wurm und schwoll gefährlich an. Ihre Wangen blähten sich auf, die Lippen waren blutig und verkrustet. »Bitte, lass mich gehen«, nuschelte sie und wagte es nicht, sich zu rühren. Dennis drückte Daumen und Zeigefinger in ihre Wangen und spreizte ihre Kiefer auseinander.

»Und du lieferst mich nicht an die Polizei aus?« Sein höhnisches Grinsen verwandelte sich in hässliches Gelächter. Er spuckte ihr in den Mund.

»Nein …«, keuchte sie.

»Du bist selbst Polizistin. Für wie dumm hältst du mich denn?«, zischte er und ließ von ihr ab.

»Bitte.«

»Nein!«, schrie er beinahe, richtete seinen müden Körper auf und betrachtete die glänzende Scham der Frau. »Du bist eine Hure und hast das bekommen, was du verdient hast«, blaffte er. »Ich werde dich so lange quälen, bis du mich darum anbettelst, dich zu töten.« Dennis verstummte. Sein Blick kehrte zurück zur Tür, weil er glaubte, Schritte vernommen zu haben, die immer lauter wurden.

»Wehe, du schreist«, raunte er, trat mit dem rechten Fuß auf ihren schmalen Hals und drückte langsam zu, bis durch ihre blutigen Lippen ein ersticktes Keuchen an seine Ohren drang. Er ballte eine Faust und konzentrierte sich auf die Geräusche von draußen. Als die Stimmen verklungen waren, nahm er den Fuß weg und ging zur Tür. Mehrere Sekunden verharrte er, das Ohr an das warme Holz gelehnt.

»Hilfe«, flüsterte die Frau und kratzte mit ihren gefesselten Händen, die mit Ketten am Boden fixiert waren, über den steinigen Untergrund. »Ich ersticke«, flehte sie ihn mit blutunterlaufenen Augen an. Ihr Gesicht schwoll an, die Lippen färbten sich blau, auch um die Nase herum nahm die Haut eine dunkle Färbung an.

Zuerst dachte Dennis, dass es nur ein Bluff wäre, doch dann begann sie konvulsiv mit den Beinen zu zucken. Von ihren Augen sah er nur das Weiße, welches von blutigen Äderchen durchzogen war. Er sprang zu ihr. Mit steifen Fingern machte er sich daran, den Knoten zu lösen, doch dieser entglitt seinen Fingerspitzen. Er setzte sich rittlings auf die Frau, um das Zappeln auf diese Weise zu unterdrücken, und verspürte in diesem Augenblick eine latente Regung in den Lenden. Sein Penis wurde wieder steinhart. Er glitt an der Frau hinab, spreizte mit den Knien ihre Beine auseinander und drang mit einem heftigen Ruck in sie ein. Sie war warm, feucht und eng. »Ich werde mir das nehmen, was mir gehört«, keuchte er bei jedem Stoß und umfasste mit seinen zittrigen Händen ihre kleinen Brüste. Der Knoten hatte sich wohl bei den heftigen Bewegungen irgendwie gelöst, denn die scheinbar tote Frau sog schnappend die Luft ein und wehrte sich heftig, indem sie ihren Körper sich aufbäumen ließ, doch das erregte ihn umso mehr. Er kam zum zweiten Mal und zuckte heftig zusammen. Sein Schwanz war immer noch steif.

»Bitte, lass mich gehen, du hast bekommen, was du gewollt hast«, stammelte die Frau unter ihm.

»Küss mich«, sagte er, strich sich den Schweiß aus der Stirn und leckte sich die Lippen.

»Okay, ich mache alles, was du willst«, fügte sie sich. Tränen schwammen in ihren Augen.

Dennis senkte langsam den Kopf und schürzte die Lippen. Kurz bevor sich ihre Lippen berührten, stockte er mitten in der Bewegung und beschnupperte ihr Haar, danach ihren Hals, erst dann hob er den Kopf und schnüffelte wie ein Hund. »Riechst du das auch?«, fragte er sie, als wären sie nur gute Freunde.

»Es riecht nach Feuer«, presste sie durch die Lippen und bemühte sich um einen ruhigen Ton. Es erstaunte ihn, wie tapfer sie doch war.

»Liebst du mich?« Dennis strich ihr sanft über die Wange.

»Ja, mein Schatz.«

Dennis schluckte einen harten Kloß hinunter und kämpfte mit sich selbst. »Sei bitte leise«, murmelte er und lauschte angespannt. Er war erstaunt, wie viel es zu hören gab. Das entfernte Hupen von Autos, der Herzschlag seiner Gefangenen und die Stimmen in seinem Kopf. *Du musst bald auf den Stuhl, Dennis, du musst auf den Stuhl, doch vorher musst du nachschauen, warum eine Rauchwolke unter der Tür in den Raum kriecht,* ermahnte ihn sein anderes Ich und lenkte sein Augenmerk auf den dunklen Spalt unter der Tür, der sich mit grauem Dunst füllte.

KAPITEL 29

Leonhard lief durch den langen Korridor und stieß beinahe mit Richie zusammen, der auch in Eile war und etwas in sein Handy tippte. »Gut, dass ich dich treffe«, sagte er, den Blick wieder auf das Handy gesenkt. Nach einer kurzen Weile steckte er das Gerät in die Tasche und sah Leonhard fragend an. »Hast du es schon mitbekommen?«

»Was?«

»Gerade ist ein Anruf von der Feuerwehr eingegangen.« Der kleine Mann von der Kriminaltechnik ließ sich wie immer Zeit und sprach sehr langsam, was Leonhard jedes Mal fast aus der Haut fahren ließ. Doch dieses Mal beschlich ihn ein flaues Gefühl.

»Richie, sag, was Sache ist!«

»Es ist das Haus von Familie Bach.«

Leonhard stierte sein Gegenüber konsterniert an.

Richie hob die Schultern. »Anscheinend befanden sich beim Ausbruch des Feuers mehrere Personen im Haus.«

»Wer …?«

»Bisher wissen wir nicht, um wen es sich handelt, die Feuerwehr ist noch dabei, die Leichen zu bergen.«

»Aber wir haben eine Vermutung …«, warf Leonhard ein.

»Stettel hat eine Versammlung einberufen.« Richie klopfte Leonhard sachte auf die Schulter.

Leonhard machte eine Geste, aus der hervorging, dass Richie fortfahren sollte, doch dieser schüttelte entschieden den Kopf. »Mehr weiß ich nicht«, erklärte er schlicht und deutete zu den Treppen. »Wir sollten besser gehen, bevor sie ohne uns anfangen.«

Leonhard befielen mehrere Empfindungen gleichzeitig. Einerseits war er erleichtert darüber, dass nun vielleicht endlich alles vorbei war, andererseits beschlich ihn ein Gefühl der Trostlosigkeit, denn ein Feuer könnte alle Spuren verwischt haben, sodass sie nie mit Sicherheit würden sagen können, wer nun der wahre Mörder war. Er wählte erneut Ellas Nummer und kaute auf seiner Lippe, während er auf das Display starrte. Sie ging auch dieses Mal nicht ran.

KAPITEL 30

»Seid ihr total bekloppt?«, schrie Luis die drei Teenager an, die sich im Keller versteckt hatten, um sich einen Joint zu teilen.

Die Verwirrung auf den pickeligen Gesichtern wich einem Ausdruck der Belustigung. »Bleib locker, Mann, wir sind gleich wieder weg.« Der Größte drückte sich von der Wand weg und bewegte sich im schlurfenden Gang auf ihn zu. Die selbst gedrehte Zigarette klebte an seiner Unterlippe.

»Was habt ihr hier verbrannt?«

»He, wallah, nur ein paar Zeitungen! Hatten keinen Bock, sie alle auszutragen«, erklärte der Kerl im Singsang eines Möchtegerngangsters und drehte seine Kappe mit dem Schirm in den Nacken.

»Ihr habt zwei Minuten, danach will ich eure Ärsche hier nicht mehr sehen. Und du, Sebastian«, er zeigte mit dem Zeigefinger auf den kleinsten der zugedröhnten Troika, »du wirst heute Abend deiner Mama erklären, warum deine Sachen nach Rauch stinken.«

»Bitte, Luis, sag meiner Mutter nichts«, bettelte Sebastian mit lallender Stimme.

»Müsstet ihr nicht in der Schule sein?«

»Wir haben hitzefrei«, grölte der Anführer und lachte schallend.

»Es ist jetzt kurz vor zehn. Ich fahre euch alle in die Schule.«

»Einen Scheiß …«, empörte sich der Kerl mit der Kippe, die ihm Luis daraufhin mit der Hand aus dem Mund schlug. Die schallende Ohrfeige tat ihre Wirkung. »Diese antiautoritäre Erziehungsmethode war nie mein Ding, eine Tracht Prügel bewirkt manchmal viel mehr als stundenlanges Zureden«, murmelte er entnervt und trat den glühenden Stummel in den Boden. »Kommt jetzt, ich habe hier noch mehr zu tun, als euch Typen Manieren beizubringen.«

Sie folgten ihm lammfromm.

KAPITEL 31

Nach einer kurzen Lagebesprechung war der ganze Trupp zum Ort des Geschehens ausgerückt.

Leonhard stand unschlüssig da und wartete auf etwas, das ihm erlaubte, in das Geschehen einzugreifen.

Der dringliche Ton eines der Feuerwehrmänner jagte den Anwesenden, die hinter einem Absperrband standen, einen eisigen Schauer durch sämtliche Glieder.

»Das ist höchstwahrscheinlich eine Frau«, rief der Mann und bedeutete seinen Leuten, den toten, bis zur Unkenntlichkeit verbrannten Körper auf die dafür vorgesehene Plane zu legen. Eine Leiche in ähnlichem Zustand lag bereits dort. »Die Leiche hat einen Ring am rechten Daumen, der für einen Mann viel zu klein ist«, berichtete er und sah Leonhard an. Sein verrußtes Gesicht glänzte, zwei stahlgraue Augen taxierten den Kommissar.

»Gut gemacht, Jungs«, lobte Leonhard die Männer, die unter schlimmsten Voraussetzungen ihr Leben riskiert hatten, um die Leiche aus den Trümmern zu bergen. Hastig zwängte er sich in einen Tyvek-Overall und folgte dem Rechtsmediziner, der die Leiche vor Ort untersuchen wollte, bevor sie in sein Refugium abtransportiert werden würde.

Tom kauerte neben dem verkohlten Knochengerüst. »Auf den ersten Blick keine Anzeichen von Knochenbrüchen. Die Beckenknochen belegen, dass die Tote eine Frau ist. Ich kann keine Stoffreste ausmachen, wahrscheinlich war sie nackt.« Mit einer langschenkeligen Pinzette griff er unter den Unterkiefer und zog etwas Kleines heraus, das aussah wie ein Schmuckstück. »Nein«, flüsterte der Rechtsmediziner und wurde leichenblass. Seine Augen begannen feucht zu glänzen.

Leonhard trat näher an ihn heran. »Was ist los, Tom?«

»Diese Blume war eine Art Talisman und sollte Renate vor all dem Bösen, das uns umgibt, schützen.« Er kämpfte gegen die Tränen an.

Inzwischen hatten alle den Ernst der Lage begriffen. Die Nerven lagen nicht nur bei Leonhard blank. War das ein weiterer Schachzug des Mörders?

»Was starrst du mich so an, Leonhard?«, fragte Tom ihn gereizt. »Hättest du sie nicht …«

»Tom, lassen wir das lieber, aus dir spricht nur der Zorn. Ich habe mir nichts zuschulden kommen lassen, das weißt du so gut wie ich. Wir wissen nicht wirklich, ob das hier Renate ist oder nur ein Blendwerk.«

»Du bezeichnest eine tote Frau als Bluff? Ich habe heute Morgen versucht, Renate zu erreichen, um ihr einen schönen Urlaub zu wünschen. Sie ging nicht ran und war seither auch sonst nicht erreichbar!«

»Wir konnten eine weitere Leiche bergen«, ertönte eine Frauenstimme. »Sie lag im Keller wie die zweite.« Leonhard ließ seinen Blick durch die verrauchte Luft schweifen und erkannte drei Gestalten in Feuerwehrkluft, wie sie etwas auf einer Trage aus dem verrußten Gerippe hinaustrugen.

Schweigen legte sich über die Landschaft. *Wo ist Ella?* Leonhard wurde von diesem einzigen Gedanken beherrscht, der ihn daran hinderte, rational zu handeln.

»Sie dürfen nicht …«

»Ich bin von der Polizei!« Ellas Stimme duldete keine Widerrede. Mit ernster Miene zeigte sie einem älteren Polizisten ihren Ausweis.

Leonhard atmete erleichtert aus und lief schnellen Schrittes zu ihr. »Wo waren Sie, verdammt?«, begrüßte er sie in barschem Ton, ohne es beabsichtigt zu haben.

»Sie haben mich selbst dazu verdonnert, alle Akten zu durchstöbern. Was haben wir hier?« Sie spähte über Leonhards Schulter, indem sie sich auf die Zehenspitzen stellte. Dann, wie von einem unsichtbaren Faden gezogen, bahnte sie sich den Weg zu Richie, wurde aber von Leonhard daran gehindert weiterzugehen, indem er sie am Ellenbogen festhielt.

»Was ist los?« Ella löste sich aus seinem sanften Griff. Ihr Herz setzte für zwei Schläge aus. Ein unangenehmes Kribbeln im Nacken ließ sie frösteln. »Warum sehen Sie mich so komisch an? Was passiert hier?«, fragte sie und hatte Mühe zu schlucken. Angst und Panik drückten ihren Brustkorb zusammen.

»Aus dem Obergeschoss wurde eine Leiche geborgen, aus dem Keller zwei. Eine davon war eine Frau. Tom glaubt, dass es sich bei der Toten um Renate handeln könnte. Bei der Leiche wurde ein Schmuckstück gefunden, eine Blume …«

Ella holte erschrocken Luft und schlug sich die Hand vor den Mund.

Das emsige Treiben der anwesenden Frauen und Männer konnte den Eindruck der schrecklichen Endlichkeit nicht verwischen. Hier hatten Menschen auf eine der grausamsten Weisen ihr Leben verloren.

Der ätzende Brandgeruch war allgegenwärtig und reizte Ellas Schleimhäute. Der Gedanke, dass einer dieser toten Menschen Renate sein könnte, machte sie sprachlos. Sie lief auf Tom zu, der am flatternden Absperrband stand und einfach in die Leere stierte. Seine verweinten, geröteten Augen waren ausdrucksleer.

»Erspar mir bitte deine Beileidsbekundung, wir waren schließlich nur Kollegen«, grummelte er monoton.

»Nach den ersten Erkenntnissen ist das Feuer im obersten Stock ausgebrochen und fraß sich bis in den Keller.« Leonhard trat neben sie.

»Wer hat eigentlich die Feuerwehr gerufen?«, erkundigte sich Ella.

»Eine Frau, sie ist dort drüben«, antwortete ein Polizist, den Ella nicht kannte.

Ella schaute sich fragend um. Von überall her ertönten Rufe und mechanische Geräusche. Alles hatte den Anschein eines geordneten Chaos. Sanitäter in ihren grellen Jacken standen unschlüssig da. Eine Frau mit einer Decke um die Schultern lehnte etwas verloren an einem Auto. Eine Frau vom Rettungsdienst sprach beruhigend auf sie ein.

Ella ging zu ihr hinüber. »Haben Sie den Notruf abgesetzt?« Die Frau starrte ins Leere.

»Ich habe Frau Wieselmann ein schwaches Beruhigungsmittel verabreicht. Sie hat Herrn Bach gepflegt«, erwiderte die Sanitäterin stattdessen.

»Senior«, stammelte die beleibte Frau und nippte an einer klaren Flüssigkeit, die nach orientalischem Tee roch und die ihr die Frau in der grellgelben Weste an die Lippen hielt. »Danke, der ist mir zu heiß«, bedankte sich die Pflegerin und schob die behandschuhte Hand samt dem dampfenden Becher von sich weg.

»Wie haben Sie von dem Feuer erfahren?«, wollte Ella wissen und warf einen kurzen Blick zu Leonhard.

Er machte sich Notizen und schlenderte gedankenverloren in einem Kreis um eine Pfütze herum. Seine auf Hochglanz polierten Schuhe verursachten bei jedem Schritt schmatzende Geräusche.

»Er war doch immer so nett zu mir«, winselte die Frau schniefend und tupfte sich die fleischige Nase mit dem Zipfel der grauen Decke ab. »Manchmal war er aufbrausend und jähzornig, aber welcher Mann in seinem Alter ist das nicht?« Ihre Unterlippe bebte. Sie vergrub ihr feistes Gesicht in den Händen und weinte bitterlich.

»Frau Wieselmann, es ist verständlich, dass es ein Schock für Sie ist. Wir alle wissen, dass es den Hinterbliebenen schwerfällt, so etwas zu akzeptieren. Aber er war ein Patient und das passiert nun mal, wenn Menschen todkrank sind. Wir alle haben die Angewohnheit, frühere Erlebnisse zu idealisieren. Wir erinnern uns gern an schöne Dinge und versuchen, alles Schlechte zu vergessen. Ich bitte Sie jedoch, die Wahrheit nicht zu beschönigen. Alles, was zählt, sind Tatsachen.« Ella bemühte sich um einen neutralen Ton.

Endlich hörte die Frau auf zu heulen, die Show war vorbei, der Trauer war Genüge getan, mutmaßte Ella. Sie kannte diesen Typ hysterische Frau nur zu gut. Ihre Nachbarin, Tante Gerlinde, war ein Ass darin, fremde Leute zu beweinen, um dann auf der Beerdigung ihres Sohnes keine Träne zu vergießen.

Frau Wieselmann hob den Kopf, wischte sich mit den Fäusten über die kleinen, ungeschminkten Augen und stierte Ella mit einem unheilschwangeren Blick durchdringend an. »So etwas wie Empathie ist für euch alle ein Fremdwort. Aber kein Mitgefühl für die Mitmenschen zu empfinden, gleicht einer Sünde.«

»Wie haben Sie von dem Feuer erfahren?«, beharrte Ella auf ihrer Frage und ließ sich durch die plumpen Beschuldigungen nicht beirren.

»Er sagte am Telefon, Dennis habe etwas vor, er habe wieder seine Anfälle. Wenn er die hatte, schrie er nur wirres Zeug.«

»Hat Herr Bach Sie angerufen?«, fragte Ella nach.

»Ja. Er war ganz aufgebracht. Sein Sohn drehe wieder durch, hat er gemeint. Und wenn Dennis seine verrückten Minuten hatte, schrie er wirres Zeug«, bekräftigte die Frau.

Ella wartete, ohne etwas zu sagen, bis die Frau fortfuhr. Auch Leonhard mischte sich nicht ein.

»Zurück auf den Stuhl!«, brüllte die Frau mit affektierter Stimme, die heiser und dumpf klang, weil sie Herrn Bachs Ton besonders gut treffen wollte. Sie hob energisch die Hände und sah Ella mit finsterer Miene an. *An ihr ist eine Schauspielerin verloren gegangen,* überlegte Ella.

»Geh auf den Stuhl! Dennis, du sollst zurück auf den Stuhl gehen! Auf den Stuhl.«

»Was hat das Ganze mit dem Feuer zu tun?«, riss Leonhard der Geduldsfaden. Er hatte Ellas Gedanken laut ausgesprochen.

Das Gesicht der Frau veränderte sich. Ihre Mundwinkel zuckten. »Wie gesagt, zuerst schrie er seinen Sohn an, danach, also ganz zum Schluss, brüllte er, dass es im Haus nach Rauch stinke. Ich dachte zuerst, Dennis hätte wieder etwas zu lang auf dem Herd stehen lassen. Nachdem ich Herrn Bach auf dem Telefon angerufen habe und niemand dranging, wollte ich nach dem Rechten schauen, doch mein Wagen wollte nicht anspringen.«

»Sagten Sie nicht, er habe Sie angerufen?«

»Nein, hören Sie mir überhaupt zu?«, gab sie giftig zurück, weil ihr die Situation unangenehm wurde.

»Wie war es dann?«, brummte Leonhard.

»Herr Bach hat –«, sie schluckte bitter, »hatte … Er verfügte über einen Notknopf, der direkt mit einer unserer Mitarbeiterinnen, mich eingeschlossen, verbunden ist. Wir sind zu dritt, rund um die Uhr erreichbar, weil wir uns im Acht-Stunden-Takt abwechseln. Die Familie Bach war reich, auch wenn dieser Anblick …« Sie wies mit einer ausladenden Geste auf die verkohlten Leichen und den restlichen Hof, der einen nicht minder heruntergekommenen Eindruck machte, obwohl er vom Feuer verschont geblieben war, und holte tief Luft. Ihre üppig bestückte Brust schwoll an. Der Kombi begann zu wackeln, als die Frau, die teils im Kofferraum saß, sich hochstemmte. Leonhard stützte sie dabei. »Wie gesagt, die Familie war reich, und Herr Bach konnte sich so eine intensive Pflege, die dementsprechend nicht günstig ist, leisten.«

»Haben Sie dieses Gespräch aufgezeichnet?« Ella fuhr sich mit der Fingerspitze ihres rechten Zeigefingers über das kleine Grübchen an der Wange.

»Natürlich. Der Junior war schon immer ein komischer Kauz.«

»Wie meinen?« Leonhard hielt seinen Notizblock und blätterte suchend darin herum.

»Er war halt anders. Wenn ich Dienst hatte, benahm er sich oft so, als wäre er in ein Zwiegespräch verwickelt. Einmal habe ich ihn sogar dabei erwischt, wie er in einem Kleid in seinem Zimmer tanzte und Lieder sang. Die Tür stand einen Spalt breit offen. Ich bin nicht neugierig oder so, aber mir war die Stimme aufgefallen, mit der er sang, sie klang weiblich.«

»Lief da vielleicht ein Radio oder …«

»Nein«, unterbrach sie Ella.

»Wissen Sie, dass Sie für uns eine richtige Goldgrube an Informationen sind? Sie machen das wirklich gut! Ein richtiger sprudelnder Quell wichtiger Details sind Sie«, lobte Leonhard die Frau, die zu strahlen begann. Er gab sich sichtlich Mühe, dabei aufrichtig zu klingen. »Was hatte es mit dem Stuhl auf sich?«, lenkte er das Gespräch in eine für ihn relevantere Richtung.

»Ich habe Herrn Bach viele Nächte Gesellschaft geleistet, wenn sein Sohn nicht da war. Einmal kamen wir auf das Thema zu sprechen, warum sich sein Sohn so seltsam benahm.«

Sie legte eine theatralische Pause ein, um ihren Worten mehr Gewicht beizumessen. Sie stand ja schließlich im Mittelpunkt, so, wie sie es sich immer erträumt hatte, konstatierte Leonhard und hielt den Bleistift bereit.

»Warum wollte Herr Bach, dass sein Sohn sich auf den Stuhl setzt? War der Stuhl eine Art«, Leonhard suchte nach einem passenden Vergleich, »Ort, an dem sich der Sohn sammeln konnte?«

»Herr Bach sprach nur ungern darüber, aber er hat angedeutet, dass sein Sohn an einer multiplen Störung leide, weil seine Mutter sich das Leben genommen hat. Ich denke aber, dass jeder von uns einen Knacks hätte, wenn er als Kind seine Mutter auf diese Weise verlieren würde. Ich zum Beispiel ...«

»Herr Stegmayer«, unterbrach ein etwas älterer Feuerwehrmann den ausschweifenden Redefluss der Frau und sah betreten zu Boden.

Das gesteigerte Geltungsbedürfnis der Pflegerin verleitete sie dazu, aus ihren Erinnerungen eine verschobene Wahrheit entstehen zu lassen, die sie nicht weiterbrachte. Stegmayer nickte knapp und drehte sich ganz zu dem Mann an seiner linken Seite um. Dieser hielt einen Stapel von Notizblöcken in seinen behandschuhten Händen. Das Papier war an den Rändern angekokelt und triefte vom Löschwasser. Die Seiten waren gewellt. Bei dem Block, der zuoberst lag, fehlte der Umschlag.

Leonhards Herz nahm Anlauf und begann zu rasen. Das Blatt war mit dunkler Tinte vollgeschrieben. Die Lettern waren leicht verschwommen, aber noch lesbar. Auch eine Zeichnung war darauf zu erkennen. »Ich dachte, das könnte für Sie relevant sein«, erklärte der Mann in angenehmem Bariton. »Es lag in einer Metallkiste, daher ist es nicht völlig verbrannt.«

»Richie!«, schrie Leonhard und winkte dem Kriminalbeamten zu, der verzweifelt versuchte, irgendwelche Spuren zu retten, die das Feuer und die Unmengen von Wasser nicht unwiderruflich getilgt hatten. »Du musst das hier in dein Labor bringen!«, rief er dem sich nähernden Kollegen zu, dessen weißer Overall von einer grauen Rußschicht bedeckt war. »Du musst das alles unbeschadet auf eine Festplatte kopieren.«

»Ich brauche ein neues Paar von diesen Dingern«, brummte Richie und zog die Gummihandschuhe mit einem schnalzenden Geräusch von seinen Händen ab. »Einer hat ein Loch, der andere ist mir zu eng.« Er massierte sich das linke Handgelenk.

Tom, der sich inzwischen aus seiner Starre gelöst hatte und zu ihnen gestoßen war, holte ein Paar Gummihandschuhe aus der Kängurutasche seines grauen Kapuzenpullovers und reichte es Richie.

Schnell streifte der kleine Kriminaltechniker die Handschuhe über und nahm vorsichtig das Beweismaterial an sich.

»Haben Sie noch mehr davon?« Leonhard taxierte den Feuerwehrmann mit abwartendem Blick. Doch der müde wirkende Mann schüttelte resigniert den Kopf. Mit einem knappen Nicken entfernte er sich wieder und verschwand in dem rauchenden Gerippe.

Das sind seine aufgeschriebenen Gedanken, freute sich Leonhard und warf noch einen letzten Blick auf das gewellte Papier mit den schwarzen Rändern. Das war vielleicht der entscheidende Durchbruch. Leonhard wusste, dass jeder Täter, selbst einer wie Dennis, der laut Beschreibung der Pflegerin anscheinend eine multiple Persönlichkeit besaß, durch seine individuelle Vorgehensweise seine Begierden verriet. Dieses spezifische, sich wiederholende Muster spiegelte sich auch an den Tatorten wider.

»Ich werde aber nicht in einer Stunde damit fertig sein«, unterbrach Richie seine Gedanken.

»Ella wird dir dabei helfen. Greenwood, Sie fahren mit Richie ins Labor, ich fahre mit Frau Wiesen...«

»… Wieselmann«, verbesserte ihn die Frau barsch, nun ohne jegliche Trauer in der Stimme.

»Ach ja, Wieselmann, um mir die Aufnahme anzuhören. Danach muss ich zum Richter und habe noch einen Termin bei einem Psychiater.« Alle Blicke waren auf ihn gerichtet, doch keiner sagte etwas. »Du, Tom, bleibst hier und übernimmst die Leitung.«

»Aber …«

»Kein Aber. Wir wissen nicht, ob es sich bei der Toten wirklich um Renate handelt.«

»Du hast sie mitgenommen! Du hast Renate zu dem Mörder geführt, in sein Haus! Hierher in dieses verdammte Haus.« Toms Kiefermuskeln spannten sich und traten durch die unrasierten Wangen.

Leonhard bedachte seinen Kollegen mit einem schiefen Lächeln, das seine Traurigkeit und Enttäuschung zum Vorschein brachte. Er packte den Polizisten am Arm und führte ihn ein Stück weg von den Menschen, die sie mit stummen Blicken verfolgten. Er wollte nicht, dass dieses Gespräch zu einer weiteren Zutat für die Gerüchteküche wurde. »Du hörst dich an wie ein betrogener Ehemann ohne Eier. Reiß dich zusammen. Sieh dich an! Verdammt, sind denn alle Männer zu Weicheiern verkommen?«

Tom schaute ihm peinlich berührt in die Augen. »Du hast recht. Es ist …«

»Lass es gut sein, Tom. Für inhaltsleere Diskussionen haben wir keine Zeit. Entweder liegt der wahre Mörder unter diesen Trümmern oder er ist auf freiem Fuß. Wir haben eine Gleichung mit zwei Unbekannten. Sieh lieber zu, dass wir eine der beiden ausschließen können.« Mit diesen Worten ließ er von Tom ab und eilte zu seinem Wagen. Rückwärts laufend schrie er an Ella gewandt: »In zwei Stunden will ich Sie bei Herrn Siebert vor seiner Wohnung stehen sehen.« Er blickte kurz auf seine Rolex. »Sagen wir in drei. Haben Sie mich verstanden, Greenwood?!«

»Wenn Sie noch lauter schreien könnten!«, zog sie ihn auf – ohne einen Deut von Humor.

Er reckte den Daumen in die Höhe und stieg in sein Auto.

KAPITEL 32

Renate befand sich in einem Dämmerzustand und nahm alles um sich herum wie durch einen giftigen Nebel wahr. Jedes Mal, wenn sie ausatmete, hauchte sie ein Stück mehr von ihrer Lebensenergie aus, aber das war ihr egal. Sie wollte einfach nur sterben. Das Martyrium, dem sie ausgesetzt war, konnte sie nicht mehr ertragen. Sie spürte ihre Beine nicht und glaubte schon, dass sie von der Hüfte abwärts gelähmt war, weil ihr der Verrückte das Rückgrat gebrochen hatte. In einem tranceartigen Zustand versuchte sie, die Beine anzuziehen, weil sie fror und zum Sterben bereit war. Ein glühender Stich in der linken Ferse trieb ihr wieder Tränen in die Augen. *Wie viel kann ein Mensch eigentlich weinen, bis er keine Tränen mehr hat,* fragte sie sich. *Ist der Mörder noch hier? Wird er mich erneut vergewaltigen?* Der schreckliche Gedanke nistete sich wie ein Haufen Würmer in ihrem Kopf ein und wuselte darin herum. Die Vorstellung, hier für eine Ewigkeit eingesperrt zu sein, fraß ihren Verstand auf.

Was passiert mit meinem Körper, werde auch ich aufgehängt, nackt an einem Baum? Sie schluckte mit schmerzerfüllter Miene, doch ihre Zunge war zu dick und klebte am Gaumen. Ein breiter Lederriemen lag um ihren Hals – oder war es ein Seil? *O Gott, er will mich erwürgen.* Bildfetzen rauschten durch ihren

Kopf und trieben ihr kalten Schweiß auf die Stirn. Sie zerrte an ihren Fesseln und riss die verschorften Wunden erneut auf. Der Schmerz ließ alles um sie herum zu einem Aquarellbild aus grauen Farben werden, ihre Sinne entschwanden.

Vor ihrem geistigen Auge sah sie eine Frau, die in der Luft zu schweben schien. Die Tote hatte ähnliche Gesichtszüge und die gleiche Haarfarbe wie sie. *Hat er mich deswegen ausgesucht?* Diese Überlegung schlich sich immer öfter in ihre Gedanken und warf neue Fragen auf. Wer war dieser Typ?

Sie bilanzierte ihr bisheriges Leben, das nun von dem Serienmörder vollends versaut wurde. Dieser Gedanke trieb ihr ein schwaches Lächeln auf die Lippen. Der Kontrollverlust war unaufhaltsam. *Ich drehe durch, ich verliere den Verstand. Wie tief kann ein Mensch sinken? Ich liege in meiner eigenen Pisse, habe mich vollgekotzt, wurde mehrmals vergewaltigt und weiß nicht einmal, wo ich bin,* wollte sie hinausschreien, doch ihre Kehle war trocken und rau. *Warum ich*, fragte sie sich wieder und merkte, wie sie erneut wegdämmerte. Ein Kribbeln stieg ihre Beine empor. Die kühle Luft legte sich wie ein nasser, schmutziger Lappen über ihren Körper. Die Kälte kroch unter ihre Haut und saugte die restliche Wärme aus ihr heraus.

»Dennis ist eigentlich ein netter Junge«, vernahm Renate eine angenehme Frauenstimme. Ihre Lider flatterten wie die Flügel eines Falters auf einer nassen Fensterscheibe. Durch den Tränenschleier zeichnete sich die verschwommene Kontur eines Mannes ab.

Ich halluziniere. Mein malträtiertes Gehirn spielt mir etwas vor.

»Er wollte das alles nicht«, sprach die Stimme weiter. Es war die Stimme einer fürsorglichen Mutter, die sich für die Taten ihres Kindes schämt.

»Wer bist du?«, hauchte Renate. Sie blinzelte. Ihr Blick klärte sich. Eisige Kälte durchzog ihre Adern. Das Gesicht des

Mannes war das ihres Peinigers, aber seine Lippen und seine Augen waren geschminkt. Renates unsteter Blick wanderte weiter nach unten. Er trug ein geblümtes Kleid.

Erneut berührte etwas Weiches ihr Gesicht. Es fühlte sich warm und unnatürlich sanft an.

»Er hat Besserung versprochen«, gurrte der Mann weiter und strich Renate feuchte Strähnen aus dem Gesicht. Die Berührung war zärtlich und liebevoll. Sein Antlitz nahm reumütige Züge an.

»Wer bist du?«

»Ich heiße Ruth, Ruth Löwenzahn. Ich bin seine Mama.« Der Mann lächelte verträumt, seine Augen wanderten nach oben. Er bedeckte seinen Mund mit dem Handrücken, in dem er den Schwamm hielt. »Er mag dich, Sally.«

Sally? Renate zitterte am ganzen Leib.

»Du bist seine Freundin. Habe ich recht? Er mag dich, Sally, und ich mag dich auch.«

Renate roch ihren eigenen Atem, der nach Fäulnis stank.

»Soll ich dir vielleicht von ihm erzählen?« Der Mann tauchte den Schwamm in einen weißen Plastikeimer und wrang ihn aus. Das simple Plätschern des Wassers passte nicht hierher. Renate befand sich nach wie vor in einem dunklen Raum. Ihr Rücken war taub, sie spürte die kleinen Steinchen nicht mehr, die sich in ihre Haut gefressen hatten. Die Fesseln hielten sie fest und gruben sich ständig durch die aufgeschürfte Haut hindurch, tiefer ins blutende Fleisch. Und dann dieses Plätschern – es machte sie wahnsinnig.

»Können Sie mich vielleicht losmachen? So könnte ich Ihnen besser dabei zuhören, wie Sie mir die Geschichte Ihres Sohnes erzählen. Im Liegen würde ich sonst einschlafen«, quälte Renate sich ab und strengte sich an, die Pseudo-Frau nicht anzuschreien.

Trotz ihrer aussichtslosen Lage suchte Renate nach Schwachpunkten, denn nur so hatte sie eine winzige Chance, hier lebend herauszukommen. Ihr Peiniger wusch mit größter Sorgfalt und Vorsicht ihren geschundenen Körper sauber. Der Mann schwieg gedankenverloren. *Dieses penible Entfernen der sichtbaren Gewalteinwirkung ist symptomatisch für das Verhalten eines Täters, der sich von dem Verbrechen distanzieren will,* sprach die Polizistin in Renate. Es hielt ihren Geist davon ab durchzudrehen. Sie versuchte, sich jedes Detail einzuprägen. *Das Blut verschwindet und löst sich auf, somit auch das Verbrechen, welches verübt wurde. Die Vergewaltigung hat dann gleichsam nicht stattgefunden.*

»Er war immer ein lebensfrohes Kind«, nahm der Mann das Gespräch wieder auf. Seine Stimme klang traurig und verträumt. Das schwache Licht der nackten Glühbirne warf dunkle Schatten auf sein Gesicht und machte es zu einer Fratze, wenn er seinen Kopf senkte.

Es handelt sich hier um einen Wiedergutmachungsversuch, dachte Renate weiter. *Das Geschehene soll ungeschehen gemacht werden. Oder er verändert schlicht den Tatort.*

»Sein Vater war an allem schuld«, fuhr der Mann fort und sein Ton bekam einen dunkleren Klang. »Er hat aus meinem Jungen ein Monster erschaffen.«

Der Schwamm berührte Renate zwischen den Beinen. Der Druck wurde fester. Tränen raubten ihr die Sicht. Das Brennen war kaum auszuhalten.

»Bitte«, keuchte sie. Speichelblasen bildeten sich auf ihren Lippen und platzten lautlos. »Bitte, hören Sie auf damit«, winselte Renate. »Sie sind nicht seine Mutter. DU BIST EIN MÖRDER, EIN PERVERSES SCHWEIN!«, schrie sie, so laut sie konnte. Endlich ließ der Verrückte von ihr ab.

Seine Augen starrten sie angsterfüllt an.

272

»Sei still, sonst kann er uns hören«, stammelte er und fuhr sich mit dem Schwamm übers hagere Gesicht, hellrote Schlieren hinterlassend.

»Du bist du! Versuch dich nicht zu verstecken. Du bist erbärmlich. Du trägst ein Kleid wie ein Mädchen. Du bist aber kein Mädchen, du bist ein Mann.«

»Hör auf, mich anzubrüllen, Papa«, winselte er und kroch rückwärts von ihr weg.

Das letzte Wort irritierte Renate und machte sie nachdenklich.

Der Typ robbte weiter, seine nackten Füße schabten über den Boden. »Bitte, schrei mich nicht an«, flüsterte er und zog die Beine an.

Renate hob ein wenig den Kopf, doch der Riemen um ihren Hals zwang sie zurück. Der Raum war leer, bis auf einen Stuhl, der in der Ecke stand. Und sie lag in einer Grube. Auf der rechten Seite befanden sich aufeinandergestapelte Bretter. *Wo bin ich, verdammt noch mal? Will er mich lebendig begraben?*

»Wer bist du?«, fragte Renate mit letzter Kraft, der Verzweiflung nahe, den Blick zur Decke gerichtet. »Bist du Ruth Löwenzahn?« Die Antwort klang wie eine Frage und wurde von Tränen erstickt. *Hat der Typ versucht, die Spuren zu verwischen, ist es eine emotionale Wiedergutmachung oder glaubt er tatsächlich in diesem Augenblick daran, dass er eine Frau ist?* »Ruth, erzähl mir mehr von deinem Sohn, ich will alles von ihm wissen und von den Stimmen in deinem Kopf. Du hast doch Stimmen in deinem Kopf, die zu dir sprechen?«

»Nein, ich habe keine Stimmen, manchmal sehne ich mich danach, wieder mein Kind in den Armen halten zu können. Aber mein Ex-Mann hat mir den Sohn weggenommen.«

»Welchen Sohn?«

»Er hat mir meinen Dennis weggenommen. Luis und Dennis dachten, ich könnte sie nicht voneinander unterscheiden, aber ich habe es natürlich gewusst und habe bei diesem Spiel mitgemacht. Als mein Ex-Mann eine andere Frau geheiratet hat, war Luis bei mir. Sie hatten wieder die Rollen getauscht.«

Renate schluckte und suchte nach einer Frage in ihrem Kopf, um ihn am Reden zu halten. »Sie hatten Zwillinge?«

»Ja. Zwei Jungs, die sich wirklich sehr ähnlich waren, was das Aussehen betraf, doch im Charakter unterschieden sie sich stark voneinander.« Der Mann verfiel in einen träumerischen Singsang und erwähnte jedes Detail, das für Mütter typisch ist, wenn sie von der Vergangenheit ihrer Kinder erzählen.

Renate jedoch konzentrierte sich auf ihre rechte Hand. Die Schlaufe, die ihr Handgelenk am Boden festhielt, schien sich langsam zu lösen. Das Seil war an einer Stelle durchgescheuert. Sie konnte einzelne Fäden zwischen ihren Fingern spüren. Sie bewegte ihren Unterarm hin und her und achtete sorgsam darauf, dass sie von dem Mann, der zur Decke starrte, nicht dabei beobachtet wurde. Sie ließ ihn einfach reden und hielt seinen Redefluss mit Zwischenfragen am Laufen.

Nach einer gefühlten Ewigkeit war der Mann mit der Frauenstimme mit seiner Erzählung fertig und stand auf. Die Fessel blieb jedoch immer noch an Renates Handgelenk.

Der Mann zupfte sein Kleid zurecht und ging auf Renate zu. Er bedachte sie mit einem zerstreuten Blick und beugte sich zu ihr nach unten. Er fummelte in seinem ausgestopften Dekolleté, dann hielt er etwas zwischen seinen schmalen Fingern.

Das Rauschen des Blutes in Renates Kopf war ohrenbetäubend, trotzdem vernahm sie ein leises Knacken und schon spürte sie eine schartige Tablette, die grob zwischen ihre Lippen geschoben wurde. »Das lindert deine Schmerzen«, vernahm sie die besänftigende Stimme dicht neben ihrem Ohr. Die Tablette blieb ihr am Gaumen kleben. Die andere Hälfte wurde nicht minder grob in ihren Mund gesteckt. »Hier, trink etwas«, flüsterte der Mann und hielt ihr die Flasche an die Lippen. Renate gehorchte und trank in kleinen Schlucken. Die Flüssigkeit brannte in ihrer Kehle und sie verschluckte sich mehrmals. Dennoch trank sie gierig weiter, so lange, bis ihr die Flasche weggenommen wurde.

Die Tabletten zeigten nicht sofort Wirkung, doch bevor sich die Frau auf den Stuhl setzte, senkten sich Renates bleiern schwere Lider.

KAPITEL 33

Ella stand vor dem Bildschirm und schaute sich erneut die eingescannten Bilder an. Einige Seiten waren vom Feuer und dem vielen Wasser zu sehr beschädigt, als dass man daraus sachdienliche Informationen herausfiltern konnte, die dem Ermittlungsteam weiterhelfen würden. Viele Blätter waren aneinandergeklebt und ließen sich nicht mehr voneinander trennen. Einige schimmerten durch, doch es gab einige wenige, die Ellas Interesse auf sich zogen.

Der Verfasser verfügte über die Fähigkeit, in mindestens vier grundverschiedenen Schriftarten Texte zu formulieren, die sich auch inhaltlich sehr voneinander unterschieden – so als hätten sich hier mehrere Persönlichkeiten verewigt, die nicht nur geistig unterschiedlich entwickelt waren, sondern auch physisch.

Zwei Handschriften fielen Ella besonders ins Auge. Eine glich einem Vorschüler, die andere hätte von einer Lehrerin stammen können, die eben diesem Kind das Schönschreiben beibringen wollte.

Sie scrollte über den Bildschirm und kam sich dabei wie eine Archäologin vor, die Seiten aus einem Buch studiert, welches aus einer anderen Epoche stammt.

Die angekohlten zackigen Ränder und Brandlöcher verliehen den Blättern etwas Archaisches.

Auch die Skizzen glichen einem Zauberbuch. Es waren ausnahmslos Schraffuren von Frauengesichtern oder nackten Körpern, die an einen Stuhl gefesselt waren, oder sie hingen an einem unsichtbaren Strick an einem dicken Ast.

Die Texte waren zusammenhanglos aneinandergereiht, wie etwas, das aus dem Kontext gerissen worden war – etwas, das nur für den Autor dieser Textfetzen Sinn ergab.

Ellas Finger drehten langsam am Rädchen der Maus, die sie fest mit ihrer Hand umschlossen hielt, weil sie in eine Textpassage vertieft war, die dafür sorgte, dass die Bilder in ihrem Kopf Gestalt annahmen. Der Text war mit einer kindlichen Handschrift geschrieben. Die unsicher geführten Linien waren zu krakeligen Lettern geformt. Was ihr dabei besonders auffiel, war die Tatsache, dass das Kind keine Rechtschreibfehler machte und Worte wie »Penetration« oder »Ejakulation« verwendete. Und obwohl das Papier weder kariert und noch liniert war, verliefen die Zeilen parallel und in gleichmäßigem Abstand. Richie und sie hatten die Abstände sogar mit einem Messschieber ausgemessen und miteinander verglichen. Sie alle hatten denselben Abstand von genau elf Millimetern.

Ellas Lippen bewegten sich. Sie stand vor ihrem Arbeitsplatz. Das Büro war leer. Über den Tisch gebeugt las sie den Text leise vor.

»Er drang in meine Mutter ein. Er penetrierte sie von hinten mit seinem Schwanz, dann drehte er sie auf den Bauch und drang erneut in sie ein.«

Ella fuhr sich über den Mund. Sie flüsterte leise vor sich hin und verstummte, weil ein Stück des Textes sich bis zur Unkenntlichkeit aufgelöst hatte und nur noch verwaschene blaue Flecken übrig waren. Sie scrollte weiter.

»Ich saß im Schrank und konnte beobachten, wie mein Vater auf den Bauch meiner toten Mutter ejakulierte. Er grunzte wie ein wildes Tier und legte den Kopf tief in den Nacken. Er brüllte wie ein Löwe, nein, wie ein Werwolf. Sein nackter Körper glänzte. Ich habe mir, während ich in der Enge eingesperrt war, in die Hose gepinkelt. Nachdem ich eingenässt hatte, habe ich eine Regung in meiner Hose verspürt. Doch damals konnte ich nicht begreifen, dass ich bei dem abscheulichen Szenario eine Erektion bekommen hatte. Ich hielt meinen Schwanz in der Hand und tat dieselbe Bewegung wie mein Vater, bis ich zusammenzuckend einen gedämpften Schrei von mir gab und meinen Vater damit erzürnte. Ich wurde ...«

Hier endete der Text in einem schwarzen Rand.

Ellas Telefon klingelte. Sie zuckte kurz zusammen und klickte aus Versehen die Seite weg. Ihre Augen waren vor Anstrengung gerötet. Sie blinzelte und nahm den Hörer ab.

»Greenwood, hier ist Stegmayer, sind Sie noch im Präsidium?«

Ella sah auf die Wanduhr, die über der Tür hing, und fluchte innerlich, weil sie die Zeit vergessen hatte.

»Bin schon auf dem Weg nach unten«, sagte sie schnell und schalt sich eine Idiotin, weil sie immer noch den Hörer ihres Festnetztelefons in der Hand hielt.

»Siebert ist unauffindbar. Seine Frau weiß auch nicht, wo ihr Mann sein könnte. Wir haben die angeblichen Arbeitsplätze überprüft. Bis auf den Job als Hausmeister hat er nichts mehr, es sei denn, er arbeitet tatsächlich schwarz.«

»Hat er das nicht erwähnt? Ich glaube schon. Er hat es gar nicht geleugnet, fällt mir ein«, überlegte sie laut und hörte, wie ihr Partner genervt aufatmete.

»Kommen Sie einfach nach unten. Wir warten hier auf Sie. In zehn Minuten beginnt eine Lagebesprechung. Bringen Sie mir einen Kaffee mit und ein Snickers.«

»Mit Milch?«, fragte Ella mechanisch. Für eine Auseinandersetzung zum Thema Gleichberechtigung fehlte ihr einfach die Kraft.

»Greenwood, ich sagte ›Snickers‹, nicht ›Milky Way‹, und jetzt sehen Sie zu, dass Sie mir nicht ohne die Tagebücher hier aufkreuzen. Haben Sie etwas retten können?«

»Ja, Richie ist ein …«

»Sehr schön«, unterbrach er sie und legte auf.

***

Leonhard saß ganz hinten und kaute auf einem Hautfetzen herum, den er sich vom linken Daumen abgebissen hatte. Er brauchte dringend Koffein, am besten intravenös oder direkt durchs Auge ins Hirn gespritzt.

»Wir haben die Nachbarn nach eventuellen Beobachtungen befragt, aber niemand hat etwas Außergewöhnliches bemerkt«, rapportierte eine grauhaarige Polizistin und setzte sich wieder hin. Sie und einen Herrn, der unwesentlich jünger war als die Dame, hatte Leonhard zum Klinkenputzen verdonnert, aber diese Sisyphusarbeit war ohne Erfolg geblieben. Luis Siebert, der eigentlich in dem Haus, in dem er als Hausmeister fungierte, seiner Arbeit nachgehen sollte, war nicht da, obwohl er am Morgen von einer Frau gesehen worden war, wie er sich lautstark mit drei Jugendlichen unterhalten hatte.

Die Polizei war unterbesetzt und überall fehlte es an Geld. Darum konnten nur abgesicherte Hinweise fallanalytisch überprüft werden. Dieser Fall verschlang jetzt schon zu viel von dem Etat, der ihnen zur Verfügung stand.

Da erhob sich Tom und trat vor. Er hielt mehrere Blätter in den Händen, die er zu einem Rohr gedreht hatte, das er sich wie einen Stock in die leere linke Hand schlug. Sein Teint war von einem ungesunden Grau.

Ein Beamter der Kriminaltechnik mittleren Alters erhob sich ebenfalls und sprach mit fester Stimme in den Raum. Er hatte einen mächtigen Schnauzbart. Sein mürrisches Aussehen passte gut zu seiner rauchigen Stimme, die jeden im Raum verstummen ließ.

»Bei der Untersuchung jedes Tatortes müssen wir im Hinterkopf behalten, dass eventuelle serologische Spuren wie körperliche Ausscheidungen, aber auch Fingerabdrücke oder andere Spuren wie Reifenabdrücke von Familienangehörigen oder beispielsweise von einem Postboten stammen könnten, die nichts mit dem Gesuchten zu tun haben. Das alles muss selektiert und verglichen werden. Jedenfalls haben wir hier«, er nickte knapp einem Mann zu, der neben dem Lichtprojektor stand, »keine Spuren von Brandbeschleunigern oder Ähnlichem finden können.«

Ein mechanisches Surren ertönte, woraufhin die Jalousien sich langsam nach unten in Bewegung setzten und den Raum verdunkelten. Ein Quadrat aus hellem Licht wurde auf die weiße Wand projiziert. Tom nickte wieder. Ein schwarz-weißes Foto tauchte auf.

»Dieses Bild verdeutlicht uns, dass der Brand alles Brauchbare ausgemerzt hat. Wir haben nichts, womit wir arbeiten können, bis auf die drei Leichen und einige Notizbücher, die dank eines glücklichen Umstands teilweise noch auswertbar sind.«

Weitere Bilder wechselten sich im Fünf-Sekunden-Takt ab. Auch sie waren schwarz-weiß, weil das Feuer nicht nur die Beweise, sondern auch jegliche Farbe weggefressen hatte.

»Bisher konnten wir die Leichen nicht identifizieren«, übernahm Tom das Wort.

Leonhard sah, dass bei allen verkrümmten Körpern die Ober- und Unterkiefer abgesägt worden waren, damit kein Zahnabgleich gemacht werden könnte.

»Was wir jedoch haben, ist Folgendes: Dieser Mann starb nicht an den Folgen der unerträglichen Hitze, auch nicht an Kohlendioxidvergiftung. Er wurde erschlagen, und zwar schon vor längerer Zeit.« Ein Raunen ging durch den Raum und brachte die angespannte Atmosphäre zum Vibrieren. »Das ist aber nur ein vorläufiges Indiz!« Tom bemühte sich, die Kollegen zu beruhigen. »Wir sind dem Mörder dicht auf der Spur.«

»Versucht der Kerl, uns vorzuführen?«, meldete sich lautstark jemand, den Leonhard nicht richtig erkennen konnte.

Wo bleibt mein Kaffee?, dachte der Kommissar und beobachtete, wie just in diesem Moment die Tür aufging.

Zuerst tauchte Ellas Kopf auf. Sie blickte sich um, um sich zu vergewissern, dass sie den richtigen Raum erwischt hatte. Mit leicht geknickter Miene bahnte sie sich den Weg zu Leonhard, weil der Raum mit Tischen, Stühlen und müden Kollegen vollgestopft war.

»Ich sagte ›Snickers‹«, empörte er sich leise, nachdem Ella ihm einen Becher mit heißem Kakao und einen Marsriegel vor die Nase geknallt hatte.

»Der Kaffee war alle, und das hier habe ich einem Kind weggenommen«, murmelte sie und richtete ihre Aufmerksamkeit auf Tom.

»Das können Sie wieder zurückhaben«, knurrte Leonhard und spuckte den Hautfetzen unter den Tisch.

»Danke schön, sehr aufmerksam von Ihnen«, schnappte Ella zurück und trank einen Schluck von ihrem Kakao.

Während Tom mit seinem Bericht fortfuhr, spürte Leonhard ein mehrmaliges Vibrieren in der Hosentasche. Leise eine Verwünschung brummelnd fummelte der Kommissar das Smartphone hervor und erhob sich von seinem Platz. Sein Stuhl kratzte laut über den Parkettboden, wofür sich der Kommissar einen genervten Blick von Tom einfing. Diesen tat Leonhard mit einem flüchtigen Mundwinkelzucken ab.

»Um die vorhandenen Spuren, die wir bisher gesichert haben, abgrenzen zu können, sind die Zeiten besonders wichtig«, fuhr Tom sachlich fort und ließ weitere Bilder an die Wand projizieren.

Leonhard hörte nicht mehr richtig hin, denn er hielt sich mit angestrengter Miene sein Handy ans Ohr.

»Wir sprechen hier von Vor-, Haupt- und Nachtat. Um all das in Einklang mit dem Verbrechen zu bringen, müssen wir ein Zeitgitter erstellen, was ich auch getan habe. Folgendes ist dabei herausgekommen: Die männliche Leiche, der der Schädel eingeschlagen wurde –«

»Stegmayer«, meldete sich Leonhard zum wiederholten Mal und wollte schon auflegen, weil das metallische Klappern am anderen Ende der Leitung alles war, was er zu hören bekam.

»Hier ist Larissa Siebert, ich rufe Sie wegen meinem Mann an, weil Sie ihn suchen.«

Wellige Unmutsfalten gruben sich in Leonhards Stirn. »Ja?«, gab er gedehnt zurück.

»Er hat es wieder zu gut gemeint und drei junge Männer in die Schule gefahren, damit sie nicht noch mehr Blödsinn anstellen können.«

»Was haben die Kerle denn angestellt?«

»Zeitungen angezündet, anstatt sie auszutragen.«

»Und wo ist Ihr Mann jetzt?«

»Wieder bei seiner Arbeit. Er muss ein Rohr reparieren.«

»Warum rufen Sie uns an und nicht er?«

»Er hat die Visitenkarte hier zu Hause vergessen.«

»Danke«, murmelte Leonhard. »Richten Sie Ihrem Mann bitte aus, dass er an Ort und Stelle bleiben soll. Wir kommen im Laufe des Tages vorbei, weil wir ihm einige Fragen bezüglich seines Bruders stellen müssen.«

»Okay«, war alles, was Larissa von sich gab.

»Auf Wiedersehen.«

»Auf Wiedersehen, ich muss jetzt weiterkochen. Sie können auch gern zum Abendessen kommen und …«

»Nein, vielen Dank«, verabschiedete sich Leonhard und nahm wieder Platz.

Die Blicke aller Anwesenden waren auf ihn gerichtet. »Herr Siebert ist wiederaufgetaucht«, setzte er die Kollegen in Kenntnis.

Stimmengemurmel erhob sich.

»Tom, fahren Sie bitte fort«, sagte Leonhard mit erhobener Stimme, um die unangenehme Aufmerksamkeit von sich abzulenken.

»Die Leiche mit dem eingeschlagenen Schädel war lange Zeit unter der Erde vergraben und vor der Polizei verborgen.«

»Wie kommen Sie darauf, dass sie in der Erde vergraben war?«, rief eine raue Stimme dazwischen.

»Wir haben an den Knochen Spuren von Nagetieren und Insekten gefunden, die darauf hindeuten, dass dem so war. Der rechte Schienbeinknochen, Tibia genannt, ist gesplittert. Auch mehrere Rippen weisen dasselbe Muster auf. Wir gehen davon aus, dass der Tote von einem schweren Gegenstand wie einem Rohr oder Baseballschläger lebensgefährlich verletzt wurde.«

»Es hat also ein Kampf stattgefunden?«, rief dieselbe Stimme.

»Eher eine Hinrichtung«, entgegnete Tom lapidar.

***

Ella hielt den Becher, in dem der Kakao erkaltet war, weil er ihr nach den unschönen Bildern nicht mehr schmeckte, nur fest, um ihre Hände zu beschäftigen, und drehte ihn im Uhrzeigersinn ununterbrochen zwischen ihren Fingern.

»Wollen Sie dem Ganzen noch etwas hinzufügen?« Stettel stand mit gerecktem Kinn bei Tom und linste zu Leonhard, der im Begriff war, den Raum zu verlassen.

»Nun«, hüstelte Leonhard und richtete seinen Gürtel. »Unser Täter ist von seiner Einzigartigkeit und Komplexität entweder überzeugt oder überfordert.«

Ella hörte angespannt zu, das Kakaopulver lag pelzig auf ihrer Zunge und den Zähnen und störte sie beim Denken.

»Tom, was meinen Sie, können Sie dieser Leiche eine brauchbare DNA-Probe entnehmen?« Er wies mit seinem kantigen Kinn auf den verkohlten Schädel an der Wand. Der gezackte Durchbruch des Knochens an der linken Schläfe oberhalb der Hutkrempenlinie war deutlich zu sehen. Er erinnerte Ella an eine zersprungene Windschutzscheibe nach einem Steinschlag.

Der Kollege aus der rechtsmedizinischen Abteilung fuhr sich mit der Zunge über die Innenseite seiner Wange und nickte unentschlossen.

»Sehr gut. Hiermit möchte ich mich von euch verabschieden. Frau Greenwood und ich wollten gerade gehen, weil wir noch etwas zu erledigen haben.« Leonhard verließ den Raum, ohne auf Ella zu warten. Von den spöttischen Blicken der Kollegen begleitet, folgte sie mit vor Scham gerötetem Gesicht ihrem Partner, dem sie am liebsten an den Hals gesprungen wäre.

KAPITEL 34

Luis saß den beiden Polizisten gegenüber und beantwortete ihre Fragen.

»Haben Sie schon mal Baseball gespielt?«, fragte der silberhaarige Polizist unverhofft und warf einen flüchtigen Blick auf den Schläger, der an den Schrank gelehnt in einer Ecke stand.

»Nein, was soll die Fragerei?«, beantwortete er die Frage mit einer Gegenfrage. Der genervte Unterton in seiner Stimme war nicht zu überhören.

»Wollen Sie sich jetzt madigmachen, damit wir Sie endlich in Ruhe lassen? Wo ist Ihre Kooperation geblieben?«

Luis schwieg beharrlich und verschränkte die Arme vor der Brust. Er stand mit dem Rücken zur Wand und spürte, wie die Kälte durch seine Knochen fuhr. Die beiden Polizisten hatten sich in der Mitte des kleinen Raumes postiert, ohne dabei bedrohlich oder einschüchternd zu wirken.

»Können Sie etwa hellsehen?«, blieb Luis weiterhin giftig in seiner Art.

»Die Seele ist eine unsichtbare Substanz. Der Einzige von uns, der in einen Menschen hineinschauen kann, ist Herr Bär, unser Kollege aus der Rechtsmedizin. Er benötigt dazu jedoch ein Skalpell.«

Luis lief bei der Vorstellung, tot zu sein und auf einem Seziertisch ausgeschlachtet zu werden, ein kalter Schauer über den Rücken.

»Ist kein sehr schöner Anblick, muss ich Ihnen sagen«, sprach der Polizist gemütsarm.

»Was wollen Sie denn von mir wissen? Warum ich den Totschläger hier stehen habe? Der gehört nicht mir. Hat dem Jürgen gehört. Den hat er zwei Jugendlichen abgenommen.«

»Apropos Jugendliche, seit wann ist es Ihre Aufgabe, sie zur Schule zu kutschieren?«

»Ich hatte Mittagspause und war sowieso auf dem Weg dorthin.«

Der Polizist nickte mehrmals. »Verstehe«, sagte er und rieb sich das Kinn.

»Haben Sie schon von dem großen Feuer gehört?« Jetzt war es die Polizistin, die ihm eine dieser Fragen stellte, die ihn komplett aus dem Konzept brachten.

Luis bedachte sie mit einem lauernden Blick.

»Welches Feuer? Hat es was mit meinem Bruder zu tun?«

»Wie kommen Sie jetzt auf Ihren Bruder?« Der Polizist holte ein kleines Büchlein aus seiner Tasche und reichte es Luis. »Ich werde Ihnen ein paar Fragen stellen, die Sie schriftlich beantworten sollen. Es ist nur ein Spiel. Sie haben natürlich das Recht, dem zu widersprechen. Ich versichere Ihnen, dass wir das hier«, er deutete mit dem Finger auf das Notizbuch und reichte Luis einen Kugelschreiber, »nicht in einem Prozess gegen Sie verwenden werden. Machen Sie mit? Es ist kein reines Frage-und-Antwort-Spiel. Sie dürfen kreativ sein. Ich nenne ein Wort und Sie schreiben das erste auf, was Ihnen dazu einfällt. Es muss auch keinen Sinn ergeben, alles geschieht intuitiv.«

Luis spürte, wie ihm die Galle hochstieg, nickte jedoch.

»Himmel ist …«, begann der Kommissar und spielte mit den Augenbrauen. »Na, kommen Sie, so schwierig ist die Frage doch nicht.«

»Wolkig«, schrieb Luis.

»Sehr einfallsreich.«

»Frau.«

»Mutter.« Leonhards Finger wurden feucht.

»Nicht schlecht.«

»Liebe.«

»Ist tödlich.«

Leonhard Stegmayer lachte auf. »Sie gefallen mir immer besser.«

Luis entspannte sich.

»Mutter.«

»Ist tot.«

»Dennis, setz dich auf den Stuhl«, sagte der Polizist, immer noch mit einem vagen Lächeln auf den Lippen und kühlem, berechnendem Blick.

Luis fiel der Kugelschreiber aus der Hand. Er hob ihn aber sofort wieder auf.

»Was haben Sie gesagt?«

»Nichts. Stuhl.«

»Tisch«, schrieb Luis auf. Dabei veränderte sich seine Schrift. »Ich höre lieber auf, ich muss meinen Sohn von der Schule abholen«, stammelte er und zwängte sich zwischen den beiden hindurch.

»Ach, Herr Bach?«

»Ja?« Luis drehte sich um, sagte dann aber schnell: »Eigentlich heiße ich seit meinem zehnten Lebensjahr Siebert. Das habe ich Ihrer Partnerin schon erzählt.«

»Stimmt.« Der Polizist fasste sich mit einer Hand an den Kopf. »Kann ich mein Notizbuch zurückhaben?«

»Ja, natürlich«, lächelte Luis und streckte seine Hand aus.

»Dürfte ich Sie bitten, mir Ihre Handynummer aufzuschreiben?«

Luis zögerte, schrieb sie aber doch auf. »Bitte schön.«

»Noch etwas.«

»Ja?«

»Wie nah standen Sie und Ihr …«

»Ich und mein Bruder hatten keinen Kontakt mehr. Er kann mir getrost gestohlen bleiben, und ja, Sie hatten recht, ich habe schon mitbekommen, dass das Haus, in dem mein Bruder gelebt hat, abgebrannt ist, kam schließlich oft genug im Radio.«

»Und das berührt Sie nicht?«

»Nein. Sein Ziehvater war ein krankes Arschloch. Ich weiß, wovon ich rede. Mein Bruder tut mir sogar irgendwie leid.«

»Warum?«

»Weil er unter den Fittichen dieses kranken Mannes aufwachsen musste.«

»Wir haben nur Überreste bergen können. Wären Sie bereit, eine Speichelprobe abzugeben, damit wir die Leiche identifizieren können? Den Anblick würden wir Ihnen gern ersparen. Sie sind leider der einzige uns bekannte Verwandte.«

»Das sind Sie Ihrem Bruder schuldig, er soll ja wie ein Mensch bestattet werden.« Die Polizistin berührte Luis sacht an der Schulter.

»Jetzt?«, wollte Luis wissen und bekam von der Polizistin prompt ein durchsichtiges Gefäß in die Hand gedrückt. »Wenn's sein muss«, erwiderte er resigniert und öffnete den Mund.

Die Polizistin rieb ihm mit dem Stäbchen über die Innenseite der linken Wange und das Zahnfleisch, dann verstaute sie den Träger im Röhrchen.

»Bevor Sie gehen, würde ich gern die Feuerstelle anschauen«, wandte sich der Kommissar erneut an Luis. »Wer weiß, was die Bengel dort noch alles verbrannt haben. Und Sie, liebe Kollegin, fahren zu Pjotr Schukov, vergessen Sie den Datenträger nicht.

Hier im Notizbuch steht die E-Mail-Adresse, die er überprüfen soll«, fügte er hinzu. Luis spürte eine ungute Vorahnung in sich aufsteigen.

Der Polizist schlug das Büchlein noch einmal auf und machte Notizen. »Er soll mich auf dem Handy anrufen«, fügte er in demselben beiläufigen Ton hinzu und sah zu Luis. »Kommen Sie, Herr Siebert, zeigen Sie mir den Ort.«

KAPITEL 35

Renates Nasenflügel blähten sich auf. Sie bekam kaum Luft, weil der Staub ihre Schleimhäute anschwellen ließ. Ihre Kiefermuskeln brannten nicht mehr, auch den Lappen, der in ihrem Mund steckte, spürte sie kaum noch. Ihre Augen waren auf die Bretter gerichtet, die dicht über ihr angebracht waren. Licht drang so gut wie keines durch die Ritzen. Sie nahm Staubflusen wahr, die im gelben Licht schwerelos über ihr kreisten und vom heftigen Ausatmen erneut aufgewirbelt wurden. Sie hörte das Schaben von Mäusen dicht neben ihrem linken Ohr. Im nächsten Augenblick krabbelte etwas über ihr Gesicht und versuchte, sich in ihrem linken Ohr zu verstecken. Renate schrie, doch der Lumpen hielt ihre Stimme gefangen. Sie weinte stumme Tränen. Sie lag in einer Grube, die von Brettern zugedeckt war.

Plötzlich, wie in einem tiefen Traum, vernahm sie Stimmen. Die eine erkannte sie sofort, sie gehörte Leonhard. Renate zerrte an den Fesseln, mobilisierte all ihre Kräfte und bäumte sich auf, doch es war vergebens.

»Mordlust, Rachsucht oder Lust auf seelische und körperliche Vergewaltigung, das alles sind Motive, die wir als niedrige Beweggründe einstufen und die entsprechend hart bestraft werden. Ich finde, nichts ist verwerflicher als eine vorsätzliche

Tötung, die aus der Lust zur körperlichen Misshandlung entsteht, finden Sie nicht auch, Herr Siebert?«

»Ja«, entgegnete der Mann.

Renates Herz drückte schmerzhaft gegen ihre Rippen. Das Stechen in der Brust raubte ihr beinahe die Besinnung.

»Wenn der Mörder nicht kooperiert, kein Mitgefühl zeigt und seine Tat eines dieser Merkmale erfüllt, so wird er zwingend zu einer lebenslangen Freiheitsstrafe –«

»Hier haben die Jungs ihre Zeitungen entsorgt«, unterbrach ihn die zweite Stimme, die Renate nicht sofort zuordnen konnte. »Aber muss der Mörder nicht zuerst beweiskräftig überführt werden?«

»Sofern er sich nicht selbst stellt, schon. Aber wenn er kooperiert und Reue zeigt, kann der Richter ein milderes Urteil aussprechen und ihn vielleicht in die Psychiatrie –«

»Ist es nicht ewig das Gleiche? Die Mörder müssen sich nur entschuldigen und behaupten, sie wären psychisch instabil, schon können sie der gerechten Strafe entkommen. Ich würde sie alle – einen nach dem anderen – am nächstbesten Ast aufhängen«, fiel der andere Mann dem Kommissar ins Wort.

»Ich wüsste ehrlich gesagt nicht, wie man eine Schlaufe bindet, und Sie?« Renate hörte ihren Kollegen auflachen. »Was ist das für eine Hütte?«, wechselte Leonhard das Thema.

»Hier befanden sich früher Transformatoren, jetzt steht der Raum leer. Jürgen benutzt ihn im Winter, um dort Streusalz zu lagern und anderes Zeug, was man in der kalten Jahreszeit so braucht. Er *hat* ihn benutzt«, verbesserte er sich.

»Darf ich mich dort umsehen?«

»Da ist nichts, aber wenn Sie darauf bestehen!«

Der Schlüssel wurde mehrere Male umgedreht. Etwas schlug hart gegen das Holz. Dann wurde ein Riegel verschoben. Renate blinzelte, denn ein grelles Weiß schnitt ihr in die Augen. Das dumpfe Poltern von Schuhen auf Holz tat in ihren Ohren weh. Sie öffnete langsam die Augen, als ein Schatten sich über sie legte. »Hilfe«, schrie sie aus letzter Kraft, doch ihr Schrei blieb ungehört. Die Schatten über ihr bewegten sich hin und her. Es dauerte eine ganze Ewigkeit, doch Renate konnte sich nicht bemerkbar machen. Irgendwann fiel die Tür polternd zu.

»Ich habe Ihnen doch gesagt, dass hier nichts zu finden ist.«

»Und darum haben Sie einen Schlüssel dabei?«

Der zweite Mann hatte auf diese scheinbar einfache Frage keine Antwort. Es dauerte einen Augenblick, bis er mit seiner Antwort herausrückte. »Ich habe einen Schlüsselbund ...«

»Dieser Schlüssel befand sich jedoch nicht auf dem Ring, er steckt immer noch im Einhängeschloss.« Leonhards Stimme wurde härter.

»Weil ich –, weil ich die Jungs hier beobachtet habe, habe ich den Schlüssel mitgenommen, um nach dem Rechten zu schauen.«

»Soso. Haben Sie auch bei Frau Jung nach dem Rechten schauen wollen? Wissen Sie, was mir hier auffällt?«

»Was?«

»Vor der Tür und hier in dem morschen Holz der Dielen habe ich kleine, pfenniggroße Eindrücke entdeckt. Berufskrankheit, wissen Sie, ich schaue immer vor meine Füße. Diese kreisförmigen Eindrücke sind ein klarer Hinweis auf Damenschuhe. Ich trage keine Stöckelschuhe, und dennoch weiß ich, dass die eine oder andere Frau sie als Waffe benutzen kann.«

»Ich trage auch keine«, empörte sich der Mann.

»Aber ist das hier nicht ein gutes Versteck? Sie wissen schon ...«

»Ich liebe meine Frau. Ich habe doch gesagt, das hier war Jürgen Sternwarts Rückzugsort. Hier traf er sich auch mit Frauen.«

»Obwohl er impotent war?«

»Wie bitte?«

»Sein Zeiger war immer auf halb sechs eingestellt.« Renate hörte Leonhard leise auflachen.

»Das wusste ich nicht.«

»Sie vermitteln den Eindruck, als würden Sie permanent lügen. Jedenfalls kann ich so einige Diskrepanzen feststellen zwischen dem, was Sie ausgesagt haben, und dem, was ich an den Orten beobachtet habe, an denen Sie anwesend waren.«

»Weil ich mit all den Situationen überfordert bin.«

»Das sieht für mich eher nach einem bewussten Täuschungsversuch aus«, stellte Leonhard fest.

»Ich bin hier!«, schrie Renate erneut und zerrte mit beiden Händen an den Fesseln.

»Das ist nur Ihre persönliche Meinung.« Luis trat zur Seite und fummelte an seinem Reißverschluss herum.

»Sie wollen mir doch nicht etwa Ihren kleinen Freund zeigen.« Leonhard klang überrascht.

»Nein, ich will nur pinkeln. Das kann ich tun, wo ich will«, grummelte der Fremde.

Kurz darauf spürte Renate, wie sich etwas Feuchtes und Warmes über ihr Gesicht ergoss. Die Flüssigkeit brannte in ihren Augen.

»Sie sind echt ein komischer Typ«, sprach der Kommissar mit derselben beherrschten Stimme.

»Warum?«

Renate weinte und wollte nur noch sterben.

»Der Raum hier ist tatsächlich leer, bis auf diesen Stuhl hier«, überlegte Leonhard nachdenklich.

Luis' Kopfhaut zog sich zusammen. »Das ist eben ein Stuhl«, entgegnete er so ruhig wie möglich. Der Polizist führte etwas im Schilde, aber was? Dessen Gesichtsausdruck war undurchdringlich.

Eine leise Melodie ertönte. Ohne den Blick abzuwenden, griff Luis nach seinem Telefon. »Hallo?« Er hörte lediglich ein leises Atmen, dann wurde aufgelegt.

»Wer war das?«, wollte der Polizist wissen.

»Da hat sich wohl jemand verwählt.«

»Passiert mir auch oft«, meinte der Polizist und ging ein paar Schritte rückwärts. Auch er hielt ein Handy in der Hand und warf einen flüchtigen Blick darauf.

»Sind wir hier endlich fertig?«, fragte Luis entgeistert und zog am Reißverschluss seiner Hose.

»Ja, nur noch eine Sekunde.«

»Was haben Sie eigentlich gegen mich?«

»Sie reden nur oberflächlich über das, was mich interessiert, sodass ich den Eindruck nicht loswerde, dass all Ihre Schilderungen gedanklich zusammengewürfelt wurden. Sie sind nicht aufrichtig, weil Sie jemanden schützen wollen. Ist Ihr Bruder tatsächlich tot? Oder stecken Sie mit ihm zusammen knietief in der Scheiße und versuchen, ihn zu decken?«

***

Ella schluckte schwer. Sie hatte gerade eine Antwort von Pjotr Schukov erhalten, einem Grafologen und Leonhards ehemaligem Schulfreund. Sie schaute auf das Blatt Papier, auf dem in Leonhards geradliniger Schrift stand: *Pjotr soll die Schriften vergleichen, sofort, danach rufen Sie Luis an. Sie schweigen und legen auf, danach rufen Sie sofort mich an.*

Sie wählte Leonhards Nummer und lauschte.

»Stegmayer?«

»Herr Schukov meint, es handle sich eventuell um ein und denselben Verfasser. Er hat die Schriften verglichen, aber er bräuchte etwas mehr Zeit.«

»Wir haben keine Zeit. Sie folgen den weiteren Hinweisen aus den Notizbüchern«, kommandierte er. »Niemandem gelingt es angesichts unserer diffizilen Untersuchungsmethoden, alle Spuren zu verwischen. Herr Bach und ich … ich meine natürlich Herrn Siebert, wir sind hier gleich fertig. Es war eine falsche Fährte«, erklärte Leonhard mit einer leichten Spur von Hohn und fügte hinzu: »Schicken Sie ein paar Männer zur Verstärkung.«

Ella verstand nicht recht, was ihr Kollege da von sich gab.

***

Leonhard stand mit dem Rücken zur Tür und tastete mit einer Hand hinter seinen Rücken. Als er den Griff erwischte, stieß er die Tür gerade so weit auf, dass er durch den Spalt hinausstürmen konnte, und drückte sie schnell ins Schloss.

Luis warf sich mit der Wucht der Verzweiflung gegen die Bretter.

Nur mit Mühe und viel Glück gelang es Leonhard, den Riegel vorzuschieben. Er wählte hastig Ellas Nummer.

Bisher hatte die Polizei keine Beweise. Sein Verdacht basierte lediglich auf Vermutungen, und das Eis, auf dem er sich bewegte, war ziemlich dünn.

Luis polterte mit beiden Fäusten gegen die Tür.

»Ella, wie sicher ist Pjotr?«, flüsterte er in den Hörer.

»Er hatte ja nur eine halbe Stunde Zeit, aber sein Programm hat einige Übereinstimmungen gefunden.«

»Pjotr ist einfach der Beste. Jetzt hören Sie mir genau zu. Sie rufen —«

»Was ist da unten los?«, keifte eine ältere Dame aus dem obersten Stock und musterte Leonhard durch ihre Brille, die sie immer wieder die Nase hochschob.

»Ich bin von der Polizei, ich habe alles unter Kontrolle«, erwiderte Leonhard und winkte der Dame zu.

»Das kann jeder sagen. Ich rufe lieber die richtige Polizei«, entgegnete die Frau und verschwand wieder hinter den Spitzenvorhängen.

»Was ist da los?«, ertönte Ellas Stimme.

»Wir müssen uns beeilen«, raunzte Leonhard.

»Sind Sie sich ganz sicher? Und wenn wir den Falschen beschuldigen?«

»Ich glaube nicht an Zufälle, und Pjotr irrt sich nie. Nur weil wir ihm die Verbrechen noch nicht nachweisen können, bedeutete es nicht, dass Luis Siebert sie nicht begangen hat. Außerdem habe ich die Vermutung, dass dieser Luis in Wahrheit Dennis Bach ist.«

»Wie bitte?«

»Ich denke, dass er seinen Bruder schon vor Jahren getötet hat. Die Überreste, die wir im Feuer gefunden haben, deuten darauf hin, dass die Leiche älteren Datums ist. Die tote Frau aus dem Haus könnte die polnische Pflegerin gewesen sein, die eines Tages plötzlich verschwunden ist.«

»Wo haben Sie das nun wieder her?«

»Das hat einer unserer Kollegen von einer Nachbarin erfahren. Diesen alten Frauenzimmern entgeht nichts! Das ist der Unterschied zwischen Jurisprudenz und Real life. Und jetzt rufen Sie diesen Luis alias Dennis an und sagen Sie folgenden Satz … Hören Sie mir zu?«

»Ja, natürlich.« Leonhard hörte heraus, wie aufgeregt Ella war.

»›Hallo, Dennis, hier ist Sally. Setz dich bitte auf den Stuhl.‹ Diesen Satz wiederholen Sie mehrmals. Und achten Sie bitte unbedingt darauf, dass Sie dabei sanft klingen wie diese Frauen vom Telefonsex und nicht wie eine Polizistin bei einer Festnahme!«

»Was hat es mit diesem Stuhl auf sich?«

»Das war früher der Platz, an den der junge Dennis verbannt wurde, wenn er nicht artig war. Manchmal verbrachte er Stunden darauf und wurde sogar fixiert, damit er nicht aufstehen konnte. Die Füße des Stuhls waren an den Bodendielen festgeschraubt. Eben diesen Stuhl habe ich gerade hier gefunden. Wir betreiben jetzt Exorzismus, und Sie sind der Exorzist.«

»Wie kommen Sie auf all das?«

»Wenn Sie noch eine weitere Frage stellen, streiche ich Sie von meiner Freundesliste. Ich habe mit einem Psychiater gesprochen, der Herrn Bach senior betreut hat. Laut seinem Gutachten hatten sowohl der Vater als auch sein Sohn eine ausgeprägte Persönlichkeitsstörung, was er jedoch auf den tragischen Tod der Ehefrau und Mutter zurückführte. Der Junge wies zudem emotional instabile und dissoziale Persönlichkeitszüge auf, die nicht weiter erwähnt wurden, weil er in einem Pflegeheim untergebracht und dort psychologisch betreut wurde. Also, jetzt machen Sie schon, worum ich Sie gebeten habe!«

Das Hämmern hinter der Tür ließ nicht nach.

Ella legte auf.

Leonhard lauschte. Leise Musik drang durch die Ritze. Die Schläge gegen die Tür und die unzähligen Verwünschungen hörten plötzlich auf.

***

»Ja«, meldete sich Luis mit kratziger Stimme.

Wieder hörte er zuerst nur ein heftiges Atmen in der Leitung, dann: »Hallo, Dennis, hier ist Sally.«

Eine weiße Wand tat sich vor ihm auf. Alles um ihn herum begann sich zu drehen. Die braunen, verzogenen Bretter und die grauen Wände aus Beton vermischten sich zu einem dunklen

Rot. *Woher kennt die Stimme meinen wahren Namen?*, rauschte durch seinen Kopf.

»Setz dich auf den Stuhl, Dennis«, hörte er die leise Stimme und sah das Gesicht seines Vaters vor sich. Sein infernalischer Blick wirkte zerstörerisch auf sein Selbstbewusstsein.

»Sally, bist du das?«, fragte er mit kindlicher Stimme. Sally war seine imaginäre Freundin. Mama meinte, es gebe keine imaginären Freunde, und betete selbst täglich zu Gott. *Wer ist dieser Gott*, hatte er sie einmal gefragt. *Ist er realer als Sally? Schließlich hat ihn auch noch keiner zu Gesicht bekommen, und Wunder, die er angeblich vollbringt, habe ich bisher noch nie gesehen.* Daraufhin hatte ihm seine Mama aufgetragen, die Bibel zu studieren, doch dort wurde nur gehurt. Selbst Brüder und Schwestern hatten sich nicht davor gescheut, Sex miteinander zu haben.

»Dennis«, riss ihn die sanfte Stimme aus den Gedanken und ließ ihn taumeln. »Setz dich bitte auf den Stuhl und verrate mir, wo du Renate versteckt hältst.«

Dennis ging zum Stuhl, den er eigens dafür hergebracht hatte, um den Stimmen in seinem Kopf gehorchen zu können. Sally hatte recht, er hieß Dennis und nicht Luis. Seinem Bruder hatte er vor drei Jahren mit einer Schaufel den Schädel eingeschlagen und ihn hinterm Haus vergraben. Seitdem führte er ein zweispuriges Leben, das jeden Tag zu entgleisen drohte. Er hatte Luis dafür getötet, dass er ihn damals diesem Tyrannen überlassen hatte. Er hatte ihn beneidet. Ihn, seine Frau und das Kind, das sie hatten. Doch Luis wollte einfach nicht einsehen, dass das, was er hatte, nicht selbstverständlich war.

Beide hatten sich in einem Streit verfangen, der außer Kontrolle geriet und in einer tödlichen Auseinandersetzung endete.

»Dennis, bist du noch da?«

298

Nein, Dennis war nicht mehr da, zumindest nicht in seinem Körper. Er sah, wie seine Gesichtszüge weicher wurden. Er betrachtete sich in einem Spiegel, dem letzten Andenken an seine Mutter. Sie hatte oft stundenlang über das runde Ding gebeugt dagesessen und Schminke aufgetragen, um die blauen Flecken zu verstecken.

»Sally, ich habe Angst. Da ist ein Mann. Ich glaube, es ist mein Vater. Er schreit mich wieder an. Er hat mich eingesperrt.« Seine Stimme klang wie die eines Kindes.

KAPITEL 36

Renate begriff nicht, was mit ihr geschah. Ein Brett wurde angehoben, dann noch eines. Ihr Peiniger glotzte von oben auf sie herab und lächelte dümmlich wie ein Kind. Seine Hand griff nach ihrem Gesicht und streichelte ihr die Haare aus der Stirn. Er kniete über ihr und lächelte. Mit der linken Hand hielt er sich das Handy ans Ohr und redete mit einer Frau, die Sally hieß. Dann nahm er einen Schminkspiegel und betrachtete sich darin.

»Ich sehe nicht wie ein Mörder aus«, flüsterte er kaum hörbar. »Sally, ich bin kein Mörder«, sprach er weiter und legte den Spiegel zurück in die Grube, danach befühlte er den Stoff des geblümten Kleides. Abrupt veränderte sich seine Miene, weil jemand lautstark auf die Tür eindrosch.

Mit gehetztem Blick sah sich der veränderte Mann um und warf das Telefon gegen die Wand. Er rieb sich mit der Hand über die Nase. »Bleibt weg von mir, ihr Arschlöcher!«, brüllte der Mann und setzte sich auf den Stuhl, den Renate nur im Augenwinkel erkennen konnte. Der Mann wiegte seinen Körper hin und her und kreischte wie ein Wahnsinniger. Adern und Muskelstränge traten durch seine Haut am Hals hervor. Dann sprang er erneut auf und warf die Bretter zurück an ihre Plätze. Die Latten wollten nicht richtig passen. Renates Peiniger stampfte mit beiden Füßen drauf herum. Holz barst und gab unter seinem Gewicht nach, brach jedoch nicht durch. Renate spürte, wie winzige Splitter sich in ihre Haut bohrten. Dreck und Staub bedeckten sie und raubten ihr das bisschen Luft, das sie in der Grube noch hatte.

Ein gurgelndes Würgen, gefolgt von heftigem Husten, drang durch die Bretter.

Kapitel 37

Leonhard fluchte, riss Kommissar Harald Mittnacht vom Kriminaldauerdienst am Arm und stieß dessen Kollegen Georg Bolzen von der Tür weg.

Der verzweifelte, lang anhaltende Schrei eines zu Tode verängstigten Kindes drang durch die Ritzen der verzogenen Tür.

»Bleib ja von der Tür weg. Es ist ganz anders, als es auf den ersten Blick scheint, dort ist kein Kind«, brüllte Leonhard die Männer an.

»Lasst mich hier raus«, kreischte der Gefangene erneut und warf etwas Schweres gegen die Tür.

»Bleib von der Tür weg, Harald, sonst wird es Konsequenzen nach sich ziehen«, drohte er dem Mann, doch dieser ignorierte alles, was Leonhard von sich gab, und quittierte die Androhungen mit einem ausgestreckten Mittelfinger, den er in die Luft hob, ohne sich umzudrehen.

Der bullige Mann langte nach dem Schieber und warf das Schloss auf die Erde.

»Harald, NEIN!« Leonhards unheilvoll dröhnende Stimme schreckte zwei Tauben auf, die mit den Flügeln schlagend davonflogen.

Ein mächtigerer Schlag brachte die Bretter der Hütte zum Ächzen und ließ Harald auffahren und zurücktaumeln.

»Verpisst euch einfach von hier.«

»Geht nicht.« Harald drehte sich um und fixierte Leonhard finster. »Eine Frau hat uns angerufen und um Hilfe –« Noch bevor Harald den Satz beenden konnte, flog die Tür beinahe aus den Angeln und fegte Harald von den Beinen.

Leonhard stand einem Mann gegenüber, der mit Luis nichts mehr gemein hatte. Er glich einem Wahnsinnigen. Die blutunterlaufenen Augen huschten hin und her. Alles geschah wie in Zeitlupe, und dennoch konnte Leonhard nicht auf den Angriff reagieren. Luis hielt etwas Rundes in der Hand – eine Art Besenstiel, der an einem Ende zerborsten war. Erst als ihn der Gegenstand am Kopf traf, begriff Leonhard, dass es sich um ein Bein des Stuhls handelte, dessen Einzelteile auf dem Boden verstreut lagen.

Ein Schuss zerriss die Luft und peitschte an seinem linken Ohr vorbei. Noch im Fallen sah Leonhard, wie Luis auf Georg sprang und ihn einem Raubtier gleich in den Hals biss. Blut spritzte aus der aufgerissenen Wunde und besprenkelte die Erde. Leonhard hörte einen Schrei, der ihm bis ins Mark ging, dann verschwand die Welt hinter weißem Dunst. Auch die Geräusche verloschen, als hätte jemand an der Lautstärke gedreht. Er sank zu Boden, ohne den Aufprall zu spüren, und kugelte sich die rechte Schulter aus, doch das bekam er nicht mehr mit. Auch bemerkte er nicht, dass ein Nagel, der in dem gedrechselten Stuhlbein steckte, seinen Schädelknochen durchdrungen und ein kleines rundes Loch in der rechten Schläfe hinterlassen hatte, aus der schwarzes Blut herausfloss und sein Gesicht rot färbte.

Kapitel 38

»Guten Morgen«, sagte Ella leise und lächelte ihren Partner an, der in einem weißen Bett lag. Ihr Körper fühlte sich nach der schlaflosen Nacht taub und ausgezehrt an. Jede Muskelfaser schmerzte, selbst das flüchtige Lächeln kostete sie viel Überwindung.

»Was ist passiert?«, murmelte Leonhard und machte Anstalten, sich im Bett aufzurichten, doch sofort begann eines der Geräte zu piepsen.

»Sie sind dem Tod nur knapp von der Schippe gesprungen«, flüsterte Ella mit müder Stimme und fuhr sich mit der Hand über die Stirn, die sich heiß anfühlte.

»Habt ihr ihn gefasst?«

Ella schüttelte enttäuscht den Kopf.

»Und Renate?«

»Nein«, war alles, was Ella erwiderte.

»Haben Sie die Hütte durchsucht?« Trotz des lauten Warngeräusches richtete sich Leonhard im Bett auf und zupfte alle Schläuche von sich weg. Eine Kakofonie an Warntönen erfüllte den Raum. Eine Krankenschwester stürzte herein und wurde von ihm mit »Schalten Sie den Scheiß endlich ab« begrüßt.

»Das dürfen Sie nicht«, stotterte sie, den Zorn unterdrückend, und wollte Leonhard mit sanfter Bestimmtheit zurück aufs Bett drängen.

Er jedoch wischte ihre behandschuhten Hände beiseite und packte Ella am Handgelenk. »Helfen Sie mir auf die Beine, Greenwood, und bringen Sie mir meine Klamotten«, knurrte er.

Die Krankenschwester lächelte zaghaft. »Ihre Sachen sind nicht da. Ihre Kollegin hat sie mitgenommen, da sie blutdurchtränkt waren.« Die Bestürzung in ihren Augen war kaum zu übersehen. Verzweifelt streckte sie die Hand nach dem verletzten Polizisten aus, dessen Kopf mit einer weißen Mullbinde umwickelt war, während er Anstalten machte, das Krankenhauszimmer zu verlassen.

»Was ist passiert, Greenwood? Ich will alle Details, und zwar unverzüglich. Während Sie berichten, fahren Sie mich nach Hause, damit ich mich umziehen kann. Diese Kluft steht mir nicht.« Er zupfte an dem weißen Hemd mit dem dezenten Muster darauf, das im Rücken offen war.

»Sie sind zu schwach«, rief die mit der Situation überforderte Krankenschwester ihnen beinahe flehentlich nach und wählte die Nummer des Sicherheitsdienstes.

Leonhard lief auf nackten Füßen zu den Aufzügen. Ohne Ella eines Blickes zu würdigen, knallte er mit der flachen Hand auf den Rufknopf.

»Luis ist flüchtig. Sein Haus wird permanent überwacht. Sie können doch in so einem desolaten Zustand nicht das Krankenhaus verlassen«, versuchte sie, ihren Kollegen zur Vernunft zu bringen, obwohl sie wusste, dass das nichts nützen würde.

»Was haben Sie noch? Nun lassen Sie sich nicht alles aus der Nase ziehen«, spornte er sie an, zum Wesentlichen zu kommen. Für Small Talk und gutes Zureden hatte er jetzt keine Zeit. »Greenwood, was haben Sie während meiner geistigen Abwesenheit getrieben?« Er sprach, als wäre sein Kehlkopf entzündet.

»Ich habe seinen Lebenslauf studiert, ich meine den von Luis Siebert. Er war eigentlich eine arme Seele. Tom hat die DNA verglichen. Die beiden Toten sind definitiv der Vater und der Sohn.«

»Was noch?«

»Wir haben mit dem Einverständnis der Mutter eine Probe des kleinen Steven ins Labor geschickt. Die Übereinstimmung zeigt deutlich, dass Luis sein Vater sein könnte. Aber genauso gut auch Dennis. Die DNA von eineiigen Zwillingen ist identisch. Nur wurde der arme Junge in den letzten Jahren von seinem Onkel hinters Licht geführt.«

»Und die Ehefrau? Hat sie etwa nichts gemerkt?«

Der Aufzug kam, sie stiegen ein.

»Doch, aber all die Veränderungen, die in ihr Leben geplatzt sind, haben sie glücklich gemacht. Sie wollte ihren früheren Mann nicht mehr zurückhaben. Sie war glücklich. Ihr Sohn hatte endlich einen Vater, der sich auch um ihn kümmerte. Dennis ging mit ihm sogar auf den Fußballplatz, was der leibliche Vater niemals getan hätte.«

»Wie hat sich diese Larissa die Metamorphose, die ihr Mann durchgemacht hat, erklärt?«

»Gar nicht, sie hat es einfach hingenommen.«

Leonhard spürte eine Ruhe in sich, die zu dieser Situation überhaupt nicht passte. Offensichtlich zeigten die Medikamente immer noch Wirkung.

Sie liefen nach draußen. Ellas Porsche stand direkt vor dem Eingang.

Leonhard setzte sich auf den Beifahrersitz und ließ sich von Ella anschnallen.

»Und ihr habt keinen Hinweis auf Renate gefunden?«

»Doch, sie muss in der Hütte versteckt gewesen sein, während wir sie das erste Mal durchsucht haben. Wir waren gründlich, haben an einigen Stellen auch die Bretter vom

Boden hochgenommen, aber das Versteck verbarg sich in der hintersten Ecke des doppelten Bodens – wo wir leider nicht nachgeschaut haben. Auch die beiden Spürhunde konnten sie nicht aufspüren, weil Dennis den Boden mit seinem Urin und Mageninhalt so verunreinigt hatte, dass sie nichts wittern konnten. ›Zu viel Ammoniak‹, hat der Hundeführer gemeint. Wir haben versagt. Wir hätten nicht gedacht, dass er dort jemanden verstecken könnte.«

»Sie sagen, sie war in der Hütte versteckt? Wie ist es Dennis dann gelungen, Renate unbemerkt aus dem Versteck zu holen?« Sein Blick blieb an der Frontscheibe kleben.

»Er kam in der Nacht. Unweit seines Verstecks hatte er ein Feuer gelegt. Er hat zudem einen Obdachlosen mit einem Zehneuroschein bestochen, damit der zu den beiden Polizisten ging und sie mit seiner Geschichte in die Irre führen sollte, was ihm auch gelungen ist. Er ist gerissen. Der Obdachlose hat behauptet, dass vor dem Haus ein Überfall stattgefunden habe, auch hätte jemand versucht, ihn anzuzünden. Bei dem ganzen Tumult konnte Dennis Renate herausholen und sie mitnehmen. So einfach war das.«

»Wir müssen uns jetzt auf Steven konzentrieren. Das Observationsteam soll den Jungen im Auge behalten.«

»Wie bitte?«

»Wen lieben Eltern mehr als sich selbst?«

»Ihre Kinder!«, beantwortete Ella die Frage, ohne zu überlegen. »Aber Dennis ist nicht der leibliche Vater.«

»Ein Kind zu machen ist keine Kunst, dazu braucht man nur ein Spermium und eine Eizelle. Um es zu erziehen, benötigt man auch etwas Hirnmasse und so etwas wie Liebe. Und Dennis liebt seinen Jungen, nur deswegen hat er seinen Bruder getötet. Er sah in dem Jungen das Spiegelbild seines Selbst. Verstehen Sie, er wollte den Jungen beschützen, um ihm sein Schicksal zu ersparen.«

Kapitel 39

Dennis wartete vor der Schule auf seinen Sohn. Er war seit drei Tagen auf der Flucht, ohne sich recht daran erinnern zu können, warum ihn die Polizei jagte.

Steven lief auf das Tor zu. Er lächelte und winkte zwei Jungs zum Abschied zu. Darauf war Dennis besonders stolz – sein Sohn war kein Außenseiter.

»Papa, ich habe eine Eins in Mathe«, rief ihm Steven zu und wedelte mit einem Blatt, welches er in seiner rechten Hand hielt.

»Das hast du toll gemacht, mein Junge«, lobte Dennis den Jungen und wuschelte ihm durch das blonde Haar.

Sirenen zerschnitten die Luft, die von unzähligen Kinderstimmen erfüllt war. Dennis war hin- und hergerissen.

»Bleiben Sie stehen«, rief eine Männerstimme ihm warnend zu. »Herr Bach, Sie sind verhaftet! Bleiben Sie stehen und nähern Sie sich dem Jungen nicht.« Dennis hörte auf die Warnung, doch sein Sohn rannte ihm direkt in die Arme. Dennis umschlang Steven und hob ihn hoch. Anschließend tat er etwas, das er nicht kontrollieren konnte. Er griff nach hinten, zog eine Pistole aus seinem Hosenbund und hielt den Lauf gegen den Kopf seines Sohnes. Die Waffe hatte er dem Polizisten, dem er ein Stück Fleisch aus dem Hals herausgebissen hatte, aus den

Händen gerissen. Langsam kehrten die Erinnerungen zurück. Zum ersten Mal sah er Bilder in seinem Kopf, die er als eine andere Kreatur erlebt hatte.

Er schmeckte Blut, auch die Flucht erlebte er erneut. Renate, diese Frau, nach der die Polizei suchte, hatte er in der Nacht aus der Hütte geholt und sie an einem anderen Ort versteckt.

Sie waren ihm viel zu nahe. Sie wussten ebenfalls, dass er seinen Bruder umgebracht hatte, und dass er nicht Luis Siebert, sondern Dennis Bach hieß. Sie wussten viel zu viel über ihn, weil die blöde Polizistin seine Tagebücher entziffert hatte.

Dennis hielt Steven, den Sohn seines eineiigen Bruders, auf dem Arm und wollte am liebsten in der Erde versinken. Warum blieb ihm dieses Glück, eine Familie zu haben, nicht vergönnt? Warum konnte er keine Kinder in die Welt setzen, warum war er derjenige, der mit diesen Stimmen im Kopf geboren worden war?

»Papa, du tust mir weh«, winselte der Junge, wurde jedoch noch fester umarmt.

Dennis weinte bittere Tränen und schrie: »Haut ab, sonst jage ich dem Jungen eine Kugel in den Kopf, und die ganze Welt darf mir dabei zusehen!« Mehrere Passanten hielten ihre Smartphones auf ihn gerichtet. Einige hatten sogar das Blitzlicht an und blendeten ihn. Dennis lief rückwärts auf seinen Wagen zu und versuchte, alles im Blick zu behalten, was für ihn gefährlich sein konnte.

KAPITEL 40

»Uns fehlt ein neuer, substanzieller Ansatz, Greenwood«, murmelte Leonhard und zupfte an seinem Krankenhaushemd, den Blick nach vorn gerichtet. »Wo fügen sich seine Vorstellungen, das Kontinuum seiner Gewalt, zusammen?« Jetzt drehte er sich zu ihr um. In seinen Augen spiegelten sich Entschlossenheit und Zorn. »Sind diese Taten bloß Fantasien? Erlebt er sie bewusst? Verstehen Sie, was ich meine?«

Ella starrte ihn lediglich stumm an.

»Mir wurde Einsicht in seine Akten gewährt, mit der Auflage, diese nur zu lesen, ohne davon Abschriften zu machen. Selbst damals als Kind waren seine Äußerungen ein Hinweis auf ein Sexualverhalten, welches die Betreuer nicht richtig einordnen konnten.« Leonhard wartete auf eine Reaktion. Ella dachte nach, ohne etwas zu äußern.

»Ich habe noch einmal mit seiner Frau gesprochen«, sagte sie schließlich.

»Und?«

»Es hat sie viel Überwindung gekostet, aber nach einer halben Flasche Wein und gutem Zureden hat sie mir verraten, dass ihr Mann ins Bett macht. Und er redet im Schlaf. Einen bestimmten Satz hat er immer wieder gesagt.«

»Sprechen Sie, Greenwood«, drängte Leonhard.

»Ich brenne das Haus ab‹, hat er geschrien und ist immer schweißgebadet aus dem Traum erwacht.«

»Es läuft also alles nach seinen Vorstellungen. Was hat er als Nächstes vor? Alles, was er macht, ist pedantisch durchdacht und in seiner Brutalität einzigartig. Selbst in Stresssituationen weicht er nicht von seinem Plan ab. Wir müssen versuchen, seine Vorgehensweise vorauszuahnen, um ihn rechtzeitig zu stoppen. Die Ärzte haben damals Tests durchgeführt, welche ihnen dabei helfen sollten, seine Entwicklung einzuordnen, und sein prämorbides Intelligenzniveau sprengte all ihre Erwartungen.«

»Sie sind mit dem Fall emotional sehr stark verbunden, habe ich recht?«

»Wie kommen Sie darauf?« Leonhard kaute auf der Unterlippe, seine Wangen waren von unzähligen Stoppeln übersät.

»Weil Sie mir diese Informationen vorenthalten haben.«

»Damit Sie unvoreingenommen bleiben können«, konterte Leonhard.

»Aber Sie können mir doch die Fakten …«

»Fakten«, unterbrach sie Leonhard, »Fakten sind nichts als Stützpfeiler eines Fundaments, auf dem die Unwiderlegbarkeit aufgebaut wird. Gibt einer dieser Pfeiler nach, weil er nicht den Tatsachen entsprochen hat, stürzt das komplexe Gebäude aus Annahmen und Vermutungen in sich zusammen wie ein Kartenhaus. Alles liegt in Schutt und Asche und Sie werden von den Medien zum Sündenbock erklärt.«

Ellas Telefon klingelte, sie ging sofort ran. »Greenwood«, meldete sie sich kurz angebunden.

»Hier ist Maischberger vom Observationsteam. Wir haben eine kritische Situation.«

»Was bedeutet das konkret?«

»Das Subjekt hat seinen Sohn als Geisel genommen. Mit so einer Wendung haben wir nicht gerechnet und konnten dementsprechend nicht rechtzeitig eingreifen.«

Weil die Sprechanlage eingeschaltet war, bekam Stegmayer alles mit und brüllte: »Wie lautet die genaue Adresse?«

Der Mann am anderen Ende gab sie durch und ließ sie sich von Ella bestätigen.

»Wir fahren unverzüglich zur Schule, ich übernehme die Verhandlungen.«

»Aber Ihre …«, intervenierte Ella, wurde jedoch mit einer schnellen Handbewegung zum Schweigen gebracht. Sie führte ein gefährliches U-Turn-Manöver aus, das von einem lauten Hupkonzert begleitet wurde, und raste mit quietschenden Reifen in die entgegengesetzte Richtung.

Kapitel 41

Renate lag unter der Erde. Die feuchte Luft roch nach welkem Laub und etwas, das sie nicht beschreiben konnte.

Ihre Lider ließen sich nicht richtig öffnen. Etwas – eine Ameise? – kroch in ihre Nase, dann in den Mund. Renate biss auf das kleine Tierchen, das tote Insekt schmeckte nach Johannisbeeren.

Sie hörte das entfernte Bellen eines Hundes. Ihr Herz pochte schneller. »Hilfe«, flüsterte sie, und erst jetzt wurde ihr klar, dass in ihrem Mund kein Lappen mehr steckte. Sie war zu schwach, um auch nur ein einziges Wort herauszubringen. Er hatte sie einfach lebendig begraben.

Es ist die Angst in deinen Augen, die mir die größte Wonne bereitet, dicht gefolgt von dem seelischen Schmerz, hörte sie die Stimme ihres Entführers in ihrem Ohr. Sie wollte wieder weinen, doch sie hatte keine Tränen mehr. *Obwohl du weißt, dass der Tod naht, flehst du mich nicht an, dich zu töten. Du bist noch stärker als meine Mutter, und das bewundere ich so an dir.*

Sein Atem roch nach Karamell und frischer Milch. Renate schloss die Augen und versuchte, an nichts zu denken.

Deine schlichte Schönheit und dein natürliches Aussehen sind betörend, Sally, hatte er ihr ins Ohr geflüstert.

Renate riss die Augen auf, doch sein Gesicht schwebte die ganze Zeit vor ihr und ließ sich nicht wegblinzeln oder wegdenken.

Die Geschmeidigkeit, mit der du dich bewegst, deine Augen, ja selbst deine Füße, besonders die Füße, all das ist wie aus meiner Fantasie entsprungen.

Klammer Angstschweiß hatte ihr Kleid durchtränkt. Sie trug jetzt dieses grüne Kleid mit weißen Blumen. *Das war sein letztes, welches er nur für mich aufgehoben hat,* dachte Renate und wollte die rechte Hand heben, doch ein Brennen zeigte ihr, dass sie gefesselt war.

Die Wahrheit hat mich noch mehr verstört als all die Lügen, mit denen ich aufgewachsen bin und an die ich die ganze Zeit geglaubt habe. Diese beiden Polizisten haben zu viel aufgewühlt. Ich komme in all dem Trüben nicht mehr zurecht. Mit dir hätte alles enden sollen. Sollen – verstehst du? Aber jetzt bin ich mir nicht mehr sicher. Wir sehen uns bald, Sally, und dann werde ich dich von deinem Leid erlösen.

Renate glitt in die Bewusstlosigkeit, und endlich schöpfte sie so etwas wie Hoffnung, nicht mehr erwachen zu müssen. Ihr Körper fiel wie ein viel zu enges Korsett von ihr ab. Sie sank in einen traumlosen Schlaf und wurde von milchig-trübem Nebel umhüllt.

Kapitel 42

Das Bild, welches sich Leonhard darbot, war erschreckend. Der Geiselnehmer schrie die Menge an und hielt dem zu Tode erschrockenen Kind die Pistole gegen die rechte Schläfe. Leonhard verspürte an derselben Stelle ein dumpfes Pochen – dort, wo ein rostiger Nagel seinen Schädelknochen durchstoßen hatte. Die Wirkung der Medikamente ließ allmählich nach, der Schmerz schärfte seine Sinne.

Die Gaffer hielten ihre Handys auf das in die Enge getriebene Paar gerichtet und verließen selbst dann nicht ihre Positionen, als sie mehrmals von den Polizisten verwarnt worden waren.

Wir verkommen zu Tieren und verlieren alles, was uns zu Menschen macht, dachte Leonhard und schüttelte enttäuscht den Kopf. *Empathie und Sympathie bedeuten den meisten nichts. Es sind nur irgendwelche Begriffe im Duden, die erst nachgeschlagen werden müssen, um ihre Bedeutung erklärt zu bekommen.*

»Machen Sie verdammt noch mal Platz«, fauchte er und schob einen dicken Mann grob beiseite, ohne sich darum zu kümmern, dass er von dem Fremden wild beschimpft wurde.

»Dennis, ich bin es!«, rief er. »Bitte, tun Sie Ihrem Sohn nichts.« Er wählte jedes Wort mit Bedacht, doch die Emotionen gingen mit ihm durch. Tränen bahnten sich an, weil ihm das Kind leidtat und die Kopfschmerzen unerträglich wurden.

»Bleiben Sie weg von mir, sonst schieße ich. Ich tue es, ich werde schießen!«, brüllte der Mann. Spucke flog aus seinem Mund. In seinen Augen spiegelte sich blanker Wahnsinn.

Zwei Polizisten wollten Leonhard zurückhalten, doch als sie in ihm den Kommissar von der Mordkommission erkannten, wichen sie zurück.

»Wir machen einen Tausch, Dennis. Ihr Sohn hat es nicht verdient. Er ist ein guter Junge. Sie wollten ihn ja nur beschützen. Jetzt lassen Sie ihn bitte gehen und nehmen mich statt seiner in Ihre Gewalt. Das ist nur fair. Sehen Sie mich an. Ich trage keine Waffe, bin wehrlos und schwer verletzt. Ich stelle keine Gefahr für Sie dar!«

Dennis zögerte. Der Junge hing nicht mehr in seinem Arm. Er stand mit beiden Füßen auf dem Boden und klammerte sich fest an seinen Vater. Beide weinten. Trotz der Waffe, deren Lauf weiterhin auf den Kopf des Jungen gerichtet war, wich der Sohn keinen Schritt von seinem Vater.

Leonhard kratzte an den Heftpflastern an seinem Verband und bekam sie endlich ab. Er wickelte den weißen Streifen von seinem Kopf ab und ließ ihn auf den Boden fallen.

»Greenwood, legen Sie mir Handschellen an!«, rief er.

Seine Kollegin zögerte, doch dann leistete sie seiner Aufforderung Folge. Die Handschellen schnappten ein.

»Sie behalten alles im Auge. Was jetzt zählt, ist, den Jungen unbeschadet hier rauszubekommen«, flüsterte er ihr zu und hob die Arme hoch. »Sehen Sie! Ich bin gefesselt und werde Sie nicht angreifen. Lassen Sie den Jungen gehen. Ich werde mich Ihnen langsam nähern, dann steigen wir beide in Ihren Wagen.« Leonhard spähte zu dem Golf, der unweit auf dem Bürgersteig stand.

»Bleib stehen«, knurrte Dennis und machte einen Schwinger mit der Pistole.

Leonhard verharrte. »Nur nicht die Nerven verlieren, Dennis. Sind Sie es, Dennis? Oder soll ich Luis zu Ihnen sagen?«

Verwirrung machte sich auf dem Gesicht des Mannes breit. Tränen kullerten aus seinen Augen und hinterließen zwei gezackte Rinnsale.

Leonhard tat einen tiefen Atemzug und machte einen kleinen Schritt nach vorn, die Arme hielt er immer noch gen Himmel gestreckt. Die Wunde an seinem Kopf begann zu bluten. Die Schulter schrie vor Schmerz.

»Keinen Schritt näher«, ermahnte ihn Dennis, doch in seiner Stimme schwang keine Entschlossenheit mit.

»Papa, nein«, winselte der Sohn und drückte sich fest an seinen Vater.

Noch ein Schritt. Warten.

Einundzwanzig, versenkt, zweiundzwanzig, versenkt, zählte Leonhard die Sekunden in seinem Kopf.

Und noch ein Schritt.

Erst jetzt fiel ihm auf, dass er keine Schuhe trug. *Wie ein Irrer, der aus einer Anstalt geflohen ist*, dachte er und machte noch einen Schritt in Richtung der Gefahr.

»Dennis, warum lassen Sie Ihren Sohn nicht gehen? Ich bin hier, keiner wird Sie angreifen, solange Sie nichts Blödes anstellen. Lassen Sie uns doch bitte in Ruhe über alles reden. Nur Sie und ich, in Ihrem Wagen.«

»Worüber wollen Sie sich denn mit mir unterhalten?«, nuschelte Dennis mit tränenerstickter Stimme.

»Über all das, was Ihr Vater Ihnen angetan hat.« Leonhard fokussierte seine komplette Aufmerksamkeit auf den toten Vater. Er war der Böse. Leonhard versuchte, Dennis zu signalisieren, dass er sein Vorgehen verstehen konnte. »Ich möchte seine kriminelle Entwicklung nachvollziehen können, möchte wissen, warum er Ihnen so viel Leid zugefügt hat. Kinder sind das Spiegelbild ihrer Eltern. Sie wollen doch ein guter Vater sein, nicht wahr?«

War das ein Nicken, fragte sich Leonhard und setzte sofort nach. »Steven soll ein guter Mensch werden. Er soll Kinder haben dürfen und Sie später besuchen können. Wollen Sie miterleben, wie Ihre Enkel groß werden?«

Wieder ein Nicken.

»Wie hat Ihre Mutter Sie früher genannt?«, wagte Leonhard einen weiteren psychologischen Schritt, um den Widerstand zu brechen.

»Denny«, winselte der Mann. Die Hand mit der Pistole zitterte. Der Griff, mit dem er den Jungen an sich gepresst hielt, ließ etwas nach.

Leonhards Arme wurden mit jedem Atemzug schwerer. Das Taubheitsgefühl, das anfänglich bloß in den Fingerspitzen zu spüren gewesen war, kroch langsam nach oben und hatte schon die Ellenbogen erreicht. Noch mehr Blut rann aus der Wunde an seinem Kopf und färbte sein Krankenhausgewand stellenweise dunkelrot.

»Sie haben das Haus nur deswegen angezündet, weil Ihnen die Situation zu viel abverlangte. Das zweigleisige Leben wuchs Ihnen über den Kopf.«

»Er wollte es hinter sich bringen«, sprach Dennis mit einer kindlichen Stimme über sich selbst in der dritten Person und machte dazu ein verwirrtes Gesicht. Seine Augen huschten hin und her.

»War Luis böse?«, forschte Leonhard und beschränkte sich auf kurze, prägnante Sätze.

Dennis schien über die Frage nachzugrübeln. »Er hat Stevie geschlagen. Vor Dennis' Augen. Ins Gesicht, wie das Vater immer getan hat.«

»Denny, hörst du mich? Schau mich an.« Tränen füllten seine traurigen Augen.

Stevens Rücken zuckte krampfhaft, das Kind fürchtete sich. Und Leonhard konnte nichts tun. Wie damals bei seiner ungeborenen Tochter. Aber hier durfte er nicht versagen. Dieser Gedanke trieb ihn weiter an.

»Denny, warum musstest du auf diesen Stuhl?«

»Immer, wenn ich nicht brav war …«, er schluckte schwer, »… immer dann, wenn ich etwas angestellt hatte … oder auch nur mal so, für … für prophylaktische Zwecke, band mich mein Vater daran fest.« Dennis strich Steven über den Rücken und begann, rückwärts zu laufen.

»Denny, warte …« Leonhard senkte langsam die Arme und streckte sie aus, als wollte er Dennis dazu bewegen, stehen zu bleiben. Eine bittende Geste, die ihre Wirkung tat. Tatsächlich blieb der Mann wie angewurzelt stehen. Alles schien stehen geblieben zu sein. Leonhard nahm nichts um sich herum wahr als den Mann und den Jungen. »Jetzt bist du aber brav«, versicherte der Kommissar mit sanfter Stimme. »Dennis hat den Stuhl kaputt gemacht, es gibt keinen Stuhl mehr. Auch dein Vater ist tot. Die Tyrannei hat ein Ende, Denny. Hör auf dein Herz und nicht auf die Stimmen in deinem Kopf. Lass deinen Sohn gehen. Er hat Angst. Er will zurück nach Hause, dein Zuhause, Dennis. Larissa wartet auf euch beide. Lass die Waffe fallen und dir passiert nichts.«

***

Dennis sprach abwechselnd mit zwei Stimmen. Die Intonation und die Klangfarbe unterschieden sich in allen Facetten. Hinzu gesellte sich die dritte unbeteiligte Stimme eines Kindes. Der Junge in ihm sprach in der dritten Person und nannte ihn beim Vornamen. »Nicht so laut, nicht so laut«, zischte Dennis mit geweiteten Augen, da er dem Polizisten nicht alle seine Geheimnisse anvertrauen wollte.

Dennis hielt seinen Sohn fest an die Brust gepresst, weil er ihn vor all diesen Menschen beschützen wollte. Er sah dem Geschehen ehrfürchtig zu. Die Sonne knallte unbarmherzig auf seinen Kopf und überhitzte sein aufgebrachtes Gemüt.

»Unter der Aufbietung all meines Geschicks als Kriminologe«, rief ihm der Polizist im Krankenhaushemd zu, »lassen Sie mich Ihnen Folgendes sagen: Das Leben ist etwas, das der Hund aus dem Sand ausgegraben hat, was die Katze kurz davor darin verbuddelt hat.«

Dennis' Mundwinkel zuckten kurz. *Hatte der Bulle gerade eben gesagt, dass auch sein Leben nichts als ein Stück Scheiße war?*, überlegte er.

»Lassen Sie Ihren Sohn gehen«, bat der Mann dann und hob die Hände an den Mund wie zu einem Gebet. Die Handschellen glänzten in der Mittagssonne. Dennis' Handgriff wurde lockerer, weil die Pistole zu schwer in seiner Hand wog.

»Dennis«, sprach ihn der Polizist in ernstem Ton wieder an und kam noch näher. Er stand ihm gefährlich nahe.

Dieser Mann hat Courage wie keiner, dachte Dennis und bewunderte den Mann insgeheim. Er war bereit, sein Leben für das seines Kindes zu opfern. Konnte er ihm tatsächlich trauen?

»Dennis, hör mir zu. Ich werde jetzt deinen Sohn ... nein, du lässt deinen Sohn los, er darf zurück zu seiner Mutter. Larissa steht hinter dem Absperrband.«

Dennis sah sich um.

Tatsächlich hatten die Polizisten die Gaffer weggedrängt und den Platz um ihn herum weitläufig abgesperrt. Das Band hing schlaff nach unten.

Dennis stand da wie auf einer Bühne.

Der Polizist tat einen weiteren Schritt.

Dennis löste seinen Griff etwas und flüsterte Steven zu: »Lauf, mein Kind, Papa kommt später nach.« Steven hob seinen Kopf, ihre Blicke trafen sich.

»Gehen wir heute noch Fußball spielen?«, wollte der Junge mit zittriger Stimme wissen und fuhr sich mit dem Handrücken über die verweinten Augen.

Dennis wollte ihn nicht anlügen. Ein dicker Kloß drückte ihm die Luft ab. »Vielleicht morgen.« Dennis rang sich ein Lächeln ab, die Stimmen in seinem Kopf waren wieder weg. Er küsste seinen Sohn auf die feuchte Stirn. Er roch nach Sommer und Sonnencreme, weil er ja so eine helle Haut hatte.

»Steven, ich bin hier«, rief eine Frauenstimme. Tatsächlich, es war Larissa, die von zwei Polizisten festgehalten wurde. Sie winkte ihnen zu. »Dennis, tu ihm nicht weh, lass ihn bitte los.«

Dieser eine Satz brach endgültig den Widerstand in ihm. Er ließ seinen Sohn los. »Steven, lauf zu Mama!« Dennis schob den Jungen von sich. Doch Steven weigerte sich. Die kleinen Hände gruben sich tief in das T-Shirt an Dennis' Rücken.

»Aber dann werden sie dir wehtun«, jammerte er mit weinerlicher Stimme.

»Nein, werden sie nicht. Hast du nicht gehört, was der Mann versprochen hat?« In dem Moment fiel ihm die Pistole aus der Hand. Dennis ging in die Knie, drückte seinen Sohn ein letztes Mal an sich und schob ihn mit etwas Nachdruck von sich weg.

Steven lief los, blickte sich aber ständig um.

Da löste sich doch noch ein Schuss aus dem Nirgendwo.

Dennis suchte mit den Augen die Gegend ab und ließ seinen Blick über die Gesichter der Polizisten schweifen. Der verrückte Bulle mit den Handschellen war nicht bewaffnet. Er duckte sich und kroch auf Dennis zu.

Dennis' Beine gaben nach, er fiel seitlich auf den warmen Boden, der sich rot färbte, weil er aus dem Bauch zu bluten begann. Wie durch einen Nebelschleier sah Dennis einen Mann, der immer noch die Waffe auf ihn gerichtet hielt.

»Das ist für meine Frau und mein ungeborenes Kind, du Schwein!«, brüllte er. Bevor er noch einen weiteren Schuss abgeben konnte, wurde der Typ von mehreren Polizisten überwältigt und zu Boden gerissen. Es war Markus Krakowitz.

***

Ella war so geschockt von der Situation, dass sie zu keiner Regung fähig war.

Steven lief, nachdem der Knall die Stille zerrissen hatte, zurück zu seinem schwer verletzten Vater anstatt zu seiner Mama. »Papi!«, kreischte Steven und warf sich auf Dennis.

Leonhard war sofort zur Stelle und presste seine Hände gegen das klaffende Loch, aus dem das Blut quoll und das graue T-Shirt des Mannes in ein dunkles Rot tauchte.

Erst nach einer gefühlten Ewigkeit bewegte sich Ella auf den Jungen zu und versuchte, ihn aus der Gefahrenzone zu bringen.

Doch Steven war stärker, als sie angenommen hatte. Er hielt sich mit aller Kraft eines verzweifelten Kindes an seinem Vater fest und wiederholte unentwegt den Satz: »Ich liebe dich, Papa, ich liebe dich, Papa, ich liebe dich.«

Der sterbende Mann verzog seinen Mund zu einem traurigen Lächeln. Die Zähne waren rot vom Blut, in seinen Augen schwammen Tränen. Obwohl er schon so viel Blut verloren hatte, hatte er noch die Kraft, seinen Kopf anzuheben und seinem Sohn einen Kuss auf die Wange zu drücken. Ein rotes Blutmal blieb auf der hellen Haut des Kindes. »Ich liebe dich auch, Stevie …« Er zog den Namen liebevoll in die Länge.

»Kommst du bald nach Hause?«, winselte der Junge.

»Ich glaube nicht, mein Sohn.« Dennis atmete schnell und flach. Blut rann aus seinen Mundwinkeln. Er schluckte und zuckte zusammen.

»Wo bleiben die Sanitäter?«, brüllte Leonhard und presste noch fester gegen das klaffende Loch. Doch Ella wusste, dass alle Maßnahmen vergebens sein würden, darum strich sie dem Kind sanft über den Rücken.

»Steven«, flüsterte sie. Tatsächlich sah der Junge zu ihr. Er suchte nach Bestätigung, dass alles wieder gut werden würde.

»Können Sie meinen Papa wieder heil machen?«

»Nein, mein Schatz«, sagte Dennis und hob seinen rechten Arm, um dem verzweifelten Kind über die Wange zu fahren. »Weißt du noch, als ich dir von der heilen Welt erzählt habe, vom Reich der glücklichen Menschen?«

Steven nickte eifrig und blinzelte schnell.

»Ich werde dorthin gehen und so lange auf dich warten, bis du alt und grau bist. Dann kannst du zu mir kommen.«

»Aber ich will nicht alt und grau werden, ich will bei dir sein.«

»Ich weiß, mein Schatz. Du musst mir versprechen, dass du auf deine Mama hörst und gut in der Schule aufpasst. Später wirst du dich daran erinnern, was ich gesagt habe. Ich werde immer stolz auf dich sein und von oben auf dich aufpassen. Jetzt möchte ich, dass du zu deiner Mama gehst. Sie macht sich bestimmt Sorgen. Sag ihr, dass ich sie über alles in der Welt liebe.«

Ella spürte eine schwache Berührung. Zuckende Finger berührten ihre Hand.

»Bitte bringen Sie meinen Sohn zu seiner Mama«, flüsterte Dennis und verzog seinen Mund zu einem Lächeln. »Bis zum Mond und wieder zurück«, nuschelte er und blinzelte zweimal.

Der Junge tat es ihm nach und stand endlich auf.

Ella ergriff seine kleine Hand und hielt schnellen Schrittes auf die Frau zu, die mit mehreren Polizisten lautstark diskutierte, nein, sie anschrie.

Leonhard beobachtete, wie das Leben aus dem Mann wich. »Dennis, wo haben Sie Renate versteckt? Sie muss nicht sterben. Bitte, verraten Sie mir den Ort. Sie sind kein schlechter Mensch. Es waren die anderen, die Sie zu dem gemacht haben, was Sie sind. Wo ist Renate?«

Das Blut quoll wie heißes Wachs zwischen seinen Fingern hindurch.

Der Sterbende schloss die Augen und schien über die Frage angestrengt nachzudenken.

»Alles endet mit dem Anfang, sonst kann sich der Kreis nicht schließen«, nuschelte Dennis, ohne die Augen zu öffnen.

Leonhard riss sich zusammen, doch sein Hirn fühlte sich so an, als hätte er es durch ständiges Nachdenken wundgescheuert. Das Pochen an der Schläfe tat erbärmlich weh. »Welcher Anfang?!«, röchelte er beinahe und griff mit beiden Händen nach dem Mann und hob seinen Oberkörper an.

Dennis öffnete die Augen und stierte durch Leonhard hindurch. »Um den Anfang zu finden, musst du zurücklaufen«, sagte er noch und hob die Mundwinkel an.

Der Stoff unter Leonhards Fingern gab nach, der Kragen des T-Shirts bekam einen Riss. Erst jetzt bemerkte Leonhard, dass kein Leben mehr im Körper des Mannes war, der mit einem traurigen Lächeln auf den Lippen in den Himmel starrte.

»Greenwood, Greenwood! Machen Sie mir diese verdammten Handschellen ab«, brüllte Leonhard sie mit weit aufgerissenen Augen an und streckte ihr seine vom Blut roten Hände einem Zombie gleich entgegen. Seine Fingerspitzen waren blutverkrustet, das silberne Haar glänzte an der rechten Schläfe dunkelrot.

Mit zittrigen Fingern fischte Ella den Schlüssel heraus und stocherte in dem kleinen Schlüsselloch herum.

»Machen Sie schon!«, keifte der Kommissar.

»Was hat er zu Ihnen gesagt?«

»Wir sollen an den Anfang gehen, um das Ende zu finden.«

»Kehre zurück, um den Anfang zu finden? Meinen Sie das?«

Mit leichtem Erschrecken sah er ihr in die Augen und rieb sich die Handgelenke.

»Dieser Satz stand beinahe auf jeder Seite seiner Schriften.«

»Was mag er wohl bedeuten?«

»Als Symbol war immer eine Schlange abgebildet, die sich in den Schwanz beißt«, erinnerte sich Ella.

»An welchem Ort hat sich seine Mutter erhängt?«, fragte Leonhard in gedämpftem Ton. »Sollte Renate sein letztes Opfer sein? Sie sieht seiner Mutter am ähnlichsten. Hat er das gemeint?«

»Ich habe alle Seiten auf dem Stick und auf dem Server abgespeichert. Warten Sie …« Sie kramte in der engen Jeans nach ihrem Smartphone.

»Jetzt wird mir so einiges klar«, überlegte Leonhard laut. »Er hatte schon eine Weile den Plan, das Haus seines Vaters abzufackeln. Damit dachte er, all seine Taten dem Bruder, der angeblich im Feuer ums Leben kam, in die Schuhe schieben zu können. Aber er brauchte einen neuen Rückzugsort, wo er den Stimmen weiterhin gehorchen konnte.«

»Sie meinen diese Hütte? Dort, wo er Renate versteckt hielt?«, ergriff Ella das Wort und spann den Gedanken weiter.

»Aber sein Plan wäre beinahe gescheitert.«

»Weil Gisela dafür sorgen wollte, dass den beiden gekündigt wurde.«

»Genau, daher hat er sie aus dem Weg geräumt.«

»Und der Hausmeister?«

»Für uns sollte es so aussehen, als hätte er sich das Leben genommen, weil er dachte, er hätte Gisela umgebracht. Im Suff. Deswegen auch der Knoten, der anders war als bei den toten Frauen. Dennis hat tatsächlich an alles gedacht.«

Ella war wieder in ihr Handy vertieft. Ihr Zeigefinger huschte über das Display.

»Ich glaube dennoch daran, dass Dennis weiter getötet hätte, wenn wir ihn nicht gefasst hätten. Seine Seele war zu kaputt«, sinnierte Leonhard.

»Ich glaube, ich habe da etwas.« Sie hielt das flache Gerät vor Leonhards Augen.

»Was bedeuten diese Zahlen?« Er sah sie fragend an.

»Das sind die Koordinaten des Baumes, an dem seine Mutter gefunden wurde.«

»Sehr gut, Greenwood, lassen Sie uns fahren. Und gaffen Sie mich nicht so an. Natürlich würde ich lieber in einem Anzug anstatt in einem Kleid wie ein Irrer durch die Stadt rasen, aber für modische Überlegungen bleibt uns keine Zeit«, entschied er und hastete leicht taumelnd und barfüßig auf ihr Auto zu.

Kapitel 43

Renate hörte Stimmen. Sie redeten durcheinander.

Sie nahm auch ein Keifen wahr. War das ein Hund oder ein Wolf? *Nein, Wölfe können nicht keifen, oder doch?* Ein Wirrwarr an unterschiedlichsten Gedanken schlängelte sich durch ihren Kopf. Sie konnte die Realität nicht von der ausgedachten Welt unterscheiden, in die sie sich seit Stunden verkroch, weil es ihr zu viel Angst machte, hier draußen unter der Erde vergraben zu sein. Sie flüchtete in das weiße Licht und fühlte sich dort schwerelos. Doch ständig holte ihr Verstand sie zurück, so wie jetzt.

Ich halluziniere, überlegte Renate, nachdem das Laubwerk sich über ihr gelichtet hatte und sie einen Mann in einem Kleid vor sich stehen sah. Er sah aus wie Leonhard.

»Es handelt sich nur um eine schlichte Feststellung von Tatsachen«, sagte er an jemanden gewandt, der sich außerhalb von Renates Sichtfeld befand.

Da sah Renate eine zweite Gestalt auftauchen. Es war Ella, ihr Haar glänzte in den gelben Strahlen der Sonne.

»Renate! Schön, dich wiederzusehen. Es wird alles wieder gut werden«, versprach die junge Polizistin und kniete nieder. »Hilfe ist schon unterwegs«, beruhigte Ella sie und lächelte sanft mit leiser Traurigkeit.

Renate warf den beiden einen langen, apathischen Blick zu, weil sie das Flimmern in der Luft nicht zuordnen konnte. »Habt ihr ihn gefasst?«, krächzte sie mit heiserer Stimme. Noch bevor einer der beiden etwas erwidern konnte, leckte sie sich über die rauen Lippen, die an unzähligen Stellen aufgeplatzt waren, und zog in stummem Vorwurf die Augenbrauen ein Stück nach oben. Die linke begann wieder zu bluten. Zwei Schmeißfliegen setzten sich auf die sickernde Wunde, wurden aber sofort von Ella verscheucht.

»Warum hat es so lange gedauert?« Renate starrte Leonhard wütend an.

»Es tut uns wirklich leid, Renate.« Seine Entschuldigung klang ehrlich.

Dann wurden die beiden Polizisten von zwei Sanitätern zur Seite geschoben. Etwas wurde auf ihren Mund und ihre Nase gedrückt. Ihre Lunge füllte sich mit kühlem Sauerstoff. Das kurze Stechen in der linken Ellenbeuge spürte sie kaum, im nächsten Augenblick entglitt ihr die Umgebung und wurde kurz zu einem Aquarellbild, schließlich verschwand sie hinter einem Vorhang aus Nichts.

EPILOG

Ella betrat das Büro und sah ihren Kollegen, wie er mit dem Oberkörper tief über den Tisch gebeugt dastand und mit konzentrierter Miene einen noch zugeklebten Briefumschlag betrachtete. Mit ausgestreckten Armen an die Kante gestützt stand er einfach nur da.

»Ich habe Ihr Kommen bemerkt, Greenwood, kommen Sie rein«, grummelte er ohne jegliche Begrüßung und stieß sich vom Tisch ab. Dann schaute er kurz auf seine Rolex. Bis auf den Verband an seinem Kopf war er wieder der Alte, ein kaum erträglicher Mann mit den Allüren eines launischen Perfektionisten. Er trug heute ein teures blaues Hemd aus feiner Baumwolle und eine helle Hose, dazu auf Hochglanz polierte Lackschuhe. Nachdem er sich überzeugt hatte, dass sein anmaßender Blick keinerlei Wirkung auf sie ausübte, bewegte er seinen Kopf zuerst nach rechts, schließlich nach links, wobei seine Halswirbel wie trockene Zweige knackten. »Ich muss mir ein neues Kissen kaufen«, murmelte er, richtete einen Stapel Blätter Kante auf Kante und verstaute sie in einem Schnellhefter.

»Sind Sie so weit?«, fragte er in suggestivem Ton. »Heute hätten Sie aber auch etwas Eleganteres anziehen können. Einen Rock und eine Bluse zum Beispiel«, mokierte er sich und tippte sich an das kantige Kinn, weil er sich nicht sicher war, ob er alles für die bevorstehende Versammlung dabeihatte.

Ella starrte ihn an. »Wollen Sie den Briefumschlag nicht aufmachen?«

Seine Miene veränderte sich. Aus einem von sich überzeugten Besserwisser wurde ein trauriger Mann.

»Werfen Sie ihn einfach in den Papierkorb.«

»Warum? Was ist das überhaupt?«

»Ein Vaterschaftstest«, entgegnete er matt.

»Haben Sie etwa die Frau eines Kollegen geschwängert?«

»Quatsch«, warf er kurz angebunden hin und machte sich daran, das Büro zu verlassen. Ella streifte seinen Arm, woraufhin er dicht vor ihr zum Stehen kam.

»Ihr ungeborenes Kind, das …« Sie ließ den Satz unvollendet. »Und, sind Sie es … ich meine, sind Sie der Vater?« Es kostete sie viel Mühe, diese Frage laut genug auszusprechen.

»Ja«, antwortete er schlicht.

»Aber Sie haben den Briefumschlag gar nicht geöffnet.«

Er zuckte lediglich mit den Schultern. »Es ist nicht wichtig, ein Testergebnis ändert nichts. Ich trage sie schon seit vielen Jahren hier drin.« Er klopfte sich gegen die Brust.

»Was wollten Sie dann mit diesem Test bezwecken?«

»Ich dachte, ich könnte danach endlich abschließen, müsste nicht mehr daran denken, wenn ich Gewissheit hätte, dass ich nicht der Vater bin. Aber das würde nicht funktionieren. Sie ist das Einzige, was ich habe. Ich denke oft daran, was wäre, wenn sie lebte. Wissen Sie – immer, wenn ich allein bin, stelle ich mir vor, wie sie und ich etwas zusammen unternehmen. Danach fühle ich mich jedes Mal besser, weil ich zu solchen Gedanken fähig bin. Es klingt wie aus dem Tagebuch eines Psychopathen, ich weiß, aber haben wir nicht alle einen an der Klatsche?« Er warf ihr ein Lächeln zu, seine Augen begannen zu glänzen.

»Ich nicht«, konterte Ella und lachte kurz und freudig auf.

330

»Darum drehen Sie ständig an Ihrem Ringfinger, obwohl Sie keinen Ring tragen – immer dann, wenn Sie aufgeregt sind, so wie jetzt«, erwischte er sie eiskalt dabei, wie sie mit Daumen und Mittelfinger ihrer rechten Hand den Ringfinger ihrer Linken berührte.

Schweigen legte sich über den kleinen Raum.

»Haben Sie Zeit? Heute Abend? Wir beide sollten einiges reflektieren, wenn wir weiter miteinander arbeiten wollen.«

»Können wir uns dabei duzen wie ganz normale Partner?«

»Das wird eher schwierig. Wir sind immer noch Kollegen und keine Partner, Greenwood.«

»Sie sind einfach unmöglich, Herr Stegmayer.«

»Das bin ich manchmal gern. Nun lassen Sie uns gehen. Danach fahren wir kurz ins Krankenhaus. Ich habe für Renate einen Blumenstrauß gekauft und möchte, dass Sie ihn ihr überreichen – von uns beiden.«

»Warum denn das?«

»Weil ich nicht will, dass Tom glaubt, ich mache mich an sie ran – jetzt, wo er endlich seine Gefühle für Renate entdeckt hat.«

»Okay. Und ... ich denke, ich habe heute Abend Zeit«, sagte Ella.

»Sehr schön, Greenwood, dann an die Arbeit«, beschied sie Leonhard mit monotoner Stimme, warf den Umschlag in den Mülleimer und verließ das Büro, ohne sich umzudrehen.

ENDE

Zeitfracht Medien GmbH
Ferdinand-Jühlke-Straße 7
99095 Erfurt, Deutschland
produktsicherheit@kolibri360.de

Druck:
CPI Druckdienstleistungen GmbH
im Auftrag der
Zeitfracht Medien GmbH
Ein Unternehmen der Zeitfracht - Gruppe
Ferdinand-Jühlke-Str. 7
99095 Erfurt